Hélène Laflamme

La Poussière du temps

DANS LA SAGA LA POUSSIÈRE DU TEMPS

Déjà parus :

Rue de la Glacière, Montréal, Hurtubise HMH, 2005.

Rue Notre-Dame, Montréal, Hurtubise HMH, 2005.

À paraître :

Au bout de la route, Montréal, Hurtubise HMH, 2006.

MICHEL DAVID

La Poussière du temps

Tome III

Sur le boulevard

HURTUBISE HMH

Catalogage avant publication de Bibliothèque et Archives Canada

David, Michel, 1944-

La poussière du temps

Sommaire : t. 1. Rue de la glacière — t. 2. Rue Notre-Dame — t. 3. Sur le boulevard.

ISBN 2-89428-789-5 (v. 1)
ISBN 2-89428-835-2 (v. 2)
ISBN 2-89428-870-0 (v. 3)

1. Titre. II. Titre : Rue de la glacière. III. Titre : Rue Notre-Dame. IV. Titre : Sur le boulevard.

PS8557.A797P68 2005 C843'.6 C2005-940154-0
PS9557.A797P68 2005

Les Éditions Hurtubise HMH bénéficient du soutien financier des institutions suivantes pour leurs activités d'édition :

- Conseil des Arts du Canada
- Gouvernement du Canada par l'entremise du Programme d'aide au développement de l'industrie de l'édition (PADIÉ)
- Société de développement des entreprises culturelles au Québec (SODEC)
- Programme de crédit d'impôt pour l'édition de livres du gouvernement du Québec

Illustration de la couverture : Luc Normandin
Maquette de la couverture : Geai Bleu Graphique
Mise en page : Andréa Joseph [PageXpress]

Éditions Hurtubise HMH ltée
1815, avenue De Lorimier
Montréal (Québec)
H2K 3W6

Distribution en France :
Librairie du Québec / DNM
30, rue Gay-Lussac
75005 Paris
www.librairieduquebec.fr

ISBN : 2-89428-870-0

Dépôt légal : 1er trimestre 2006
Bibliothèque nationale du Québec
Bibliothèque nationale du Canada

Imprimé au Canada

www.hurtubisehmh.com

J'attends que le fil du temps
s'enroule autour de nous.

Yves Duteil

Les principaux personnages

LA FAMILLE DIONNE

Maurice Dionne (40 ans) — Jeanne Sauvé (38 ans)

Lise (17 ans) | Paul (16 ans) | Francine (15 ans) | Claude (13 ans) | André (10 ans)

LA FAMILLE DE JEANNE

Léon Sauvé (69 ans) — Marie Lafrance (64 ans)

Germaine (Jean Ouimet) | Bernard (Micheline Brien) | Laure (Florent Jutras) | Jeanne (Maurice Dionne)

LA FAMILLE DE MAURICE

Ernest Dionne (décédé en 1938) — Angèle Therrien (décédée en 1949)

Adrien (Simone Bernier) | Maurice | Suzanne (Gaston Duhamel)

Martine (8 ans) | Denis (5 ans) | Marc (4 ans) | Guy (4 ans)

Cécile (Gérald Veilleux) | Claude (Céline Riopel) | Luc (Lucie Marier) | Ruth (Lucien Poirier)

* Entre parenthèses, l'âge de chaque personnage au début du roman.

Chapitre 1

Quatre ans déjà

La pluie fine qui tombait sans interruption depuis le matin s'arrêta brusquement quelques minutes avant le souper. De timides rayons de soleil parvinrent même à se frayer péniblement un chemin entre les nuages pour venir éclairer durant quelques instants le paysage détrempé de ce début de mai. Une brise douce se leva et fit voleter les rideaux. Immédiatement, une odeur de terre mouillée pénétra par les deux fenêtres ouvertes de la cuisine et envahit la maison des Dionne, construite sur le boulevard Lacordaire.

Au bout de la grande table, Maurice Dionne, l'air renfrogné, mangeait, sans dire un mot, l'assiette de rigatonis que venait de lui servir sa femme. L'homme de quarante ans avait sa mine sombre des mauvais jours. Par conséquent, aucun des enfants assis autour de la table n'osait souffler mot de crainte d'attirer son attention.

À sa droite, Claude et André se jetaient des regards interrogateurs entre deux bouchées. Francine et sa mère vinrent prendre place près de Martine après avoir servi Denis, Marc et Guy, assis à la petite table en bois dressée à l'écart. Chez les Dionne, on appelait ce meuble destiné aux plus jeunes «la table des innocents». Faute de place, les jumeaux et leur frère de cinq ans mangeaient toujours à cette petite table pliante installée temporairement dans le couloir, à l'heure des repas.

Francine fit un mouvement discret pour verser une partie du contenu de son assiette dans celle de Martine, sa jeune sœur de huit ans.

— Mange ce que t'as dans ton assiette, lui ordonna sèchement son père qui s'était aperçu du manège.

— J'ai pas ben faim, p'pa, plaida l'adolescente de quinze ans.

— Mange ! dit-il d'un ton sans appel.

Francine se le tint pour dit et se mit à jouer avec sa fourchette dans les nouilles fortement tomatées déposées dans son assiette.

Quelques instants plus tard, André brisa le silence en demandant à sa mère :

— Qu'est-ce qu'il y a pour dessert, m'man ?

— Du beurre de *peanut* et de la mélasse, répondit cette dernière à son fils de dix ans.

Le garçon un peu grassouillet s'empara de trois tranches de pain qu'il déposa près de son assiette et il alla chercher les deux produits dans le garde-manger situé dans le couloir.

— Deux tranches de pain, ça va faire, décréta son père en voyant les trois tranches sur lesquelles son fils s'apprêtait à étaler une épaisse couche de beurre d'arachide. Borne-toi un peu ! Attends pas d'être malade pour t'arrêter.

Piteux, le garçon remit une tranche dans l'assiette à pain placée au centre de la table. Jeanne se contenta de jeter un regard désapprobateur à son mari.

— Lise finit à quelle heure à soir ? demanda Maurice à sa femme, en parlant de sa fille aînée de dix-sept ans, vendeuse au magasin Woolworth du centre commercial Boulevard, situé sur le boulevard Pie IX.

— À neuf heures. On est vendredi.

— J'espère qu'elle s'est déniaisée et qu'elle a demandé à son *boss* de finir une couple de minutes avant pour être capable de prendre l'autobus de neuf heures. Je lui ai dit que je voulais plus la voir arriver par l'autobus de dix heures. C'est trop tard pour une fille de son âge.

— Elle m'a dit qu'elle lui demanderait la permission de partir plus de bonne heure aujourd'hui, mais elle était pas sûre qu'il accepterait. Il paraît qu'il est bête comme ses pieds.

— Et l'autre ? Je suppose qu'il va encore arriver après tout le monde, ajouta Maurice, l'air mauvais.

L'autre, c'était Paul, son fils de seize ans qui achevait la quatrième année de son cours classique, malgré l'opposition de son père.

— Voyons, Maurice ! Il est pas encore six heures. Tu sais bien que le collège finit à cinq heures et demie, fit Jeanne d'un ton apaisant. Il a juste une demi-heure pour se rendre en autobus du collège jusqu'au centre d'achats. Il arrive toujours juste à temps pour sauter dans l'autobus de six heures. Tu le connais ; il perd pas une minute. Il peut pas faire plus.

— Toi, c'est sûr, t'es toujours là pour le couvrir, ton chouchou ! Sacrement ! Le résultat : on vit dans une maison de fous où on met la table à n'importe quelle heure. Une vraie auberge !

Sur ces mots, Maurice repoussa violemment sa chaise berçante et se leva de table. Sa tasse de café à la main, il se dirigea vers la porte d'entrée de la maison qu'il fit claquer en sortant. Il s'assit sur l'une des deux chaises de jardin en aluminium déposées à l'extrémité du balcon en ciment qu'il avait fait construire l'année précédente, au sommet du petit talus herbeux qui conduisait à la porte d'entrée du bungalow.

Pendant ce temps, à l'intérieur, la sortie du père provoqua un allègement immédiat de l'atmosphère. Francine s'empressa de verser ses rigatonis dans l'assiette de Martine.

— Aïe ! J'en veux pas de tes nouilles ! Ça fait une heure que tu joues avec, protesta la brunette aux joues rebondies. En plus, elles sont froides.

— Chut ! Parle pas si fort, lui ordonna sa sœur, à mi-voix, en jetant un regard craintif vers la porte d'entrée. Il va t'entendre. Je vais te donner cinq cennes si tu les manges.

— Tu m'as même pas payé pour avoir mangé ton blanc d'œuf dimanche passé, lui reprocha son frère Guy, assis à la table des innocents.

— Inquiète-toi pas, tu vas l'avoir demain ton cinq cennes, dit l'adolescente, agacée. Madame Rivest me doit de l'argent pour avoir gardé ses petits avant-hier soir. Je vais vous payer tous les deux.

— Tu devrais te forcer à manger ce qu'on te sert, lui fit remarquer sa mère en commençant à débarrasser la table.

— J'aime pas ça, m'man. Les rigatonis me donnent mal au cœur, comme le blanc d'œuf...

— Et comme le gras de jambon aussi, continua sa mère, réprobatrice. Ma fille, il va bien falloir un jour te dompter. On mange pas toujours ce qu'on aime.

Quand l'adolescente s'aperçut que sa jeune sœur avait entrepris de manger ses nouilles, elle se leva de table et elle prit la direction de la salle de bain, à l'extrémité du couloir.

— Va pas t'enfermer dans les toilettes pour pas essuyer la vaisselle, la prévint sa mère. C'est ton tour de l'essuyer. Je t'avertis que la vaisselle va t'attendre.

— Juste une minute, m'man.

La porte de la salle de bain se referma sur Francine.

— Bon, Martine et Denis, allez voir en haut si tout est en ordre avant que votre père monte regarder la télévision, commanda Jeanne en versant dans l'évier le contenu d'une bouilloire d'eau. Organisez-vous pour qu'il traîne rien sur les lits ou à terre. André, quand ta sœur sortira des toilettes, va débarbouiller les jumeaux. Laisse la petite table ouverte. Ils vont s'installer dessus pour dessiner.

— Est-ce qu'on peut aller jouer au football dans le champ en face ? demanda Claude en se levant à son tour. Le maigre adolescent de treize ans était impatient de bouger après une journée complète d'école.

— Demande à ton père, mais j'aimerais bien mieux que vous vous débarrassiez de vos devoirs tout de suite.

— M'man, on a toute la fin de semaine pour les faire, plaida son fils.

— Ton père va décider.

Jeanne se pencha au-dessus de l'évier et se remit à laver les assiettes souillées de sauce tomate dans l'eau chaude savonneuse.

Ses neuf maternités avaient profondément marqué cette femme âgée de trente-sept ans à peine. Sa chevelure brune était maintenant striée de quelques cheveux blancs. Des rides marquaient déjà son front. Ses yeux bruns laissaient parfois transparaître la lassitude qui la submergeait à certains moments.

Claude se résigna à aller demander la permission à son père qui, toujours assis sur le balcon, fixait sans le voir le champ situé au bout de la petite rue Belleherbe qui s'ouvrait en face de chez lui.

— Es-tu malade ? s'exclama Maurice avec humeur. Il me semble qu'à treize ans, t'es ben assez vieux pour voir qu'il y a juste de la bouette partout. Sers-toi donc un peu de ta tête ! Rentre dans la maison et va faire tes devoirs !

Sans demander son reste, Claude rentra dans la maison. De nouveau seul, le père de famille reprit le cours de ses pensées un instant interrompu par son fils.

Maurice Dionne avait eu quarante ans le mois précédent et ce passage d'une décennie à l'autre l'avait passablement bouleversé. Depuis le jour de son anniversaire, il ne parvenait pas à se faire à l'idée d'être devenu aussi vieux. Il s'était soudainement rendu compte à quel point les années filaient rapidement. Il n'oubliait pas que son père était décédé à quarante-cinq ans et trouvait qu'il se rapprochait dangereusement de cet âge.

Son humeur s'assombrissait encore davantage quand il constatait les ravages du temps en se scrutant dans le miroir de la salle de bain à travers ses lunettes à monture d'acier. En fait, il était moins préoccupé par l'apparition de ses premières rides et d'un ventre assez proéminent que par une calvitie galopante. Chaque jour, il surveillait le nombre de cheveux qui n'avaient pu résister aux dents du peigne et il s'en inquiétait.

— Si ça continue comme ça, soliloquait-il, j'aurai même pas le temps d'avoir des cheveux gris. Il m'en restera plus un maudit sur la tête.

Bref, il aimait de moins en moins cette figure devenue assez ronde dont le front ne cessait de reculer. Le seul fait de l'apercevoir chaque matin dans son miroir au moment de se raser suffisait à le mettre de mauvaise humeur.

Son travail de concierge à l'école anglaise St-Andrews de ville Saint-Michel avait fini par le transformer en travailleur solitaire qui avait peut-être trop de temps pour réfléchir. En quatre ans, il avait même pris l'habitude un peu gênante de tenir de longs monologues dans lesquels il formulait les questions et les réponses. Au fil des années, ce père d'une famille nombreuse en était même arrivé à préférer son école à sa maison neuve pour la paix qu'il y trouvait.

En général, même s'il ne commençait sa journée de travail qu'à huit heures, l'homme quittait invariablement la maison à cinq heures et demie. Il partait aussi tôt chaque matin parce qu'il était poussé par le plaisir anticipé de se retrouver tranquille dans le modeste bureau qui lui était réservé à l'extrémité du long couloir du rez-de-chaussée de l'école.

Cette pièce étroite flanquée de toilettes exiguës était devenue son second chez-soi. Il lui avait suffi de quelques semaines pour la pourvoir d'un vieux bureau, d'un divan aux ressorts fatigués, d'une bouilloire, d'un petit réfrigérateur et même, on ne savait trop comment, d'un lit pliant sur lequel il s'étendait au début de chaque après-midi pour une courte sieste. Son bureau était son domaine et son refuge où personne ne pouvait faire irruption sans son accord.

Chaque matin, dès son arrivée à l'école, Maurice prenait le temps de boire une tasse de café et de déjeuner avant de commencer sa journée de travail.

La propreté impeccable de son école était pour ce concierge un objet de fierté. Les inspecteurs de la CECM le connaissaient bien maintenant et ils ne se gênaient pas pour le citer en exemple. À St-Andrews, tout reluisait et les religieuses qui y enseignaient chantaient ses louanges sans aucune retenue. Elles lui faisaient la réputation d'un homme serviable et souriant, toujours prêt à satisfaire leur moindre demande. À tel point que Jeanne et ses enfants auraient eu bien du mal à le reconnaître dans le portrait qu'elles dressaient de leur cher concierge.

Depuis le début du mois de janvier, la CECM avait accepté de louer le gymnase de l'école St-Andrews à la communauté catholique anglaise de ville Saint-Michel chaque dimanche matin pour qu'on y célèbre la messe. Comme Maurice était tenu de placer près de quatre cents chaises pour l'occasion et de laver ensuite le plancher, on lui versait une somme non négligeable pour ce travail supplémentaire qui l'obligeait à être présent sur les lieux le jour du Seigneur. De plus, heureuse perspective, le service des loisirs de la municipalité envisageait même la possibilité de louer ledit gymnase tous les samedis à compter du mois de septembre suivant.

À cette pensée, Maurice eut un mince sourire. Si cela se produisait, cet argent en surplus viendrait grossir son bas de laine dont sa femme ignorait bien évidemment l'importance.

— C'est pas de ses maudites affaires! se dit-il à mi-voix. Je travaille pour le gagner, cet argent-là. Elle a pas à savoir ce que j'en fais ni combien j'ai de ramassé. Qu'elle s'arrange avec ce que je lui donne sur mon salaire.

Avant même de l'apercevoir, Maurice entendit le grincement caractéristique des freins de l'autobus jaune de la compagnie Vanier. Le véhicule tournait justement au coin de la rue Sauvé et s'engageait cahin-caha sur le boulevard Lacordaire.

Après deux jours de pluies abondantes, le boulevard non pavé ressemblait à une large piste boueuse dont les automobilistes et les rares piétons devaient éviter les profonds sillons et les trous. Les camions et les lourds mélangeurs à ciment utilisés dans la construction des bungalows de la rue Lavoisier qui s'ouvrait à une centaine de mètres de la maison des Dionne étaient, en grande partie, responsables du piètre état des rues du secteur.

En ce printemps 1960, la Coopérative d'habitation de Montréal bourdonnait d'activité. Depuis le début d'avril, on s'était remis à creuser les fondations des maisons promises aux coopérants durant l'hiver et les champs environnants reculaient peu à peu sous les assauts des pelles mécaniques.

Deux ans auparavant, les Dionne occupaient la dernière maison du boulevard Lacordaire. Depuis, une vingtaine de nouveaux bungalows avaient été construits plus au nord sur cette artère et on avait érigé une cinquantaine de nouvelles résidences dans les rues Girardin et Lavoisier ainsi que dans deux autres petites rues transversales. Mieux, quelques semaines auparavant, on avait achevé la construction du nouveau bureau administratif de la coopérative au coin de Lavoisier et Girardin, derrière chez les Dionne. Pour le plus grand soulagement de Simone Legris, la secrétaire de la coopérative, les administrateurs venaient enfin de libérer le sous-sol de sa maison de la rue Aimé-Renaud après cinq ans d'occupation.

Maurice suivit du regard l'autobus qui passa en brinquebalant de l'autre côté du boulevard. Le véhicule jaune était couvert de boue jusqu'au milieu de sa carrosserie. Il s'arrêta en grinçant au coin de Lavoisier. Une demi-douzaine de passagers descendit et s'éloigna prudemment pour éviter d'être éclaboussés lorsqu'il repartirait.

Le quadragénaire aperçut alors son fils de seize ans, imperméable sur le bras et tenant d'une main son épais porte-documents.

Dès le départ de l'autobus, Paul, la tête bien droite, se mit en marche rapidement en direction de la maison. Il longea le fossé peu profond, de toute évidence à la recherche du gravier où poser ses pieds pour ne pas couvrir ses souliers de boue.

— Maudit qu'il a l'air frais, se dit Maurice en regardant venir l'adolescent soigneusement cravaté, vêtu du veston bleu marine et du pantalon gris exigés par le collège Sainte-Croix qu'il fréquentait.

Parvenu en face de la maison, Paul se décida à traverser le large boulevard et il prit pied dans l'allée où était stationnée la vieille voiture de son père.

— Bonsoir, p'pa.

— Bonsoir, fit Maurice, sans aucune chaleur. Essuie-toi les pieds comme il faut pour pas mettre de la bouette partout dans la maison.

Paul escalada les cinq marches qui conduisaient au balcon et entra dans la maison. Il enleva ses chaussures sur le paillasson.

— Tu devrais mettre des bottes quand il fait mauvais comme ça, dit sa mère en regardant l'état des souliers de son fils.

— Ben non, m'man. Je suis pas pour traîner des bottes en ville quand l'hiver est fini depuis deux mois. Je vais passer pour un habitant. Il y a déjà ben assez que tout le monde rit de moi quand je dis que je reste à Saint-Léonard-de-Port-Maurice.

— Qu'est-ce qu'ils font les autres qui restent ici? demanda Jeanne en réprimant un mince sourire.

— La plupart laissent leurs bottes sous leur siège, dans l'autobus le matin, même si le chauffeur les a avertis de pas faire ça. Mais vous devriez les voir le soir. Il y en a qui les cherchent longtemps.

— Pourquoi tu fais pas la même chose?

— Des plans pour me les faire voler...

— En tout cas, grouille-toi et viens manger avant que ça soit froid, lui dit sa mère, abandonnant le sujet. Ton assiette est prête. Tassez-vous un peu pour lui laisser de la place pour souper, poursuivit-elle à l'endroit d'André et de Claude qui avaient couvert les deux tiers de la table de cuisine avec leurs cahiers et leurs manuels scolaires.

L'adolescent alla déposer son imperméable, son porte-documents et son veston sur l'étroit divan de similicuir rouge de sa chambre à coucher avant de venir prendre place à table.

Quelques minutes plus tard, Maurice vit passer devant lui le même autobus qui, son circuit bouclé, retournait vers le centre commercial Boulevard. Le véhicule faisait la navette toutes les heures, de six heures à minuit, sauf de une heure à trois heures l'après-midi, entre la coopérative et le terminus des autobus 39 et 139, situé en face du magasin Morgan du centre commercial Boulevard du boulevard Pie IX.

Subitement fatigué d'être assis, Maurice descendit du balcon et entreprit de faire le tour de son bungalow à un étage en brique brune. Il passa entre le mur et sa Dodge stationnée dans l'entrée en gravier puis traversa la cour en marchant sur les pavés roses et blancs qui conduisaient à une étroite terrasse de deux mètres de largeur formée de ces mêmes pavés. Il jeta un coup d'œil satisfait au treillis d'un peu plus d'un mètre de hauteur qui clôturait maintenant sa cour. Il l'avait fait installer le mois précédent dans l'intention d'empêcher les enfants des voisins de piétiner son cher gazon et surtout, d'empiéter sur son territoire.

L'homme jeta un coup d'œil aux terrains des trois voisins dont il voyait l'arrière de la maison et la cour. Les Bélisle, les Royer et les Maheu venaient à peine de semer leur gazon et leur terrain n'était pas encore clôturé. Les Rivest et les Émond, ses voisins de droite et de gauche, n'avaient encore rien fait à l'extérieur de leur demeure.

Il eut un soupir de contentement en constatant que tout était en ordre chez lui et que son gazon avait pris une belle teinte vert foncé avec les pluies des derniers jours.

— Pas besoin de l'arroser à soir encore, se dit-il à mi-voix. Il va être beau en maudit si les enfants marchent pas dessus.

Ah ! il pouvait se vanter d'avoir parcouru beaucoup de chemin en deux ans… non, en quatre ans pour être plus exact, parce que c'était en août 1956 que tout avait débuté… Ce que le temps pouvait passer vite.

Il lui semblait que c'était hier que Julia Desmarais – la fille du juge Perron dont il faisait le ménage une fois par semaine – avait joué de son influence pour lui obtenir son emploi de concierge d'école. Il n'avait pas oublié comment elle avait exercé sur lui une sorte de chantage en lui présentant Simone Legris, la secrétaire de la Coopérative d'habitation de Montréal, l'après-midi même où il avait été engagé par la Commission scolaire de Montréal. Après quelques explications sommaires, la secrétaire lui avait mis dans les mains le dépliant de la coopérative en lui vantant les mérites du projet immobilier et en l'invitant fortement à faire partie des coopérants le plus tôt possible.

Ce jour-là, Julia Desmarais lui avait clairement dit qu'il était temps de songer à donner à sa femme et à ses neuf enfants un toit décent.

Bien sûr, il se rappelait encore la joie de Jeanne, le même soir, quand, sur un coup de tête, il avait décidé de téléphoner devant elle à la secrétaire de la coopérative pour lui dire qu'il acceptait de devenir membre de son organisme.

En réalité, après ce bref instant d'euphorie, Maurice avait eu du mal à trouver le sommeil durant plusieurs jours. Finalement, il n'était parvenu à calmer son angoisse qu'en se disant qu'il pourrait toujours refuser la construction de sa maison si son nom était pigé lors de la réunion mensuelle des membres de la coopérative. En somme, il avait chèrement payé pour avoir voulu épater son entourage.

Puis les mois avaient passé et le nouveau concierge de l'école St-Andrews avait pensé de moins en moins souvent à son engagement. Même s'il avait alors un emploi régulier, il avait conservé la plupart de ses riches clients et il continuait à faire l'entretien de leur maison certains soirs et le samedi. L'automne 1956, puis l'hiver et le printemps de l'année suivante s'étaient succédé sans qu'il soit allé une seule fois à la réunion mensuelle des coopérants. La famille de sa femme vivait alors plusieurs bouleversements et il avait bien d'autres chats à fouetter qu'une hypothétique maison, même neuve.

Son beau-frère, Jean Ouimet, venait de mettre en vente son restaurant de la rue Emmett dans l'espoir de rentrer à Québec pour reprendre son ancienne profession de vendeur d'assurances. Son expérience de restaurateur avait été coûteuse. Un trop grand nombre de clients avaient été incapables de régler leurs dettes et le pauvre homme n'avait jamais pu compter sur l'aide de sa femme. À l'époque, comme si leur situation n'avait pas été assez critique, cette dernière n'avait rien imaginé de mieux à faire que de démarrer un étonnant commerce de vieux vêtements usagés suspendus à des fils de fer tendus à travers la pièce située à l'arrière du restaurant, pièce déjà encombrée de caisses de bouteilles vides de boisson gazeuse. Le tout prenait l'allure inquiétante d'un capharnaüm où une chatte n'aurait pu retrouver ses petits.

Par ailleurs, un mois plus tard, ses beaux-parents, Léon et Marie Sauvé, avaient décidé, à la surprise de tous les membres de la famille, de quitter la maison louée à Drummondville pour s'acheter un duplex neuf érigé dans la rue Louis-Veuillot, à Montréal. Un ami, entrepreneur en construction, leur avait consenti un rabais substantiel et le couple de sexagénaires avait sauté sur l'occasion. En fait, cette décision avait surtout été dictée par le désir de leur fille Ruth de suivre des cours en secrétariat à Montréal. Ils ne voulaient pas laisser sans protection leur bébé de près de vingt-cinq ans.

À cette époque, par un curieux hasard, on aurait dit que Drummondville ne parviendrait pas à retenir un Sauvé sur son territoire. Sans se consulter le moins du monde, Bernard et Claude Sauvé vinrent s'installer avec leur famille à Montréal à quelques mois d'intervalle. Mis à pied par la Celanese, les deux frères de Jeanne décidèrent de tenter leur chance dans la métropole. Bernard fonda tant bien que mal une école de conduite; tandis que son frère demeura dans le textile en se faisant embaucher à la Dominion Textile de la rue Notre-Dame.

Bref, si Germaine Sauvé était retournée vivre à Québec avec son mari et leurs huit enfants, ses parents et deux de ses frères, pour leur part, étaient venus s'établir dans la métropole, près de Jeanne et de sa famille.

Six autres mois s'étaient écoulés sans nouvelles de la Coopérative d'habitation de Montréal.

Cependant, à la fin de l'été 1957, Maurice avait commencé à être sérieusement agacé par certaines allusions peu subtiles de son frère Adrien et de quelques beaux-frères qui lui avaient demandé, avec un sourire moqueur, s'il allait emménager un jour dans sa nouvelle maison. Pour la première fois en plus d'un an, Maurice avait alors manifesté un peu d'intérêt pour la coopérative et de l'impatience face à sa lenteur. Au début du mois d'octobre, il avait fait soudainement part à Jeanne de son intention de se rendre à la réunion mensuelle des membres qui se tenait toujours le premier dimanche après-midi du mois, à l'école Meilleur de la rue Fullum.

Ce qu'il ignorait, c'est qu'à son insu, Jeanne avait alors téléphoné à Julia Desmarais pour la mettre au courant de sa décision. En posant ce geste, sa femme avait tenu la promesse faite à leur bienfaitrice. Quand Jeanne l'avait appelée en cachette, plus d'une année auparavant, pour la remercier d'avoir poussé Maurice à devenir membre de la coopérative, la fille du juge Perron lui avait dit de la prévenir quand son mari semblerait prêt à passer aux actes. Elle lui avait alors promis d'alerter son amie, la secrétaire de la coopérative.

Il n'y avait donc rien eu de surprenant à ce que ce dimanche après-midi là, Maurice, accompagné de sa fille Lise, ait retrouvé Simone Legris sur son chemin dès son entrée dans le gymnase de l'école Meilleur. En voyant la secrétaire, il lui avait demandé poliment:

— M'avez-vous oublié, madame Legris?

— Pas du tout, monsieur Dionne, avait répondu la dame avec un sourire. J'attendais que vous donniez signe de vie. Si je vous vois ici, est-ce que ça signifie que vous êtes prêt à faire construire votre maison?

— Je suis pas ben plus riche qu'il y a un an, mais je pense que je pourrais toujours essayer, lui dit-il, le cœur battant.

— Bon. Écoutez. Je vais être franche avec vous, dit la secrétaire en l'attirant dans un coin de la salle. On est rendus en octobre et on a huit nouvelles maisons à livrer avant l'hiver. Comme vous le savez, on ne coule pas de solages durant l'hiver. Si vous me dites que vous êtes prêt, soyez ici à la prochaine réunion. Ça va être la dernière de l'année. Je vais essayer de vous arranger quelque chose pour le printemps prochain.

C'est ainsi que Maurice avait été l'heureux gagnant du «tirage au sort» effectué lors de la réunion des membres de la Coopérative d'habitation de Montréal du mois de novembre 1957. On lui avait promis sa maison pour le 1er mai 1958. Les jours suivants, Simone Legris avait même pu lui préciser que cette dernière serait érigée sur le boulevard Lacordaire et elle lui communiqua le numéro du lot qu'elle occuperait.

Maurice se souvenait encore très bien de ce soir-là. Il y avait eu fête autour de la table familiale quand il avait appris la bonne nouvelle aux siens.

— Si tout se passe comme prévu, leur avait-il dit, on va partir du 2321, rue Notre-Dame à la fin du printemps. On a juste sept mois pour ramasser le plus d'argent possible pour s'installer à Saint-Léonard et pour organiser notre déménagement. On n'a pas de folies à faire.

L'hiver avait passé rapidement, trop rapidement au goût de Maurice qui, dès les premiers jours du printemps, avait dû se mettre à régler tous les problèmes engendrés par le financement de sa future maison. De peine et de misère, il était parvenu à trouver de justesse une seconde hypothèque.

Lorsqu'on l'avait prévenu qu'on venait de couler les fondations de sa maison, à la mi-mars, toute la famille, excitée, s'était entassée dans la vieille Dodge pour aller repérer l'endroit où elle allait vivre dans quelques semaines. À compter de ce jour, le lot 805 du boulevard Lacordaire était devenu l'objet d'un pèlerinage hebdomadaire pour évaluer l'avancement des travaux de construction.

Avec l'approche du déménagement, l'appartement vétuste de la rue Notre-Dame avait pris l'aspect d'un véritable chantier. Des boîtes s'étaient entassées dans toutes les pièces de la maison. Tous les objets qui n'étaient pas de première nécessité avaient déjà été emballés, prêts à être transportés.

Trois semaines plus tard, la construction du bungalow était terminée et Maurice s'était empressé d'aller prendre possession des clés de sa nouvelle maison.

L'après-midi même, le nouveau propriétaire, débordant de fierté, avait envahi les lieux en compagnie de tous les siens. L'endroit désert résonnait comme une église sous les pas des Dionne. Maurice avait immédiatement entraîné sa famille dans une visite détaillée de chacune des pièces pour expliquer leur usage.

— En entrant, à gauche, c'est le salon et à côté, c'est la cuisine, avait-il dit. Vis-à-vis, de l'autre côté du couloir, c'est notre chambre, puis celle des filles et la dernière, ce sera celle de Paul.

— Et nous autres ? avait demandé Claude. On va coucher où ? Dans la cave ?

— Ben non, innocent ! avait sèchement répondu son père. Attends une minute. On n'a pas fini. Au bout du couloir, à gauche, en face de l'escalier de la cave, c'est la salle de bain et il y a même de l'eau chaude.

Les aînés s'étaient alors regardés, un peu ébahis par ce luxe jusqu'alors inconnu.

Tout le monde était ensuite monté à l'étage en empruntant l'étroit et abrupt escalier qui s'ouvrait près de la salle de bain. Parvenu au sommet, chacun put voir à quel point ce grand espace situé sous le toit était abondamment éclairé par deux fenêtres à guillotine disposées à chacune des extrémités.

— Les murs sont pas encore faits, mais vous allez voir comment vous allez être bien, avait commenté Jeanne en montrant la grande pièce au plafond à la pente très prononcée à ses enfants. On va partager ça en deux. En avant, il va y avoir une petite chambre pour Martine qu'on va séparer avec un rideau. Le reste, ça va être un grand dortoir pour les garçons. On va vous installer cinq lits. Vous allez avoir de la place en masse.

Lors du déplacement à l'étage, Paul avait été le seul à n'avoir pas suivi le groupe, trop déçu de constater à quel point sa chambre allait être exiguë. C'était la plus petite des trois chambres à coucher du rez-de-chaussée. La pièce d'à peine douze pieds par huit lui semblait si étouffante qu'il en oubliait l'extraordinaire avantage de pouvoir enfin dormir seul dans sa propre chambre, pour la première fois de sa vie.

Durant les deux semaines suivantes, Maurice et les siens avaient transporté, chaque soir, des boîtes qu'ils déposaient dans le sous-sol de la maison neuve avant de peindre durant plusieurs heures. Son frère Adrien et Gaston Duhamel, le mari de sa sœur Suzanne, étaient même venus peindre durant tout un week-end pour rendre service aux Dionne.

Enfin, le 30 avril, Florent Jutras avait quitté sa ferme de Saint-Cyrille au volant de son gros International vert pour transporter les meubles et les effets personnels de la famille de son beau-frère. Grâce à son aide ainsi qu'à celle de Bernard et de Claude Sauvé, le déménagement avait été terminé sur le coup de midi.

Au début de l'après-midi, Maurice s'était empressé d'aller porter les clés de l'appartement de la rue Notre-Dame à Smith, le responsable des vieux immeubles de la Dominion Oilcloth. À ses yeux, ce geste avait marqué la fin d'une époque dans la vie de sa famille. Ce jour-là, il était bien décidé à tourner définitivement la page. Par la suite, il n'avait jamais senti le besoin de retourner dans ce qu'il appelait « le bas de la ville » pour revoir l'ancien quartier où il avait vécu si longtemps. Sa vie était maintenant ici, à Saint-Léonard-de-Port-Maurice.

— À quoi tu jongles, Maurice ? lui demanda sa femme en venant s'asseoir près de lui sur le balcon.

Tiré brutalement de sa rêverie, Maurice sursauta. Il y eut un long silence, à peine troublé par les cris d'enfants qui jouaient au loin, avant qu'il ne se décide à répondre à Jeanne.

— À notre déménagement, finit-il par laisser tomber. As-tu pensé que ça fait déjà deux ans qu'on est ici ?

— J'y pense souvent, admit Jeanne. Tu te rappelles ? Ce jour-là, je tenais à revenir avec toi sur la rue Notre-Dame pour aller dire bonjour une dernière fois aux voisins qu'on aimait. Ça m'a fait quelque chose de laisser en arrière de nous autres Claudette Thériault, Germain Couture et la vieille Amanda Brazeau. On s'était promis de se revoir... Il y a des jours où je m'ennuie de ce monde-là... Dire que j'ai même pas eu le temps d'aller remercier sœur De Rome et garde Sirois, reprit-elle, tourmentée par le remords.

Pour cette mère de famille nombreuse, le départ tant espéré avait tout de même été assez douloureux. Pour le bien de ses enfants, elle avait tourné le dos à un monde qu'elle avait appris à aimer et à apprécier. L'appartement était peut-être insalubre, mais certains voisins étaient si chaleureux qu'elle les avait très vite regrettés.

— Ah ben maudit ! s'exclama Maurice. J'aurai tout entendu. Tu t'ennuies de la rue Notre-Dame, à cette heure. Ça vaut ben la peine de se crever pour payer pour une maison neuve...

— Non, c'est pas ce que je veux dire, protesta sa femme. Je m'ennuie du monde, pas de l'appartement. Ici, c'est pas pareil. Les voisins sont plus froids.

— Tant mieux, conclut Maurice abruptement. Comme ça, au moins, je trouve pas la mère Brazeau écrasée dans ma chaise berçante quand je rentre de l'école... Bon, ça commence à rafraîchir, reprit-il un moment plus tard. Je pense qu'on est mieux de rentrer regarder un peu la télévision, dit-il en se levant. Viens-tu ?

Maurice replia les deux chaises de jardin qu'il porta dans la maison et déposa contre l'un des murs du salon avant de se diriger vers l'escalier qui permettait d'accéder à l'étage. C'est là qu'avait finalement été installé le téléviseur.

En fait, il avait suffi de quelques semaines à Maurice et à Jeanne pour se rendre compte que leur salon était beaucoup trop petit pour permettre aux enfants d'y regarder la télévision. Comme il n'était pas question qu'ils s'assoient sur le divan et le fauteuil, il n'y avait pas assez d'espace dans la petite pièce pour installer des chaises pour tout le monde. À contrecœur, on avait dû se résigner à improviser une salle de télévision à l'étage. Pour y arriver, il avait fallu sacrifier la chambre à coucher rudimentaire de Martine. La fillette de huit ans avait vu son lit repoussé vers le dortoir des garçons, mais le rideau qui séparait la pièce du dortoir était demeuré en place.

Dans les minutes suivantes, tous les enfants vinrent les uns après les autres s'installer devant le petit écran aux côtés de leurs parents. Comme d'habitude, Paul était la seule exception. La dernière bouchée de son souper avalée, l'étudiant s'était enfermé dans sa petite chambre verte et il s'était mis à préparer fébrilement l'examen de mathématiques prévu pour le lendemain après-midi. Ces «sabbatines» du samedi après-midi engendraient généralement la crainte chez les étudiants du collège Sainte-Croix. Pour l'aîné des fils Dionne, la «sabbatine» mensuelle de mathématiques était devenue un véritable cauchemar parce que cette matière était sa bête noire depuis le début de son cours classique.

À l'étage, on n'entendait que la voix de Réal Giguère, la coqueluche de Télé-Métropole, la nouvelle chaîne de télévision privée, qui avait vu le jour quelques mois auparavant. Depuis l'apparition du canal 10 sur le petit écran, les Dionne l'avaient adopté. Sans être infidèle à *La famille Plouffe* de Roger Lemelin, au *Survenant* de Germaine Guèvremont et à *La poule aux œufs d'or* animée par Roger Beaulu – toutes des émissions transmises par Radio-Canada –, on s'était habitué aux visages de Serge Bélair, d'Anita Barrière et de Réal Giguère, les vedettes montantes de la nouvelle chaîne de télévision.

À neuf heures pile, Paul entendit des pas dans l'escalier et il devina immédiatement de quoi il s'agissait en voyant son frère Claude pousser la porte de sa chambre.

— P'pa te fait dire d'éteindre ta lumière et de monter regarder la télévision avec nous autres, dit l'adolescent en repoussant du pied la vieille couverture avec laquelle son frère aîné dissimulait la lumière qui pouvait filtrer sous sa porte.

— J'ai pas fini, répondit son frère avec aigreur.

— Même si t'as pas fini, t'es mieux de monter, je pense.

— OK, j'arrive, dit Paul en claquant rageusement le livre de mathématiques ouvert sur son pupitre.

Claude referma la porte derrière lui et monta à l'étage. En pestant contre la hantise de son père de voir augmenter son compte d'électricité si une ampoule demeurait allumée plus qu'il n'estimait nécessaire, Paul rangea ses effets scolaires dans son porte-documents.

— J'ai même pas eu le temps de lire une page de mon roman, se plaignit-il à voix basse. Maudit achalant!

Il alla rejoindre les autres pour contenter son père, comme d'habitude, mais il ne demeura devant le téléviseur qu'une trentaine de minutes. Quand Maurice signifia aux plus jeunes d'aller se coucher, il en profita pour faire de même en alléguant sa fatigue, même si l'ordre ne le concernait pas.

Revenu dans sa chambre, il s'empressa de sortir ses couvertures et son oreiller de sa garde-robe et les disposa sur son étroit divan rouge avant de se mettre au lit. Il savait que son père descendrait dans quelques minutes pour vérifier s'il ne lisait pas en cachette.

Moins d'une heure plus tard, Maurice entendit passer l'autobus sur le boulevard et il regarda par la fenêtre si Lise en descendait. Quand il vit sa fille aînée traverser la rue, il éteignit le téléviseur et descendit au rez-de-chaussée avec sa femme. La jeune fille poussait la porte d'entrée au moment où son père allumait le plafonnier du couloir.

— Bonsoir, dit-elle d'un ton las en apercevant ses parents.

L'adolescente enleva ses chaussures qu'elle aligna soigneusement près des souliers de Paul, sur le paillasson, après avoir vérifié que la boue ne les avait pas trop salis.

À dix-sept ans, Lise Dionne était la fierté de son père à qui on ne cessait de dire qu'elle était une belle fille. En vérité, sans être belle, elle était une grande et jolie fille dont on remarquait volontiers la longue et luxuriante chevelure brune ainsi que la tenue soignée. Après avoir obtenu son diplôme de 9e année, elle avait occupé durant quelques mois un emploi de téléphoniste dans un hôpital privé avant de devenir vendeuse chez Woolworth.

— Si tu veux manger quelque chose, il reste des rigatonis du souper, lui offrit sa mère. T'as juste à les faire réchauffer.

— Merci, m'man. Je suis trop fatiguée. Je pense que je vais aller me coucher.

— Dis donc, toi, je t'avais pas dit de demander à ton *boss* de te laisser prendre l'autobus de neuf heures ? attaqua son père en train de fumer sa dernière cigarette avant de se mettre au lit. Tu lui as pas dit que j'aimais pas te voir attendre l'autobus toute seule pendant une heure au centre d'achats à cette heure-là ?

— Je lui ai demandé, répondit Lise, mais il a dit qu'il pouvait pas faire ça, que ce serait un passe-droit.

— Tu parles d'un maudit gnochon ! Il comprend rien, ce gars-là... Bon. T'as eu ta paye ?

— Oui, dit la jeune fille en fouillant dans sa bourse pour en retirer une petite enveloppe brune qu'elle tendit à son père.

Maurice vida le contenu de l'enveloppe sur la table de cuisine et il en vérifia soigneusement le contenu. Il y avait vingt-six dollars. Il en prit cinq qu'il tendit à sa fille pour son argent de poche et ses billets d'autobus et il empocha le reste à titre de pension.

Lise enfouit le billet dans son porte-monnaie qu'elle replaça dans sa bourse.

— Allez-vous me réveiller à six heures et demie demain matin ? demanda-t-elle sans préciser à qui elle s'adressait.

— Inquiète-toi pas, fit sa mère. Je vais te réveiller à temps. Tu seras pas en retard.

— Merci, m'man.

L'adolescente entra dans sa chambre sans allumer la lumière pour ne pas réveiller Francine. Mais cette dernière ne dormait pas. Aussitôt que sa sœur eut refermé la porte, elle lui demanda à voix basse :

— Est-ce qu'il est allé te voir au magasin ?

— Qui ça ? demanda Lise en mettant sa chemise de nuit dans l'obscurité.

— Le grand Gilles Bélisle, cette affaire. Sa sœur Michèle m'a dit qu'il irait te voir à soir et qu'il attendrait l'autobus de dix heures avec toi.

— Ben non, il est pas venu.

— Aïe, Lise Dionne ! Prends-moi pas pour une valise, OK ! Je suis certaine qu'il est allé te voir. Je l'ai vu prendre l'autobus au coin de Lavoisier après le souper.

Francine faisait allusion au début d'amourette entre sa grande sœur et l'aîné des Bélisle, les voisins qui demeuraient derrière, dans la rue Girardin. D'ailleurs, leur première rencontre avait failli tourner au drame le dimanche après-midi précédent.

Le grand Gilles, ayant aperçu Lise assise seule sur le balcon, s'était permis de venir lui faire la conversation après avoir vérifié l'absence de l'auto de Maurice dans l'allée. L'adolescente n'était pas insensible aux longs cheveux blonds et aux yeux bleus de ce garçon de dix-neuf ans aux allures un peu bohèmes. Durant de longues minutes, le jeune homme, debout sur la première marche de l'escalier, avait parlé de tout et de rien avec une Lise qui scrutait continuellement le boulevard Lacordaire dans la crainte de voir apparaître la voiture de son père.

Finalement, elle avait aperçu la Dodge brune presque trop tard et Gilles Bélisle avait dû s'élancer à travers la cour et sauter la clôture que le père de sa belle venait à peine d'ériger pour éviter un face-à-face embarrassant.

Maurice n'était pas certain d'avoir vu un étranger disparaître à l'arrière de sa maison. Soupçonneux, il avait longuement questionné sa fille aînée ainsi que ses frères et sœurs pour connaître l'identité de celui qui lui semblait avoir pris la fuite à son approche. Ces derniers avaient fait bloc avec leur sœur et gardienne et ils avaient nié toute présence étrangère sur le balcon… Mais il était resté un doute tenace dans la tête du père de famille et les avertissements sévères avaient plu sur la présumée fautive et ses complices, avec promesse de châtiments si cela devait se reproduire.

— Que j'en prenne jamais un à venir rôder autour de la maison quand je suis pas là, tu m'entends ! avait-il finalement prévenu sa fille.

Ce vendredi soir là, Lise se glissa sous les couvertures en poussant un soupir de contentement.

— Envoye, raconte, la supplia sa sœur cadette dévorée par la curiosité.

— Ben oui, là. Il est venu m'attendre, reconnut Lise pour avoir la paix. On est allés boire une liqueur au restaurant en attendant l'autobus de dix heures.

— Comment ça se fait que p'pa l'a pas vu tout à l'heure ? Tu sais ben qu'il regarde toujours quand tu descends de l'autobus.

— On n'est pas fous. Il est descendu au coin de Laforcade, pas au coin de Lavoisier. Comme ça, p'pa a pas pu le voir.

Chapitre 2

La perruque

Dès la seconde semaine de mai, la température se mit résolument au beau fixe et le soleil brilla alors de tous ses feux. La niveleuse municipale s'activa plusieurs jours pour remplir les fondrières produites par les dernières pluies dans les rues de la coopérative et les ménagères se mirent à pester contre la poussière soulevée par la circulation. Cette poussière s'infiltrait partout et surtout, salissait les fenêtres.

Ce mardi après-midi là, Jeanne était de mauvaise humeur. Elle attendait le retour de Claude et d'André de l'école Saint-Léonard édifiée à près de deux milles de la maison, rue Collerette. Au début de l'après-midi, le directeur adjoint de l'école lui avait téléphoné pour la prévenir qu'il gardait ses deux fils en retenue pour les punir d'être allés s'amuser, malgré son interdiction formelle, dans le cimetière paroissial situé tout près de l'école. Pire, on les avait vus arracher des fleurs de couronnes mortuaires déposées au pied de pierres tombales.

La porte d'entrée claqua au moment où la mère de famille s'apprêtait à étendre la nappe sur la table. Elle aperçut ses deux fils, rouges d'avoir couru durant presque tout le trajet.

— Vous deux, mes beaux niaiseux, vous êtes chanceux d'arriver avant votre père, leur dit-elle, sévère.

— C'est pour ça qu'on a couru, répondit Claude avec une certaine effronterie. Il y a déjà ben assez que le gros Robert nous ait gardés en retenue pour rien sans, en plus, en manger une en arrivant ici.

— Comment ça, pour rien ?

— Ben, il a cru ce que des gars lui ont dit. Mais c'était pas vrai. On n'est jamais allés jouer dans le cimetière et on n'a pas pris de fleurs. Qu'est-ce que vous voulez qu'on fasse avec ces fleurs-là ?

— Vous êtes pas allés dans le cimetière ? demanda leur mère, sceptique.

— On est passés par le cimetière ; c'est pas la même chose. On est tannés, nous autres, de marcher comme des fous pour aller à l'école. C'est ben plus court quand on coupe par le cimetière.

— C'est défendu, Claude Dionne, m'entends-tu ? fit sa mère en élevant la voix.

— Ben oui, je vous entends ! C'est facile de défendre ça quand on a un char et qu'on marche pas ce qu'on a à marcher quatre fois par jour. Nous autres, on fait pas de mal à personne et on touche à rien quand on passe par là. Maudit ! On le mangera pas, ce cimetière-là !

— En tout cas, vous avez bien vu que vous gagnerez rien à faire les têtes de cochon, finit par dire Jeanne à ses deux fils. L'école le défend. Vous avez pas le choix. En attendant, dépêchez-vous d'aller porter vos affaires en haut avant que votre père soit là.

Pendant que les deux garçons prenaient bruyamment d'assaut l'escalier qui conduisait à l'étage, leur mère s'avouait soulagée de voir qu'on avait commencé la construction de la nouvelle école Pie XII au bout de la rue Lavoisier quelques jours auparavant. Son Denis n'aurait pas à marcher aussi loin pour aller à l'école en première année, l'automne suivant.

À l'extérieur, il y eut un crissement de pneus sur le gravier de l'allée, suivi presque immédiatement par le claquement d'une portière d'auto.

— Bon, pas un mot là-dessus à votre père, dit Jeanne à ses deux fils de retour au rez-de-chaussée. Vous le connaissez, ça va l'énerver pour rien. À partir de demain, je veux plus vous voir passer par le cimetière. Vous partirez plus de bonne heure pour arriver à l'école à temps. Un point, c'est tout.

Maurice n'entra pas tout de suite dans la maison. Il fit d'abord le tour de son terrain pour vérifier l'état de son gazon. Il revint ensuite près de la vieille Dodge.

— Jeanne, dis à Claude de venir me donner un coup de main, cria-t-il à sa femme qu'il avait vue passer devant la fenêtre de la cuisine.

Claude vint rejoindre son père et l'aida à tirer du coffre de la voiture une demi-douzaine de sacs lourds qu'ils déposèrent ensuite dans la vieille brouette qu'André était allé chercher dans la cabane de jardin.

— Qu'est-ce que c'est, p'pa ? demanda Claude. C'est ben pesant.

— Du fumier de mouton. Avec ça, tu vas voir qu'on va avoir le plus beau gazon du coin, répondit son père. Va me chercher une pelle pendant que j'ouvre les sacs, ajouta-t-il au moment où il poussait la brouette dans la cour arrière.

Maurice éventra les deux premiers sacs qu'il déversa dans la brouette.

— Ouach ! Ça sent ben mauvais, cette affaire-là ! se plaignit Claude en se bouchant le nez. Ça sent le restituage.

— Ça va faire, le comique ! le réprimanda son père. Prends l'autre pelle et grouille-toi. On n'est pas pour passer la soirée là-dedans.

En fait, Maurice était surpris lui-même par l'odeur infecte dégagée par le fumier qu'il avait acheté. En vérifiant les sacs, il se rendit compte qu'il avait payé moins cher parce qu'il s'agissait de fumier de mouton non désodorisé.

Après avoir répandu le contenu de trois sacs sur le gazon de la cour arrière, il s'empressa d'ouvrir les trois derniers sacs pour fertiliser la pelouse bordant le boulevard Lacordaire.

La porte d'entrée s'ouvrit alors pour livrer passage à Jeanne et à sa fille Francine.

— Ma foi du bon Dieu ! s'exclama Jeanne, veux-tu bien me dire ce que t'es en train de faire là ?

— As-tu le nez bouché ? fit Maurice. Ça se sent, non ? J'étends du fumier, sacrement !

— Mais t'es en train d'empoisonner tout le monde avec ton fumier. C'est quoi, ce fumier-là ?

— C'est rien que du fumier de mouton. Parle moins fort. T'es pas obligée d'alerter tous les voisins, ajouta-t-il, furieux.

— Laisse faire les voisins, dit sa femme avec mauvaise humeur. J'ai l'impression que tu vas entendre parler d'eux autres si tu fais pas disparaître cette odeur-là au plus vite. Ils vont être contents d'être obligés de fermer leurs fenêtres avec une chaleur pareille, juste pour pas être obligés de sentir ton fumier. Si ça a de l'allure, ajouta-t-elle en soulevant les épaules avant de tourner les talons pour rentrer dans la maison, suivie par sa fille.

— Maudite fatigante ! jura Maurice en reprenant sa pelle.

Puis, il se tourna vers Claude.

— Grouille qu'on en finisse au plus sacrant, lui ordonna-t-il. Après, on va se dépêcher d'arroser le terrain pour faire entrer ce fumier-là dans la terre.

Maurice eut le temps d'arroser abondamment avant d'entrer dans la maison pour souper. L'odeur peu appétissante n'avait pas disparu pour autant et avait même envahi les lieux.

— Si ça vous fait rien, m'man, fit Francine en réprimant un haut-le-cœur, j'aime autant pas manger.

— Toi, assis-toi et mange, lui ordonna sèchement son père.

L'avertissement paternel découragea tous les autres enfants tentés de bouder la fricassée de porc préparée par leur mère.

Après le repas, Maurice se remit à arroser abondamment sa pelouse. Cependant, son geste fut nettement insuffisant pour faire disparaître cette puanteur capable de soulever les cœurs les plus solides. Pendant qu'il manipulait son boyau d'arrosage, il y eut quelques va-et-vient de voisins intrigués et mécontents, apparemment à la recherche de la source d'un tel fumet!

Puis, un peu après dix-neuf heures, l'unique voiture de la police de Saint-Léonard-de-Port-Maurice s'arrêta doucement devant le bungalow des Dionne. Deux policiers en descendirent lentement. Durant quelques instants, ils se concertèrent, plantés devant la pelouse nauséabonde en affichant une mine dégoûtée. Ils finirent par venir sonner à la porte.

Maurice vint répondre. Il se retrouva face à face avec les deux policiers.

— Bonsoir, monsieur, dit l'agent le plus âgé, un gros homme d'une cinquantaine d'années à la mise un peu débraillée. On a reçu trois plaintes depuis une heure au sujet des mauvaises odeurs qui viennent de chez vous. Qu'est-ce qui se passe ?

Maurice, avec une mine repentante de circonstance, expliqua aux policiers son erreur d'avoir acheté et étendu du fumier non désodorisé et il leur dit que depuis, il n'avait pas cessé d'arroser son terrain pour faire disparaître l'odeur désagréable qui incommodait ses voisins.

— Ça a tout l'air que ça suffit pas, monsieur, fit l'autre agent en se pinçant le nez. Il va falloir que vous trouviez un autre moyen pour régler le problème.

— Je suis ben prêt à faire quelque chose, mais quoi ? demanda Maurice, excédé. Vous trouvez pas qu'il y en a qui se plaignent pour pas grand-chose ?

— Peut-être, monsieur, mais là, ça sent vraiment mauvais et vos voisins ont raison de se plaindre. À votre place, j'irais voir un des fermiers de la rue Jarry. Je suis certain qu'ils doivent savoir quoi faire.

— C'est correct. Je vais y aller tout de suite.

Les deux policiers regagnèrent rapidement leur véhicule et quittèrent les lieux. Deux minutes plus tard, Maurice, rageur, les suivait à bord de sa Dodge. Il se rendit chez les Cormier qui possédaient une petite ferme au bout de la rue Jarry. Le cultivateur lui vendit deux sacs de chaux en lui recommandant d'étendre le produit partout avant d'arroser à nouveau son terrain.

De retour à la maison, même si le soleil était en voie de se coucher, Maurice, aidé par Paul et Claude, répandit la chaux et il s'empressa d'arroser abondamment son gazon. Une heure plus tard, l'odeur du fumier de mouton avait totalement disparu.

Plus fatigué par les émotions de la soirée que par sa journée de travail, Maurice se laissa tomber dans la chaise berçante placée dans la cuisine, près de la cuisinière électrique.

— À c't'heure, qu'un voisin fasse un peu de bruit après onze heures ou qu'il étende du fumier qui sent un peu, tu vas voir comment je vais sauter, moi aussi, sur le téléphone pour me plaindre à la police, dit-il à Jeanne, l'air mauvais.

— Voyons, Maurice, il faut pas...

— Je voudrais ben savoir le nom des écœurants qui ont appelé la police pour se plaindre ! Ils voyaient ben que je faisais mon possible pour faire disparaître l'odeur, calvaire !

Ce soir-là, Maurice perdit une partie du peu de ses bonnes dispositions envers ses nouveaux voisins. De toute manière, contrairement à sa femme, il n'avait jamais été très porté sur le voisinage.

Trois jours plus tard, le calme était revenu chez les Dionne. La soirée était chaude et lumineuse, Maurice avait longuement arrosé sa pelouse après avoir fait sa mise en garde quotidienne à ses enfants les plus jeunes :

— Que j'en voie pas un marcher sur le gazon ! Si vous voulez jouer, allez jouer sur la rue Belleherbe, en face, ou dans le champ.

Ce soir-là, Marc, Guy et Denis étaient allés rejoindre Claude et André qui s'amusaient à se lancer un vieux ballon de football en bordure du champ, à l'extrémité de la petite rue Belleherbe. Pendant ce temps, Lise, Martine et Francine faisaient une promenade jusqu'au bout du boulevard Lacordaire.

Lorsque Maurice revint s'asseoir sur le balcon après avoir enroulé son boyau d'arrosage, Jeanne sortit de la maison en tenant la robe d'une cliente dont elle était en train de découdre l'ourlet.

— Tu pourrais au moins arrêter de coudre après le souper, dit son mari mécontent.

— J'en ai juste pour cinq minutes, répondit Jeanne en poussant un soupir exaspéré.

Maurice refusait de reconnaître à quel point les dix ou douze clientes faisant appel régulièrement au talent de couturière de sa femme étaient importantes pour cette dernière. Ces femmes lui fournissaient l'argent dont elle avait besoin pour boucler son budget de ménagère. Depuis près de cinq ans, malgré toutes ses récriminations, Jeanne n'avait pu obtenir de son mari qu'il ajoute un seul cent à la somme allouée à l'achat de la nourriture alors que le coût de celle-ci ne cessait d'augmenter.

Il y eut un long silence sur le balcon. Jeanne éprouvait une certaine rancœur envers son mari qui ignorait ou feignait d'ignorer tous les sacrifices qu'elle s'imposait pour que les siens mangent à leur faim, soient convenablement vêtus et ne manquent de rien. Peut-être s'imaginait-il qu'elle passait chaque jour de longues heures à peiner devant sa machine à coudre, à l'étage, pour son plaisir! Quand il en parlait, c'était pour s'inquiéter de la dépense supplémentaire d'électricité provoquée par l'usage de la machine à coudre, non de son épuisement. Il n'avait jamais la moindre considération pour tout le travail qu'elle abattait. Était-ce trop lui demander de penser un peu à elle?

Jeanne sortit de sa rêverie et se dépêcha de terminer son travail.

Quelques minutes plus tard, elle finit par remarquer l'air songeur de Maurice qui semblait fixer l'autre côté du boulevard sans rien voir. Une voiture passa, soulevant un nuage de poussière.

— Je te dis que ça va faire du bien quand ils vont asphalter le boulevard cet été, lui dit-elle.

L'homme, plongé dans ses réflexions, ne dit rien.

— Maurice, je te parle, fit Jeanne en élevant la voix. À quoi tu penses ? On dirait que tu dors debout.

— À rien, répondit ce dernier en sursautant.

— Je te disais que l'asphalte qu'ils vont poser sur le boulevard cet été va faire du bien. Ça va faire nouveau d'arrêter d'avaler de la poussière chaque fois qu'un char passe.

— Ouais, acquiesça-t-il, sans enthousiasme.

Maurice jeta un regard à sa femme, se racla la gorge et reprit la parole en donnant l'impression de se jeter à l'eau.

— En parlant de nouveau, lui dit-il d'une voix peu assurée, demain soir, je vais en avoir.

— Comment ça ? demanda Jeanne, subitement inquiète.

— Demain soir, je devrais avoir ma perruque.

— Ta quoi ?

— Ma perruque, sacrement ! Es-tu sourde ?

— Comment ça, une perruque ?

— Une perruque, parce que j'ai plus assez de cheveux sur la tête ! s'emporta Maurice. Il me semble que c'est clair, ça !

— T'es pas chauve. T'es juste un peu calé, Maurice, dit sa femme pour l'apaiser.

— Laisse faire. Je suis pas aveugle. Je me vois le fond de la tête quand je me regarde dans le miroir. Il me reste juste une couple de cheveux sur le dessus. Avec une tête de même, j'ai l'air ben plus vieux que mon âge...

— Et ça va te coûter combien, cette perruque-là ?

— C'est pas de tes maudites affaires ! C'est pas toi qui la payes, c'est moi.

— Maurice Dionne, prends-moi pas pour une folle, s'emporta à son tour sa femme. Es-tu trop gêné pour me dire ce que ça va te coûter ?

— Non, je suis pas gêné pantoute, répondit Maurice du tac au tac. Bâtard, elle va me coûter six cents piastres...

Et c'est pas par plaisir que je dépense mon argent là-dedans, si tu veux le savoir.

— Six cents piastres ! répéta Jeanne, abasourdie par l'énormité de la somme.

— Ben oui, six cents piastres, Christ ! Il y en avait pas de moins chères, mentit Maurice.

— Quand est-ce que t'es allé te la faire faire ?

— Il y a un mois.

— Pendant un mois, tu m'as caché ça ! lui reprocha sa femme. En tout cas, laisse-moi te dire, Maurice Dionne, que je trouve ça écœurant de dépenser six cents piastres pour une perruque pendant que je suis obligée de gratter la moindre cenne pour arriver à faire manger les enfants.

Maurice se tut, trop occupé à chercher à se rappeler comment l'idée lui était venue de se procurer une perruque pour dissimuler sa calvitie. Puis, tout lui revint.

Au début du mois précédent, Laurent Lacombe, le responsable de la propreté des écoles du secteur nord de la CECM, était venu inspecter son école. Au moment de quitter Maurice, le sexagénaire, à qui il ne restait qu'une étroite couronne de cheveux, lui avait dit en plaisantant : « Sais-tu, mon Dionne, que dans une couple de mois, tu vas avoir l'air presque aussi vieux que moi. Je te regarde puis je m'aperçois que t'as pas ben ben plus de cheveux que moi. » La remarque avait fait mouche et n'avait pas cessé de hanter Maurice durant plusieurs jours, jusqu'au moment où il s'était décidé à en parler à son coiffeur du boulevard Saint-Michel qui l'avait adressé à Paulo, un perruquier de la rue Saint-Hubert.

— Dire que pendant des années, t'as ri de ton frère Adrien avec sa moumoute, ajouta Jeanne avec un rien de méchanceté.

— Tu sauras que j'ai jamais ri d'Adrien à cause de sa perruque, affirma Maurice avec la plus évidente mauvaise foi. Je riais de sa perruque parce qu'elle était laide et parce qu'il avait l'air fou avec ça sur la tête. Tu vas voir que la mienne sera pas pareille.

— On verra bien ça demain soir, conclut Jeanne avant de s'enfermer dans un silence boudeur.

Le lendemain matin, au déjeuner, Jeanne prévint ses enfants que leur père porterait une perruque à son retour du travail cet après-midi-là. Elle voulait éviter que l'un d'entre eux ne s'attire les foudres paternelles et ne gâche la soirée en formulant une remarque déplacée à la vue de sa nouvelle tête.

— Quand votre père va revenir de travailler à soir, leur dit-elle, faites comme s'il y avait rien de changé.

— Il va avoir une vraie perruque? demanda Claude, stupéfait. Pour quoi faire?

— C'est pas de tes affaires, Claude Dionne. Ton père trouve qu'il a plus assez de cheveux.

— Ça va faire drôle, ajouta Francine en riant doucement.

— On va s'habituer, reprit sa mère en lui lançant un regard sévère. Allez surtout pas rire devant lui. Vous le connaissez. S'il s'aperçoit que vous riez de lui, il est capable de vous donner la volée de votre vie. Vous êtes aussi bien de faire comme si aviez rien remarqué.

À la fin de l'avant-midi, Maurice quitta l'école St-Andrews pour se rendre chez le perruquier de la rue Saint-Hubert. À son grand soulagement, il n'y avait pas un client dans la petite boutique quand il en poussa la porte.

Paulo, un petit homme au ventre avantageux, l'accueillit avec le sourire qu'il réservait à ses meilleurs clients.

— C'est le grand jour, monsieur Dionne, fit-il, guilleret. Assoyez-vous. Je vais vous montrer les chefs-d'œuvre que je vous ai fabriqués.

Le perruquier disparut durant quelques instants dans son arrière-boutique avant de réapparaître en tenant deux têtes de mannequins en polystyrène sur lesquelles étaient soigneusement tendues des perruques brun foncé. L'une avait un aspect bien différent de l'autre, même si elles étaient coiffées toutes les deux avec une raie à gauche.

— Celle-là, dit Paulo en montrant à Maurice une perruque aux cheveux épais à l'aspect peu naturel, elle est en nylon synthétique. Elle est moins belle que l'autre, mais vous serez content de la porter au travail.

Maurice se contenta de jeter un regard gêné à la prothèse capillaire brune et d'esquisser un sourire contraint.

— L'autre est bien plus belle, continua l'artiste qui avait remarqué le manque d'enthousiasme de son client. Il faut dire qu'elle vaut deux fois plus cher que la première. Elle est aussi de bien meilleure qualité et vous allez être fier de la porter dans vos sorties.

— OK.

— Bon, je vais vous raser le dessus de la tête et vous expliquer comment fixer et entretenir vos perruques, dit Paulo en invitant Maurice à prendre place dans un fauteuil de coiffeur.

Pendant que le petit perruquier coupait ses cheveux et rasait le dessus de sa tête, Maurice se demandait, un peu angoissé, s'il avait eu raison de commander deux perruques. Sept cents cinquante dollars pour ça : c'était une vraie fortune. Le moment était venu de payer et il regrettait amèrement d'avoir succombé à la panique. Durant un instant, il caressa même l'idée de prendre la fuite et d'abandonner entre les mains de Paulo l'acompte de trois cents dollars qu'il lui avait versé.

— Laquelle voulez-vous que je vous installe, monsieur? demanda Paulo avec une bonne humeur un peu forcée.

Maurice hésita. S'il n'avait pas senti ce courant d'air froid sur sa tête dénudée, il aurait répondu: «Aucune.» Mais il était trop tard pour reculer. En se regardant dans le miroir placé devant lui, il sursauta en apercevant sa tête aussi nue qu'une boule de billard. Il n'avait aucune envie que quelqu'un entre dans la boutique et le surprenne avec une tête pareille.

— Celle qui va me servir pour travailler, parvint-il à dire malgré sa gorge nouée.

— Bon! fit le coiffeur. Regardez bien comment je la fixe et surtout, comment je place l'élastique qui retient le tout sur votre tête.

Maurice, subjugué, épia le moindre geste du spécialiste en souhaitant ne rien oublier. Il n'avait qu'une hâte: qu'il en finisse!

Quelques minutes plus tard, le concierge de St-Andrews sortit précipitamment de la boutique en portant sous le bras une petite boîte renfermant une tête en polystyrène sur laquelle était posée sa seconde perruque. Il s'empressa de s'engouffrer dans sa vieille voiture avec l'impression que tous les passants le regardaient. Il avait la curieuse sensation de porter un véritable chapeau sur sa tête.

Avant de démarrer, il jeta un bref coup d'œil inquiet dans son rétroviseur pour voir sa nouvelle tête. Le temps pressait et il ne put s'examiner plus que quelques secondes.

— Maudit qu'il fait chaud en-dessous de ça, dit-il à mi-voix, en essuyant la sueur qui coulait sur son front. À part ça, elle est pas si pire, continua-t-il sur un ton peu convaincu. C'est vrai que ça fait nouveau, mais c'est ben moins laid qu'une tête déplumée, ajouta-t-il en essayant de se consoler.

Lorsqu'il pénétra dans son école quelques minutes plus tard, les couloirs étaient déserts, la cloche ayant rappelé les enfants en classe quelques minutes auparavant. Le concierge franchit l'entrée et il se dépêcha de se rendre à son bureau situé à l'autre extrémité du couloir du rez-de-chaussée, avant d'être intercepté par la directrice ou par une enseignante.

Aussitôt entré dans la petite pièce, il referma soigneusement la porte derrière lui avant de se précipiter dans les toilettes pour enfin vérifier à son aise l'allure que lui conférait son acquisition. À la vue de sa tête dans le miroir placé au-dessus du lavabo, il eut un mouvement de recul.

— Christ qu'elle est laide ! jura-t-il avec mauvaise humeur en examinant avec soin, pour la première fois, la perruque grossière que Paulo lui avait vendue pour le travail.

Sous l'effet de l'humidité, le bout de certaines mèches retroussait comme si les cheveux artificiels avaient pu se mettre à friser subitement. Maurice tenta, sans succès, de les aplatir en les écrasant avec une main. Puis, il toucha son acquisition du bout des doigts pour s'assurer qu'elle tenait bien en place. Enfin, résigné, il sortit des toilettes pour aller ranger au fond de son placard la tête en polystyrène qui portait sa seconde perruque.

Ce n'est qu'au moment de s'asseoir derrière son vieux bureau qui avait servi à plusieurs générations d'enseignants qu'une idée soudaine s'imposa à lui.

— J'avais pas pensé à celle-là ! s'exclama-t-il à mi-voix. Calvaire !

Maurice venait de songer brusquement qu'il ne ferait jamais croire à sa femme qu'il avait obtenu deux perruques pour six cents dollars. En d'autres mots, il lui fallait, le jour même, lui cacher l'existence de la perruque grossière qui le coiffait parce qu'elle était bien trop laide pour être portée en tout temps. Cela signifiait qu'il allait être condamné à changer de perruque à la fin de chaque journée de travail…

— Ça a pas d'allure ! Je suis pas pour passer une heure par jour à jouer avec ces maudites moumoutes-là. Me vois-tu arriver le matin, enlever la perruque pour installer l'autre jusqu'à quatre heures, puis l'enlever pour la remplacer avant de revenir à la maison ? Voyons donc !

Une sonnerie se fit entendre, mettant fin à ses sombres pensées. Il se leva précipitamment. La directrice l'appelait à son bureau. Avant de quitter la pièce, il tâta encore une fois du bout des doigts son postiche en priant intérieurement pour que la vieille religieuse ne lui fasse aucune remarque sur sa nouvelle apparence. Sa confiance était si fragile qu'il se sentait capable de jeter ses deux perruques à la poubelle si quelqu'un s'avisait d'esquisser le moindre sourire moqueur en le voyant.

Le cœur battant la chamade, il alla frapper à la porte de la secrétaire de l'école. Madame Constantino, une petite femme sèche et sans âge, leva la tête de sa machine à écrire et regarda le concierge par-dessus ses lunettes sans monture.

— Monsieur Dionne, c'est moi qui vous ai sonné. Une enfant a été malade dans la classe de sœur Clarence. Iriez-vous nettoyer les dégâts, s'il vous plaît ?

— Tout de suite, madame, répondit Maurice avec le sourire plein de bonne volonté que les membres du personnel de l'école appréciaient tant.

Il tourna les talons, soulagé et heureux d'avoir pu constater l'absence de réaction de la secrétaire devant sa nouvelle apparence. Il se dépêcha de remplir une chaudière d'eau javellisée et, armé de sa serpillière et de sa chaudière, il monta à l'étage.

Même s'il avait ignoré où était située la classe de 2e année de sœur Clarence, il aurait trouvé facilement l'endroit en se guidant sur l'odeur nauséabonde qui venait du local dont la porte était grande ouverte.

Lorsqu'il pénétra dans les lieux après avoir frappé discrètement à la porte, Maurice aperçut une vingtaine de petites filles qui jacassaient, debout à l'avant du local autour de leur institutrice. Son entrée les fit taire.

Sœur Clarence, un peu bousculée, se dégagea du groupe d'élèves qui la cernait et montra au concierge l'endroit à nettoyer. Maurice déposa sa chaudière à ses pieds et, au moment où il se penchait pour tordre sa serpillière au-dessus de sa chaudière, il sentit sa perruque se soulever vers l'avant et quitter le dessus de sa tête.

Le temps de réaliser ce qui se passait, il y eut un « Ah ! » de stupeur qui secoua les petites spectatrices qui ne l'avaient pas quitté des yeux. Le concierge lâcha tout immédiatement pour attraper au vol la « moumoute » baladeuse, mais son geste ne fut pas assez rapide. Sa perruque tomba directement dans la chaudière où elle se mit à flotter paresseusement.

Maurice, rouge de honte, aurait voulu mourir sur-le-champ. Il avait l'impression de vivre un cauchemar. Durant une fraction de seconde, il songea à s'emparer de sa chevelure postiche pour la plaquer à nouveau sur son crâne dénudé, mais au moment où il la saisit, il réalisa subitement qu'il ne ferait que déclencher une tempête de rires en se plaquant sur la tête cette « chose » dégoulinante. Bref, cette fois-ci, contrairement à son habitude, il choisit de poser le geste le plus sensé. Il prit sans façon sa perruque détrempée et, sans prendre la peine de l'assécher, il la fourra rapidement dans la poche arrière de son pantalon avant de se mettre à nettoyer les dégâts causés par l'écolière malade à grands coups de serpillière. À aucun moment il n'osa lever les yeux de peur de voir les fillettes ou leur enseignante en train de le fixer d'un air moqueur.

L'odeur disparut presque instantanément. Le pauvre homme entendit à peine les remerciements de sœur Clarence quand il sortit de la classe en portant sa chaudière à bout de bras.

Le concierge de St-Andrews s'engouffra dans l'escalier qui menait au rez-de-chaussée et fonça vers son bureau, en proie à une rage aveugle. Dès qu'il eut franchi le seuil de la porte, il lâcha sa chaudière, tira de sa poche arrière l'objet de sa honte et le lança à travers la pièce.

Il lui fallut de longues minutes pour retrouver un semblant de calme. Il se sentait tellement humilié par ce qui venait de se produire qu'il n'osa pas mettre le nez hors de son bureau avant le départ de la dernière enseignante de l'école. Tant pis pour le ménage. On s'étonnerait peut-être qu'il n'ait pas fait la tournée des locaux pour vider les corbeilles à papier avant la cloche de quatre heures, comme d'habitude ; mais il avait terriblement besoin de se retrouver seul.

— Demain, l'histoire va avoir fait le tour de l'école et tout le monde va me montrer du doigt, se répéta-t-il pour la centième fois depuis sa mésaventure survenue au début de l'après-midi. Tu parles d'une maudite malchance ! Si l'épais m'avait pas rasé la tête, je jetterais les deux maudites perruques dans la poubelle tout de suite. À cette heure, je suis ben obligé d'en mettre une.

Finalement, un peu avant cinq heures, Maurice se décida à bouger. Il retrouva par terre, au fond de la pièce, la perruque qu'il avait portée. Elle avait l'air d'un gros rat crevé. Il la rinça dans le lavabo et il la flanqua sans ménagement au fond du dernier tiroir de son bureau. Ensuite, il sortit sa seconde perruque du placard et la fixa sur sa tête, comme le lui avait enseigné Paulo quelques heures plus tôt.

— Celle-là a ben plus de bon sens, se dit Maurice à mi-voix en se regardant dans le miroir. En plus, moi, je l'ai attachée solide. Je te garantis qu'elle va tenir en place à part ça.

À la fin de cet après-midi éprouvant, le concierge de St-Andrews avait fini par se persuader que le perruquier était le seul responsable de sa mésaventure parce qu'il avait mal fixé le postiche. Il ne perdait rien pour attendre. Quand il le verrait, il allait lui dire sa façon de penser.

Son second postiche bien en place, Maurice se décida enfin à rentrer à la maison. Quand il immobilisa sa voiture dans l'allée, il ne se douta pas un instant que plusieurs de ses enfants guettaient sa sortie de la Dodge pour voir de quoi il avait l'air avec sa perruque. Claude et Francine étaient embusqués derrière l'une des fenêtres de la cuisine. En voyant son père descendre de son auto, Francine ne put se retenir de dire à mi-voix à son frère :

— Sacrifice ! Il fait ben dur avec cette affaire-là sur le naveau !

— Ouais, acquiesça son cadet, mais je pense qu'on est mieux de disparaître avant qu'il entre dans la maison. Il a l'air en maudit.

Leur mère, debout devant l'évier, leur fit les gros yeux.

Maurice eut un long moment d'hésitation avant de se diriger vers la porte d'entrée du bungalow. Avant de pénétrer dans la maison, il s'assura, encore une fois, du bout des doigts, que sa perruque était bien en place. Il inspira profondément, poussa la porte et entra dans la cuisine.

— Bonsoir, dit-il à Jeanne, debout devant le comptoir, occupée à mettre la dernière main au souper.

Il s'assit dans sa chaise berçante.

— Où sont les enfants ?

— Ils s'en viennent, répondit sa femme en se tournant vers lui.

Même si elle s'était préparée à la surprise, Jeanne eut du mal à réprimer un sursaut en voyant la nouvelle tête de son mari parée d'une perruque.

— Ils sont en train de se laver les mains dans la salle de bain ou au lavabo, dans la cave, ajouta-t-elle pour masquer son trouble.

— Qu'est-ce que t'en penses ? demanda Maurice tout à trac, sans prendre la peine de préciser de quoi il parlait.

Jeanne s'essuya les mains sur son tablier et elle se planta devant lui. Elle le dévisagea durant un court instant avant de dire du bout des lèvres :

— Ça te fait bien.

— Pas plus que ça ? dit son mari, déçu de son manque d'enthousiasme.

— Laisse-moi une chance de m'habituer. Tu viens d'arriver. En tout cas, c'est vrai que ça te rajeunit, admit Jeanne pour lui faire plaisir.

Maurice eut un sourire de contentement, sourire qui s'effaça lorsqu'il entendit les enfants venir vers la cuisine. Ces derniers entrèrent les uns après les autres dans la pièce et prirent place, comme d'habitude, autour des deux tables, après avoir salué leur père. Aucun d'entre eux n'eut le moindre sourire en le voyant. Ils évitèrent même de regarder dans sa direction, sachant d'instinct qu'il épiait le premier regard un peu trop insistant pour éclater.

À la fin de la soirée, le père de famille se coucha, épuisé. Il n'était pas prêt à revivre une pareille journée. Durant de longues minutes, il eut du mal à trouver le sommeil, imaginant les élèves et les enseignantes de St-Andrews se moquant ouvertement de lui le lendemain lors de son arrivée à l'école. Il commença même à se demander si les membres de sa belle-famille, réputés pour leur sens de l'humour, n'allaient pas s'amuser à ses dépens lorsqu'ils verraient sa nouvelle tête.

Pourtant, rien de ce qu'il avait imaginé ce soir-là ne se produisit, et il en fut grandement soulagé.

Le lendemain, son apparition à St-Andrews ne provoqua aucune réaction. Il ne présentait déjà plus l'attrait de la nouveauté pour les fillettes de l'école qui semblaient s'être habituées à sa nouvelle apparence.

Par ailleurs, il ne surprit jamais aucun Sauvé à faire la moindre allusion à sa perruque ou à s'en moquer. S'ils le faisaient, ils profitaient de son absence. Bref, à tout prendre, Maurice Dionne finit par tirer beaucoup de satisfaction de cette perruque qui, à son avis, lui conférait un air beaucoup plus jeune. À la longue, il finit par se persuader que bien peu de gens pouvaient s'apercevoir que cette luxuriante chevelure brune était un postiche.

Chapitre 3

Paul

Dès les premiers jours de juin, on aurait dit que l'été avait décidé de s'installer définitivement. Il n'était pas tombé une seule goutte de pluie durant les huit derniers jours et le mercure se maintenait au-dessus des 80 °F. Des affiches électorales s'étaient mises à fleurir sur le moindre poteau de Saint-Léonard-de-Port-Maurice, comme ailleurs dans la province de Québec.

De fait, il restait moins de trois semaines avant que les Québécois aillent aux urnes pour choisir entre Antonio Barrette, premier ministre unioniste du Québec, et Jean Lesage, le nouveau chef du parti libéral qui venait de remplacer le trop rigide Georges-Émile Lapalme. La mort subite du premier ministre Paul Sauvé au début du mois de janvier précédent avait obligé l'Union nationale à lui donner un successeur qui, quelques semaines auparavant, avait décidé de déclencher des élections générales pour mieux asseoir son pouvoir et sa légitimité. L'Union nationale avait peut-être encore des coffres bien garnis et une organisation redoutable, mais le parti devait combattre l'usure engendrée par seize années de pouvoir.

Chez les Dionne, Maurice et Jeanne en avaient déjà plus qu'assez d'entendre parler des enjeux de cette élection générale à la télévision et à la radio.

Selon les candidats libéraux, au lendemain de l'élection, la province allait entrer dans une nouvelle ère, une ère moderne où le Québec aurait enfin la chance de rattraper le retard pris sous la gouverne de l'Union nationale.

Par contre, le message véhiculé par les gens au pouvoir se faisait rassurant. Les transformations entreprises à la suite des soixante-six nouvelles lois que le premier ministre Paul Sauvé avait eu le temps de faire voter avant sa mort n'étaient qu'un prélude aux changements préconisés par l'Union nationale. Il fallait laisser le gouvernement actuel poursuivre son œuvre.

— Ils sont tous pareils, affirma Maurice à son beau-père, Léon Sauvé, qui s'était arrêté ce soir-là dans la maison du boulevard Lacordaire en compagnie de son fils Bernard pour une courte visite.

— Peut-être, Maurice, concéda le petit sexagénaire aux idées libérales bien arrêtées, mais j'aimerais mieux voir Lesage devenir notre premier ministre. Il est temps qu'on donne une chance aux libéraux. Je suis fatigué de voir Barrette, Johnson, Bellemare et compagnie. Qu'ils fassent de l'air. Ils ressemblent trop à Duplessis. Il est temps que les rouges changent les affaires.

— Vous saurez ben me le dire si vos rouges sont élus, monsieur Sauvé. Une fois installés, ils vont se remplir les poches et placer leurs amis. C'est ça, la politique chez nous. Moi, j'ai pas plus confiance dans vos rouges que dans les bleus.

— On verra bien le 22 qui va gagner et ce qui va se passer après, conclut Léon Sauvé, plein de sagesse.

— Ce qui est sûr, ajouta Bernard Sauvé, un homme d'une quarantaine d'années assez corpulent, c'est qu'ils vont tous oublier les belles promesses faites pendant la campagne. Ils vont se souvenir de nous autres juste quand il va être question d'augmenter les impôts.

— Pour les augmentations de salaire…

— T'es mieux d'oublier ça, Maurice, lui conseilla son beau-frère… À moins que t'aies un syndicat pas mal fort pour te défendre…

— Ben justement, la CSN essaie de nous avoir avec elle. Il paraît qu'elle va être assez forte pour nous négocier quelque chose de pas pire.

— T'es mieux d'attendre avant de te mettre à dépenser ce que tu vas gagner de plus, suggéra Léon. Je connais pas bien ça, les syndicats, mais tout ce monde-là travaille pas pour des prières. Des fois, je me dis que les gars des syndicats sont peut-être plus intéressés à encaisser vos cotisations qu'à vous défendre vraiment.

— En tout cas, on finira ben par le voir, dit Maurice.

Paul, sagement assis au bout de la table, écoutait d'une oreille distraite la discussion entre son père et les visiteurs. En fait, la politique et le syndicalisme étaient sûrement les derniers sujets qui lui importaient.

Le collégien de seize ans attendait. Il voyait approcher avec angoisse la fin de l'année scolaire sans avoir obtenu une seule réponse positive de l'un des vingt employeurs potentiels à la porte desquels il avait frappé depuis trois mois. Il avait pourtant consacré presque tous ses mercredis après-midi de congé à chercher un emploi d'été. Partout, on lui avait promis de lui donner des nouvelles, mais aucun ne s'était encore donné la peine de le contacter. Sans l'argent apporté par cet emploi, l'adolescent était bien conscient qu'il n'avait aucune chance de poursuivre ses études en versification en septembre.

Même s'il vivait le même suspense à la fin de chaque printemps depuis trois ans, il ne parvenait pas à s'habituer à ce stress supplémentaire qui s'ajoutait à celui des examens de fin d'année qui approchaient à grands pas.

En vérité, il fallait reconnaître que le collégien était hypernerveux et tendu comme une corde d'arc. Tout l'angoissait et son manque chronique d'argent le rendait d'une irritabilité difficilement contrôlée. Les deux cents dollars de bourse de l'Œuvre des vocations étaient à peine suffisants pour couvrir les frais des cours. Il lui fallait, de plus, trouver l'argent nécessaire pour payer son transport, ses vêtements, ses livres de classe et le matériel didactique. Comment boucler son budget quand son emploi d'été ne lui rapportait, en règle générale, qu'un maigre pécule de deux cent cinquante dollars ? Il devait compter le moindre cent pour payer ses billets d'autobus. Par conséquent, il ne pouvait jamais participer à aucune activité sociale organisée par ses camarades de classe ou par le collège parce qu'il n'avait pas les ressources nécessaires pour payer son écot. Évidemment, tout cela mis ensemble expliquait en partie pourquoi il n'avait aucun ami, ce qui l'isolait encore plus.

Si on ajoutait à ces conditions déjà peu favorables la menace toujours présente de son père de l'obliger à quitter le collège s'il ne réussissait pas, on parvenait alors à comprendre pourquoi Paul avait une nette tendance à se refermer sur lui-même et à se retirer dans sa chambre, tant pour étudier que pour lire.

Maurice aurait pu montrer un peu de compréhension envers son fils aîné, mais, sans trop savoir pourquoi, le concierge de l'école St-Andrews avait l'impression que son fils le regardait du haut de son cours classique et cela avait le don de lui faire voir rouge.

— Regarde-moi le frais qui s'en vient ! Et c'est moi qui le nourris et l'héberge, ce grand sans-cœur-là, se répétait-il quand il voyait Paul revenir du collège à l'heure du souper, son porte-documents sous le bras.

Pourtant, Maurice ne pouvait pas dire que son fils était paresseux, loin de là. Il était toujours le premier à mettre la main à la pâte quand il y avait une corvée. Lorsqu'il entreprenait le grand ménage de l'école en décembre et en juin, Paul ne ménageait pas ses efforts pour l'aider.

Vraiment, il existait entre le père et le fils des zones de mésentente que ni l'un ni l'autre ne cherchaient à éclaircir. De toute évidence, aucun des deux ne possédait la maturité ou même le goût de jeter des ponts qui auraient rendu leurs relations plus harmonieuses. Dans ce sens, le fils était aussi blâmable que le père. Il existait entre les deux une sorte de paix armée que la moindre remarque mal interprétée transformait en des semaines, voire des mois, de bouderie malsaine.

Ce mardi après-midi là, Paul revint du collège un peu plus tôt que d'habitude parce que le lendemain serait marqué par le début des examens de fin d'année.

Dès son entrée dans la maison, l'adolescent s'empressa d'aller retirer ses vêtements d'étudiant avant de venir s'asseoir à table, à la gauche de son père qui arborait son air renfrogné des mauvais jours. Sa mère, aidée par Francine, le servit après avoir déposé devant son mari une bonne portion de pâté chinois.

— Ah ! j'oubliais de te dire. Quelqu'un de l'Hôtel-Dieu a appelé pour toi cet après-midi, fit Jeanne à son fils. Une madame Dupras du bureau du personnel.

Paul leva la tête en direction de sa mère qui remplissait une autre assiette de pâté chinois en puisant dans le chaudron déposé sur la cuisinière.

— Est-ce qu'elle vous a dit ce qu'elle voulait ?

— Elle m'a dit que t'étais engagé pour l'été.

Immédiatement, Paul se sentit libéré. C'était comme si on venait de lui enlever une charge énorme de ses épaules. Une joie extraordinaire le submergea. La nouvelle ne pouvait pas tomber à un meilleur moment.

— Es-tu content ? lui demanda sa mère.

— Certain, dit-il en affichant l'un de ses rares sourires. Ça fait assez longtemps que j'attends des nouvelles... Est-ce qu'elle a dit quand je commencerais à travailler ?

— Le 1er juillet. Elle m'a dit que tu gagnerais trente piastres par semaine et que t'avais juste à te présenter à la cuisine du pavillon Le Royer à sept heures, ce matin-là. Il paraît que tu vas remplacer des employés réguliers pendant toutes les vacances.

Le visage de l'adolescent s'assombrit soudainement à cette nouvelle.

— Qu'est-ce qu'il y a ? On dirait que t'es pas content tout d'un coup, lui fit remarquer sa mère, surprise de sa réaction.

— Ben, je pensais pouvoir commencer tout de suite après le collège. Je finis le 17. Ça va me faire presque deux semaines à attendre à rien faire.

En entendant ces mots, Maurice se manifesta pour la première fois depuis que son fils avait pris place à table.

— À rien faire ! s'exclama-t-il. Il manquerait plus que ça, calvaire ! Tu serais ben trop content de rester le derrière assis sur une chaise en train de lire un de tes maudits livres ! Non ! Le 18 au matin, tu vas te lever de bonne heure et venir m'aider à faire le grand ménage de l'école. Pour une fois que tu vas gagner ce que tu manges, ça va faire changement, sacrement ! Si ça fait pas ton affaire, t'as juste à prendre la porte et à aller te faire nourrir ailleurs ! ajouta Maurice, rouge de fureur.

Pendant un instant, Paul demeura la fourchette en l'air, ne comprenant rien à l'explosion soudaine de son père. Qu'avait-il fait ? Il n'avait que regretté de ne pouvoir commencer à travailler plus tôt à l'hôpital.

Blanc comme un drap, l'adolescent s'empressa d'avaler ce qui restait dans son assiette avant de se lever pour aller déposer cette dernière dans l'évier.

— Il y a du bon pudding pour le dessert, dit Jeanne à son fils pour l'inviter à reprendre place à table.

— Merci, m'man, j'ai plus faim.

Sur ces mots, il sortit de la cuisine et entra dans sa petite chambre. Pendant de longues minutes, il fut incapable de sortir de son porte-documents les notes dont il avait besoin pour préparer son examen de littérature du lendemain tellement il était en rage.

— Un vrai maudit fou ! se dit-il à mi-voix. Il est pas parlable ! Si je pouvais aller vivre ailleurs, il peut être certain que je prendrais tout de suite la porte ! Maudit que je suis écœuré de vivre ici !

Il finit néanmoins par s'asseoir devant son petit bureau sur lequel il étala ses notes. Faisant alors abstraction des bruits de voix venant de la cuisine, il se plongea dans l'étude.

Le départ de Paul fut suivi d'un long silence. Jeanne, furieuse, servit le dessert sans desserrer les lèvres. Elle attendit que le dernier enfant ait quitté la pièce avant de laisser éclater sa colère.

— Veux-tu bien me dire ce que cet enfant-là t'a fait, Maurice Dionne ? demanda-t-elle, les dents serrées, en indiquant d'un signe de tête la porte de la chambre de Paul.

Maurice ne se donna pas la peine de lui répondre.

— Tout ce qu'il a dit, c'est qu'il aurait aimé commencer à travailler plus vite pour avoir plus d'argent en septembre.

— Mêle-toi donc de tes maudites affaires ! s'insurgea son mari. Encore une fois, tu le couves. T'es en train d'en faire une maudite tapette.

— Il y a des fois, moi, je pense qu'il te manque un bardeau ! Ça a pas d'allure de traiter un de tes enfants de même ! T'arrêtes pas d'être sur son dos. Tu le traites de paresseux quand c'est peut-être le plus travaillant. Quand est-ce qu'il est pas allé te donner un coup de main à faire ton ménage ? Il est toujours le premier à t'aider à laver ton char et à tondre le gazon. Qu'est-ce que tu veux de plus ?

Pour toute réponse, Maurice quitta sa chaise berçante et sortit à l'extérieur pour aller s'asseoir sur le balcon en faisant claquer la porte derrière lui. Comme d'habitude, il allait bouder sa femme durant une heure ou deux. Mais cette dernière, peu rancunière, l'obligerait à lui parler durant la soirée et il mettrait fin à sa tentative de lui montrer son mécontentement de la voir systématiquement prendre parti pour son fils.

Il en allait tout autrement pour Paul. Il ne lui adresserait plus la parole.

Durant les quinze jours suivants, le père et le fils évitèrent de se retrouver dans la même pièce en même temps. Lorsqu'ils se croisaient dans la maison, ils ne se regardaient même pas. Cette bouderie rendait l'atmosphère irrespirable pour tous, mais ce n'était pas la première fois que cela se produisait.

Chaque soir, Paul s'empressait d'avaler son souper avant de s'enfermer dans sa chambre jusqu'à neuf heures et demie pour préparer ses examens. Lorsqu'il entendait quelqu'un descendre l'escalier qui conduisait à l'étage, il savait qu'on venait le prévenir d'éteindre sa lampe. Alors, il saisissait son vieux sac de couchage et son oreiller et il sortait à l'extérieur par la porte arrière.

Depuis le début du mois de mai, il avait pris l'habitude de dormir sur une chaise longue installée sur la terrasse à l'arrière de la maison. L'adolescent trouvait cette chaise pourtant dépourvue de tout rembourrage plus confortable que l'étroit divan en similicuir rouge vin de sa chambre.

Le 17 juin, Paul revint à la maison peu après midi, heureux d'avoir terminé son dernier examen. Peu à peu, l'adolescent sentait la tension des dernières semaines le quitter. Il lui avait fallu plus d'un mois de préparation intensive pour passer à travers la session d'examens. Il avait l'impression de les avoir assez bien réussis, sauf peut-être celui de mathématiques. De toute manière, il ne connaîtrait les résultats qu'au début du mois de juillet.

Ce soir-là, l'étudiant en vacances se coucha tôt après avoir réglé son réveille-matin pour cinq heures. Il connaissait assez son père pour savoir qu'il ne viendrait pas le réveiller le lendemain matin pour aller travailler avec lui à St-Andrews, uniquement pour avoir le plaisir de lui reprocher sa paresse.

Le lendemain, l'adolescent était le premier levé. Il déjeuna et prépara son repas du midi. Ensuite, il attendit sans rien dire que son père déverrouille les portières de la Dodge pour monter avec lui dans la vieille automobile.

Le trajet se fit dans le plus parfait silence. À six heures quinze, ce vendredi matin-là, le père et le fils pénétrèrent dans St-Andrews où les écolières allaient se présenter pour leur dernière journée de classe de l'année.

— On va laver le plancher du gymnase, finit par dire Maurice en prenant la direction du petit local dans lequel étaient entreposés tous ses produits nettoyants et ses outils.

— Correct. Voulez-vous que je le balaie avant ? demanda Paul.

— C'est aussi ben.

La bouderie venait de prendre fin. Comme s'il ne s'était jamais rien produit, le père et le fils se mirent au travail. Inutile de préciser que l'atmosphère à la maison s'en trouva grandement améliorée dès leur retour de l'école. Le lendemain matin, Claude se joignit à son père et à son frère et participa lui aussi au travail.

À midi, durant la pause du dîner, Maurice dut laisser seuls ses deux fils durant quelques minutes pour aller s'occuper d'un fournisseur qui venait de se présenter à la porte d'entrée de l'école.

Désœuvré, Claude se mit à ouvrir et à fermer chacun des tiroirs du bureau de son père pendant que son frère aîné lisait un roman.

— Ouach ! s'exclama l'adolescent en fixant le contenu de l'un des tiroirs. Mais c'est ben écœurant, ça ! On dirait un rat mort !

— De quoi tu parles ? demanda Paul en levant la tête de son livre.

— De ça, fit son frère en soulevant d'un air dégoûté ce qui avait toute l'apparence d'un tas de poils brun foncé. C'est quoi ?

Paul s'approcha pour mieux examiner ce que lui montrait son cadet.

— Aïe ! Touche pas à ça, dit-il en reconnaissant l'objet. On dirait que c'est une perruque. C'est à p'pa. S'il s'aperçoit que t'as touché à ses affaires, t'as pas fini d'en entendre parler. Remets ça dans le tiroir et arrête de fouiller partout.

— J'ai jamais vu une affaire aussi laide, affirma Claude avec conviction en lançant l'objet au fond du tiroir.

— En tout cas, lui dit son frère, à ta place, je fermerais ma boîte et j'en parlerais pas à personne, même pas à m'man. Si jamais p'pa apprend que t'as trouvé sa moumoute dans son tiroir de bureau, tu vas en manger toute une.

— Aïe ! Je suis pas niaiseux, tu sauras, Paul Dionne, protesta-t-il.

— Non, mais t'es fouineux, par exemple.

Au milieu de la dernière semaine de juin, le grand ménage était achevé à l'école St-Andrews. Comme chaque fois, la belle humeur et l'espèce de complicité bon enfant déployées par Maurice à l'égard de ses fils prirent fin au même moment.

— C'est toujours pareil, se plaignit Paul à sa mère, le lendemain matin, après que son père lui eut signifié bêtement qu'il n'avait plus besoin de « venir traîner » à l'école. Il nous fait une belle façon le temps qu'il a besoin de nous autres ; après ça, il veut plus nous voir la face.

— Tu connais ton père, dit Jeanne en guise de consolation. Tu le changeras pas. Profite des deux jours qui te restent avant de commencer à travailler à l'hôpital.

— Je suis aussi ben de faire ça, concéda l'adolescent, amer. Il me traite de paresseux, mais c'est lui qui va se reposer tout l'été parce qu'on l'a aidé à faire son ménage. Il lui reste plus rien à faire dans son école jusqu'au mois de septembre.

Jeanne aurait pu ajouter que son père allait continuer à faire des ménages chez des clientes plusieurs soirs chaque semaine, mais à quoi bon poursuivre sur ce sujet ?

Chapitre 4

Un début d'été mouvementé

Le samedi matin suivant, un soleil radieux se leva dans un ciel sans nuage. Les oiseaux faisaient un remue-ménage assourdissant. Il n'y avait encore aucune circulation sur le boulevard Lacordaire lorsque Maurice se réveilla. Sans faire le moindre bruit, il sortit de sa chambre à coucher et il alla se préparer une tasse de café dans la cuisine. Durant quelques minutes, il demeura assis dans sa chaise berçante, uniquement occupé à siroter son café. Finalement, un peu avant sept heures, il sortit à l'extérieur et alla réveiller Paul couché sur sa chaise longue à l'arrière de la maison.

— As-tu l'intention de passer toute ta journée couché ? lui demanda son père avec une bonne humeur un peu forcée.

— Quelle heure il est ?

— Il est presque huit heures. Grouille-toi. Rentre tes affaires et viens déjeuner. On va faire quelque chose de spécial aujourd'hui.

Paul se leva en maugréant un peu et il rejoignit son père déjà de retour dans la cuisine.

— Mais il est juste sept heures et cinq, constata l'adolescent en regardant fixement le cadran de l'horloge suspendue à un mur de la cuisine.

— C'est ce que je te disais, confirma son père. Il est presque huit heures.

Paul secoua la tête et plaça deux tranches de pain dans le grille-pain.

— Qu'est-ce qu'on va faire ? demanda-t-il à son père après avoir étalé de la confiture de fraise sur ses rôties.

— On va laver le char et on va le peinturer.

— Comme on a déjà fait avec la vieille Dodge bleue ? fit l'adolescent qui se souvenait encore de la Dodge 1939 que son père avait repeinte en bleu pâle quelques années plus tôt.

— Oui, mais on fera pas la même erreur que cette fois-là, affirma Maurice avec assurance. Je la laverai pas au Lessie et j'ai déjà enlevé les licences.

La Dodge familiale 1950 brune achetée par Maurice pour une bouchée de pain durant l'hiver 1956 défiait toutes les lois des probabilités en s'entêtant à rouler encore. La vieille « boîte à fleurs », comme l'avaient surnommée les Dionne, avait beau être rongée par la rouille et s'essouffler dans les côtes, elle rendait encore de précieux services.

Lorsque Jeanne et les autres enfants se levèrent vers huit heures, Maurice et son fils aîné achevaient de laver la voiture.

— On va la laisser sécher comme il faut, dit Maurice en s'allumant une cigarette. Avec ce soleil-là, ça prendra pas de temps.

À ce moment-là, Lise sortit de la maison, pressée d'aller prendre l'autobus au coin de la rue Lavoisier.

— Bonjour, p'pa, dit-elle en quittant l'allée. Je vais être dans l'autobus de six heures à soir.

Après lui avoir souhaité une bonne journée, Maurice regarda sa fille presser le pas pour ne pas rater son autobus.

— T'aurais peut-être pu aller la conduire au centre d'achats, fit Jeanne qui venait d'apparaître sur le balcon. Elle va passer la journée debout derrière un comptoir.

— Es-tu folle, toi ? répliqua son mari. Les autobus sont pas faits pour les chiens. Je suis pas pour lui donner ce pli-là. On vient de laver le char. Je suis pas pour le remettre dans la poussière du chemin.

Jeanne, mécontente, rentra dans la maison sans rien ajouter.

Cette remarque fit penser à Paul que son père ne se dérangeait jamais pour l'un de ses enfants, et pour lui, moins que pour les autres. Par exemple, durant l'année scolaire, son père allait chaque samedi matin porter le relevé des locations de la salle de son école aux nouveaux bureaux de la CECM situés en face du collège Sainte-Croix, rue Sherbrooke. Eh bien, il partait volontairement cinq minutes après son fils pour ne pas avoir à le véhiculer. Pourtant, ce comportement ne l'empêchait pas d'exiger de lui qu'il participe au nettoyage hebdomadaire de la voiture.

Quelques minutes plus tard, Maurice sortit du sous-sol du bungalow en tenant deux pots de peinture.

— Qu'est-ce qu'on fait, p'pa ? demanda André qui venait de se joindre à ses deux frères plus âgés.

— Demande à ta mère de nous donner des guénilles, fit son père. Tu aideras Paul et Claude à essuyer les coulisses de peinture.

Pendant que Jeanne cherchait des chiffons, Maurice répara sommairement quelques endroits de la carrosserie abîmés par la rouille.

Lorsque André revint, il eut à peine le temps de distribuer à ses frères les chiffons que leur père ouvrait déjà un gallon de peinture. Il y trempa ensuite un large pinceau avec un bel enthousiasme. Comme d'habitude, il était pressé d'en avoir fini avant même de commencer. Il entreprit immédiatement de couvrir d'une épaisse couche de peinture brune le capot de la voiture sans avoir pris la peine de poncer la vieille peinture ou de couvrir d'une couche d'apprêt les endroits réparés.

Le peintre était surveillé de près par ses trois fils qui, armés de leur chiffon imbibé d'essence, ne ménageaient pas leurs efforts pour empêcher les traînées de peinture de recouvrir les pauvres chromes et les glaces de la guimbarde.

En moins d'une heure, Maurice avait étalé une couche de peinture brun chocolat sur le capot, le coffre, les portières et les garde-boue. Il y avait bien quelques marques de coups de pinceau, mais si on se tenait à distance respectueuse, l'automobile avait l'air presque neuve… sauf pour le toit, bien sûr.

— Qu'est-ce que vous allez faire pour le toit, p'pa? demanda Paul.

— On va le peinturer d'une autre couleur, dit Maurice à ses trois complices. Vous allez voir: la Dodge va presque avoir l'air d'un char neuf.

Sur ces mots, il ouvrit le contenant d'une pinte qu'il avait déposé près des fondations de la maison au début de l'opération. Avant de se remettre au travail, il alla nettoyer sommairement son pinceau avec de l'essence et il revint vers l'auto.

— Bon, faites ben attention que cette peinture-là coule pas sur le brun, sinon on va être obligés de tout recommencer, prévint-il ses aides. Le brun est pas encore sec. Ouvrez ben les yeux et avertissez-moi si vous voyez que le corail coule quelque part.

Tendus, les trois fils suivirent le moindre geste de leur père qui trempa avec précaution le bout de son pinceau dans son contenant avant de se hisser sur un petit banc qui faisait office d'escabeau. Ils étaient prêts à intervenir à la moindre maladresse du peintre.

Heureusement, il n'y eut pas de fausse manœuvre. Trente minutes plus tard, le travail était terminé. Maurice et ses adjoints allèrent se poster au bout de l'allée pour admirer le chef-d'œuvre. À leur avis, ça valait le coup d'œil.

— Jeanne, viens voir ! appela Maurice, debout sous l'une des deux fenêtres de la cuisine.

Sa femme sortit de la maison et descendit les marches du balcon avant de venir se planter aux côtés de son mari.

— Puis, qu'est-ce que t'en penses ? lui demanda ce dernier, tout fier de son œuvre.

— Mais c'est bien laid, cette couleur-là ! ne put s'empêcher de s'exclamer Jeanne en montrant du doigt le toit de la voiture.

— C'est la couleur à la mode. C'est corail. On en voit partout, plaida Maurice, désarçonné par la critique inattendue.

— C'est laid pareil, décréta Jeanne d'un ton sans appel. J'aimais mieux l'autre couleur.

— Ah ! Rentre donc dans la maison, calvaire ! Tu connais rien aux chars, répliqua Maurice.

La réplique de sa femme venait de faire s'envoler toute sa bonne humeur.

Trois jours plus tard, il revint pourtant de l'école avec sa Dodge uniformément brune. Il avait profité de son heure de dîner pour repeindre le toit de la même couleur que le reste de la carrosserie.

— T'es contente, là ? avait-il demandé sèchement à sa femme en lui montrant le changement.

— En tout cas, elle a l'air moins fou qu'avant, laissa tomber Jeanne.

Est-il nécessaire de préciser que tout cela avait bien peu d'importance ? Moins d'un mois plus tard, la rouille était réapparue sur la carrosserie de la vieille voiture, au grand dépit de son propriétaire.

Deux jours après avoir aidé son père à repeindre sa voiture, Paul commença à travailler à la cuisine du pavillon Le Royer de l'Hôtel-Dieu.

Il lui fallait prendre l'autobus de six heures le matin pour s'assurer d'être à sept heures et demie à l'institution. La responsable de la cuisine, sœur Clotilde, lui expliqua que son travail consistait à laver la vaisselle, à aider à la préparation des plateaux des patients et à laver le parquet de la cuisine et du couloir le midi et le soir. Il finissait à sept heures le soir, mais il jouissait d'une pause de deux heures au milieu de l'après-midi.

Paul n'eut besoin que de quelques jours pour s'habituer à son horaire de travail. Il apprécia surtout le fait d'être accepté immédiatement par ses compagnons et compagnes, de jeunes Gaspésiens chaleureux. À ses yeux, arriver à neuf heures trente à la maison était, somme toute, un inconvénient mineur supportable. Par contre, l'adolescent éprouvait un peu plus de difficulté à manger deux repas de sandwiches quotidiennement, mais il n'était pas prêt à payer un dollar par jour pour s'offrir deux repas chauds à la cafétéria des employés.

À la fin de la première semaine de juillet, une surprise de taille attendait Paul à son retour à la maison. À sa descente de l'autobus ce soir-là, il aperçut son père, sa mère, Lise, Francine et Claude encore assis sur le balcon pour profiter du moindre souffle de fraîcheur.

— Le facteur t'a laissé un paquet à matin, lui dit son père au moment où il prenait pied sur le balcon. Ta mère l'a laissé sur la table.

— Si t'as faim, ajouta Jeanne, je peux te faire réchauffer des spaghettis.

— Merci, m'man. Il fait tellement chaud que j'ai pas ben faim, fit Paul en pénétrant dans la maison.

Il aperçut une boîte cartonnée longue d'une trentaine de centimètres déposée au centre de la table. Le paquet était couvert d'étiquettes. Il le soupesa et le secoua avant de penser à regarder le nom de l'expéditeur.

Son cœur se mit à battre plus vite quand il découvrit le nom de la compagnie Fry's inscrit dans le coin supérieur gauche.

— C'est pas vrai ! J'ai pas gagné ! se dit-il à mi-voix, n'osant pas encore y croire.

Au début du mois d'avril, il avait découvert un coupon de participation à un concours parrainé par la compagnie Fry's dans la boîte de poudre de chocolat qu'il venait d'ouvrir pour se confectionner une tasse de chocolat chaud. Tout en buvant, il avait lu qu'on demandait aux participants d'écrire un texte d'environ vingt lignes vantant la qualité du produit. Les auteurs des vingt-cinq meilleurs textes pouvaient gagner une magnifique radio portative à piles RCA accompagnée d'un bel étui en cuir. Ce type d'appareil était une nouveauté. Durant de longues minutes, Paul s'était imaginé en possession de ce genre de radio que les adolescents rêvaient tous de posséder autant pour écouter le *hit-parade* que pour épater leurs copains.

Sa mère l'avait poussé à consacrer quelques minutes à écrire un texte et à participer au concours. Il l'avait fait sans trop y croire. La meilleure preuve en était qu'il avait complètement oublié le concours depuis.

Paul ouvrit précipitamment le paquet d'où s'échappa d'abord une feuille de papier.

Il refréna son envie d'examiner tout de suite le contenu de l'envoi et il s'efforça de lire d'abord le message.

Cher monsieur Dionne,

Nous avons beaucoup apprécié votre texte dans lequel vous faisiez l'éloge de notre chocolat. Notre jury vous a désigné comme l'un des vingt-cinq gagnants de notre concours. Par conséquent, il nous fait plaisir de vous faire parvenir l'un des prix offerts, soit une radio et son étui.

Bien à vous,

Gérald O'Brien
Relationniste

L'adolescent, les mains moites d'excitation, parvint ensuite à extraire de la boîte une petite radio en plastique bleu longue d'une quinzaine de centimètres ainsi qu'un bel étui en cuir brun muni d'une longue courroie. À l'extrémité de la courroie, il découvrit un second étui, minuscule celui-là, renfermant un écouteur.

Paul inséra sa radio neuve dans l'étui et il fixa la courroie. Avant d'aller montrer ce trésor à sa famille, il alluma l'appareil et tenta de syntoniser un poste… Rien. Il eut beau déployer la longue antenne et orienter cette dernière dans toutes les directions, aucun son ne sortit de sa radio.

Il saisit tout de même son prix et il alla le montrer à sa famille demeurée assise sur le balcon.

— J'ai gagné un radio, dit-il à ses parents sans beaucoup d'enthousiasme en leur montrant le petit appareil enfermé dans son étui de cuir.

— Comment ça, un radio ? demanda Maurice, ignorant tout de sa participation au concours.

Paul lui expliqua le concours.

— Tu parles d'un chanceux ! s'exclama Lise. C'est pas à moi que ça arriverait des affaires de même, ajouta-t-elle, envieuse.

— Est-ce qu'il joue ben ? demanda Francine.

— Ben, je pense qu'il est cassé. Il y a pas moyen de le faire jouer, avoua piteusement l'adolescent.

— Montre-moi donc ça, fit son père en tendant la main.

Paul lui remit son appareil à contrecœur. Maurice alluma la radio, syntonisa à son tour plusieurs postes... Il ne se produisit rien.

— On va rentrer dans la maison, décréta-t-il. Comme ça, on verra mieux. De toute façon, il est déjà pas mal tard.

Il suffit de quelques instants au père de famille pour comprendre ce qui n'allait pas. Il avait sorti la radio de son étui et fait glisser une petite plaque à l'arrière de l'appareil.

— Sacrifice ! Ton radio marche pas parce que t'as pas mis de batteries dedans. Ça marche pas à l'air du temps, cette affaire-là. Il faut quatre petites batteries pour faire jouer ton radio. Je pense que tu vas finir par trouver que ça coûte cher en maudit écouter de la musique avec ça.

Paul prit une mine catastrophée. Il n'avait pas songé un seul instant qu'il serait obligé de payer des piles pour faire fonctionner l'appareil.

— Savez-vous combien ça va me coûter ?

— Au moins une piastre et demie, répondit son père en replaçant la plaque et en remettant la radio dans son étui.

— Bon. Quand j'aurai de l'argent, j'en achèterai, dit Paul, résigné.

— Attends une minute, dit son père. J'ai peut-être des batteries de la bonne grosseur dans un de mes tiroirs. Je suis pas sûr qu'elles sont encore bonnes, par exemple. On va les essayer.

Sur ce, Maurice entra dans sa chambre à coucher et il se mit à fouiller dans les tiroirs de son bureau. Une minute plus tard, il revint dans la cuisine en tenant quatre piles qu'il inséra dans la radio neuve de son fils. Il lui tendit ensuite l'appareil.

— Essaye-le.

Paul alluma l'appareil et aussitôt, il entendit la voix de Frenchie Jaraud, l'animateur bien connu du poste CJMS.

— Il a un beau son, dit-il, tout heureux.

— Là, je te les donne, mes batteries, mais je ferai pas ça deux fois, le prévint son père, bourru.

— Merci, p'pa. Vous pouvez être sûr que je vais les ménager.

Aussitôt que Paul eut refermé derrière lui la porte de sa chambre à coucher, Maurice émit un avertissement.

— Que j'en voie pas un mettre la main sur cet radio-là ! dit-il en visant surtout Claude qui avait tendance à emprunter sans permission ce qui appartenait à ses frères et sœurs. C'est à lui, cette affaire-là, vous m'entendez ?

Le lendemain, à l'Hôtel-Dieu, Paul remporta un certain succès en montrant sa radio neuve à ses camarades de travail.

Quelques jours plus tard, sœur Clotilde fit venir Paul dans le petit cagibi qui lui servait de bureau pour lui proposer un marché emballant.

La vieille religieuse avait pris sous son aile protectrice l'adolescent qui lui avait avoué se destiner à la prêtrise. En moins d'une semaine, elle s'était mise à éprouver de la pitié pour ce garçon maigre et nerveux qui ne se nourrissait que de sandwiches. Gaspiller autant d'heures dans les transports en commun pour venir travailler lui semblait un non-sens.

Ce mardi après-midi là, au moment de la pause, elle intercepta Paul qui s'apprêtait à aller rejoindre ses compagnons de travail dans la cour de l'hôpital où la plupart se retiraient pour se reposer.

— Paul, qu'est-ce que tu dirais de coucher à l'hôpital au lieu de rentrer chez toi tous les soirs ? demanda-t-elle à l'adolescent dès qu'il eut refermé derrière lui la porte de son bureau. Tu pourrais te reposer bien plus longtemps.

— Je savais pas qu'on pouvait faire ça, ma sœur.

— Le bureau du personnel loue une dizaine de petites chambres dans la vieille maison en pierre au fond de la cour à des employés de l'hôpital qui n'ont pas d'appartement.

— Ça doit être pas mal cher ?

— J'en ai parlé à la sœur économe. Si tu le veux, tu peux avoir une de ces chambres-là. Il y en a une de libre. Ça te coûterait seulement cinq dollars par semaine.

— Merci, ma sœur, mais je sais pas ce que je ferais pour manger, dit Paul qui, la mine assombrie, venait de penser à la nourriture.

— La sœur économe m'a dit que ce montant-là couvrirait tes trois repas par jour que tu pourrais prendre à la cafétéria des employés.

— Ce serait pas plus cher que ça ? s'étonna l'adolescent, subitement tout excité par les perspectives offertes par sœur Clotilde.

— C'est un prix spécial qu'elle consent parfois à nos employés temporaires, mentit de façon peu convaincante la religieuse. Est-ce que ça t'intéresse ?

— C'est sûr que ça m'intéresse, répondit Paul, enthousiaste. Mais il faut que j'en parle à mon père.

— Passe au bureau du personnel pendant ta pause et commence par aller voir la chambre. Si elle fait ton affaire, parles-en avec tes parents ce soir.

— Merci beaucoup, ma sœur. Je vais aller la voir tout de suite.

Paul ne perdit pas un instant. Il se rendit au bureau du personnel situé au second étage du pavillon Le Royer où une employée lui tendit la clé de la chambre 6. Ensuite, il sortit de l'édifice et il traversa la cour intérieure de l'hôpital qui cuisait sous un soleil de plomb. Il repéra la vieille maison dissimulée en partie par deux gros érables centenaires et il pénétra à l'intérieur.

L'immeuble à un étage était vétuste, mais propre. Il régnait entre ses vieux murs de pierre une fraîcheur et un silence agréables. Paul monta l'escalier aux marches usées qui conduisait à l'étage; la chambre 6 était située à droite, à côté des toilettes. Il en ouvrit la porte.

La petite pièce à peine plus grande que sa chambre de la maison familiale était propre et son ameublement était réduit à sa plus simple expression. Elle ne contenait qu'un lit étroit, une chaise en bois et une vieille armoire bancale et fissurée. La fenêtre à carreaux était masquée en partie par une vieille toile jaunie. Une ampoule poussiéreuse pendant au bout d'un long fil électrique au centre du plafond assurait l'éclairage des lieux.

Malgré tout, cette chambre sembla un véritable palais à l'adolescent et il s'imagina sur l'heure confortablement installé entre ses murs. Paul passa donc le reste de l'après-midi à dresser une liste des meilleurs arguments propres à convaincre son père de la nécessité d'habiter à l'hôpital. Cinq dollars par semaine, c'était ce que lui coûtaient ses billets d'autobus. Pour le même montant, sa nourriture était assurée et il mangerait autre chose que des sandwiches. Ses parents n'auraient pas à le nourrir.

En réalité, il aurait pu s'épargner tout ce mal. Sa mère allait se charger de convaincre son père.

Durant son long trajet en autobus pour rentrer à la maison ce soir-là, il se tritura les méninges pour trouver d'autres bonnes raisons. Il était si préoccupé qu'il ne se soucia aucunement des éclairs et du tonnerre qui avaient chassé des trottoirs la plupart des piétons. Durant les dernières heures de cette chaude journée de juillet, de lourds nuages noirs s'étaient accumulés dans le ciel et l'orage menaçait déjà quand il avait quitté l'hôpital pour rentrer chez lui.

Une pluie diluvienne se mit à tomber alors qu'il attendait l'autobus Vanier devant le magasin Morgan du centre commercial Boulevard, et c'est trempé de la tête aux pieds qu'il rentra chez lui.

— Des plans pour attraper son coup de mort ! s'exclama sa mère en le voyant arriver en courant sous les trombes d'eau. Si ça a de l'allure !

Maurice se contenta de dire en voyant rentrer son fils aîné dans cet état :

— Ôte tes souliers pour pas mettre de la bouette partout dans la maison et va te changer avant d'être malade.

Paul ne se fit pas répéter l'invitation et il s'engouffra dans sa chambre pour aller changer de vêtements.

— Regarde l'heure qu'il est, Maurice, dit Jeanne à mi-voix à son mari. Il peut pas continuer comme ça. Il va tomber malade.

— Qu'est-ce que tu veux que j'y fasse ? fit Maurice avec humeur. Je peux tout de même pas aller le conduire et le chercher à l'autre bout de la ville.

Tous les deux s'arrêtèrent de parler quand Paul, vêtu de vêtements secs, vint les rejoindre dans la cuisine.

— Tout le monde est déjà couché ? demanda-t-il en pensant à Francine, à Lise et à Claude qui avaient la permission de veiller jusqu'à dix heures durant l'été.

— Ben oui, il y avait rien d'intéressant à la télévision, répondit son père.

— Je t'ai fait chauffer un bol de soupe, dit Jeanne à son fils. Ça va te réchauffer.

Tout en mangeant sa soupe, Paul décida qu'il devait se jeter à l'eau. Après avoir déposé sa cuillère sur la table, il entreprit d'expliquer d'une voix mal assurée l'offre de sœur Clotilde à ses parents. À la fin de sa courte plaidoirie, il y eut un bref silence autour de la table. Sa mère ne prononça pas un mot, attendant de toute évidence la réaction de son mari.

À la stupéfaction de Paul, son père ne s'opposa pas à l'idée.

— Qu'est-ce que t'en penses ? demanda ce dernier en se tournant vers sa femme.

— Je pense comme toi, dit Jeanne, très diplomate. Ce serait pas une mauvaise idée.

— Pourquoi pas ? laissa tomber Maurice. Quand est-ce que tu pourrais commencer à rester là ? demanda-t-il à son fils.

— Sœur Clotilde m'a dit de pas trop attendre parce qu'il y avait pas mal d'employés qui cherchaient une chambre pas cher.

— Bon. Écoute. Règle ça avec les sœurs demain, décida son père. Tu peux préparer tes affaires avant de te coucher à soir et les laisser dans ta chambre. Demain, après le souper, on ira te les porter à l'hôpital. En même temps, on verra de quoi ça a l'air, cette chambre-là.

— Merci, p'pa.

Paul se garda bien d'afficher trop ouvertement la joie qui le submergeait, sachant d'instinct que son père n'apprécierait pas ce genre de comportement.

— Tu pourras toujours essayer ça une semaine, conclut ce dernier. Si t'aimes pas ça, t'auras juste à revenir à la maison.

Inutile de préciser que l'adolescent s'empressa de remplir une boîte et deux grands sacs de vêtements et d'objets personnels avant de se mettre au lit. Cette nuit-là, Paul eut du mal à trouver le sommeil tant il était excité à la perspective d'emménager dans sa nouvelle chambre.

Le lendemain soir, ses parents l'attendaient dans la cour intérieure de l'hôpital au moment où il terminait son travail à la cuisine. Ils tenaient à visiter sa chambre avant de le quitter.

— C'est pas si pire, fit son père, un peu réticent, en retournant vers la Dodge en compagnie de Jeanne après avoir jeté un coup d'œil sommaire à la petite pièce.

— Ça a surtout besoin d'être lavé à l'eau de Javel cette chambre-là, compléta sa mère.

— C'est ce que je vais faire demain après-midi pendant ma pause, m'man, voulut la rassurer Paul, plein de bonne volonté.

— Bon. Tu viendras à la maison tous les samedi soirs passer ta journée de congé avec nous autres, reprit sa mère avant de monter dans la Dodge. T'apporteras ton linge sale pour que je te le lave.

— Téléphone aussi de temps en temps pour nous donner des nouvelles, ajouta son père en mettant le moteur en marche.

Paul vit partir avec soulagement la voiture brune. Sans perdre un instant, il rentra ranger ses affaires dans sa chambre.

Ce soir-là, une nouvelle vie commençait pour lui. La petite chambre aux murs nus lambrissées de vieilles planches devint rapidement un nid confortable où il pouvait lire à satiété sans se préoccuper de l'électricité dépensée. Étendu sur son lit, il n'entendait que le bruit lointain de la circulation filtré par l'épais feuillage de l'érable qui déployait ses branches devant sa fenêtre. Il se sentait maître chez lui. Plus personne ne pouvait lui dicter sa conduite. Dorénavant, il n'aurait plus à courir pour ne pas rater un autobus. De plus, il allait jouir de trois repas chauds et copieux chaque jour. Bref, Paul Dionne avait la nette impression d'entrer au paradis et il ne le quitterait que pour aller travailler à la cuisine de l'hôpital. Quel bonheur !

L'adolescent abandonna sa chambre avec regret pour vingt-quatre heures quatre jours plus tard. À son avis, le samedi soir était arrivé trop rapidement. Lorsqu'il entra chez ses parents en portant son sac de vêtements sales, il n'avait qu'une hâte : revenir le plus vite possible chez lui, à l'hôpital, le lendemain après-midi.

Dès son entrée dans sa chambre ce soir-là, il découvrit une enveloppe blanche ornée de l'écusson du collège Sainte-Croix. Sa mère l'avait déposée sur son pupitre. Paul s'en empara sans oser l'ouvrir immédiatement. Il savait ce que cette enveloppe recelait : ses résultats d'examens. Il avait quitté l'institution depuis si longtemps qu'il en était venu à ne plus y penser. L'angoisse de l'échec qu'il connaissait si bien réapparut en un instant et il dut s'asseoir dans la vieille chaise berçante placée près de son divan rouge avant de se décider à décacheter l'enveloppe.

— Est-ce que ça fait longtemps que cette lettre-là est arrivée ? demanda-t-il à sa mère venue à la porte de sa chambre pour s'enquérir du contenu de la lettre.

— Avant-hier. Qu'est-ce que c'est ?

— Je l'ai pas encore ouverte, mais je pense que c'est mon bulletin. Ce sera pas long, je vais vous le dire.

Jeanne laissa son fils seul et elle alla rejoindre son mari.

Paul déplia l'unique feuille contenue dans l'enveloppe et il ferma les yeux, le temps de formuler une brève prière suppliant Dieu de lui avoir fait réussir tous ses examens. Il rouvrit les yeux et consulta soigneusement sa feuille. Catastrophe ! Échec en mathématiques. 56 %. Il allait devoir reprendre l'examen au milieu du mois d'août. Même s'il avait réussi tous ses autres examens avec des notes fort respectables, il ne retenait que cet échec et cette reprise obligatoire, la première qu'il connaissait en quatre années de cours classique. Il en était humilié, mais surtout inquiet.

L'adolescent demeura de longues minutes sans bouger dans sa chaise berçante avant de se décider à aller montrer son bulletin à ses parents. En montant les rejoindre à l'étage où ils venaient de s'installer pour regarder la télévision, il se demandait comment son père allait réagir devant son échec en mathématiques. Sans dire un mot, il lui tendit son bulletin.

— Allume-moi donc la lampe, lui commanda son père avec une certaine impatience. Comment veux-tu que je voie quelque chose dans le noir ?

Maurice lut lentement la feuille et la lui remit.

— C'est pas mal, dit-il.

— Oui, mais j'ai pas réussi mon examen de mathématiques, précisa Paul, surpris par l'absence de réaction de son père.

— Qu'est-ce que tu vas faire ?

— Je vais étudier et faire des problèmes jusqu'à la reprise, à la fin d'août.

— C'est correct. À cette heure, éteins et viens regarder le programme avec nous autres.

Le calme de son père enleva à Paul une partie de l'angoisse qui l'étreignait. Il allait travailler fort et réussir la reprise, se promit-il, une fois assis dans l'obscurité que seul perçait l'éclairage du petit écran du téléviseur.

Évidemment, il ignorait que sa mère avait arrondi les angles en préparant son père à la nouvelle. Lorsqu'elle s'était rendu compte que son fils aîné tardait à venir leur montrer son relevé de notes, elle avait murmuré à son mari :

— J'ai l'impression que les nouvelles sont pas bien bonnes.

— Quelles nouvelles ? avait demandé Maurice, distrait.

— Son bulletin. Il vient de le recevoir. Même s'il a travaillé comme un fou pour préparer ses examens, je te gage qu'il a dû en couler un, comme il dit. Tu le connais. Tu sais comment il est nerveux. Il doit se faire une montagne avec ça. Il doit se demander comment tu vas prendre ça quand tu vas lire son bulletin.

— Viarge ! Je le mangerai pas, protesta Maurice, un peu insulté par la remarque de sa femme.

— Je le sais bien que t'es capable de le comprendre. Mais tu le connais. Tu sais comment il est.

Le lendemain après-midi, lorsque Paul retourna dans sa chambre louée, il apporta son livre et ses notes de mathématiques dans ses bagages. Le soir même, il décida de consacrer au moins une heure et demie chaque jour à la préparation de sa reprise en mathématiques.

Chapitre 5

La bicyclette bleue

Le samedi soir suivant, Paul retrouva la maison de ses parents sens dessus dessous. Il arrivait en plein drame.

Quand il salua son père, assis seul sur le balcon, dans l'obscurité, ce dernier lui dit à peine bonsoir. Le jeune homme entra dans la maison et trouva sa mère en train de repasser les vêtements que la famille porterait pour se rendre à la messe, le lendemain avant-midi.

— Qu'est-ce qui se passe ? lui demanda-t-il à voix basse en désignant de la tête la porte d'entrée de l'autre côté de laquelle son père était assis.

— Ton père a mis Claude dehors avant le souper, murmura sa mère. Je suis inquiète. Il y a pas moyen de savoir où il est parti.

— Qu'est-ce qu'il avait fait ?

— Il paraît qu'il a bu de la bière.

— Comment ça ?

— Ton père a trouvé trois bouteilles de bière vides au fond de son armoire. Même s'il a juste treize ans, il l'a jeté dehors.

Paul embrassa sa mère sur une joue et alla se réfugier dans sa chambre, où son frère André vint bientôt le rejoindre en catimini.

— T'as vu ce qui s'est passé ? demanda Paul au garçon de dix ans à la figure toute ronde.

— Ouais, c'est pas grave, lui répondit son frère, apparemment peu impressionné par ce qui était arrivé avant le souper. Claude est revenu par en arrière tout à l'heure. Il a sauté la clôture. Je lui ai lancé deux couvertes et un deux piastres par la fenêtre. Il est supposé aller s'acheter à manger et camper dans le champ, derrière la nouvelle école.

— Bon, tant mieux, fit Paul, rassuré.

— Moi, j'espère qu'il va me les remettre, ces deux piastres-là, conclut le gamin avant de quitter sans bruit la chambre de son aîné. C'est tout l'argent que j'ai gagné à faire des commissions depuis trois semaines.

Malgré les années, Claude ne changeait pas. Il avait le don de toujours se trouver au mauvais endroit au mauvais moment. Quand il se produisait quelque chose, deux fois sur trois, il était à l'origine du problème. Il avait un don certain pour s'attirer des ennuis.

Cinq minutes plus tard, Francine se glissa à son tour dans la chambre de son frère aîné.

— Il est pas pour coucher dehors comme un chien! s'insurgea-t-elle à mi-voix en parlant de son frère Claude.

— Inquiète-toi pas, André lui a passé de l'argent et des couvertes, la rassura Paul.

— Ça fait rien. Il doit avoir peur tout seul dans la noirceur.

— Qu'est-ce que tu veux qu'on y fasse? demanda Paul avec une certaine désinvolture.

Vers onze heures, Maurice rentra dans la maison et déposa les chaises de jardin contre le mur du salon. Il se prépara ensuite pour la nuit. À aucun moment il n'adressa la parole à sa femme avant de se mettre au lit.

Sans le dire, l'homme de quarante ans avait attendu durant toute la soirée le retour au bercail de celui qu'il avait flanqué à la porte à la fin de l'après-midi. Il était évident qu'il regrettait sa colère et, surtout, sa sanction. Mais la vue du visage si peu repentant de son fils lui avait fait voir rouge et il l'avait mis dehors en croyant que le fautif viendrait s'excuser après avoir erré une heure ou deux dans les rues du voisinage. À son grand étonnement, le scénario avait été bien différent.

Après avoir jeté un dernier coup d'œil par les fenêtres de la cuisine, Maurice se résigna à verrouiller les portes de la maison, comme chaque soir, et il prit la direction de sa chambre. Le père de famille se mit au lit en sachant fort bien qu'il aurait du mal à fermer l'œil. En fait, durant toute la nuit, il sursauta au moindre bruit, persuadé que Claude était revenu. À deux ou trois reprises, il se leva même pour aller scruter les environs par la fenêtre.

Lorsqu'il se leva un peu après cinq heures, ce dimanche matin là, il but son café, debout sur le balcon. Avant de quitter la maison pour aller déverrouiller les portes de l'école St-Andrews où allait être célébrée la messe pour la dernière fois de l'été, il dit à sa femme :

— Avant la messe, t'enverras André et Paul voir s'ils peuvent pas ramener l'autre tête folle. Il manquerait plus qu'il aille pas à la messe.

— C'est correct, se contenta de répondre Jeanne, la mine réprobatrice.

— J'espère que coucher dehors un soir, ça va lui servir de leçon, ajouta Maurice avant de claquer la porte.

Jeanne, inquiète, hocha la tête.

— Tu parles d'une belle façon de commencer son mois de vacances. Ça promet ! se dit-elle à elle-même dans la cuisine déserte.

Deux heures plus tard, André revenait avec un Claude mal réveillé à la chevelure hirsute. Chacun des deux enfants portait une vieille couverture grise sommairement roulée. L'adolescent, loin d'être repentant, plastronnait.

— Pourquoi vous me faites réveiller aussi de bonne heure ? se plaignit-il à sa mère. J'étais ben, moi, dans le champ. Je m'étais fait une tente.

— Et pour manger ? s'inquiéta sa mère, prête à s'apitoyer.

— Je me suis débrouillé. J'avais tout ce qu'il me fallait.

— Bon, tu vas arrêter de faire ton jars, Claude Dionne, et tu vas aller te laver ! s'emporta sa mère. Tu sens la mouffette. Après, tu t'habilleras pour venir à la messe avec nous autres.

— Mon déjeuner, lui ?

— Il me semblait que t'avais tout ce qu'il te fallait ?

— Ben, j'ai pas eu le temps de manger à matin, moi.

— Va porter les couvertes sur ton lit. Après, tu viendras manger, tête folle. En tout cas, je te conseille de te calmer pendant les vacances de ton père parce qu'il est assez enragé pour te sacrer une bonne volée. T'es mieux de te tenir les oreilles droites ; il va être dans la maison pour un mois complet.

— Ah lui !

— Non ! Ferme ta boîte et monte tes couvertes en haut, lui intima Jeanne avant de lui tourner le dos.

Quand Paul se leva quelques minutes plus tard, sa mère l'informa du retour de l'enfant prodigue. Au moment où il prenait place à table, elle s'exclama :

— Avec tout ça, j'allais oublier !

— Oublier quoi, m'man ?

— J'ai deux bonnes nouvelles pour toi. D'abord, l'abbé Dubois de l'Œuvre des vocations a appelé jeudi pour dire que tu aurais encore droit à ta bourse au mois de septembre.

— C'est une sacrifice de bonne nouvelle! s'exclama Paul, souriant et soulagé. Au moins, avec ces deux cents piastres-là, je suis sûr de pouvoir payer le collège.

— C'est pas tout, poursuivit sa mère. Te rappelles-tu que madame Rivest, à côté, nous a dit au mois d'avril que ça se pouvait que Saint-Léonard offre des petites bourses aux jeunes de la ville qui étudiaient plus loin que leur 9e année pour leur aider à payer leurs études quand leurs parents avaient pas les moyens?

— Oui, mais il y avait rien de décidé.

— Le conseil municipal a décidé à la fin juin de donner une bourse de cent vingt-cinq piastres à ceux qui la demanderaient avant début de juillet et qui en auraient besoin.

— En tout cas, il va être trop tard pour moi, conclut Paul, le visage subitement assombri par la déception.

— Ben non, fit sa mère, d'une voix rassurante. Quand madame Rivest m'a appris la nouvelle lundi, j'ai appelé tout de suite à l'hôtel de ville et j'ai expliqué ton cas à la secrétaire du maire. Mercredi avant-midi, un employé de la ville s'est arrêté et a laissé une enveloppe dans la boîte à lettres.

— C'était quoi?

— Regarde, dit sa mère en tirant de la poche de son tablier un chèque signé par le maire de Saint-Léonard-de-Port-Maurice. On t'a déjà envoyé ton chèque de cent vingt-cinq piastres. Tu peux le déposer à la banque quand tu voudras, ajouta-t-elle avec un large sourire en constatant la joie de son fils aîné.

— Maudit que je suis chanceux! dit Paul qui ne revenait pas de sa bonne fortune. Merci, m'man, d'avoir demandé la bourse. Avec ça, je vais avoir tout l'argent qu'il me faut pour l'année, si j'ajoute mon salaire de l'hôpital.

— Pas un mot de cet argent-là à ton père, lui recommanda Jeanne. Tu le connais. S'il apprend que t'as eu une autre bourse, il est capable de te demander une pension. Cache l'argent et parles-en pas à personne.

— Vous pouvez être certaine que je vais fermer ma boîte, assura l'adolescent.

Il y eut un court silence entre la mère et le fils avant que ce dernier reprenne la parole.

— Pensez-vous que je pourrais m'acheter le bicycle de course que je vous ai montré sur le journal ? demanda-t-il, plein d'espoir.

— Calcule. C'est toi qui sais si tu vas être capable d'arriver, lui répondit sa mère.

Depuis le début du printemps, l'adolescent rêvait de la bicyclette CCM rouge à trois vitesses annoncée à grand renfort de publicité par le magasin Messier dans les grands quotidiens montréalais. Ce vélo au guidon recourbé avait une allure sport irrésistible aux yeux de Paul. Comment ne pas être sous le charme de cette bicyclette dotée, en outre, d'un porte-bagages et d'un phare ? On pouvait se la procurer pour la modique somme de cinquante dollars.

Dès la première fois qu'il l'avait vue annoncée, l'adolescent en était tombé amoureux. Rares étaient les soirs où il ne s'était pas endormi en rêvant du jour où il enfourcherait cette splendeur pour se rendre au collège ou au travail. Quelle merveille ! Finies les attentes interminables à l'arrêt d'autobus ! Avec un tel engin, il pourrait quitter la maison ou le collège sans se presser à l'heure qu'il choisirait. Rien ne l'empêcherait d'aller là où il voulait et au moment désiré. Cette bicyclette représentait un pas extraordinaire vers la liberté.

Pour entretenir ses rêves, Paul cherchait l'annonce de sa bicyclette dans le journal chaque week-end, même s'il l'avait découpée depuis longtemps pour la conserver précieusement dans l'un de ses cahiers.

— Il manquerait plus qu'ils en aient plus quand je pourrai me la payer ! s'était-il cent fois exclamé depuis le mois d'avril.

Et voilà qu'avec ces cent vingt-cinq dollars tombés du ciel, cet achat devenait presque possible. Ce ne serait même pas une folie puisqu'il allait ainsi épargner le prix des billets d'autobus durant au moins huit mois de l'année.

— Au fond, m'man, finit par dire Paul, ce bicycle-là va se payer tout seul si je calcule que je serai plus obligé de payer l'autobus que pendant l'hiver.

— Le collège est pas mal loin, voulut le raisonner sa mère.

— Ben non, m'man. Avec un bicycle de course, ça va même me prendre moins de temps qu'en autobus.

Puis l'adolescent songea à la réaction paternelle s'il osait s'acheter cette bicyclette. Bien sûr, il était hors de question qu'il en fasse l'acquisition sans la permission de son père, même si ce dernier n'avait pas un cent à débourser.

— Qu'est-ce que p'pa va dire ? demanda-t-il, plein d'appréhension.

— Écoute. On est dimanche. Tu peux pas l'acheter tout de suite, non ? Je vais lui en parler cette semaine. Quand tu reviendras samedi prochain, tu verras bien ce qu'il en pense.

Avant de quitter la maison après le souper pour retourner à l'hôpital, Paul prit la peine de rappeler à sa mère sa promesse d'intercéder auprès de son père pour obtenir sa permission d'acheter son CCM rouge.

Deux jours plus tard, au début de sa pause de l'après-midi, l'adolescent discutait avec deux employés qui travaillaient avec lui aux cuisines. Tous les trois se tenaient à l'ombre, debout sur les marches de la vieille maison en pierre où l'adolescent logeait. Il régnait une chaleur suffocante. Levant soudainement la tête, Paul aperçut avec stupéfaction la Dodge brune de son père.

Le véhicule entra lentement dans la cour de l'hôpital et vint s'immobiliser tout près de lui. Son père en descendit.

— Viens m'aider, lui ordonna-t-il en claquant la portière de la voiture.

Sans plus d'explications, Maurice se dirigea sans attendre vers le coffre de la familiale dont le hayon était attaché avec une corde. Un objet encombrant l'empêchait de fermer correctement. La moitié d'une roue de bicyclette dépassait du véhicule.

Avant que l'adolescent ait eu le temps de réaliser ce qui se passait, son père avait enlevé la corde et tiré du coffre une bicyclette bleue au guidon bien droit et aux chromes rutilants. Il la tendit à son fils éberlué.

— C'est un bicycle CCM à trois vitesses flambant neuf ! lui dit-il assez fort pour être clairement entendu par les deux employés qui n'avaient pas bougé de l'escalier.

Paul examinait l'objet avec intensité, le visage soudainement pâle, incapable de se réjouir. Ce n'était absolument pas le vélo qu'il rêvait de posséder. Il n'aimait pas sa couleur et, surtout, la forme de son guidon. Avec un guidon semblable, c'était un vélo tout à fait quelconque. Jamais il n'aurait acheté cette bicyclette trop ordinaire. Elle n'était pas à la mode.

— Puis ? demanda son père avec impatience. C'est un beau bicycle, hein ?

La bicyclette n'était pas belle. Il la trouvait même laide. Il n'en voulait pas. De quoi allait-il avoir l'air sur cet engin qui avait le même guidon qu'une bicyclette de fille? Il aurait préféré un million de fois aller acheter lui-même sa bicyclette de course rouge chez Messier... L'adolescent fit un effort surhumain pour cacher autant sa rage que sa déception. Il ne voulait pas causer de la peine à son père qui avait voulu lui faire un cadeau! Ce n'était tout de même pas sa faute s'il ignorait la couleur et la sorte de vélo qu'il rêvait d'avoir.

— C'est le plus beau que j'ai vu, finit-il par dire pour ne pas décevoir son père.

— Qu'est-ce que t'attends pour l'essayer? fit ce dernier avec un air de grand seigneur devant ses deux camarades de travail qui avaient fini par se rapprocher de la scène.

Paul enfourcha sans enthousiasme sa nouvelle bicyclette et il fit un tour complet de la cour avant de revenir s'arrêter devant son père qui l'attendait, les mains enfouies dans ses poches, la cigarette aux lèvres.

— Est-ce qu'il va ben, ton nouveau bicycle?

— Il est parfait, p'pa.

— Tant mieux, reprit-il. Il a coûté cinquante piastres. Tu me rembourseras en fin de semaine, quand t'auras eu ta paye.

Quand Paul entendit ces paroles, son cœur eut un raté. Il en aurait pleuré. Ce n'était pas un cadeau! Il allait être obligé de payer avec son argent une bicyclette qu'il n'aimait pas et dont il ne voulait pas. Il sentit la révolte gronder en lui. S'il s'était écouté, il aurait laissé tomber par terre cette maudite bicyclette bleue tant il était déçu.

— Merci, p'pa, s'efforça-t-il à dire du bout des lèvres quand il vit son père ouvrir la portière de la voiture.

Ce dernier monta dans l'auto, referma la portière et démarra le moteur avant d'ajouter:

— Bon, à cette heure que t'as un bon bicycle, tu vas pouvoir voyager matin et soir. T'avertiras les sœurs que t'as plus besoin de ta chambre à partir de samedi. Prépare tes affaires, je vais venir les chercher samedi après-midi, après ton ouvrage.

Sous le choc, l'adolescent demeura un moment sans voix. C'était à peine croyable ! Tout lui tombait sur la tête en même temps ! Non seulement son père lui avait acheté une bicyclette laide avec son propre argent, mais encore, il le forçait à quitter la chambre où il était si bien depuis quinze jours.

— Est-ce que vous rapportez mon bicycle à Saint-Léonard tout de suite ? eut-il le temps de lui demander avant son départ. Si je le garde, on va peut-être manquer de place samedi pour le rapporter.

— Tu veux pas t'en servir cette semaine ? dit Maurice, un peu surpris du manque d'enthousiasme de son fils.

— J'ai peur de me le faire voler, p'pa. J'ai rien pour l'attacher et j'ai pas de place dans ma chambre.

— OK. On va le remettre dans la valise, concéda Maurice, de mauvaise grâce. Inquiète-toi pas, personne va s'en servir à la maison.

Lorsque la Dodge quitta finalement la cour de l'Hôtel-Dieu, Paul eut du mal à retenir la rage qui le submergeait. Il avait envie de crier sa frustration. Il en aurait pleuré. Près de la moitié de la bourse offerte par la municipalité avait été utilisée à l'achat de ce maudit vélo démodé. Pire, cet achat servait de prétexte à son père pour l'obliger à rentrer à la maison chaque soir après le travail. Il était si bien dans sa chambre ! Elle était si confortable ! Finies les longues lectures chaque soir, après ses exercices de mathématiques. Dans trois jours, il allait revenir vivre son existence misérable sous la férule de son père avec l'extinction des feux à neuf heures et demie pour économiser l'électricité. Chienne de vie !

Ce soir-là, après le travail, il avait fini par retrouver un semblant de calme malgré la peine qu'il éprouvait encore.

— J'aurais dû fermer ma gueule avec cette maudite histoire de bicycle, se répéta-t-il dix fois à haute voix dans sa chambre. Si j'avais rien dit, m'man lui en aurait jamais parlé et il aurait jamais pensé à aller m'en acheter un. J'aurais pu garder ma chambre durant tout l'été. Maudit bicycle ! Je l'haïs et je m'en suis même pas encore servi.

Quand Paul referma la porte de sa petite chambre pour la dernière fois le samedi après-midi suivant, il eut la pénible impression de laisser derrière lui la partie la plus agréable de son été.

Il n'apprendra que quelques mois plus tard que ce départ avait été désiré autant par sa mère que par son père, inquiets pour sa sécurité dans un bâtiment aussi vétuste. Il saura alors que c'était sa mère qui avait poussé son père à aller acheter la bicyclette, préférant le voir parcourir à vélo une longue distance deux fois par jour plutôt que de le savoir dans cette chambre qu'elle qualifiait de « trappe à feu ». Pour le choix du guidon droit et de la couleur, cela relevait de son père qui trouvait le guidon recourbé peu sécuritaire. Comme il ne restait plus en magasin qu'une bicyclette bleue CCM avec un guidon droit, il la lui avait achetée sans la moindre hésitation.

Mais à quoi bon ces explications ? Paul venait de vivre deux grandes déceptions. Le fait de savoir que ses parents n'avaient recherché que son bien n'aurait pas consolé l'adolescent. Il trouvait vraiment la vie trop injuste.

Le lundi suivant, le jeune homme se leva à cinq heures et demie, attacha le sac contenant ses deux repas de la journée sur le porte-bagages et il enfourcha sa bicyclette pour se rendre à l'Hôtel-Dieu en maugréant contre la pluie fine qui tombait. À son arrivée à l'hôpital quatre-vingt-dix minutes plus tard, il dut admettre que l'unique avantage de son nouveau moyen de transport était d'échapper à l'horaire des autobus. Il était bien forcé de constater qu'il lui causait une fatigue supplémentaire non négligeable avant de commencer sa journée de travail.

Chapitre 6

Les voisins

Les premiers jours du mois d'août 1960 furent marqués par une chaleur torride. Le boulevard Lacordaire et la rue voisine, la rue Girardin, étaient la scène d'une intense activité depuis près de deux semaines. Les autorités municipales avaient finalement décidé de procéder à l'asphaltage de la chaussée après avoir installé l'égout collecteur et construit les trottoirs, à la mi-juillet.

Du matin au soir, le vacarme était assourdissant. C'était un ballet continu de niveleuses, de lourds camions remplis de gravier, de goudronneuses et de rouleaux compresseurs. Le tout se déroulait dans un nuage étouffant de poussière et une odeur nauséabonde de goudron en ébullition. Les automobilistes du quartier pestaient contre les inconvénients de ces travaux de la voirie parce qu'on les obligeait à emprunter les petites rues avoisinantes en fermant des sections importantes du boulevard.

Ce jour-là, Maurice avait choisi d'aller faire le ménage chez deux clientes d'Outremont.

— S'ils continuent comme ça, fit Irène Rivest, une petite femme boulotte dans la trentaine, voisine de droite des Dionne, on va enfin avoir l'impression de vivre dans un pays civilisé.

Le bruit en provenance de la rue était si intense que Jeanne, occupée à étendre son linge sur sa corde, baissa les bras et s'approcha de la clôture, installée par Maurice le printemps précédent, pour ne pas avoir à crier pour se faire entendre.

— Peut-être, madame Rivest, mais je commence surtout à avoir hâte qu'ils arrêtent de faire toute cette poussière-là. Mon linge frais lavé est gris quand je le rentre après l'avoir fait sécher.

— Vous devriez faire comme moi, madame Dionne. Faites-le sécher dans votre sécheuse.

Jeanne savait bien que c'était ce qu'elle aurait dû faire depuis plus de deux semaines, mais elle n'allait tout de même pas avouer à Irène Rivest qu'elle n'utilisait pas sa sécheuse parce que son mari aurait piqué une crise en la voyant gaspiller bêtement l'électricité alors que le soleil brillait. Pas plus qu'elle ne lui aurait dit que le réservoir d'eau chaude n'était en fonction que le lundi pour le lavage et le samedi pour le bain hebdomadaire des enfants. Si elle lui avait raconté qu'elle devait encore faire chauffer une bouilloire d'eau après chaque repas pour pouvoir laver la vaisselle, sa voisine n'aurait pas compris.

Irène Rivest jeta un coup d'œil inquisiteur vers les deux bungalows qui tournaient le dos à sa maison et à celle des Dionne.

— Vos enfants sont partis ? demanda-t-elle à Jeanne.

— Oui, Francine les a emmenés au parc, derrière la nouvelle école.

— Les miens sont dans leur chambre en train de jouer, précisa Irène en parlant de ses deux fils de cinq et sept ans… Dites donc, madame Dionne, vous auriez pas eu de la visite cette semaine ? demanda-t-elle en désignant de la tête le bungalow des Royer.

Jeanne comprit immédiatement de quoi il s'agissait.

— Dites-moi pas que madame Royer est revenue chez vous ? demanda-t-elle à sa voisine.

— Ben oui. Elle a un front de « beu », cette femme-là. Depuis le début de juin, ça fait trois fois qu'elle vient m'emprunter de la nourriture et elle me remet jamais rien. La première fois, elle m'a envoyé sa Carole pour me demander de lui passer une boîte de blé d'Inde en crème. J'ai trouvé ça pas mal effronté pour une femme à qui j'avais jamais parlé, mais je me suis dit que c'était un service qu'on pouvait se rendre entre voisines. Elle m'a fait dire qu'elle passerait à l'épicerie le lendemain et qu'elle m'enverrait une boîte pareille. Pas nécessaire de vous dire que j'ai jamais rien reçu. Deux semaines après, elle est venue sonner elle-même à ma porte à l'heure du souper pour me quêter un pain. J'ai été gênée de lui dire non. À l'entendre, son mari avait oublié de lui laisser de l'argent le matin, avant de partir travailler. Elle devait me rembourser aussitôt qu'il arriverait. Mon œil !

— Puis ?

— Ben, à matin, à l'heure du déjeuner, son plus jeune, Jean-Pierre, je pense, est venu me dire que sa mère demandait que je lui prête une pinte de lait. Ah ben là ! C'était le « boutte » ! J'ai dit au petit gars que je tenais pas une épicerie et que j'avais besoin du lait que j'achetais. Ça va faire. Elle me prend pour une vraie folle, elle !

— Il me semble qu'avec le gros salaire que fait son mari, hasarda Jeanne.

— Comment ça, le gros salaire ?

— Madame Royer m'a dit que son mari était ingénieur, expliqua-t-elle.

— Son mari est pas ingénieur pantoute. Il est étalagiste chez Dupuis Frères. Mon mari le voit au moins une fois par semaine en train de décorer les vitrines du magasin.

— Ah ! fit Jeanne, surprise. Je le vois souvent partir le matin, tiré à quatre épingles, avec sa petite boucle à pois et son bel habit gris pâle.

— En tout cas, madame Dionne, il ferait peut-être mieux de donner un peu plus d'argent à sa femme et à ses deux enfants plutôt que de s'acheter du linge aussi beau... Mais est-ce que je suis la seule à qui sa femme emprunte ?

— Ben non, madame Rivest, la consola Jeanne. La première année qu'on est arrivés ici, elle arrêtait pas de venir m'emprunter toutes sortes d'affaires et elle me remettait jamais rien. Ça a duré jusqu'au moment où j'ai été obligée de lui dire bêtement que j'avais neuf enfants à nourrir et que mon mari gagnait pas des millions. Elle a fini par me lâcher.

— Ah bon !

— Oui, mais ça l'empêche pas de me devoir encore l'argent de réparations qu'elle m'a fait faire sur deux de ses robes et un veston de son mari. Je pense que je suis pas près de voir cet argent-là.

Il y eut un court silence entre les deux femmes, le temps qu'un camion particulièrement bruyant s'éloigne dans la rue Girardin.

— Avez-vous entendu parler de monsieur Bélisle ? demanda Irène en baissant un peu la voix et en s'approchant un peu plus de la clôture.

La famille Bélisle vivait dans la maison voisine des Royer, rue Girardin, et leur cour était adjacente à celle des Rivest.

— Non, fit Jeanne.

— Vous savez comment il a eu de la misère à planter sa haie de chèvrefeuille au mois de mai.

— Mon mari m'a dit qu'il avait dû piocher pas mal pour la planter. Il paraît qu'il y a pratiquement pas de terre. C'est surtout de la roche.

— En plein ça, affirma Irène. Ben, vous allez pas me croire. Monsieur Bélisle a reçu au début de juillet une lettre enregistrée. Vous devinerez jamais de qui elle venait ?

— Non.

— Des Royer.

— Pourquoi ?

— Les Royer exigeaient qu'il tasse sa haie d'un pied parce que, selon eux, il l'avait plantée un pied sur leur terrain.

— Voyons donc ! Il me semble qu'ils auraient pu lui dire ça quand ils l'ont vu faire, non ? Le pauvre homme ! Ils ont dû le voir, comme nous autres, creuser tous les soirs pendant au moins une semaine.

— C'est bien ce que madame Bélisle m'a dit, reprit la petite femme. Il paraît que son mari a bien mal pris ça. Il était tellement fâché qu'il a fait venir un arpenteur, et ça lui a coûté soixante piastres.

— Et ?

— Les Royer avaient raison. Sa haie était sur leur terrain. Il a été obligé de déplanter tous les plants de chèvrefeuille qui étaient de leur côté et de creuser un pied plus loin. En plus, il a fallu qu'il répare le terrain des Royer. Madame Bélisle dit que son mari est enragé depuis ce temps-là. Il comprend rien à cette affaire-là. Il paraît qu'il avait tendu une corde entre les bornes plantées par l'arpenteur. Vous savez, les espèces de piquets avec le bout rouge.

— C'est ben de valeur pour lui, compatit sincèrement Jeanne.

— Oui, convint Irène Rivest. Je pense même que je l'aime plus que sa femme. Elle, je la trouve un peu gênante. J'aimerais ça lui dire quelque chose qui me fatigue depuis longtemps, mais j'ose pas.

Jeanne Dionne ne chercha pas à pousser sa voisine à lui faire de plus amples confidences. Elle connaissait assez la femme du dessinateur industriel pour savoir qu'elle saurait tout dans moins d'une minute.

— Savez-vous, madame Dionne, reprit Irène en baissant encore un peu plus la voix, que les deux petites Bélisle haïssent pas ça se déshabiller devant leur fenêtre du deuxième étage ? Elles tirent jamais la toile.

— Elles ont juste quatorze et quinze ans, plaida Jeanne, un peu scandalisée tout de même.

— On dirait qu'elles sont un peu vicieuses, reprit l'autre sans tenir compte de l'intervention. Elles ont l'air d'aimer ça se donner en spectacle. Ça fait plusieurs fois que je les aperçois et je me dis chaque fois que je devrais en parler à leur mère et lui demander de les avertir. Qu'est-ce que vous en pensez ?

— C'est pas mal délicat, cette affaire-là, dit Jeanne avec prudence. Une chance que vos enfants sont encore pas mal jeunes.

— Oh ! je disais pas ça pour les enfants, l'interrompit Irène. Je pensais à mon mari. Vous connaissez les hommes...

— C'est vrai, reconnut Jeanne en se retenant de sourire.

— En tout cas, j'en ai parlé à notre nouveau curé quand il est venu à la maison hier après-midi.

— Notre nouveau curé ?

— Ah ! J'allais l'oublier. C'est pour ça que je voulais vous parler. Notre nouveau curé fait une petite visite de ses paroissiens. Il a commencé par le boulevard Lacordaire au commencement de la semaine. Hier, il s'est arrêté chez nous. Ça me surprendrait pas qu'il vienne sonner chez vous après le dîner. D'après ce qu'il m'a dit, il passait juste l'après-midi.

— Il aurait dû nous prévenir d'avance pour qu'on ait le temps de faire un peu de ménage, déclara Jeanne avec un rien de mécontentement dans la voix, soudainement impatiente d'aller mettre de l'ordre dans sa maison au cas où le prêtre viendrait sonner à sa porte à l'improviste après le dîner.

— Même si la maison est pas « Spic and Span », ce serait pas bien grave, la calma sa voisine. Ah ! j'allais aussi oublier de vous le dire, madame Dionne. Savez-vous ce qu'on est en train de bâtir au coin de Lavoisier et Lacordaire, de biais avec nous autres ?

— Non, fit Jeanne, peu intéressée.

— Eh bien, vous allez être surprise. Notre nouveau curé m'a dit que ça va être un gros couvent de deux étages. Il paraît que ce sont les filles de Saint-Paul qui s'en viennent là. Il va être prêt cet automne.

— Elles ont choisi une drôle de place. Il y a seulement des bungalows autour, fit remarquer Jeanne.

Il y eut soudainement un bruit de porte qui s'ouvrait, bruit suivi d'une poulie de corde à linge mal graissée.

— Tiens, c'est madame Ouellet, dit Irène en repérant la voisine de gauche des Bélisle.

— Elle ou sa cousine ? demanda Jeanne, tout de même un peu curieuse, même s'il s'agissait de voisins éloignés.

— Elle. Sa cousine travaille en ville. La pauvre femme…

— Pourquoi vous dites ça, madame Rivest ?

— Mon Dieu ! Parce que c'est pas possible d'être laide comme ça. Je trouve qu'elle en fait pitié. En plus, pour achever le plat, elle se parle à haute voix toute seule. C'est rendu que les enfants du coin en ont peur quand ils la voient sur la rue.

— Il paraît que c'est une bien bonne personne.

— Peut-être, mais ça la rend pas plus belle pour ça. Mon mari dit souvent qu'elle peut se promener toute seule sur la rue tard le soir, il lui arrivera jamais rien, c'est certain.

Jeanne réprima difficilement un rire.

— Fernand Ouellet, son cousin, lui, il a beau être juge de paix, continua la voisine, il me fait penser à un petit roquet. Il se prend pas pour rien. Même s'il est grand comme trois pommes, il regarde tout le monde de haut. En tout cas, je trouve ça pas mal comique quand je le vois avec son voisin d'en face, monsieur Vanelli. L'autre doit mesurer six pieds sept pouces et il doit se plier en deux pour le regarder dans les yeux.

— M'man ! M'man ! Où est-ce que vous êtes ? fit une voix provenant de l'intérieur de la maison des Dionne.

— Bon, je pense que je vais vous laisser, madame Rivest, dit Jeanne en se tournant vers sa maison. Les enfants m'ont l'air d'être revenus du parc. Il faut que j'aille leur préparer à dîner.

Jeanne Dionne s'éloigna de la clôture et retourna sur la terrasse. Elle saisit son panier à linge vide et elle rentra chez elle par la porte arrière.

La mère fit dîner rapidement ses enfants et, après le lavage de la vaisselle, intercepta Claude qui s'apprêtait à s'esquiver.

— Où est-ce que tu vas ?

— Jouer, répondit l'adolescent.

— Pas cet après-midi. Tu vas te laver le visage et les mains et t'habiller proprement.

— Pourquoi ?

— Parce que monsieur le curé s'en vient.

— Mais je suis pas obligé d'être là, m'man, fit Claude d'un ton suppliant. Il fait beau dehors. Je suis pas pour passer l'après-midi à l'attendre. J'ai rien à lui dire, moi, au curé.

— Claude Dionne ! l'avertit sa mère en élevant la voix, tu vas faire ce que je viens de te dire, un point c'est tout. Va te débarbouiller et te changer. Grouille-toi. Vous autres aussi, dit-elle à Francine, Martine et André. Francine, fais ça vite et viens m'aider à nettoyer tes petits frères.

— J'ai pas besoin d'elle, protesta Denis qui allait avoir six ans dans une semaine. Qu'elle s'occupe de Marc et de Guy.

— Pourquoi il passe comme ça en plein été ? demanda Francine à sa mère qui venait de s'emparer d'un linge pour essuyer la table.

— On est une nouvelle paroisse et le cardinal vient de le nommer curé. Je suppose qu'il veut faire le tour de ses paroissiens pour mieux les connaître.

Trois ans auparavant, à l'automne 1957, une demande avait été adressée aux autorités de l'archevêché de Montréal pour la création d'une nouvelle paroisse. Il s'agissait de regrouper en une seule communauté les deux tiers des paroissiens de la Coopérative d'habitation de Montréal. Les gens se plaignaient de la distance qui les séparait de l'église de la paroisse de Saint-Léonard-Port-Maurice, située rue Jarry.

La demande était d'autant plus recevable que la population de la municipalité avait presque quadruplé en quelques années. Bref, à la fin du mois de juin, la paroisse Sainte-Angèle avait été créée et on venait de nommer à sa tête son premier curé, Antoine Courchesne. Le délai de quelques semaines entre la fondation de la paroisse et la nomination d'un curé s'expliquait par le fait qu'on avait dû attendre la fin de la construction du petit bungalow qui allait servir de presbytère. Il avait déjà été décidé en haut lieu que le gymnase de la nouvelle école Pie XII de la rue Lavoisier serait utilisé pour les offices religieux tant qu'une église ne serait pas érigée.

À une heure pile, on sonna à la porte d'entrée des Dionne. Jeanne se dépêcha d'aller ouvrir. Elle se retrouva devant un petit prêtre d'une quarantaine d'années, sec et nerveux, revêtu d'une soutane un peu lustrée et tenant un petit porte-documents. La maîtresse de maison invita l'ecclésiastique à entrer et elle le fit passer au salon.

— Je suis Antoine Courchesne, votre nouveau curé, se présenta l'ecclésiastique dont l'élocution rapide et saccadée rappelait vaguement le *staccato* d'une mitraillette. J'établis mon premier contact avec mes nouveaux paroissiens.

— On peut pas dire, monsieur le curé, que vous choisissez la journée la plus fraîche pour faire votre tournée, dit Jeanne en l'invitant à s'asseoir.

— C'est pas bien grave, fit le prêtre avec un sourire chaleureux. On se plaindra pas de la belle température du bon Dieu.

Le curé tira une grande fiche cartonnée et un stylo de son porte-documents.

— Si ça vous dérange pas, madame, je vais prendre quelques renseignements sur votre famille. C'est uniquement dans le but de mieux vous connaître, bien sûr. Vous êtes madame… ?

— Jeanne Dionne. C'est de valeur que mon mari soit pas ici ; il travaille aujourd'hui. Nous avons neuf enfants : six garçons et trois filles. Les deux plus vieux travaillent eux aussi, mais les sept autres sont ici.

Le prêtre releva brusquement la tête.

— Francine, appela Jeanne du salon. Amène tes frères et ta sœur. Venez dire bonjour à monsieur le curé.

En quelques instants, la petite pièce fut envahie par les sept enfants propres et bien peignés.

— Ah ! Une belle grande famille chrétienne ! s'exclama le prêtre dont le visage s'éclaira d'un large sourire.

Antoine Courchesne invita les enfants à se nommer et à donner leur âge tour à tour. Dès que le dernier eut fini de se présenter, Jeanne fit signe à ses enfants de quitter la pièce.

— Je suppose que vous fréquentez l'église régulièrement ? demanda le curé.

— C'est certain, confirma Jeanne. On est des catholiques pratiquants. J'ai même mon plus vieux, Paul, qui fait son cours classique grâce à une bourse de l'Œuvre des vocations, monsieur le curé.

— C'est vrai? demanda le prêtre, la mine réjouie. Eh bien! on peut dire que je commence bien mon après-midi. Vous direz à votre garçon que j'aimerais qu'il passe me voir un soir cette semaine au presbytère. Il serait normal qu'il vienne servir ma messe le dimanche s'il se destine à la prêtrise.

— Il travaille à l'Hôtel-Dieu cet été, précisa Jeanne, et il rentre pas mal tard le soir.

— C'est pas grave. Je veux seulement lui parler quelques minutes, dit Antoine Courchesne.

Le prêtre demeura chez les Dionne une dizaine de minutes supplémentaires avant de se lever pour prendre congé.

— Avant de partir, nous béniriez-vous, monsieur le curé? demanda Jeanne, se rappelant la demande que sa mère formulait toujours lors de la visite pastorale annuelle du curé de Saint-Joachim.

— Avec plaisir, madame Dionne.

Jeanne rappela ses enfants et leur demanda de s'agenouiller dans le salon, le temps que le prêtre les bénisse.

À la fin de l'après-midi, Jeanne aperçut Maurice en train de traverser à pied le boulevard Lacordaire. Il avait dû stationner son auto dans la petite rue Belleherbe parce que la circulation était interdite pour vingt-quatre heures sur une section fraîchement asphaltée du boulevard.

— Il est temps qu'ils en finissent! dit-il à sa femme en pénétrant dans la maison. On peut plus aller nulle part avec leur maudite machinerie.

— Il paraît que ça achève, dit-elle pour le calmer.

— Dans le coin, peut-être, mais ils vont recommencer quand ils vont se décider à ouvrir le boulevard Lacordaire jusqu'au Métropolitain. Celui-là, il s'en vient. Ils ont dépassé le boulevard Pie IX.

— Au radio, ils disent que ça se fera pas avant deux ou trois ans encore, dit Jeanne. C'est pas demain la veille qu'on sera plus obligés de prendre Jarry et de faire le tour par le boulevard Pie IX pour sortir de Saint-Léonard.

Maurice ouvrit la porte du réfrigérateur et en sortit un Coke froid qu'il décapsula. En une longue gorgée, il en but la moitié.

— T'as dû avoir chaud aujourd'hui à laver des planchers ? fit Jeanne, compatissante.

— Tu peux le dire. Le pire, c'est que je dois aller faire le ménage du bureau de la coopérative à soir. Ça, je m'en serais ben passé avec une chaleur pareille.

Maurice venait d'évoquer l'une de ses obligations, soit celle de faire le ménage des bureaux de la Coopérative d'habitation de Montréal situés rue Girardin. Il devait nettoyer l'endroit trois fois par semaine jusqu'à la suppression de sa dette. C'était l'entente qu'il avait signée avec le conseil d'administration de l'organisme en échange du prêt en seconde hypothèque qu'on lui avait consenti quand il avait acheté la maison.

Au printemps 1958, le père de famille avait été incapable de présenter un chèque de mille cinq cents dollars, l'acompte exigé par la banque. Évidemment, il n'avait pas le choix : il allait refuser que sa maison soit construite. Jeanne avait alors appelé en cachette leur bienfaitrice, Julia Desmarais, et elle lui avait raconté ce que son mari s'apprêtait à faire. Sans perdre un instant, cette dernière s'était empressée de contacter son amie, Simone Legris. La secrétaire de la coopérative avait proposé et fait accepter par le conseil d'administration cet arrangement exceptionnel qui avait permis aux Dionne de venir s'établir à Saint-Léonard-de-Port-Maurice. Depuis, Maurice allait faire régulièrement le ménage des bureaux, parfois même en compagnie de sa femme.

— Pendant que j'y pense, ajouta Jeanne en tendant à Francine une pile d'assiettes à déposer sur la table, as-tu entendu ce qui est arrivé à monsieur Bélisle, en arrière ? Madame Rivest m'a dit qu'il a été obligé d'arracher toute la haie qu'il avait plantée du côté des Royer.

— Comment ça ?

— Il avait mal pris ses mesures et il l'avait plantée sur le terrain des Royer, lui expliqua sa femme.

— Comment il a fait son compte ? Il me semble qu'il est assez vieux pour savoir qu'il faut installer des cordes entre les piquets plantés par l'arpenteur avant de faire ça, dit Maurice d'un air suffisant en déposant sur le rebord de la fenêtre sa bouteille de Coke vide.

— D'après madame Rivest, c'est ce qu'il a fait.

— S'il a fait ça, tout devait être correct, trancha Maurice.

— Bien non ! Les Royer lui ont envoyé une lettre enregistrée pour lui dire qu'il était sur leur terrain et ce pauvre monsieur Bélisle a été obligé de payer un arpenteur pour vérifier les limites de son terrain.

— Il a dû mal prendre ses mesures, fit Maurice. En tout cas, moi, je les ai prises comme il faut avant de planter ma clôture.

— Oui, mais toi, Maurice, t'as été chanceux, ajouta Jeanne en lui jetant un regard soupçonneux. Il y a pas eu un voisin qui avait déplacé une de tes bornes avant que tu fasses ça.

— Sacrement ! Pourquoi tu me dis ça ? jura Maurice en s'approchant de la table sur laquelle Jeanne venait de déposer un plat de spaghettis.

— Je te dis ça parce qu'il me semble t'avoir vu tasser ce piquet-là quand t'as planté notre clôture.

— Ah ben ! Elle est bonne, celle-là ! protesta Maurice, rouge comme un coq.

— Maurice Dionne ! dit Jeanne en le menaçant du doigt.

— OK. J'ai tassé son maudit piquet parce qu'il était dans mes jambes quand j'ai planté ma clôture. Mais après, je l'ai remis à la même place qu'il était. J'espère que t'es pas allée dire ça à la Rivest. Des plans pour que les Bélisle viennent m'accuser.

— Me prends-tu pour une folle ? protesta sa femme. Mais je suis vraiment pas sûre que t'aies replanté le piquet à la bonne place, par exemple.

Le souper se prit dans un silence relatif. Jeanne et Maurice n'échangèrent pas un mot durant tout le repas. Il n'y eut que les jumeaux qui se chamaillèrent à la « table des innocents ». Leur père dut les menacer de les coucher tôt pour les calmer.

Trois heures plus tard, Paul rentra de sa journée de travail. Après avoir pédalé près de deux heures à travers la ville, il était épuisé. Il avait à peine rangé sa bicyclette bleue sur le patio, à l'arrière de la maison, que sa mère lui apprit l'invitation du curé Courchesne à aller le rencontrer.

— Pourquoi il veut me voir ? demanda l'adolescent à sa mère.

— Je pense qu'il veut que tu serves sa messe du dimanche.

— Il manquait plus que ça ! s'exclama Paul. C'était le seul jour où je pouvais me reposer.

— Ça fera pas une bien grande différence, le raisonna sa mère. De toute façon, tu vas à la messe pareil.

Son fils ne répondit rien.

— Il faut bien que tu te montres intéressé. Après tout, tu étudies pour devenir prêtre, ajouta Jeanne.

— C'est vrai, concéda Paul. Mais là, je suis trop fatigué pour aller le voir et, en plus, il est trop tard. Je vais attendre un autre soir moins chaud où j'arriverai plus de bonne heure.

Le jeune homme avait la ferme intention de laisser couler le temps dans l'espoir que sa mère et le curé Courchesne oublient cette invitation à laquelle il n'avait guère envie de se rendre.

Chapitre 7

Les fréquentations de Lise

À la mi-août, la belle saison ne laissait voir aucun signe d'essoufflement. Les belles journées chaudes et ensoleillées se succédaient et les enfants du quartier s'amusaient dans les champs encore nombreux de Saint-Léonard-de-Port-Maurice.

Les amateurs d'émotions fortes fuyaient souvent la tutelle des rares moniteurs et monitrices rémunérés par la municipalité pour se lancer dans l'exploration hasardeuse du Trou-de-fées, une galerie souterraine qui, selon certains experts, allait se perdre beaucoup plus au nord, sous la rivière des Prairies.

— Je veux pas vous voir traîner dans ce coin-là, et surtout pas autour du chantier, répétait Jeanne à ses enfants.

— Ben non, m'man, la rassurait Claude. On s'en va jouer dans le champ, au bout de Belleherbe.

L'adolescent savait que sa mère craignait le va-et-vient des camions et des excavatrices au bout de la rue Lavoisier, là où la coopérative d'habitation construisait ses bungalows cet été-là.

Au milieu d'un après-midi, Claude et son frère André revinrent à la maison en portant chacun un grand sac de papier Kraft qui semblait assez lourd. En entendant le son de leurs voix, leur mère, installée à sa machine à coudre New William, à l'étage, jeta un coup d'œil par la fenêtre.

Dès que la porte d'entrée eut claqué derrière eux, elle leur cria :

— Qu'est-ce que vous avez dans ces sacs-là ?

— Du blé d'Inde, m'man, répondit André, debout sur la première marche de l'escalier qui conduisait à l'étage.

— D'où est-ce que ça vient ?

La réponse tarda à venir. La mère de famille, alertée par cette hésitation, abandonna son travail de couturière et descendit dans la cuisine où ses deux fils avaient déposé leurs sacs sur la table.

— Allez-vous finir par me répondre ? demanda-t-elle, sévère.

— Ben, fit André, on l'a pris dans le champ. Il y en a un plein champ, pas loin. Pas vrai, Claude ?

L'adolescent se contenta d'acquiescer.

— Un plein champ, répéta Jeanne.

— Ben oui, m'man. On sait comment vous aimez ça, fit Claude. Ça fait qu'on en a pris un peu. Le bonhomme s'en apercevra même pas tellement il y en a.

— Mais vous êtes des voleurs ! s'écria leur mère. C'est du vol, ça ! C'est pas à vous autres ! J'en veux pas de votre blé d'Inde.

— Voyons, m'man, dit André, on n'est pas pour le jeter. Il a l'air bon.

Le gamin de dix ans avait saisi un épi dans l'un des sacs et s'était mis en devoir d'en montrer les beaux grains jaunes à sa mère.

— Vous êtes sourds, tous les deux ? Je vous ai dit que je voulais pas de blé d'Inde volé dans cette maison.

— C'est correct, m'man. On va aller le jeter dans le champ d'abord, dit Claude d'un air résigné. On pensait vous faire plaisir.

— Oh non ! Vous gaspillerez pas ce blé d'Inde là. Vous allez voir le cultivateur à qui il appartient et lui expliquer que vous avez pris son blé d'Inde. Vous allez vous excuser et lui demander de vous le vendre.

Claude jeta un coup d'œil entendu à son jeune frère, mais sa mère devina immédiatement son intention.

— Vous allez dire au cultivateur qu'il m'appelle pour me dire que tout est correct.

— Mais m'man, si le bonhomme veut pas vous appeler, protesta l'adolescent.

— À ce moment-là, vous lui direz que votre père va venir le voir après le souper pour régler cette affaire-là. Mais vous connaissez votre père, je pense pas qu'il va aimer ça. J'en connais qui vont regretter d'avoir volé du blé d'Inde. À votre place, je m'arrangerais pour que l'homme accepte de vous le vendre.

— C'est pas juste, voulut plaider André une dernière fois. On voulait juste vous faire un cadeau.

— Un beau cadeau avec des affaires volées, ajouta sa mère, inflexible.

— Combien il va me coûter, ce maudit blé d'Inde là ? demanda Claude, à demi résigné.

— Combien vous en avez pris ?

Les deux frères renversèrent le contenu des sacs sur la table et se mirent à compter le nombre d'épis qu'ils contenaient.

— Trente-quatre.

— Presque trois douzaines. Il va peut-être vous les laisser pour une piastre et demie, fit leur mère... À moins qu'il aime mieux appeler la police pour vous faire arrêter.

— Où est-ce qu'on va prendre cet argent-là ? demanda Claude.

— Ça, c'est votre problème, mais grouillez-vous avant que votre père rentre. Vous êtes chanceux que ses vacances soient finies et qu'il ait recommencé à travailler à l'école. Il est à la veille de revenir. À votre place, je traînerais pas trop.

— Ça, ça m'écœure. J'ai juste trois piastres de ramassées et il va falloir que j'en prenne la moitié pour cette cochonnerie-là, se plaignit Claude. Et toi, naturellement, t'as pas une maudite cenne ! fit-il en se tournant vers son frère.

André ne se donna même pas la peine de lui répondre.

— Bon, ben, envoye ! Aide-moi au moins à porter les sacs. On va aller voir si le bonhomme est parlable.

Une demi-heure plus tard, le téléphone sonna chez les Dionne et Jeanne s'empressa de décrocher.

— Madame Dionne ? Rémi Beaulieu de la rue Jarry. Vos deux garçons viennent de partir. Je vous appelle parce qu'ils m'ont dit que vous vouliez absolument que je vous téléphone.

— Ils vous ont rapporté le blé d'Inde comme je leur avais demandé, monsieur Beaulieu ?

— Oui, madame. Je les ai chicanés et je leur ai même fait peur en parlant d'appeler la police la prochaine fois. Pour leur donner une leçon.

— Vous avez eu raison.

— J'avais le goût de leur donner le blé d'Inde après ça, mais je me suis dit que ce serait pas leur rendre service.

— C'est certain, approuva Jeanne. Il faut pas encourager le vol. On est du monde honnête.

— Je vous crois, madame, et je pense que vous allez faire du bon monde avec vos enfants en les élevant comme ça. En tout cas, tout est rentré dans l'ordre.

— Merci, monsieur Beaulieu.

Quelques minutes plus tard, Claude et André rentrèrent et déposèrent leurs sacs remplis d'épis sur le comptoir sans faire le moindre commentaire. Ils étaient fatigués d'avoir marché sous un soleil de plomb en portant ces sacs lourds.

Ce soir-là, chez les Dionne, Jeanne servit à sa famille du maïs doré au souper.

— Profitez-en, dit-elle aux affamés regroupés autour des deux tables, c'est Claude qui vous paie la traite. C'est du blé d'Inde frais cassé.

Claude rougit et donna un coup de pied à son frère André sous la table. Pendant un bref moment, il se demanda si sa mère avait parlé de leur aventure à son père. Mais ce dernier se contenta de lever les yeux vers lui avant de lui dire :

— C'est ben beau de nous payer la traite, mais dépense pas ton argent pour des niaiseries comme ça. Tu vas en avoir besoin quand l'école va recommencer dans quinze jours.

Ce soir-là, avant de se mettre au lit, Claude s'approcha de son frère André pour lui rappeler :

— Oublie pas, le gros, tu me dois au moins cinquante cents pour le blé d'Inde. Après tout, t'en as pris autant que moi.

— Pourquoi je te donnerais de l'argent ? se rebiffa son frère. M'man a dit que c'était toi qui payais la traite, pas nous deux.

— Aïe, niaise pas ! Ce serait pas juste que je paye tout.

Le lendemain matin, la famille Dionne fut réveillée peu avant six heures non par le bruit de la forte pluie qui tambourinait sur les vitres, mais bien par les cris de rage de Maurice. Il y eut des pas précipités dans l'escalier menant à la porte arrière suivis de claquements de portes.

Une demi-heure auparavant, Paul, vêtu d'un vieil imperméable, avait enfourché sa bicyclette malgré la pluie pour se rendre à l'Hôtel-Dieu.

Réveillés en sursaut, les enfants n'osèrent pourtant pas se lever pour savoir de quoi il retournait. Il valait mieux laisser leur mère s'en charger.

— Veux-tu ben me dire pourquoi tu cries comme un cochon qu'on égorge ? demanda Jeanne qui, mal réveillée, sortit de la chambre à coucher en serrant contre elle les pans de la vieille robe de chambre rose qu'elle venait de passer.

— Calvaire ! Qui est la maudite folle qui a mis mes souliers dehors hier soir ? cria Maurice.

Il posait la question inutilement. Il connaissait déjà la réponse. Il savait fort bien que sa femme avait pris l'habitude de placer à l'extérieur, sur la terrasse, les souliers de travail de son mari parce que le fumet qui s'en dégageait lui donnait la nausée.

Durant la saison froide, Maurice se déchaussait toujours dans l'escalier intérieur, à l'arrière de la maison. Il laissait ses souliers et ses chaussettes sur la première marche. Pour éviter que l'odeur nauséabonde qui s'en dégageait ne se répande dans toute la maison, il prenait tout de même bien soin de refermer immédiatement la porte du couloir qui conduisait au sous-sol.

Mais durant l'été, cette porte demeurait le plus souvent ouverte pour faciliter l'aération de la maison. Jeanne avait alors adopté une solution pratique : elle plaçait à l'extérieur de la maison, sur la terrasse, les souliers et les chaussettes à l'odeur désagréable. Ainsi, aucun habitant de la maison n'était incommodé.

— Regarde-moi ça, cria Maurice à sa femme en lui mettant sous le nez ses deux souliers remplis d'eau sur lesquels reposaient deux chaussettes détrempées qui dégouttaient sur le plancher.

— Bon, c'est correct, t'es pas obligé de réveiller toute la maison et de salir mon plancher pour ça, Maurice Dionne ! protesta Jeanne. À cause de toi, les enfants vont tous être debout à six heures du matin. Si ça a du bon sens ! Des souliers mouillés, c'est pas la fin du monde.

— Ah oui ! Peux-tu me dire, Christ, ce que je vais me mettre dans les pieds aujourd'hui pour aller travailler ? demanda Maurice, hargneux, en brandissant toujours ses souliers détrempés.

— T'en as une paire propre dans la penderie. Sors-les et mets-les. T'en mourras pas.

— Des souliers presque neufs !

— T'as pas de planchers à laver aujourd'hui, non ? Tu les abîmeras pas. Pour une journée, ça en fait toute une affaire !

— En tout cas, sacrement, que je te voie plus toucher à mes souliers ! Tu m'entends ? menaça Maurice avant de se diriger vers la garde-robe de sa chambre à coucher. Mes souliers, tu les laisseras là où je les mets.

— C'est ça, acquiesça sa femme qui avait de plus en plus de mal à réprimer son envie de rire.

Mais, comme à son habitude, elle n'ajouta rien pour ne pas envenimer inutilement la situation. Maurice quitta la maison de fort mauvaise humeur en faisant claquer la porte derrière lui.

Jeanne était en train de se demander s'il valait la peine qu'elle retourne se coucher ce matin-là quand la porte de la chambre des filles située de l'autre côté du couloir, en face de la cuisine, s'ouvrit sur une Lise aux yeux gonflés de sommeil.

— Quelle heure il est ? demanda-t-elle d'une voix ensommeillée.

— Six heures et quart, lui répondit sa mère qui venait de prendre la décision de demeurer debout.

— Qu'est-ce que p'pa avait à crier comme un perdu ? dit la jeune fille d'une voix bougonne.

— J'ai mis ses souliers dehors hier soir et ils étaient pleins d'eau quand il a voulu les mettre, répondit sa mère en branchant la bouilloire électrique pour se confectionner une tasse de café instantané.

— C'est une vraie maison de fous, ici. Ça crie tout le temps. Il y a jamais moyen de se reposer tranquille, laissa tomber Lise en se dirigeant vers la salle de bain.

L'adolescente y passa plus de trente minutes. Elle y resta suffisamment longtemps pour que sa mère ait eu le temps de manger ses deux rôties, boire sa tasse de café, préparer un chaudron de gruau et se mettre à repriser le pantalon déchiré de Marc, l'un des jumeaux.

Quand Lise sortit de la petite pièce, elle était soigneusement maquillée et coiffée. Elle s'engouffra dans la chambre qu'elle partageait avec Francine et il y eut de nombreux bruits de tiroirs ouverts et refermés avant qu'elle n'en sorte vêtue d'une robe jaune pâle très ajustée dont la jupe était mise en valeur par une épaisse crinoline. La jeune fille était jolie avec ses longs cheveux châtains et son visage ovale éclairé par des yeux bruns expressifs. Comme elle était assez grande, ses souliers à hauts talons mettaient en valeur sa silhouette agréable.

Mais il ne fallait pas s'y tromper : Lise avait un tempérament explosif. Elle avait beau être demeurée la lunatique dénoncée par toutes les religieuses qui lui avaient enseigné, elle avait assez mauvais caractère.

Elle revint dans la cuisine pour se préparer des rôties qu'elle mangea en silence, en prenant garde de ne pas tacher sa robe. Devant son silence prolongé, Jeanne finit par lever la tête du pantalon qu'elle réparait. Quelque chose semblait préoccuper son aînée.

— Qu'est-ce qui te fatigue ? finit-elle par lui demander.

— Rien, m'man.

Il y eut un court silence entre la mère et la fille avant que cette dernière finisse par avouer :

— M'man, est-ce que vous pensez que p'pa accepterait que je sorte avec un gars ?

— Comment ça ? fit Jeanne, en déposant son ouvrage sur ses genoux. Quel gars ?

— Il y a un gars qui travaille avec moi chez Woolworth. Il m'a demandé la semaine passée s'il pouvait sortir avec moi.

— Tu lui as répondu quoi ?

— Ben, je lui ai dit que j'en parlerais à mon père, cette affaire. Est-ce que j'avais le choix ?

— Moi, je te trouve pas mal jeune pour commencer à t'encombrer d'un gars.

— Vous, m'man, vous avez pas eu la même vie plate que moi. Pensez-vous que c'est drôle la vie que j'ai ? demanda la jeune fille en haussant le ton. Je travaille comme une folle six jours par semaine. Je donne presque tout mon salaire. J'ai jamais une cenne dans mon portefeuille pour m'acheter quelque chose. Je passe mon temps à gratter. Le dimanche, ma seule journée de congé, je garde les petits la plupart du temps parce que vous allez chez grand-père, ou encore, je passe la journée assise sur le balcon, toute seule comme une dinde. C'est pas une vie, ça !

Jeanne laissa passer l'orage et elle attendit même quelques instants avant de prendre la parole.

— Bon, c'est vrai que c'est pas bien intéressant, reconnut-elle honnêtement. Écoute, je vais essayer d'en parler à ton père.

— C'est ce que je voulais vous demander.

— Oui, mais peut-être pas aujourd'hui. Tu le connais. Il va falloir que j'attende qu'il soit de bonne humeur, sinon ça va être non tout de suite.

— OK, mais qu'est-ce que je réponds à Yvon ?

— Ah ! Il s'appelle Yvon… Tu vas dire à ton Yvon de prendre patience et d'attendre une couple de jours.

— C'est correct, dit Lise en adressant à sa mère son premier sourire de la journée.

Soudainement, la jeune fille toucha le lobe de l'une de ses oreilles.

— J'ai oublié de mettre des boucles d'oreille, dit-elle en se levant précipitamment de sa chaise. Il faut que je me grouille, mon lunch est même pas encore préparé.

Elle se précipita dans sa chambre et elle se mit à ouvrir bruyamment les tiroirs de son bureau. Elle fit tant de bruit que sa sœur, réveillée en sursaut, protesta énergiquement.

— Toi, dors, lui intima sa sœur aînée. Viens pas m'écœurer à matin. Je cherche mes boucles d'oreille.

— Dépêche-toi de les trouver et va faire du bruit ailleurs, rétorqua sa jeune sœur sur le même ton avant d'enfouir sa tête sous les couvertures.

Après quelques minutes de recherches frénétiques, Lise parvint à mettre la main sur ses boucles d'oreille et elle revint dans la cuisine, énervée d'avoir dû les chercher si longtemps.

— Qu'est-ce que je peux apporter dans mon lunch ? demanda-t-elle à sa mère en posant la main sur la poignée de la porte du réfrigérateur.

— Il reste du *baloney* dans le frigidaire. Il y en a assez pour te faire deux sandwiches.

— Pas encore du *baloney* ! s'exclama l'adolescente. Il y aurait pas moyen d'avoir autre chose de temps en temps. C'est toujours du *baloney* ou du *Prem* qu'on met dans nos sandwiches, six jours par semaine. Ça finit par tomber sur le cœur.

— Ton père en mange depuis vingt ans et il en est pas mort, rétorqua sa mère.

— Lui, il mange n'importe quoi. En plus, ça me surprendrait pas qu'il jette son lunch en chemin et qu'il aille manger au restaurant, comme les riches. Moi, j'ai pas d'argent. Je dois manger cette maudite cochonnerie-là.

L'adolescente lança rageusement le pain, la margarine et la viande sur la table tout en continuant de se plaindre à voix haute, au bord de la crise de nerfs. Elle claqua la porte du réfrigérateur, fourragea dans un tiroir de l'armoire pour en extraire un couteau et elle se mit à la recherche du pot de moutarde, toujours en parlant de plus en plus fort pour faire comprendre son mécontentement à sa mère.

— J'en ai assez ! Assez ! Maudit que je suis écœurée de toujours être poignée pour manger la même maudite affaire, un midi après l'autre.

Finalement, Jeanne, qui ne disait pas un mot depuis le début de cette crise, se leva, se dirigea vers l'évier, prit un verre et le remplit d'eau froide. Sans un mot, elle s'approcha de son aînée et lui en lança le contenu à la figure. Saisie en plein élan, cette dernière se figea, la bouche ouverte, le visage dégoulinant d'eau. Stupéfaite, elle regarda sa mère déposer calmement le verre vide sur le comptoir, reprendre sa place sur sa chaise berçante et se remettre à repriser le pantalon.

Lise ne prononça pas un seul mot. Blanche de colère, elle s'élança vers sa chambre pour aller examiner dans le miroir les dégâts que cette eau avait causés à sa toilette et à son maquillage. Elle était si aveuglée par la rage qu'elle calcula mal son entrée dans la chambre et alla heurter de plein fouet l'encadrement de la porte.

À demi assommée par le choc, elle n'en pénétra pas moins dans la pièce dont elle rabattit violemment la porte derrière elle.

Durant de longues minutes, il n'y eut aucun bruit chez les Dionne. Puis, quand l'autobus Vanier passa devant la porte en direction nord, Lise, vêtue d'une autre robe et remaquillée, sortit de sa chambre, la tête haute et le visage fermé. Sans prononcer une parole, elle s'empara de ce qui allait lui servir de repas et elle quitta la maison juste à temps pour monter dans l'autobus qui était allé faire demi-tour à l'extrémité du boulevard Lacordaire avant de revenir en direction sud.

Lorsque la jeune fille revint du travail ce soir-là, elle avait retrouvé le sourire et il ne fut pas question de sa crise du matin. Quand son père, intrigué, lui demanda comment elle s'était fait la bosse qui ornait son front, elle se borna à expliquer qu'elle avait heurté un tiroir avec sa tête au travail.

— Toujours aussi lune, s'était-il contenté de commenter avec un rien d'indulgence.

Un peu avant le souper, le lendemain, Maurice, armé de son boyau d'arrosage, était occupé à arroser sa pelouse. C'était là un geste routinier qui se répétait tous les soirs, à son retour de l'école.

Le père de famille apportait un soin maniaque à son gazon en évitant, autant que faire se pouvait, de le piétiner. À ses yeux, une pelouse rase et bien verte était un objet de fierté et prouvait à tous que le propriétaire était soigneux. Il avait désiré une pelouse durant tellement d'années que maintenant qu'il l'avait, il y tenait plus que tout. Jeanne en savait quelque chose. Il lui avait fallu déployer beaucoup d'efforts, le printemps précédent, pour persuader son mari de convertir en potager un carré d'à peine six pieds de côté, au fond de la cour.

— On va avoir l'air d'une bande de maudits quêteux! s'était écrié Maurice quand elle en avait parlé la première fois.

— Voyons donc, avait plaidé Jeanne. On va avoir des légumes frais qui nous coûteront rien. Personne va voir qu'on a un jardin. Il va être au fond de la cour, caché par la cabane de jardin.

Jeanne savait bien qu'en parlant de légumes qui ne coûteraient rien, elle venait d'utiliser l'argument massue propre à convaincre son mari. Avec les années, elle était parvenue à mettre au point un certain nombre d'astuces pour arriver parfois à l'amadouer.

— En tout cas, si on a un jardin, finit par concéder Maurice, c'est moi qui m'en occupe et je veux pas autre chose que des tomates.

— On pourrait bien semer aussi des petites fèves, des radis et des concombres.

— Des tomates, rien que des tomates roses à part ça, avait tranché Maurice. On n'est pas à Saint-Joachim, chez ton père, ici. C'est pas une ferme. Tu me feras pas transformer ma cour en jardin, certain !

— Si c'est comme ça, avait dit Jeanne à qui la moutarde était montée au nez, organise-toi tout seul et sème ce que tu veux.

Maurice était donc allé acheter des petits plants de tomates qu'il avait plantés seul.

— T'as acheté tes plants bien trop petits, lui fit remarquer sa femme.

— Puis après ?

— T'auras pas une tomate avant le milieu du mois d'août avec des plants comme ça.

— Laisse-moi donc tranquille. Tu connais rien à ça, avait rétorqué Maurice en se dirigeant vers le carré de terre qu'il avait aménagé la veille, derrière la cabane de jardin.

Jeanne ne s'était plus mêlée de rien. Elle s'était limitée à lui conseiller d'installer des tuteurs quand les plants avaient fini par prendre de la hauteur à la fin du mois de juillet. Elle avait laissé à son citadin de mari le travail de désherbage, d'arrosage ainsi que tout l'entretien de son jardin de poche.

Fait étonnant, ce dernier avait fini par se prendre au jeu et, au fil des semaines, il avait vraiment semblé apprécier de voir pousser des légumes pour la première fois de sa vie. Jeanne en voulait pour preuve son empressement à aller examiner son potager chaque soir avant de procéder à l'arrosage. En tout cas, il ne ménageait pas ses soins. Parfois, elle se sentait obligée de lui dire :

— Maurice, lâche tes plants de tomates. C'est pas en tirant dessus que tu vas les faire pousser plus vite.

— Mêle-toi de tes affaires, se contentait de lui répondre chaque fois son mari. C'est moi qui m'occupe de ce jardin-là.

Un après-midi, Maurice entra dans la maison après l'arrosage quotidien en affichant une mine sombre.

— Qu'est-ce que t'as ? lui demanda Jeanne en train d'éplucher les pommes de terre du souper.

— Ben, je sais pas ce qui se passe. On dirait que mes tomates ont un drôle d'air.

— Comment ça ?

— Elles grossissent pas, bâtard ! C'est pas normal. Il y en a qui sont rouges, on dirait. Moi, j'ai acheté des plants de tomates roses, pas de tomates rouges.

— Es-tu bien sûr de ça ?

— Aïe, la fille de la campagne, prends-moi pas pour un niaiseux ! s'emporta Maurice. Je suis encore capable de faire la différence entre une tomate rose et une tomate rouge.

— De toute façon, c'est pas bien grave si t'as un plant ou deux de tomates rouges au lieu de roses, fit sa femme pour le calmer. C'est des bonnes tomates pareil.

Maurice n'ajouta rien tout le temps que sa femme fut occupée à éplucher. Lorsqu'elle eut mis les pommes de terre au feu et jeté les épluchures, il lui demanda d'une voix radoucie :

— Viens donc voir.

Jeanne sortit à sa suite et alla se pencher à ses côtés sur le jardin. Elle saisit une tomate et la détacha du plant.

— Mon pauvre Maurice, tu vas attendre longtemps avant que des tomates comme ça grossissent. C'est des tomates italiennes, dit-elle en lui mettant sous le nez une petite tomate rouge qui avait un peu la forme d'une poire.

— Des tomates italiennes ? Ben non, ça peut pas être ça ! s'écria son mari. C'est des plants de tomates roses que j'ai achetés.

— On dirait bien que le gars s'est trompé et qu'il t'a vendu des plants de tomates italiennes. Tiens, regarde.

La mine catastrophée, Maurice prit la tomate que sa femme lui tendait et il l'examina longuement, comme s'il pouvait la transformer en quelque chose d'autre.

— Mais est-ce que c'est mangeable, cette affaire-là ?

— Je suis pas bien sûre que tu vas aimer ça, dut admettre Jeanne. Attends, on va ramasser les plus mûres et les apporter dans la maison.

Ils cueillirent une dizaine de tomates qu'ils transportèrent dans la cuisine où Jeanne, armée d'un couteau en trancha une après l'avoir soigneusement lavée.

— Tiens, goûtes-y, suggéra-t-elle à Maurice.

Ce dernier prit une bouchée dans la demi-tomate que lui avait tendue sa femme.

— Pouah ! C'est ben méchant, dit-il en esquissant une grimace de dégoût. Il y a pas de jus là-dedans et la peau est ben trop épaisse.

Jeanne mordit à son tour dans l'autre moitié.

— Je pense que c'est juste bon pour faire de la sauce à spaghettis, déclara-t-elle.

— Ah ben ! Sacrement ! jura Maurice, hors de lui. Je travaille dans ce jardin-là depuis presque trois mois pour avoir des bonnes tomates à manger et tout ce que je vais avoir, c'est cette cochonnerie-là. Je m'en vais arracher tout ça et crisser ça dans les poubelles ! affirma-t-il avec force.

— Attends, dit sa femme. On va les laisser mûrir à cette heure qu'elles sont là. Je vais essayer de faire de la sauce à spaghettis avec. Si la sauce est bonne, on n'aura pas tout perdu.

— Ouais ! Mais moi, c'était pas pour faire de la sauce que je voulais des tomates.

— Écoute, Maurice. C'est tout de même pas pire que les années passées où t'avais pas de jardin, lui dit sa femme pour le calmer. Si tu veux absolument manger des tomates, on aura juste à en acheter au marché. En tout cas, tu sais à cette heure que t'es capable d'en faire pousser.

Cette dernière remarque ne calma pas la hargne du concierge de St-Andrews qui ne décoléra pas du week-end. Maintenant, chaque fois qu'il voyait son jardin, il jurait entre ses dents. Il se vengeait également en s'abstenant de l'arroser.

Le lundi soir, il se décida à dire à Jeanne :

— Si tu veux d'autres tomates italiennes, je te conseille d'aller les chercher tout de suite. Après le souper, j'arrache tout ce qu'il y a dans le jardin. Je suis fatigué de voir ça tous les soirs quand j'arrose le gazon.

— Ce sera pas long, fit Jeanne. J'en ai encore ramassé un plein plat à matin.

L'unique consolation de Maurice fut que les fameuses petites tomates servirent à cuisiner une excellente sauce à spaghettis et, au fil des semaines, il se mit à raconter à la famille et aux voisins qu'il avait volontairement planté des tomates italiennes pour enfin manger une vraie bonne sauce à spaghettis. Il le disait avec une telle conviction que les siens en vinrent à se demander s'il n'avait pas fini par croire à cette fabulation.

Quelques jours plus tard, un matin, Jeanne fut tirée de son sommeil par une dispute qui avait éclaté dans la cuisine entre Francine et André. Le ton monta rapidement entre les deux belligérants.

— Qu'est-ce qui se passe encore ? demanda la mère d'un ton excédé du fond de sa chambre.

Elle se leva, sortit de sa chambre et pénétra dans la cuisine où les jumeaux, André et Denis étaient déjà attablés, en train de manger les rôties que leur sœur leur avait préparées.

— C'est André, m'man, dit Francine. Il veut pas manger la dernière toast que je lui ai faite.

— Pourquoi ? demanda Jeanne à son fils.

— C'est encore une croûte, protesta ce dernier. Je suis écœuré, moi, de toujours manger des croûtes.

— Aïe ! fit sa sœur. J'en ai mangé une et je t'ai donné l'autre. Je suis pas pour toutes les manger toute seule.

— OK, dit Jeanne à son fils. Laisse la croûte sur la table. Je vais la manger, moi, si tu la veux pas. On gaspillera pas une tranche de pain.

— Non, non, protesta son fils qui ne voulait pas qu'elle se sacrifie à sa place. Je vais la manger, m'man.

Jeanne n'insista pas et l'incident fut clos.

— Merci, ma grande, d'avoir fait déjeuner tes frères, dit Jeanne à sa fille.

Satisfaite d'avoir fait plaisir à sa mère, Francine prit place à table et termina son déjeuner. Pour sa part, Denis avait terminé son repas. Il se leva et alla porter son assiette dans l'évier avant de sortir à l'extérieur.

Moins d'une minute plus tard, la porte d'entrée claqua et il revint dans la cuisine en tenant triomphalement, à bout de bras, un sac brun.

— Regardez, m'man, ce que je viens de trouver dans le *drive-way*.

— C'est quoi ? demanda Francine en s'approchant.

— On dirait le lunch que j'ai préparé pour ton père hier soir, dit Jeanne en s'emparant du sac et en l'ouvrant.

Au premier coup d'œil, elle reconnut les sandwiches et le dessert qu'elle avait préparés pour son mari la veille, avant d'aller se coucher.

— Veux-tu bien me dire comment ça se fait que ce sac-là était dans le *drive-way* ? se demanda Jeanne à haute voix.

— Pour moi, il a dû mettre son sac sur le toit de la Dodge pour débarrer la porte du char, expliqua Claude qui venait d'entrer dans la cuisine. Je l'ai vu faire ça ben des fois. Mais à matin, pour moi, il était pas réveillé quand il est parti. Il a oublié son lunch là avant de s'en aller. Il va avoir une maudite belle surprise quand il va vouloir dîner, ajouta l'adolescent, l'air moqueur.

— Inquiète-toi pas pour ton père, il se laissera pas mourir de faim, dit sa mère en refermant le sac de papier Kraft et en le déposant dans le réfrigérateur. Pas un mot de ça à votre père quand il va revenir de l'école, ajouta-t-elle à l'endroit de ses enfants présents dans la cuisine. Mêlez-vous pas de ça.

— Pourquoi ? demanda André.

— Laisse faire. J'ai une idée.

Lorsque Maurice revint de l'école un peu avant cinq heures de l'après-midi, Jeanne ne dit pas un mot. Elle laissa son mari s'occuper de l'arrosage de la pelouse pendant qu'elle préparait le souper.

Une demi-heure plus tard, elle invita tout le monde à passer à table et servit le pâté au saumon qu'elle avait cuisiné. Quand elle eut servi tous les siens, la mère prit place aux côtés de son mari. Un instant plus tard, elle lui demanda sur un ton détaché :

— Comment était ton lunch à midi ?

— Comme d'habitude, répondit Maurice Dionne en tournant vers elle un visage surpris.

— Le pain était pas trop sec ?

— Non. Pas pire que d'habitude.

— T'as aimé le dessert que j'avais mis dans ton sac à lunch ?

— Ouais, ouais, répondit Maurice avec une impatience croissante. Dis donc, fais-tu une enquête pour la police, toi ? Qu'est-ce que mon lunch avait tant de spécial ?

— Rien. Je pensais juste au pauvre gars qui a échappé son lunch sur notre terrain, à matin. Je trouve ça drôle.

— Comment ça ?

— Tu me croiras pas, Maurice, mais il avait la même sorte de sandwich et le même dessert que toi dans son sac à lunch.

Une légère rougeur apparut sur le front du père de famille pris en flagrant délit de mensonge. Il remonta ses lunettes qui avaient glissé sur son nez.

— C'est correct. C'était mon lunch, reconnut-il à contrecœur. J'ai dû l'oublier sur le toit du char quand j'ai débarré ma porte avant de partir. Puis après ?

— Ça fait que je te gage que t'as été obligé d'aller manger au restaurant à midi, fit Jeanne d'un ton légèrement accusateur.

— Penses-tu que j'ai de l'argent à gaspiller dans les restaurants ? se défendit Maurice.

— T'es pas allé manger au restaurant ?

— Je viens de te dire non ! Calvaire, es-tu sourde ? Quand ben même j'y serais allé, ce serait pas de tes maudites affaires, à part ça. J'aurais payé avec de l'argent que je gagne, pas avec le tien.

L'air incrédule de Jeanne prouvait assez qu'elle ne croyait pas un mot de ce que son mari venait d'affirmer.

— T'as mangé quoi à midi ? insista-t-elle.

— Rien.

— Pauvre toi, tu dois être mort de faim. Veux-tu une autre assiettée ?

— Non, laisse faire, dit Maurice d'un ton sec. J'en ai assez.

— Gêne-toi pas, Maurice, il reste encore pas mal de pâté.

— Je viens de te dire que j'ai plus faim ! s'emporta-t-il.

— Pendant que j'y pense, est-ce que ça te dérange que je te donne le même lunch pour demain midi ? Je l'ai mis dans le frigidaire. Il va être encore mangeable. Comme ça, tu vas être content : t'auras rien gaspillé.

— Fais donc ce que tu veux, maudite fatigante ! explosa Maurice, excédé, avant de se lever brusquement de table avec la ferme intention d'aller s'asseoir sur le balcon.

Lise dut attendre encore quelques jours de plus avant que sa mère ne se décide à parler de son amoureux à son père. Même si l'impatience de la jeune fille grandissait, elle faisait confiance à sa mère pour choisir le bon moment.

N'ayant pas oublié la requête de sa fille, Jeanne finit par aborder le sujet un soir, au début de la troisième semaine du mois d'août. Le couple prenait le frais sur le balcon en fin de soirée. Les jeunes enfants étaient couchés. Paul, arrivé de son travail depuis quelques minutes, venait de se retirer dans sa chambre, tandis que Lise lisait un roman-photos dans la cuisine. Francine et Claude jouaient aux cartes, installés à une extrémité de la table.

Jeanne avait longuement songé à la meilleure façon d'aborder le sujet. Elle se crut habile en évoquant des enfants qui grandissaient si vite qu'on ne les voyait pas vieillir.

— Pourquoi tu dis ça ? demanda abruptement Maurice en tournant la tête vers elle, dans le noir.

— Bien, je regarde Lise et je me dis que c'est plus une petite fille, répondit Jeanne après un moment d'hésitation.

— Elle est pas ben vieille non plus. Elle a même pas encore dix-huit ans.

— Oui, je le sais bien, mais ça empêche pas les garçons de commencer à tourner autour.

Maurice se redressa brusquement sur sa chaise de jardin, soudain plus attentif à ce que sa femme essayait de lui dire.

— Ça veut dire quoi ça ? Veux-tu me dire que des gars lui courent après ? Qu'ils l'achalent ? Où ça ? Quand ? Accouche ! ordonna-t-il avec impatience.

— Whow ! calme-toi. Monte pas tout de suite sur tes grands chevaux, fit Jeanne. C'est pas ça que je veux dire pantoute. Lise m'a dit qu'elle trouvait qu'elle avait une vie plate et...

— Comment ça, plate ? Avec son père, sa mère et toute sa famille...

— Laisse-moi finir, l'interrompit Jeanne. Ça a rien à voir avec nous autres. C'est qu'il y a un garçon à son ouvrage qui lui a demandé de sortir avec lui.

— J'espère qu'elle l'a envoyé promener.

— Non, elle lui a dit qu'elle allait t'en parler.

— Il est pas question qu'un gars vienne veiller ici.

— Maurice Dionne, fit Jeanne d'une voix sévère, ta fille, c'est pas un trésor. Tu la garderas pas sous tes jupes encore pendant des années.

— Et tu trouverais normal qu'un parfait inconnu vienne veiller dans notre salon, je suppose ?

— Est-ce qu'on a le choix ? Aimes-tu mieux qu'ils se voient en cachette et sans surveillance ? Aimerais-tu mieux qu'elle se tienne avec un paquet de filles qui font les folles quand on n'est pas là ?

Maurice sembla réfléchir durant un long moment avant de crier par la porte moustiquaire :

— Lise, viens donc ici une minute.

Lise abandonna à regret sa revue sur la table et se leva, les jambes un peu molles. Depuis plusieurs jours, elle attendait ce moment avec angoisse. Elle savait d'instinct que le moment critique venait d'arriver. Qu'est-ce que son père allait décider ?

Aussitôt qu'elle eut franchi la porte, son père ne perdit pas de temps.

— Qui c'est le gars qui veut sortir avec toi ?

— C'est un gars qui travaille avec moi chez Woolworth. Il s'appelle Yvon Larivière.

— Il a quel âge ?

— Il vient d'avoir vingt ans, p'pa.

— Il fait quoi chez Woolworth ?

— Il s'occupe d'un département.

— Il reste où ?

— À Montréal.

— Et tu veux qu'il te fréquente ? demanda Maurice.

— Ben, si vous le voulez, p'pa.

— Bon, c'est correct, fit son père en semblant prendre une décision soudaine. Mais écoute-moi ben. Ton gars pourra venir veiller le samedi soir et le dimanche soir. Je veux pas le voir ici en d'autre temps. Est-ce que c'est clair ?

— Oui, p'pa, dit Lise, tout heureuse d'obtenir enfin la permission souhaitée.

Elle n'arrivait pas encore à croire que son père avait si facilement accepté.

— Tu vas lui expliquer qu'il est pas question qu'il arrive ici avant sept heures et il doit partir pas trop tard parce qu'on se couche à une heure normale dans cette maison.

— C'est correct. Je vais le lui dire.

— Vous veillerez dans le salon ou avec nous autres, dans la cuisine ou dans la salle de télévision en haut.

— OK.

— En plus, il est pas question de venir me demander une permission spéciale d'aller en ville pour danser ou aller voir un film. C'est ici qu'il fera ses fréquentations, pas ailleurs.

— OK, p'pa. Merci, dit la jeune fille reconnaissante avant de rentrer dans la maison.

Le samedi soir suivant, chez les Dionne, toute la maisonnée était en effervescence à cause de l'arrivée du prétendant de Lise, même si, officiellement, on refusait de reconnaître l'importance de cette visite.

La jeune fille était rentrée de son travail un peu après cinq heures. Elle avait abandonné son soupirant à l'arrêt d'autobus, devant le magasin Morgan du centre commercial Boulevard. Comme Yvon Larivière ne pouvait arriver que par l'autobus de sept heures, le jeune homme manquait de temps pour rentrer chez ses parents. Il avait donc dû se résoudre à faire sa toilette dans les cabinets de chez

Woolworth avant de quitter son travail et il lui restait près de deux heures à attendre le moment fatidique de monter dans l'autobus jaune qui allait le déposer chez les parents de sa belle, boulevard Lacordaire.

Le jeune homme aurait pu en profiter pour aller souper dans un petit restaurant du quartier, mais il était si nerveux à l'idée de se présenter devant le père de Lise qu'il en avait l'appétit coupé. Il fallait admettre que la jeune fille s'était plu à lui décrire Maurice Dionne comme une sorte d'ogre plutôt inquiétant.

Pendant qu'Yvon Larivière marinait dans son jus en marchant sans but au centre commercial Boulevard, Jeanne insistait pour que les enfants, qui avaient déjà avalé leur repas, aillent faire leur toilette.

— Allez vous décrotter un peu, leur ordonna-t-elle. Vous allez passer pour une bande de sauvages.

— Mais c'est pas pour nous autres qu'il vient, ce gars-là, protesta Claude, toujours le premier à se rebiffer devant un ordre.

— Claude Dionne, fais ce qu'on te dit, intervint son père... À moins que t'aimes mieux aller te coucher tout de suite.

— De toute façon, il faut que vous soyez propres pour la messe de demain, ajouta sa mère.

Après un souper rapide, Lise alla s'enfermer dans sa chambre pour changer de toilette. Durant ce temps, ses frères et ses sœurs, fraîchement lavés et peignés, aidèrent leur mère à remettre de l'ordre dans la maison et allèrent s'entasser sur le balcon pour assister à l'arrivée du prétendant de leur sœur aînée.

— L'autobus s'en vient, cria Claude à sa sœur, encore enfermée dans sa chambre.

En effet, l'autobus jaune de la compagnie Vanier venait de tourner au loin, au coin de la rue Sauvé, et se dirigeait lentement vers l'arrêt situé coin Lavoisier, à quelques centaines de pieds de la maison des Dionne.

— Que j'en voie pas un dire une niaiserie, fit Maurice d'un ton menaçant.

L'autobus s'arrêta dans le grincement habituel de ses freins mal entretenus et trois personnes en descendirent.

— Est-ce que c'est le gros qui est à côté de la cousine du Pot-au-beurre ? demanda André à son frère à mi-voix, en parlant de la cousine des Ouellet, la pauvre femme qu'Irène Rivest trouvait si laide.

— On le dirait ben, chuchota Claude. L'autre, c'est une femme.

— Fermez vos boîtes, vous deux, leur ordonna leur mère.

Sur ces mots, Lise sortit de la maison et aperçut toute sa famille dévisageant le pauvre Yvon qui semblait ne pas avancer sur le trottoir tant il paraissait intimidé par tous ces yeux braqués sur lui.

— Va au-devant de lui, lui suggéra sa mère. Ce pauvre garçon doit être gêné à mort.

Lise descendit les marches du balcon sans se faire prier et se porta à la rencontre de son amoureux. Ce dernier l'accueillit avec un soulagement évident. Il saisit sa main comme une bouée de sauvetage avant de se remettre en marche vers la maison.

Il portait un veston beige qui mettait en valeur sa large carrure. Le garçon de près de six pieds avait une chevelure brune ondulée soigneusement séparée par une raie à gauche. Avant d'escalader les cinq marches qui conduisaient au balcon des Dionne, il vérifia discrètement la position de son nœud de cravate et un sourire timide vint éclairer son large visage sympathique.

Maurice et Jeanne se levèrent pour l'accueillir quand il mit le pied sur le balcon.

— Lise, fais donc les présentations, suggéra Jeanne à sa fille aînée, un peu empruntée dans son rôle d'hôtesse.

Le visage écarlate, Yvon salua et tendit la main à chacun, faisant un effort méritoire pour se rappeler le prénom de chaque enfant qu'on lui présentait.

— Tu peux faire passer ton ami au salon, finit par proposer Maurice à sa fille.

Il avait noté avec un certain déplaisir que l'ami de sa fille le dépassait d'une demi-tête.

Cette dernière s'empressa de faire entrer Yvon dans la maison et les deux jeunes gens s'assirent l'un près de l'autre sur le divan du salon éclairé pour l'occasion par les deux lampes qui n'avaient encore jamais servi.

— Il a l'air d'un maudit grand nono, chuchota Maurice en se penchant vers sa femme.

— Chut! Ils vont t'entendre, répliqua Jeanne à voix basse en lui faisant signe de se taire. Moi, je trouve que c'est un garçon correct qui a l'air bien élevé.

Durant quelques minutes, les Dionne demeurèrent sur le balcon à regarder passer les rares voitures qui circulaient sur le boulevard Lacordaire en ce début de samedi soir. Un peu après huit heures, l'obscurité tomba et l'air se rafraîchit un peu.

— Bon, c'est ben beau tout ça, mais on n'est pas pour passer la soirée sur le balcon parce que Lise veille au salon, reprit Maurice toujours à voix basse. Les plus jeunes vont aller se coucher et nous autres, on va monter regarder la télévision. On enverra Claude ou Francine vérifier de temps en temps ce qui se passe en bas. Pliez vos chaises et rentrez-les, commanda-t-il aux enfants en se levant. On rentre.

Les enfants défilèrent les uns après les autres devant le salon où ils jetèrent un coup d'œil curieux en passant. Ils se dirigèrent ensuite vers l'escalier qui conduisait à l'étage.

Maurice, le dernier à entrer dans la maison, prit soin de laisser les lumières du couloir et de la cuisine allumées pour laisser croire qu'il y avait encore quelqu'un au rez-de-chaussée.

— J'ai laissé les lumières allumées en bas, dit-il à sa femme en prenant place devant le téléviseur. À la fin du mois, ça va nous faire un maudit beau compte d'électricité, cette niaiserie-là. Ce serait peut-être une bonne idée de leur dire de venir regarder la télévision avec nous autres.

— Voyons, Maurice ! protesta Jeanne. L'ami de ta fille vient pas pour regarder la télévision. Il vient pour la voir.

— Je disais ça comme ça, se défendit mollement son mari, tout de même préoccupé par la dépense d'électricité qu'allaient occasionner ces soirées au salon.

Vers neuf heures, ils entendirent Paul arriver de son travail. L'adolescent, les traits tirés et le teint blême, monta les saluer à l'étage dès son arrivée.

— T'en as fini avec l'hôpital ? lui demanda son père.

— Oui, p'pa. J'aurais pu travailler une semaine de plus avant que le collège commence…

— Non, le coupa sa mère, catégorique. T'as besoin de te reposer un peu avant de retourner étudier. En plus, il faut que t'ailles faire ta reprise d'examen lundi et tu dois aussi aller acheter tes livres d'école vendredi avant-midi.

Cette décision d'abandonner son emploi d'été avait donné lieu à une brève dispute entre le fils et la mère au milieu de la semaine précédente. Paul aurait aimé travailler quelques jours de plus pour avoir à sa disposition plus d'argent durant l'année. Sa mère, inquiète de le voir si pâle et si amaigri à la fin de cet été de travail, désirait qu'il réserve la dernière semaine du mois d'août pour prendre de courtes vacances.

— T'es au bout du rouleau, Paul, lui avait-elle affirmé. T'as besoin d'un peu de vacances. T'es épuisé avant même de commencer à étudier.

— Je serais moins fatigué si j'avais pu garder ma chambre à l'hôpital, avait déclaré l'adolescent avec une certaine rancœur. C'est sûr que c'est pas reposant de faire une heure et demie de bicycle le matin avant de commencer à travailler et d'en faire autant le soir, après une journée d'ouvrage.

— T'étais pas obligé de prendre ton bicycle, l'avait-elle corrigé.

— Oui, je l'étais. Je l'ai acheté pour pas avoir à payer de billets d'autobus.

— En tout cas, quand bien même tu discuterais jusqu'à demain matin, ça changera rien au fait que t'as besoin de te reposer.

Comme d'habitude, c'était son père qui avait tranché le soir même.

— Avertis les sœurs que tu lâches samedi prochain, lui avait-il dit d'un ton sans appel, sans autre explication.

Il avait donc dû se résigner. Ce samedi avait été sa dernière journée de travail.

Paul quitta ses parents et se retira rapidement dans sa chambre. Il n'avait même pas cherché à voir l'ami de sa sœur aînée.

Une vingtaine de minutes avant onze heures, Jeanne et Maurice éteignirent le téléviseur et descendirent au rez-de-chaussée. Il n'y avait aucun bruit qui filtrait du salon. L'œil braqué sur l'horloge de la cuisine, le père de famille commençait à s'impatienter en constatant que l'ami de sa fille ne semblait pas près de quitter son toit. Il avait hâte de se mettre au lit. Il avait d'autant plus hâte qu'il en était empêché par la présence du visiteur.

Finalement, il se décida à aller chercher son réveille-matin dans sa chambre et il se mit à en remonter le mécanisme après avoir demandé d'une voix forte à sa femme, demeurée dans la cuisine :

— Veux-tu ben me dire quelle heure il est ?

Durant quelques instants, il attendit qu'il y ait un mouvement annonciateur d'un départ dans le salon voisin. Rien ne se produisit. Alors, il perdit patience.

— Lise ! Viens donc ici une minute, appela-t-il de la cuisine.

Arrivée dans la cuisine, Lise n'eut pas le temps de demander à son père ce qu'il lui voulait. Ce dernier, à cran, lui dit assez fort pour que son Yvon l'entende clairement :

— Dis donc, est-ce qu'il attend que je lui prête un de mes pyjamas ?

— Ben non, p'pa. Il s'en va, répondit Lise, rouge de honte.

La jeune fille retourna précipitamment au salon. Il y eut des chuchotements. Quelques secondes plus tard, Yvon sortit de la pièce en compagnie de Lise. Le jeune homme fit preuve de beaucoup de diplomatie en feignant n'avoir pas entendu la remarque désagréable du père de sa belle. Il remercia les parents de la jeune fille de l'avoir reçu et il leur souhaita bonne nuit avant de quitter la maison.

Lise, debout devant la porte moustiquaire, salua son ami de la main une dernière fois avant qu'il ne disparaisse dans la nuit. Elle fut brutalement tirée de sa rêverie par son père.

— Sacrement ! jura-t-il, à quelle heure ton *chum* pensait partir ?

— Ben, vous m'aviez pas dit jusqu'à quelle heure il pouvait rester, p'pa. Je pensais qu'il pouvait prendre le dernier autobus.

— Es-tu malade, Lise Dionne ? s'exclama son père. Cet autobus-là est à minuit. Sers-toi donc un peu de ta tête. Il faut qu'on se lève le matin, nous autres. Tu l'avertiras qu'il devra prendre l'autobus de onze heures. Je veux plus avoir à te le redire. À cette heure, va fermer les lumières qui brûlent pour rien dans le salon.

Sur ces mots, Maurice entra dans sa chambre et en referma la porte derrière lui.

Quelques minutes plus tard, Lise se glissa elle aussi dans son lit en regrettant que Francine dorme déjà. Elle aurait tant aimé lui demander ce qu'elle pensait d'Yvon. Mais elle se trompait. Sa sœur cadette ne dormait pas. À vrai dire, elle l'attendait.

— Arrête de grouiller, tu m'as réveillée, se plaignit faussement Francine en se tournant du côté droit dans le lit.

— Tu dormais même pas, hypocrite, chuchota Lise, refusant de la croire.

— Non, mais j'étais en train de m'endormir, protesta sa sœur.

— Puis, comment tu le trouves ? lui demanda Lise à voix basse, impatiente de connaître son opinion.

L'autre fit face à sa sœur aînée avant de répondre :

— Il est pas pire.

— Comment ça, « pas pire » ? Il est beau, tu sauras. En plus, il est fin.

— OK. Il est ben beau et ben fin. C'est correct, là ? À cette heure, tu me laisses dormir.

Lise tourna le dos à sa sœur et, immédiatement, ses pensées dérivèrent vers son ami de cœur. Elle l'imagina en train d'attendre l'autobus en ville pour rentrer chez lui et elle en fut tout attendrie. Elle l'aimait déjà depuis plusieurs mois sans pourtant avoir osé l'avouer à sa mère quand elle lui avait demandé d'intercéder en sa faveur quelques semaines auparavant.

Elle connaissait Yvon Larivière depuis un an, à l'époque où elle avait commencé à travailler chez Woolworth. Dès les premiers jours, elle avait remarqué ce grand garçon timide qui ne disait jamais rien et qui osait à peine lever les yeux sur les jeunes vendeuses du magasin. Quand l'une d'elles lui faisait des avances plus ou moins discrètes, il se contentait de rougir avant de s'éclipser.

Au début du mois de mai, Lise avait pris l'habitude d'aller dîner sur l'un des bancs extérieurs disposés autour d'un carré de gazon, situé devant le magasin. Les propriétaires du centre commercial avaient récemment fait aménager cette aire de repos pour plaire à leur clientèle. Un certain midi, tous les bancs étaient malheureusement occupés par deux ou trois personnes. Elle allait faire demi-tour lorsqu'elle avait remarqué qu'il n'y avait qu'un seul occupant assis sur le dernier banc. C'était Yvon Larivière.

Lorsqu'elle s'était approchée, ce dernier, rouge comme une pivoine, s'était empressé de lui faire une place. Il lui avait fait signe de venir s'asseoir. Lui aussi préférait manger son dîner à l'extérieur, loin de la petite cuisine malpropre mise à la disposition des employés du magasin.

Cette rencontre fortuite devint ensuite tacitement une sorte de rendez-vous quotidien. Les deux jeunes gens prirent vite l'habitude de se retrouver à cet endroit pour dîner ensemble. Peu à peu, Yvon surmonta assez sa timidité pour proposer à Lise des promenades dans le centre commercial après leur repas. Depuis quelques semaines, le jeune homme lui tenait même compagnie chaque soir, quand elle attendait l'autobus Vanier pour rentrer à Saint-Léonard-de-Port-Maurice.

Ils ne faisaient rien de mal. Ils se racontaient l'un à l'autre. Lise apprenait à mieux connaître l'aîné de Joseph Larivière, un employé de la Ville de Montréal. Yvon lui parlait abondamment de ses parents, de ses deux frères et de sa sœur. En contrepartie, Lise lui avait décrit par bribes ce qui, à ses yeux, faisait de sa famille une famille un peu spéciale.

Au début du mois de juillet, les rencontres quotidiennes ne suffirent plus au garçon et il demanda à Lise de sonder le terrain du côté de ses parents pour savoir comment ils réagiraient s'il venait la voir à la maison quelques soirs par semaine. Lise temporisa tant qu'elle put, non par manque d'intérêt, mais par peur de la réaction paternelle. Depuis qu'elle se promenait avec Yvon, la main dans la main, dans le centre commercial, elle était hantée par la crainte de tomber sur un voisin, un parent, ou pire, sur son père ou sa mère… La situation aurait été catastrophique. Il avait fallu que son amoureux lui dise qu'il allait venir lui-même en parler à son père pour que la jeune fille se décide enfin à s'ouvrir de son problème à sa mère.

Le dimanche soir, l'attrait de la nouveauté avait déjà disparu aux yeux des Dionne quand Yvon descendit de l'autobus coin Lavoisier. Le comité de réception s'était totalement volatilisé, occupé à regarder une comédie présentée à la télévision. Lorsqu'il sonna à la porte d'entrée, Lise fut la seule personne à venir l'accueillir et elle le fit passer au salon sans autre cérémonie après que, debout au pied de l'escalier, son ami eut salué ses parents.

Ce soir-là, Maurice n'eut pas à prévenir l'amoureux de sa fille, même plus ou moins subtilement, que l'heure de partir était venue. À dix heures quarante-cinq exactement, le jeune homme gravit l'escalier pour saluer Maurice et Jeanne encore assis à l'étage devant le téléviseur avant d'aller se poster avec Lise devant la porte d'entrée pour surveiller l'arrivée de l'autobus.

Au moment de se mettre au lit quelques minutes plus tard, Maurice dit à sa femme avec une satisfaction évidente :

— On dirait ben qu'il a compris que je voulais plus le voir dans la maison après onze heures. À cette heure, on va avoir la paix jusqu'à samedi prochain.

Pourtant, dès le lendemain, les Dionne durent accepter tant bien que mal ce qui allait devenir une routine quotidienne : l'appel téléphonique de sept heures trente d'Yvon.

Lorsque le téléphone mural installé dans le couloir près de la porte du garde-manger sonna, Lise se précipita pour répondre. Dès les premiers mots, elle entra tant bien que mal dans le garde-manger situé en face de la chambre de Paul et elle rabattit sur elle la porte du minuscule placard.

— Qui c'est ? demanda Maurice, intrigué.

— Devine, fit Jeanne. Ça doit être Yvon. Elle est en vacances pour deux semaines et elle l'a pas vu de la journée. Il doit s'ennuyer.

— Voyons donc, bout de viarge, protesta Maurice. Ils viennent juste de commencer à sortir ensemble.

— T'es donc devenu pépère, le taquina sa femme. Tu te souviens déjà plus ce que c'était d'aimer quand t'étais jeune.

— Arrête donc, toi, protesta Maurice. Je t'ai jamais achalé comme ça au téléphone.

— C'est sûr, t'avais pas le téléphone chez vous.

La communication s'étira durant un quart d'heure, puis vingt minutes. Maurice, n'y tenant plus, finit par quitter sa chaise berçante pour essayer d'entendre ce que sa fille pouvait bien raconter. Il eut beau tendre l'oreille, il n'entendit rien.

— Veux-tu ben me dire ce qu'ils peuvent avoir à se raconter si longtemps ? demanda-t-il à sa femme occupée à repasser des vêtements sur la table de cuisine.

— T'es bien belette, dit Jeanne avec un sourire moqueur.

— Ben non, mais elle bloque le téléphone ben trop longtemps. On peut manquer un coup de téléphone important.

— Ils rappelleront si c'est important, rétorqua Jeanne. Parler au téléphone, c'est son seul désennui.

— Je vais finir par croire qu'elle est aussi bavarde que toi quand elle parle dans ce maudit téléphone-là, conclut Maurice en retournant s'asseoir après avoir pris un Coke dans le réfrigérateur.

Quelques minutes supplémentaires s'écoulèrent sans que Lise songe à mettre fin à son appel. Son père, ne tenant plus en place, finit par aller frapper à la porte du garde-manger.

— Aïe ! Finis-en ! lança-t-il à sa fille aînée à travers la porte. Le téléphone, c'est pas une bébelle !

Lise prononça encore quelques mots et sortit du placard pour raccrocher.

— Sacrement, exagère pas ! lui dit Maurice, furibond. Ça fait une heure que t'es pendue après le téléphone. Lâche-le. Puis, enferme-toi pas dans le garde-manger, tu vas finir étouffée.

Lise se contenta d'accepter la remontrance sans dire un mot et se réfugia dans sa chambre. Les remarques de Maurice demeurèrent toutefois sans effet. Le même scénario allait se répéter soir après soir, au point que tous les membres de la famille Dionne s'y habituèrent peu à peu.

Chapitre 8

La sortie

De magnifiques journées chaudes marquèrent les premiers jours du mois de septembre. Le soleil avait beau se coucher un peu avant huit heures, l'été se prolongeait encore. Ce jeudi-là, en début de soirée, il y avait une luminosité dorée qui donnait le goût de fermer les yeux et de se laisser caresser le visage par le soleil durant des heures.

— Attends après la fête du Travail la semaine prochaine, tu vas voir que la température va avoir déjà changé, prédit Maurice à sa femme qui venait de dire à quel point elle appréciait de pouvoir s'asseoir encore sur le balcon après le souper.

— C'est pas grave, répliqua-t-elle. On pourra dire qu'on a profité d'un bel été. Maintenant que la rue est asphaltée, c'est bien plus agréable. Il y a bien moins de poussière qu'avant. Depuis que c'est fait, j'ai pas été obligée de laver les vitres toutes les semaines pour être capable de voir dehors.

Il y eut un bruit soudain de galopade, accompagné de cris et de rires en provenance du trottoir. Maurice tourna la tête en direction de la rue Lavoisier.

— Tiens, voilà la gang qui revient du parc, dit-il en parlant de Francine et de Claude qui étaient allés s'amuser au parc avec les plus jeunes.

Quand les enfants gravirent en chahutant les marches de l'escalier qui menait au balcon, leur père ne put se retenir de leur dire :

— Calmez-vous donc un peu. Vous avez l'air d'une vraie bande de sauvages ! Il y a juste vous autres qu'on entend dans le coin.

— Je comprends, ils sont pas neuf, les autres, dit Claude avec une effronterie qui n'échappa pas à son père.

— Toi, le baveux, je t'ai déjà assez vu, lui dit Maurice en pointant son index vers lui. Monte te coucher avant que je t'allonge une claque sur les oreilles.

Il se produisit un silence général sur le balcon. Claude entra dans la maison sans dire un mot, la tête basse. Ses frères et sœurs le suivirent à l'intérieur peu après. Le temps de rire était bien terminé.

Quelques minutes plus tard, Maurice, probablement inspiré par la belle température, dit à sa femme :

— Ils annoncent du beau temps pour la fin de semaine. Qu'est-ce que tu dirais si on allait faire un pique-nique avec toute la famille, samedi ? Les enfants retournent à l'école mardi et après ça, ma salle d'école va être louée tous les samedis par les loisirs de ville Saint-Michel et le dimanche matin, par la paroisse. On n'aura plus la chance de faire ça avant l'été prochain. En plus, Paul a pas encore commencé le collège et Lise finit ses vacances en fin de semaine.

— C'est correct, accepta immédiatement Jeanne. On va avoir toute la journée de demain pour préparer ce qu'il faut. Les filles vont m'aider.

— On n'a pas besoin de grand-chose, déclara Maurice. T'as juste à mettre du pain, de la viande et de la liqueur dans une boîte. On va se débrouiller quand on sera rendus.

— J'aime mieux faire les sandwiches avant de partir.

Quand les parents rentrèrent dans la maison, chassés du balcon par l'obscurité, ils annoncèrent cette sortie aux enfants en train de s'amuser dans la cuisine. La perspective de ce pique-nique familial les excita tellement que leur père dut les rappeler à l'ordre à nouveau.

Lorsque Lise raccrocha le téléphone quelques minutes plus tard, Maurice s'empressa de lui communiquer la nouvelle.

— On va tous en pique-nique samedi, lui dit-il. Tu avertiras ton *chum* qu'il pourra pas venir veiller.

— Comment ça ? demanda la jeune fille, interloquée.

— Aïe ! réveille, la lune ! s'emporta Maurice. Tu penses tout de même pas que tu vas recevoir un garçon ici toute seule, non ?

— Non.

— Tant que tu seras pas mariée, tu vas nous suivre, déclara son père, catégorique.

Cela mit fin à toute contestation. Paul, sorti de sa chambre, accueillit la nouvelle de l'excursion familiale avec le même manque d'enthousiasme que sa sœur aînée. Il n'avait pas le goût d'aller s'entasser dans la vieille Dodge avec le reste de sa trop nombreuse famille et d'aller se faire regarder comme une curiosité quand le véhicule s'arrêtait quelque part... Mais de toute évidence, il n'y aurait qu'une façon d'échapper à cette obligation déplaisante : une pluie torrentielle le surlendemain.

Le vendredi fut une journée infernale pour Jeanne, demeurée seule à la maison avec ses neuf enfants. Il n'y avait pas eu de sortie familiale de cette importance depuis l'emménagement des Dionne à Saint-Léonard-de-Port-Maurice, plus de deux ans auparavant. Les plus jeunes, énervés par la perspective de participer à un pique-nique, ne cessaient d'entrer et de sortir de la maison et de se chamailler sur ce qui devait être emporté.

À la fin de l'avant-midi, leur mère dut les menacer de tout annuler s'ils ne se calmaient pas un peu.

— Disparaissez ! leur cria-t-elle, à bout de patience. Si j'en vois un seul avant l'heure du dîner, je l'étripe !

— M'man, dit André, je pense que les sœurs arrivent aujourd'hui. Il y a quatre gros *trucks* de déménagement devant les portes du couvent.

— Eh bien, va les regarder faire, mais reste sur le trottoir pour pas être dans les jambes des déménageurs, lui suggéra sa mère, désireuse de se débarrasser de lui.

La construction du couvent coin Lavoisier et Lacordaire était allée bon train au point que les camions des divers entrepreneurs avaient progressivement cessé de fréquenter le site la semaine précédente. L'immeuble rectangulaire de deux étages en brique beige n'avait rien d'ostentatoire. La façade n'était ornée que par un immense crucifix en cuivre. Un paysagiste avait même commencé à tourber le large terrain qui entourait le nouveau couvent.

Pendant que les plus jeunes s'excitaient, Lise affichait une mine d'enterrement et participait à contrecœur à la confection des sandwiches du pique-nique.

— Lise, finit par lui ordonner sa mère, change d'air. C'est pas la fin du monde si ton Yvon peut pas venir veiller demain soir.

— On s'est pas vus de la semaine, se lamenta la jeune fille, au bord des larmes.

— Tu sais bien que ton père avait pas le choix. On peut pas l'amener. Il y a pas assez de place dans le char.

— C'est plate qu'on soit une grosse gang comme ça.

— Tu vas le voir dimanche soir.

— C'est pas pareil, m'man.

— En tout cas, je sais une chose, ma fille. Si tu fais cette face de carême-là à ton père pendant le voyage, j'ai l'impression que tu risques de pas le recevoir pantoute, ton Yvon... même dimanche soir.

— Il manquerait plus que ça! s'insurgea la jeune fille avec force.

— Viens au pique-nique avec le sourire et je te gage que ton père va te proposer lui-même d'inviter ton ami à venir veiller lundi, le soir de la fête du Travail. En tout cas, t'auras rien perdu.

Peu après le souper, en contradiction avec les prévisions optimistes des médias, le ciel s'ennuagea et une pluie fine se mit à tomber.

— Je pense que c'est parti pour la nuit, déclara Maurice d'un ton neutre en se mettant au lit. Ça me surprendrait pas qu'on soit obligés, demain, de manger nos sandwiches dans la maison.

Si Paul et Lise avaient espéré une pluie diluvienne pour le lendemain matin, ils furent déçus. Contre toute attente, un soleil radieux était déjà installé dans un ciel sans nuage lorsque les Dionne se réveillèrent ce matin-là. Une petite brise douce entrait même par les fenêtres ouvertes de la cuisine.

— On peut pas rêver un meilleur temps pour un pique-nique, déclara Jeanne avec bonne humeur en préparant le déjeuner des enfants.

— Ça va être le *fun* encore, dit Maurice qui sirotait sa première tasse de café en silence depuis quelques minutes. On va avoir le derrière dans l'eau toute la journée.

Assis dans sa chaise berçante, le père de famille semblait beaucoup moins enthousiaste qu'au moment où il avait proposé la sortie. Tout dans sa physionomie disait son regret d'avoir promis ce pique-nique aux siens. Si le repas du midi n'avait pas déjà été préparé, il aurait sans doute tout annulé. Il était bien évident que l'excursion ne le tentait plus.

Comme s'ils avaient deviné l'état d'esprit de leur père, les enfants refrénèrent leur envie de célébrer cette sortie inaccoutumée. Les plus âgés le connaissaient assez pour savoir qu'il ne cherchait qu'une excuse pour se fâcher et demeurer à la maison.

Claude et André trouvèrent pourtant un moyen simple de rendre le sourire à leur père. Sans en souffler mot, ils allèrent passer un chiffon sur la carrosserie de la Dodge après avoir pris leur déjeuner. Devant tant de bonne volonté, Maurice ne put que sourire et retrouver sa bonne humeur.

— Bon, arrêtez de frotter, vous deux, leur dit-il en les apercevant. Vous allez finir par user la peinture. Venez plutôt nous aider à charger les bagages.

Vers neuf heures, on empila à l'arrière de la guimbarde deux boîtes de victuailles, quelques vieilles couvertures et un ballon. Ensuite, tous les Dionne s'entassèrent tant bien que mal sur les trois sièges de la « boîte à fleurs ». Les ressorts s'affaissèrent un peu sous le poids de tous ces passagers.

— Bon, tout le monde a pris ses précautions avant d'embarquer ? demanda Maurice en se glissant derrière le volant. Je vous avertis. On passera pas notre temps à s'arrêter sur le bord de la route.

— Oui, répondirent les plus jeunes.

— Est-ce que les fenêtres ont été fermées ? Les portes de la maison sont barrées ?

— J'ai vérifié moi-même, déclara Jeanne en se serrant contre la portière pour qu'André, assis près d'elle, laisse un peu plus d'espace au conducteur.

— Baissez les vitres en arrière, commanda Maurice en démarrant. Il fait déjà assez chaud pour ça.

La familiale brune sortit lentement de Saint-Léonard-de-Port-Maurice en empruntant la rue Jarry et elle tourna vers le sud au coin du boulevard Pie IX.

À l'arrière, une lutte sournoise avait déjà lieu entre les huit passagers répartis sur les deux sièges. Chacun protégeait comme il le pouvait son espace vital. Martine et Guy, encadrés par Francine et Lise, se repoussaient un peu l'un l'autre et menaçaient d'en venir aux coups quand Lise prit le jumeau de quatre ans pour l'asseoir près de la vitre, à sa place.

— Lise, j'aime mieux quand t'es assise proche de la fenêtre, dit son père en jetant un coup d'œil dans son rétroviseur. Là, tu me caches mon miroir. Je vois plus rien en arrière.

Lise remit son frère à sa gauche, sans rien dire. Derrière elle, Paul et Claude occupaient les deux extrémités du siège où étaient aussi assis Denis et Marc.

— On va prendre la vieille route 2 le long du fleuve, déclara Maurice à sa femme.

À cette heure de la matinée, la circulation était encore assez fluide et il n'était pas nécessaire de se presser. Les enfants regardaient le fleuve Saint-Laurent et la campagne environnante.

Environ une heure après le départ, les passagers commencèrent à se lasser d'admirer le paysage et l'harmonie précaire régnant entre les passagers entassés menaçait d'être rompue à tout moment. Il s'échangeait déjà des coups sournois. L'atmosphère aurait probablement été différente si Maurice ne s'était pas entêté à ne jamais utiliser la radio de la voiture, persuadé que son utilisation mettrait à plat sa batterie. Un peu de musique aurait pu détendre tout le monde. En tout cas, c'est ce à quoi Paul avait songé avant le départ quand il avait décidé d'apporter les deux calepins remplis de chants qu'il avait constitués lorsqu'il avait fait partie de la troupe scout du collège, deux ans auparavant. Il lui arrivait parfois de s'asseoir avec André et Claude, à l'arrière de la maison, pour chanter avec eux des airs entraînants.

Au moment où son père bifurquait vers le nord pour sillonner les petits routes qui traversaient des terres agricoles et des boisés, Paul entonna avec ses frères une première chanson. Sa mère et ses sœurs se joignirent à eux.

Quelques minutes plus tard, Maurice dit à sa femme, après avoir aperçu un voyant rouge qui s'était mis à clignoter sur le tableau de bord:

— Il va falloir qu'on arrête un peu pour laisser refroidir le moteur.

— Est-ce qu'on risque de rester pris sur le chemin? demanda Jeanne, inquiète devant la possibilité d'être bloquée sur une route isolée où on n'avait pas encore croisé une seule voiture.

— Ben non. Commence pas à t'énerver pour rien! répliqua sèchement son mari. C'est juste que le char est vieux. Il faut faire attention.

Cet échange entre les parents mit fin aux chants. Le silence revint dans la Dodge, uniquement troublé par le sifflement du vent entrant par les vitres baissées.

Soudainement, Maurice ralentit et tourna à droite dans un champ en friche où l'herbe était très haute. La voiture se mit alors à cahoter et à tanguer, même si elle n'avançait plus qu'à vitesse réduite. On aurait dit un vaisseau fendant un flot vert.

— Où est-ce que tu t'en vas comme ça? demanda Jeanne en jetant un regard inquiet autour d'elle.

— On va juste aller jusqu'à la lisière des petits arbres que tu vois en avant. C'est une belle place. On peut s'arrêter là pour pique-niquer. On va même avoir de l'ombre.

— Le cultivateur va…

— Laisse faire l'habitant à qui appartient ce champ-là, la coupa Maurice. Il y a rien de cultivé. On lui mangera pas son champ, non ?

— J'aurais aimé mieux qu'on lui demande la permission avant de s'installer.

— Aïe ! protesta Maurice, énervé, reviens-en ! Même s'il passe sur la route, il peut pas nous voir tellement l'herbe est haute.

Jeanne, peu rassurée, se tut. La voiture, inclinée un peu sur la gauche, finit par s'immobiliser près des petits arbres désignés plus tôt par son mari. Ce dernier éteignit le moteur et dit aux siens, la main sur la poignée de sa portière :

— Attendez avant de descendre que j'aie regardé autour…

La phrase qu'il allait dire ensuite mourut sur ses lèvres quand, poussant sa portière, il constata qu'il n'y avait que le vide vertigineux d'un ravin qui s'ouvrait sous ses pieds. Ce qu'il avait pris pour de petits arbres était, en fait, la cime de conifères centenaires qui poussaient au fond d'un ravin.

Le conducteur referma doucement sa portière en ordonnant aux siens d'une voix tendue :

— Bougez pas ! Restez tranquilles ! Parlez même pas !

— Qu'est-ce qu'il y a ? demanda Jeanne en tendant le cou pour tenter de voir ce que son mari avait aperçu.

— On est sur le bord d'un ravin. Le char risque de tomber au fond, dit Maurice sur un ton mélodramatique.

— Mon Dieu ! s'écria la mère de famille en devenant subitement toute pâle.

— Énerve-toi pas ! lui ordonna son mari, les dents serrées, lui-même au bord de la panique.

Il lui semblait que la Dodge gîtait de plus en plus sur la gauche, prête à capoter sur la pente du ravin.

Dans l'auto, on n'entendait plus que les stridulations des insectes à l'extérieur. Les enfants n'osaient même pas bouger la tête pour essayer d'apercevoir le ravin.

Pendant près d'une minute, le père de famille, le front couvert de sueur, chercha le meilleur moyen de tirer les siens de cette situation périlleuse. Finalement, il dit à sa femme :

— Tu vas ouvrir doucement la porte de ton côté et descendre. Après, André va te suivre. Ensuite, en arrière, vous débarquerez les uns après les autres en faisant bouger le char le moins possible. Vous m'avez ben entendu ?

Il y eut des murmures indistincts venant des sièges arrière.

— Lise et Paul, éloignez les plus jeunes aussitôt qu'ils seront descendus.

L'un après l'autre, les Dionne quittèrent avec des précautions infinies la vieille Dodge brune qui ne broncha pas, même allégée de la plupart de ses occupants.

— Tassez-vous plus que ça ! commanda Maurice en faisant signe aux enfants de s'éloigner du véhicule toujours passablement incliné vers le ravin.

Une fois tous les siens descendus, Maurice démarra le moteur de son auto et embraya. Ensuite, il prit une profonde inspiration avant de se mettre à accélérer progressivement pour essayer de tirer sa voiture de sa dangereuse position.

Lentement, très lentement, la grosse familiale bougea en chassant de ses roues arrière. Pendant un instant, les spectateurs crurent qu'elle allait glisser de côté dans le précipice… Mais non. Après un bref instant d'hésitation, elle s'en éloigna peu à peu et se retrouva en sécurité un peu plus loin.

Les enfants se précipitèrent vers l'auto aussitôt que leur père l'eut immobilisée à une trentaine de pieds du gouffre. Ils étaient prêts à remonter à bord quand le conducteur, retirant la clé de contact, descendit du véhicule.

— Attendez une minute que je reprenne mon souffle, dit-il à sa famille en s'empressant d'allumer une cigarette. Approchez-vous pas du ravin. Restez près du char.

Maurice tira de l'une de ses poches un grand mouchoir avec lequel il s'épongea la figure. Ensuite, il alluma une cigarette et regarda autour de lui.

— On va retourner à l'entrée du champ, dit-il à sa femme. Il y a deux gros érables proches de la route. Je pense qu'on serait aussi ben de pique-niquer là. On va avoir de l'ombre et on va être loin de ce maudit précipice.

Quelques minutes plus tard, la Dodge était garée à l'entrée du champ et les Dionne avaient étendu sur l'herbe haute des nappes sur lesquelles Jeanne avait déposé des contenants remplis de sandwiches. Il y avait aussi trois gros pichets en plastique remplis de Kool-Aid à l'orange.

— Allez jouer plus loin et criez pas trop fort. Laissez-nous nous reposer, dit Maurice aussitôt que les enfants eurent terminé leur repas. Votre mère et moi, on va faire un petit somme avant de repartir.

Maurice et Jeanne s'installèrent alors sur une des couvertures pour faire une courte sieste sous la large ramure de l'un des arbres pendant que les enfants, insensibles à la chaleur élevée de ce début d'après-midi, s'amusaient à se lancer un ballon un peu plus loin.

Plus d'une heure plus tard, Maurice s'éveilla en se grattant furieusement les bras et le cou.

— Maudits maringouins ! pesta-t-il. Il en reste encore, même en septembre !

Ses éclats de voix éveillèrent sa femme qui dormait paisiblement à ses côtés.

— Qu'est-ce qui se passe ? demanda-t-elle en ouvrant les yeux.

— Sacrement ! Les maringouins arrêtent pas de me piquer. On va s'en aller avant qu'ils m'aient mangé tout rond.

Maurice se leva et ordonna aux enfants de venir aider à tout ranger. En quelques instants, tous les bagages furent replacés dans le coffre de la voiture et tout le monde reprit sa place dans la vieille Dodge surchauffée par le soleil.

— On aurait dû la mettre à l'ombre, dit Maurice avec mauvaise humeur. On va cuire comme des œufs là-dedans.

Pourtant, dès que l'auto se mit à rouler sur la route, l'air pénétrant par les vitres baissées rafraîchit l'intérieur de l'habitacle. Très vite, les plus jeunes enfants, bercés par le chuintement des pneus sur l'asphalte, s'endormirent, appuyés sur leurs aînés, assis près des portières.

Le véhicule roulait depuis près d'une heure quand Jeanne se rendit compte soudainement qu'on ne semblait pas s'approcher de Montréal.

— Par où tu vas passer pour rentrer à Montréal ? demanda-t-elle à mi-voix à son mari.

— Devine.

— Je le sais pas, avoua Jeanne. C'est pas le chemin de ce matin, en tout cas.

— Non. Qu'est-ce que tu dirais si on allait jusqu'à Sainte-Anne-de-Beaupré ? Ça ferait tout un voyage, non ? Il fait beau et on n'est pas pressés.

— Sainte-Anne-de-Beaupré ? Mais c'est loin.

— On couchera en chemin, dit Maurice d'un ton décidé. Il y a des motels ; c'est pas pour les chiens. Demain matin, on ira à la messe à la basilique et on reviendra à la maison après.

— J'ai pas apporté de linge propre aux enfants.

— C'est pas grave. Ils sont ben assez propres pour aller à la messe demain.

— Qu'est-ce qu'on va faire pour le manger ?

— On va s'arrêter dans une épicerie quelque part et acheter du pain, de la viande et de la liqueur. Avec ça, tu vas être capable de te débrouiller.

— Ça va coûter cher sans bon sens, protesta faiblement Jeanne.

— Inquiète-toi pas avec ça, répondit sèchement Maurice.

Jeanne aurait voulu protester à l'idée de gaspiller autant d'argent pour une futilité pareille. Un voyage ! Ils allaient dépenser une fortune en motel ! L'école allait reprendre dans deux jours et alors, il faudrait le supplier à genoux pour qu'il consente à payer les fournitures scolaires des enfants. Comme tous les ans, il allait calculer le moindre cent et se plaindre à n'en plus finir. Pour les vêtements et les chaussures, il valait mieux ne pas y penser ! Mais à quoi servirait de s'opposer à son idée extravagante ? Il s'emporterait et il ferait demi-tour après s'être enfermé dans une bouderie qui durerait des jours. À la fin, les enfants et elle n'y gagneraient absolument rien puisqu'il ne dépenserait pas un sou de plus pour les vêtements et les articles scolaires. Encore une fois, elle se résigna à ce qu'elle ne pouvait changer.

— J'ai hâte de voir la basilique, dit-elle en s'efforçant de mettre dans sa voix un enthousiasme qu'elle n'éprouvait pas. Je l'ai jamais vue.

Maurice retrouva instantanément sa bonne humeur et s'adressa à ses enfants assis à l'arrière :

— Écoutez-moi ben, leur dit-il. Je vous amène faire un beau voyage. On va aller coucher dans un motel à Sainte-Anne-de-Beaupré et demain matin, on va aller à la messe à la basilique. Qu'est-ce que vous en dites ?

Il y eut des cris d'enthousiasme poussés par les plus jeunes que la voix de leur père avait tirés de leur sieste. Cette réaction mit le cœur de Maurice en fête.

Lise et Paul ne crièrent pas. Ils se contentèrent d'un sourire sans joie. Durant tout l'après-midi, la jeune fille avait espéré qu'ils rentreraient assez tôt à la maison pour pouvoir inviter Yvon à venir la visiter. Lorsque la famille avait quitté le champ, elle avait poussé un soupir de soulagement. Elle avait même calculé mentalement le temps nécessaire à son père pour revenir à la maison. Pour sa part, Paul voyait son rêve de se retirer tranquillement dans sa chambre pour lire reporté de plusieurs heures, et ce délai supplémentaire ne lui faisait pas particulièrement plaisir, voyage ou pas.

Pendant de longues minutes, les enfants s'amusèrent à essayer d'imaginer l'apparence du motel où ils dormiraient.

Quelques milles après Yamachiche, Francine tapa délicatement sur l'épaule de sa mère assise devant elle.

— Qu'est-ce qu'il y a ? demanda Jeanne en tournant la tête vers elle.

— Martine a envie, m'man. Elle dit qu'elle peut plus se retenir.

— Qui a envie ? dit Maurice en gardant les yeux rivés sur la route.

— Moi, p'pa, dit la fillette de huit ans.

— T'aurais pu y aller dans le champ avant d'embarquer, maugréa son père.

— Je l'ai fait, p'pa, mais j'ai encore envie, rétorqua Martine, au bord des larmes.

— C'est une vraie « pisse-minute », décréta Jeanne. Je pense que t'es mieux de t'arrêter aussitôt que tu le pourras.

Moins d'une minute après, Maurice rangea la Dodge sur le bas-côté de la route.

— Laisse-la passer, dit-il à Francine assise près de la portière. Toi, va de l'autre côté des arbustes pour que le monde te voie pas de la route, ajouta-t-il à l'intention de Martine.

La fillette, vêtue d'une jupe bleue et d'un chemisier rose, ne se fit pas répéter les consignes. Elle s'élança hors de la voiture aussitôt que sa sœur lui eut libéré le passage et elle disparut brusquement de la vue des occupants de la Dodge.

Seule Francine, debout près du véhicule, vit ce qui s'était passé.

— Ayoye ! fit l'adolescente. T'es-tu fait mal ?

— Qu'est-ce qu'il y a ? demanda Maurice, intrigué par la question de sa fille.

— Martine est tombée dans le fossé.

— Est-ce qu'elle s'est fait mal ?

— Ça a pas l'air.

— Ben, aide-lui, niaiseuse ! Qu'est-ce que t'attends ? fit son père avec impatience.

Déjà, Jeanne s'extirpait de la Dodge pour vérifier l'état de sa fille. Elle sursauta violemment en apercevant la fillette qui se hissait hors du fossé en pleurant. Elle était enduite d'une bonne épaisseur de boue.

— Maudit calvaire ! blasphéma Maurice en apercevant sa fille.

Il descendit à son tour de la Dodge et la contourna.

— T'es pas capable de regarder où tu mets les pieds, toi ? cria-t-il à sa fille.

— Je l'ai pas vu, p'pa, répondit Martine à travers ses larmes, en parlant du fossé. C'était caché par l'herbe.

— T'es-tu fait mal ? lui demanda sa mère d'une voix apaisante.

— Non, je pense pas, m'man.

— Bon, arrête de brailler pour rien comme une Madeleine. C'est pas ça qui va te nettoyer.

En fait, Maurice s'était rangé trop près d'un fossé de plus de trois pieds de profondeur que les pluies de la nuit précédente avaient tapissé de vase.

— Ouach ! fit Francine en examinant sa sœur. C'est écœurant, elle en a jusque dans les cheveux.

— Toi, monte dans le char et ferme ta gueule ! lui cria son père, excédé. Qu'est-ce qu'on fait avec elle ? demanda-t-il ensuite en se tournant vers Jeanne. On peut pas la laisser monter dans le char comme ça. Elle va tout salir.

Jeanne ne perdit pas de temps à discuter inutilement. Elle ouvrit le coffre de la Dodge, y prit l'une des nappes qui avaient servi au dîner et elle la tendit à sa fille.

— Tiens, roule-toi dedans et essuie tes souliers dans l'herbe avant de monter dans le char. Au prochain garage, on va essayer de te nettoyer un peu.

Martine fit ce que sa mère lui avait ordonné de faire pendant que son père contournait la voiture pour se remettre au volant.

— Puis, vas-y aux toilettes, lui commanda-t-il avant de se glisser sur son siège. C'est pour ça que tu nous as fait arrêter.

— Il est trop tard, dit Martine en baissant la voix.

— Ah ben, c'est le boutte ! s'exclama son père. Elle va sentir la pisse, en plus !

Quelques milles plus loin, Maurice trouva une petite station-service Esso à la sortie d'un village. Il s'empressa de s'y arrêter et alla parler au pompiste assis derrière son comptoir. Il revint vite à la voiture.

— On n'est pas chanceux, dit-il à sa femme. Il y a pas de toilettes. Il y a juste un boyau d'arrosage en arrière du garage. Il va falloir se débrouiller avec ça pour la décrotter.

Avec un soupir résigné, Jeanne quitta le véhicule et elle demanda à Lise de prendre une couverture dans le coffre et de venir la rejoindre avec sa jeune sœur. Toutes les trois disparurent durant une dizaine de minutes de la vue des occupants de la Dodge qui cuisait sous le soleil.

Finalement, ils virent revenir Lise poussant devant elle sa jeune sœur enveloppée dans une vieille couverture de laine grise et les cheveux mouillés. Quelques instants plus tard, leur mère apparut à son tour, en tenant les vêtements détrempés de sa fille qu'elle avait nettoyés du mieux qu'elle avait pu avec de l'eau froide. Elle étendit chacun d'entre eux dans le coffre arrière avant de reprendre place dans la voiture.

— Bon, tout est arrangé, dit-elle à son mari qui fit démarrer la Dodge. J'ai lavé son linge. Il va sécher vite dans la valise. Pauvre enfant, il a beau faire chaud, c'était pas drôle de la nettoyer à l'eau froide dehors pour enlever toute cette bouette-là.

— Aïe, la grosse! fit Claude interpellant sa sœur Martine, t'as l'air d'une noyée. Tu fais dur arrangée de même, ajouta-t-il pour se moquer d'elle.

— Toi, l'épais, si je te mets la main dessus, tu vas en faire un bout sur les coudes, l'apostropha son père en se tournant à moitié vers lui. Là. C'est toi qui vas faire dur.

— Je disais ça juste pour rire, p'pa.

— Laisse faire et occupe-toi de tes affaires, insignifiant!

À la fin de l'après-midi, après un bref arrêt dans une épicerie de Sainte-Anne-de-Beaupré, Maurice se mit à la recherche d'un gîte pour la nuit qui ne serait pas trop coûteux. À l'arrière, les enfants commençaient à s'agiter sérieusement, fatigués d'être entassés depuis si longtemps dans la Dodge.

— Arrêtez de vous énerver en arrière, leur ordonna leur père. On est presque arrivés.

Le conducteur réduisit sa vitesse et se mit à scruter la façade de chaque motel érigé le long de la route. Lorsqu'il s'aperçut qu'il était sorti de la municipalité et qu'il ne voyait plus que des champs, il fit demi-tour et revint sur ses pas. Quelques minutes plus tard, il engagea la vieille voiture dans le stationnement d'un petit motel présentant une douzaine de cabines blanches reliées les unes aux autres et dont les ouvertures étaient peintes en vert. La première d'entre elles faisait office de bureau d'enregistrement et de restaurant. Elle était surmontée d'un néon rose où le mot *vacancy* clignotait.

— Restez dans le char, dit Maurice aux siens avant de descendre de voiture. J'en ai pour deux minutes.

Pendant l'absence de son mari, Jeanne examina les lieux. Le motel ne payait pas de mine. La peinture était lépreuse et les vitres des fenêtres étaient sales. Les deux chaises de jardin en bois disposées devant chaque cabine auraient eu besoin d'une bonne couche de peinture. Le seul fait qu'aucune voiture ne soit stationnée devant une cabine en ce début de soirée aurait suffi à alerter les voyageurs les moins avertis.

Elle sursauta en entendant claquer la porte moustiquaire du bureau. Elle vit alors un homme d'une soixantaine d'années à la camisole d'un blanc douteux sortir de l'endroit, sur les talons de son mari. L'homme au front largement dégarni montra du doigt les dernières cabines avant de rentrer. Maurice remercia celui qui semblait être le propriétaire et se remit au volant.

— On va être ben, déclara-t-il en démarrant. On sera pas trop tassés. Le bonhomme m'a fait un prix spécial pour deux chambres, la 11 et la 12. Il va même nous apporter deux lits pliants, un pour chacune des chambres.

La voiture parcourut une centaine de pieds avant de s'immobiliser devant la cabine 11.

— Vous pouvez débarquer, dit Maurice. Lise, regarde si le linge de Martine est sec et donne-le-lui. Votre mère et moi, on va d'abord jeter un coup d'œil aux chambres. Après ça, on va s'installer et on va se préparer à souper. Il est déjà six heures et demie.

Lorsqu'elle ouvrit la porte de la première cabine, une odeur de moisissure saisit Jeanne à la gorge et elle s'empressa d'aller ouvrir l'unique fenêtre de la pièce.

— Pour moi, ça fait longtemps que ça a pas été loué, dit Maurice. Ça vient du tapis. Dans cinq minutes, l'odeur va être disparue.

Ils firent rapidement le tour de la cabine dont les murs étaient lambrissés d'un mince contreplaqué beige, pauvre imitation de l'érable. La surface de la pièce était encombrée par deux lits à deux places, un bureau et deux chaises bancales.

— La salle de bain est pas mal, dit Maurice en sortant de la pièce minuscule.

— Je pense qu'il va falloir tasser un des lits si on veut être capables d'installer un lit pliant, fit Jeanne en jaugeant l'espace.

— C'est faisable, déclara Maurice. Je pense qu'on devrait installer les filles avec nous autres. Francine et Lise dans un lit, et Martine dans le lit pliant.

— C'est une bonne idée. Paul s'occupera de ses frères dans l'autre chambre, suggéra Jeanne. C'est de valeur qu'il y ait pas de télévision, ajouta-t-elle. Ça aurait occupé les enfants durant la soirée.

— Pour dix piastres par chambre pour la nuit, tu t'attendais tout de même pas au Ritz, protesta Maurice en élevant la voix. Après le souper, les enfants sortiront une heure dehors et, après ça, ils se coucheront. Il sera ben assez tard.

Sur ce, Maurice sortit de la cabine. Pendant qu'il expliquait à ses enfants regroupés autour de lui la répartition des chambres, Martine se précipitait dans la salle de bain avec ses vêtements enfin secs.

Quelques minutes plus tard, Jeanne, Lise et Francine s'affairaient à confectionner des sandwiches sur une nappe étendue tant bien que mal sur l'unique bureau de la cabine 11. Après avoir introduit dans chaque chambre les deux lits pliants montés sur roulettes que le propriétaire avait poussés jusqu'à eux, Maurice et son fils Paul servirent des verres de boisson gazeuse. À la fin du repas, le soleil était déjà couché. La fraîcheur incita tout le monde à se retirer tôt. Quand Jeanne alla jeter un coup d'œil aux occupants de la cabine voisine vers dix heures, tout le monde dormait.

À sept heures le lendemain matin, tous les Dionne étaient bien réveillés et prêts à déjeuner. Chacun avait fait sa toilette comme il avait pu.

— On peut pas se faire de toasts, déclara Jeanne, mais vous pouvez manger des tranches de pain avec de la margarine.

— Attendez, commanda leur père. Je vais aller voir si on pourrait pas déjeuner comme du monde. Le restaurant est peut-être ouvert.

En entendant ce mot, les enfants se mirent à saliver. Ils avaient faim et manger dans un restaurant était un événement exceptionnel dans leur vie.

— On va avoir l'air d'une vraie tribu qui débarque, dit Paul à mi-voix.

— T'es ben frais, toi, le rembarra son frère Claude. Si on va au restaurant, p'pa va payer. On quêtera pas.

Paul s'éloigna de quelques pas, peu désireux de se disputer.

Le père de famille revint immédiatement vers les siens après avoir regardé un bon moment par la vitrine du restaurant attenant au bureau d'enregistrement.

— Venez, c'est ouvert, dit-il aux siens. Courez pas. Là, on va prendre un bon déjeuner parce qu'on mangera pas avant d'être revenus à Saint-Léonard, cet après-midi. Vous allez tous prendre un petit verre de jus d'orange et des crêpes. J'ai vu par la vitrine que le cuisinier était en train d'en préparer. Que j'en voie pas un demander quelque chose de plus !

Il y eut un murmure général d'approbation avant que Maurice pousse la porte du restaurant.

L'endroit était exigu et séparé de la cuisine par un comptoir recouvert d'un vieux formica vert. Le restaurant ne contenait qu'une demi-douzaine de tables flanquées de banquettes affaissées dont le similicuir brun déchiré à certains endroits laissait voir la bourrure. Les rideaux poussiéreux étaient largement tirés et laissaient entrer le soleil à flot.

Le cuisinier était le propriétaire aperçu la veille. Il semblait porter encore la même camisole malpropre.

— Bonjour, assoyez-vous, dit-il à ses hôtes en leur adressant son plus large sourire. J'achève de préparer des crêpes, mais j'ai aussi des œufs et du bacon, si vous aimez plus ça.

— Les crêpes vont faire amplement l'affaire, s'empressa de déclarer Maurice en jetant un coup d'œil d'avertissement aux membres de sa famille qui avaient déjà pris place autour de trois tables.

— Parfait. Ça va être prêt dans cinq minutes, affirma la cuisinier. Le temps que mes plaques soient ben chaudes, ajouta-t-il en battant énergiquement un mélange dans un grand bol.

Jeanne sourit à l'homme chauve, mais son sourire se figea lorsqu'elle aperçut les linges grisâtres suspendus à des fils un peu partout au-dessus de la cuisinière électrique et du comptoir sur lequel il préparait la nourriture. En regardant mieux, elle crut même reconnaître de vieux sous-vêtements.

— As-tu vu ? demanda-t-elle à voix basse à Maurice.

— Quoi ?

— Il fait sécher ses torchons mal lavés et même ses caleçons au-dessus du manger. C'est écœurant, ça.

— Aïe, Jeanne Sauvé ! la prévint son mari, les dents serrées, viens pas faire la difficile ici. Le bonhomme fait ce qu'il peut.

Quand ce dernier se mit à apporter sur les tables des assiettes couvertes de crêpes épaisses, Maurice et ses enfants les dévorèrent après les avoir abondamment nappées de sirop d'érable. Seule Jeanne se contenta de chipoter dans son assiette, incapable d'avaler la moindre bouchée de ce qu'on lui avait servi.

Une heure plus tard, au moment où Maurice montait en voiture après avoir remis les clés des cabines au propriétaire, il ne put s'empêcher de déclarer :

— C'était peut-être cher, mais c'était bon en maudit.

Il y eut dans la Dodge un concert d'approbations.

Comme ils étaient arrivés trop tôt pour la messe de neuf heures trente, Jeanne suggéra fortement aux siens d'aller s'agenouiller dans la basilique pour réciter un chapelet avant la messe. Personne n'osa s'opposer ouvertement à l'idée.

— Ça va faire au moins une heure et demie à genoux si on compte la messe, dit Paul à ses frères à voix basse.

— Ayoye ! fit Claude.

— Allez-y avec votre mère, dit Maurice. Moi, je vais vous rejoindre pour la messe. Je peux pas laisser le char là. Je vais être obligé de le changer de place.

— Je peux rester dehors pour vous avertir, p'pa, proposa Claude avec un petit sourire narquois. Comme ça, vous manquerez pas le chapelet.

— Laisse faire, le comique. Suis ta mère et va prier.

— J'ai assez hâte d'être vieux moi aussi pour faire ce qui me tente, marmonna Claude en suivant ses frères et ses sœurs qui avaient déjà entrepris de monter le long escalier conduisant à la basilique.

Après la messe dans l'imposante basilique qui impressionna beaucoup Jeanne, les Dionne entreprirent le long voyage de retour. Le trajet ne fut coupé que par deux courts arrêts pour permettre au moteur de la vieille Dodge de souffler un peu.

Lorsque la voiture s'immobilisa dans l'allée en gravier près de la maison du boulevard Lacordaire, tout le monde fut heureux d'être enfin de retour à la maison. Le coffre de la voiture fut vidé en un clin d'œil et on s'empressa d'ouvrir les fenêtres du bungalow pour aérer les lieux.

Maurice, agacé par le fait qu'il n'avait pu se raser le matin en se levant, décida d'aller couper sa barbe.

— Est-ce qu'on mange ? demandèrent tour à tour les enfants qui n'avaient rien avalé depuis le début de l'avant-midi.

— Il est déjà passé trois heures, fit leur mère en consultant l'horloge de la cuisine. On dînera pas. On va souper de bonne heure. En attendant, vous pouvez vous faire des beurrées de beurre de *peanut*.

Lise s'approcha de sa mère pour lui chuchoter quelque chose à l'oreille.

— Je vais le lui demander, promit-elle à sa fille.

Jeanne se dirigea vers la salle de bain où son mari était occupé à se raser.

— Lise a été pas mal fine tout le long du voyage, plaida-t-elle, on pourrait peut-être lui permettre d'inviter son Yvon à veiller demain soir aussi. C'est un jour de fête.

— Elle retourne travailler mardi, l'interrompit Maurice, le visage encore partiellement couvert de mousse de savon. Quand ben même elle le verrait pas lundi soir, elle en mourra pas. En plus, elle le reçoit à soir.

— Voyons, Maurice, c'est pas la même chose. Ils se voient juste deux soirs par semaine.

— OK. Qu'elle l'invite, son grand tata, céda Maurice en s'essuyant le visage.

Chapitre 9

La rentrée des classes

Le surlendemain matin, le soleil était dissimulé sous une épaisse couche de nuages et une petite brise faisait bruire les feuilles des arbres. Il y avait déjà quelque chose dans l'air qui laissait soupçonner la disparition prochaine de la douce insouciance des vacances.

Dès le lever du soleil, la maison des Dionne commença à se vider lentement de ses occupants. La routine reprenait ses droits.

À cinq heures trente, Maurice quitta les lieux le premier, sans réveiller personne. Il voulait être assez tôt à St-Andrews pour ranger une commande de livres arrivée à la fin de l'après-midi, le vendredi précédent, avant que les enseignantes ne se présentent à l'école pour leur première journée de classe.

Quatre-vingt-dix minutes plus tard, Paul attacha son cartable sur le porte-bagages de sa bicyclette. L'adolescent était impatient de commencer la quatrième année de son cours classique et, surtout, de connaître l'identité des professeurs qui allaient lui enseigner en versification. Malgré la menace de pluie, il enfourcha son vélo et se mit en route vers le collège Sainte-Croix, quelques minutes à peine avant que sa sœur Lise ne monte dans l'autobus pour retourner au travail chez Woolworth. Les vacances annuelles de la jeune fille prenaient aussi fin ce matin-là.

Après le départ des deux aînés, des portes se mirent à claquer partout dans la maison et il y eut vite des mouvements d'impatience.

— Vas-tu sortir de la salle de bain ! cria Claude à Francine, qui était enfermée dans la pièce depuis près de quinze minutes.

— J'ai pas fini, se contenta de rétorquer sa sœur. Attends !

— M'man, ça fait une heure que Francine est là, se plaignit André à son tour. J'ai envie d'aller aux toilettes, moi.

— Francine, sors de là tout de suite, tu m'entends ? menaça sa mère en s'avançant dans le couloir qui menait aux toilettes.

— J'en ai pour une minute, pas plus.

— Je t'ai dit tout de suite !

La porte de la salle de bain finit par s'ouvrir sur une Francine pimpante et maquillée qui se faufila sans rien dire dans sa chambre.

— Où tu t'en vas déguisée comme ça ? demanda Claude qui avait eu le temps de l'apercevoir.

— À qui tu parles, toi ? lui demanda sa mère, déjà retournée laver la vaisselle du déjeuner.

— À Francine, cette affaire.

— Francine, viens donc ici, lui ordonna sa mère.

— Je cherche mon bulletin de l'année passée, répondit l'autre, du fond de sa chambre.

— Arrête de t'énerver pour rien. Il est ici, sur la table. Je t'ai dit de venir ici.

Jeanne vit sa fille sortir sans se presser de sa chambre.

— Ah ben, j'aurai tout vu ! s'écria Jeanne en scrutant sa fille. Tu vas aller te laver le visage tout de suite, tu m'entends, Francine Dionne. Et ôte-moi ce rouge à lèvres-là ! Tu t'en vas pas à une soirée ; tu t'en vas à l'école.

— Voyons, m'man, toutes les filles se maquillent un petit peu pour aller à l'école. Les sœurs disent rien. J'entre en 9e année.

— Laisse faire la 9e année. Tu vas aller te laver tout de suite. Après ça, tu m'expliqueras où est-ce que t'as trouvé l'argent pour te payer du maquillage et du rouge à lèvres.

— Je les ai pas achetés. C'est des restes de Lise. Elle me les a donnés.

— On en reparlera quand tu reviendras de l'école, promit Jeanne. Grouille à cette heure. Va faire ce que je t'ai dit.

En claquant rageusement les talons pour bien montrer à sa mère son mécontentement, l'adolescente se dirigea vers la salle de bain pour aller se démaquiller. Elle aperçut alors son frère Claude qui essayait de s'esquiver par la porte arrière de la maison. Comme c'était lui qui l'avait dénoncée, elle s'empressa d'alerter sa mère pour se venger.

— Aïe ! C'est pas juste ! s'écria-t-elle. M'man, vous devriez voir Claude, lui aussi. Il se sauve par en arrière.

Jeanne intercepta son fils juste à temps en l'appelant par la fenêtre de la cuisine.

— Claude, viens ici tout de suite.

— J'ai pas le temps, m'man. Je vais être en retard.

— Entre ici, je t'ai dit ! Oblige-moi pas à le répéter !

Claude rentra à contrecœur dans la maison. L'adolescent avait largement fait appel au pot de vaseline pour plaquer ses cheveux sur chaque côté de sa tête et il avait, en outre, trouvé le moyen de se confectionner une belle crête de coq qui tenait en place grâce au même produit.

— Ma foi du bon Dieu, vous avez juré de me rendre folle à matin ! s'exclama Jeanne. Regarde donc de quoi t'as l'air, arrangé de même, dit-elle à son fils.

— Mais m'man, c'est ça qui est à la mode.

— Je sais pas si c'est à la mode, mais t'as l'air d'avoir les cheveux sales et graisseux. Tu vas aller te laver la tête tout de suite, tu m'entends ? Dépêche-toi. Des plans pour faire rire de toi par tout le monde.

Claude entra dans la salle de bain et claqua la porte derrière lui, non sans avoir promis à sa sœur une vengeance sanglante. Finalement, Francine et Martine quittèrent la maison en direction de l'école Bastien située rue Collerette, derrière l'église. Deux amies de Francine étaient passées les prendre.

Quelques minutes plus tard, Claude prit le même chemin en compagnie de son frère André. L'un et l'autre fréquentaient la vieille école Saint-Léonard, voisine de l'école Bastien. Seul Denis aurait la chance d'étudier à la nouvelle école Pie XII qu'on venait de construire tout près rue Lavoisier. Le bambin de six ans n'aurait qu'une très courte distance à marcher pour venir dîner à la maison, chance qu'aucun de ses frères et sœurs n'avait eu depuis que les Dionne avaient emménagé à Saint-Léonard-de-Port-Maurice.

— Est-ce qu'on y va, là ? demanda Denis avec impatience à sa mère.

Le petit garçon maigre, dont les cheveux bruns parsemés de nombreux épis refusaient de se laisser discipliner par le peigne, commençait à trouver le temps long. Depuis plus d'une demi-heure, assis dans la chaise berçante de son père, il attendait que sa mère l'accompagne à l'école où il allait faire son entrée officielle ce matin-là.

— Donne-moi cinq minutes et on va y aller, le tranquillisa sa mère qui n'avait pas encore fini de remettre la cuisine en ordre.

— Moi, je pense que tu vas trouver ça plate, l'école, dit Guy, l'un des deux jumeaux, un garçon de quatre ans au visage rond.

L'enfant avait du mal à cacher son envie.

— Tu pourras même plus jouer quand tu vas vouloir, ajouta Marc. Les professeurs passent leur temps à punir.

— Qui t'a fait croire ça, toi ? lui demanda sa mère, les mains plongées dans l'eau savonneuse.

— Claude me l'a dit, affirma Marc avec assurance.

Pour lui, les paroles de son frère aîné étaient paroles d'Évangile.

— Crois-les pas, Denis, dit sa mère. C'est pas vrai. Ils disent ça parce qu'ils ont hâte d'être à ta place.

Jeanne quitta la maison quelques minutes plus tard en compagnie de ses trois plus jeunes enfants. Elle tenait à accompagner Denis jusqu'à la porte de la nouvelle école située à moins d'un demi-kilomètre de la maison.

Deux enseignantes, postées en sentinelles à la porte d'entrée, accueillaient les écoliers et rassuraient les parents inquiets.

— Bon, est-ce que tu vas savoir comment revenir à la maison tout seul ou bien tu veux que je vienne te chercher à midi ? demanda Jeanne à Denis, prêt à pénétrer dans l'école en brique beige aux portes grandes ouvertes.

— Je suis pas niaiseux, m'man. Je suis capable de revenir tout seul, protesta le bambin avec énergie.

— Tu feras quand même attention en traversant la rue Girardin.

— Ne vous en faites pas, madame, intervint l'une des enseignantes. Dès ce midi, il y aura un brigadier au coin de la rue pour le faire traverser.

Denis pénétra dans l'école, la tête haute et sans jeter un regard derrière lui. Dorénavant, il appartenait à la catégorie des grands. Jeanne eut le cœur serré un moment en le voyant la quitter sans le moindre regret apparent. Encore un qui lâche mes jupes, se dit-elle pour combattre la nostalgie qui l'envahissait. C'était toujours pareil. Chaque fois que l'un de ses enfants commençait à fréquenter l'école, elle avait la vague impression d'être abandonnée.

Sur le chemin du retour, elle croisa madame Guertin, l'une de ses clientes.

— Dites-moi pas que vous en avez un qui commence sa première année, madame Dionne ? demanda l'autre en l'apercevant.

— Bien oui, madame Guertin, et je peux vous dire que l'école, c'est la plus belle invention qu'on a trouvée pour les parents.

Un peu après onze heures, tous les enfants étaient déjà de retour de leur première journée de classes. Il y avait un beau charivari dans la cuisine des Dionne où chacun essayait de se faire une tartine en attendant le dîner.

— On a été chanceux, déclara Francine qui avait déjà oublié combien elle était fâchée lorsqu'elle avait quitté la maison quelques heures plus tôt. La pluie vient juste de commencer et on s'est pas fait mouiller.

— Va ôter ton linge d'école pareil avant de le tacher, lui commanda sa mère.

— Oui, m'man. Vous savez quoi ? Mes amies sont toutes dans ma classe.

— J'aime pas bien ça, dit sa mère. Ça va trop jacasser.

— Ben non, m'man, protesta l'adolescente. Vous devriez voir notre titulaire. C'est la grande sœur Adélard. Elle est bête comme ses pieds. Elle nous a averties que la première qui parlerait durant ses cours aurait affaire à elle.

— Tant mieux. À cette heure, va te changer. Après, viens m'aider à préparer le dîner.

Francine se dirigea vers sa chambre en se dépêchant d'avaler sa tartine.

— Toi, André ? demanda sa mère. Comment ça s'est passé ?

— Je suis dans la classe de Miller, répondit André, toujours aussi calme. Je pense que ce prof-là est ben gêné, m'man. Quand il nous parle, il devient tout rouge et il se met à bégayer. J'espère que ça sera pas de même toute l'année, sinon on va avoir de la misère à le comprendre quand il va nous expliquer quelque chose.

— Inquiète-toi pas pour ça, le rassura Claude qui venait de s'asseoir près de lui à la table de cuisine. Un de mes amis a été dans sa classe. Il est comme ça juste la première journée. Après, il paraît qu'il bégaie seulement quand il s'enrage. Mon *chum* m'a dit que les gars avaient ben du *fun* à le faire fâcher, juste pour le voir devenir rouge comme une tomate et pour le faire bégayer.

— Ah ! Ça doit être pas mal drôle ! dit Jeanne en intervenant.

— Aïe ! m'man, c'est pas ma faute, protesta l'adolescent. Moi, j'ai jamais été dans sa classe.

— On sait bien. Je suis certaine que toi, t'aurais jamais essayé de faire enrager ce pauvre homme. T'as toujours été un ange à l'école.

— En tout cas, je suis pas le pire, rétorqua Claude d'un air convaincu.

— T'es dans la classe de qui, cette année ? lui demanda sa mère.

— Dans celle du bonhomme Soucy, répondit Claude, toujours aussi irrespectueux. Je vous dis qu'il est spécial, lui.

— Monsieur Soucy, le reprit sa mère en lui faisant les gros yeux.

— Monsieur Soucy, répéta Claude en poussant un soupir excédé.

— Pourquoi tu dis qu'il est spécial ?

— Vous savez ce qu'il a fait ? En entrant dans la classe, il nous a expliqué la discipline qu'il voulait et il nous a dit que le premier effronté qui lui répondrait recevrait une bonne taloche. En disant ça, il a flanqué un bon coup de poing dans la porte de son armoire en bois qui est au bout de son estrade. Il en a grimacé un coup après avoir fait ça. On aurait dit qu'il s'était fait mal à la main. En tout cas, assez pour grimacer.

— Qu'est-ce que ça a de si spécial ?

— Ben, tout le monde à l'école connaît son numéro. Il fait toujours la même chose au début de chaque année pour faire peur à ses élèves. D'habitude, il paraît que le panneau de bois tombe dans l'armoire quand il lui donne un bon coup de poing et les élèves ont peur. En revenant de l'école, j'ai dit ça à Comeau, un élève de 9e année. C'est son père qui est concierge à notre école. Il a ri comme un fou. Il m'a dit que son père était fatigué de voir que le panneau de l'armoire de Soucy tenait mal. Il l'a cloué comme il faut hier. Il pense que le bonhomme Soucy le savait pas.

Jeanne eut du mal à ne pas éclater de rire.

Seul le petit Denis ne participa pas à la conversation. Rentré plus tôt que les autres de sa première demi-journée de classe, il avait eu largement le temps de raconter à sa mère et aux jumeaux à quel point Annie était gentille. Jeanne se retint pour ne pas montrer à son fils à quel point elle était agacée par cette nouvelle mode qui consistait à tutoyer les enseignants.

Un peu après cinq heures, toute la famille Dionne se retrouva assise autour des deux tables pour souper. Il ne manquait que Paul et Lise. La jeune fille arriverait par l'autobus de six heures, précédant de peu son frère qui se déplaçait à bicyclette.

— Avec la pluie qui tombe, fit Jeanne en servant une assiette de macaronis à son mari, j'aime pas ça voir Paul revenir en bicycle du collège.

— Il a juste à prendre l'autobus comme tout le monde, répondit abruptement Maurice. Après avoir travaillé tout l'été, jamais je croirai qu'il a pas assez d'argent pour s'acheter des billets d'autobus, sacrement!

— Tu le connais. Il a peur d'en manquer.

— Il a juste à se trouver une job de fin de semaine.

— Voyons, Maurice, protesta sa femme. Il a des cours jusqu'à quatre heures, le samedi après-midi.

— Ben, qu'il se débrouille! Bon, là, est-ce que je peux manger tranquille? lui demanda son mari, en élevant la voix.

Le silence se fit dans la cuisine, uniquement troublé par le bruit des ustensiles qui heurtaient le fond des assiettes.

Après s'être servie la dernière, Jeanne s'assit à côté de son mari. Elle devinait bien ce qui causait sa mauvaise humeur. Maurice savait qu'après souper, il devrait délier les cordons de sa bourse pour payer les fournitures scolaires. C'était un drame chaque fois. Même s'il n'avait pas à débourser un cent pour habiller et chausser les enfants au début de chaque année scolaire, il renâclait bruyamment devant la facture à acquitter pour l'achat de matériel scolaire.

Jeanne, aidée par ses enfants, desservit la table. Après avoir lavé la vaisselle, elle sortit la boîte dans laquelle elle avait déposé les articles scolaires des enfants à la fin du mois de juin précédent et elle en fit la distribution après avoir vérifié la liste d'achats que chacun avait rapportée de l'école. Assise au bout de la table, elle additionna la somme dont chaque enfant aurait besoin après avoir rayé ce qu'il ne serait pas nécessaire d'acheter. Maurice regardait toute cette activité, la mine renfrognée, en fumant, sans dire un mot.

Lorsqu'elle eut terminé ses additions, Jeanne se contenta de tendre à son mari la feuille où était inscrite la somme dont les enfants avaient besoin.

— Calvaire ! Ça a pas d'allure ! s'insurgea-t-il en prenant connaissance du montant. Je paie pas ça !

Il lança la feuille sur la table.

Jeanne était épuisée par sa journée. Elle n'avait pas cessé de travailler depuis le matin. Elle avait dû supporter l'énervement des enfants, préparer les jeunes pour l'école, faire le ménage, endurer leurs jeux durant l'après-midi et cuisiner les repas. La crise de son mari était la goutte qui faisait déborder le vase. Elle vit rouge.

— Là, ça va faire, Maurice Dionne ! s'écria-t-elle, blanche de fureur. Je peux pas faire de miracles ! Tes enfants ont besoin de ça pour aller à l'école, et c'est pas les voisins qui vont venir payer pour toi.

— J'ai dit que j'ai pas assez d'argent pour payer tout ça.

— T'as de l'argent pour fumer et pour boire du Coke comme tu veux, par exemple, dit Jeanne, un ton plus haut. J'ai habillé et chaussé les enfants sans te demander une cenne. J'ai tout payé avec l'argent que je fais en cousant pour les autres. Là, j'ai plus d'argent, plus rien. Ces enfants-là sont pas juste à moi. Fais ta part. Si t'aimes mieux ça, l'année prochaine, tu vas payer leur linge et leurs souliers et je paierai les fournitures d'école.

— Tu me feras jamais croire qu'ils ont besoin de tout ça, fit Maurice Dionne sur un ton un peu moins incisif.

— Tu viens de le voir. Il y a pas eu de gaspillage. Ils reprennent les crayons, les règles, les coffres à crayons et les cahiers encore bons de l'année passée. J'ai même réparé les sacs d'école de Martine et d'André.

— Combien ? aboya Maurice.

— C'est écrit sur la feuille.

Maurice reprit la feuille que lui avait tendue sa femme quelques instants auparavant et il se mit à la scruter, comme si le total avait pu diminuer durant le temps où elle avait reposé sur la table. Finalement, il se leva, alla dans sa chambre à coucher et en revint une minute plus tard. Il laissa tomber sur la table la somme exacte que Jeanne lui avait demandée avant de se rasseoir dans sa chaise berçante.

Il y eut un court silence durant lequel Jeanne remit la somme nécessaire à chacun de ses enfants dans des enveloppes.

— Mettez ça dans votre sac d'école et faites attention de pas perdre votre argent, dit-elle aux enfants.

Quand elle poussa vers Claude l'argent dont il avait besoin, Maurice sortit de son mutisme.

— Toi, t'imiteras pas le grand sans-cœur qui use son fond de culotte au collège plutôt que de travailler et nous aider, dit-il à l'adolescent. Tu vas faire ta part. Tu vas te trouver une *run* de journaux à passer cette semaine. T'es rendu ben assez vieux pour gagner un peu d'argent. Calvaire ! Je serai pas tout seul à apporter de l'argent dans la maison. Vous me plumerez pas comme ça jusqu'à la fin de mes jours, c'est pas vrai !

Surpris d'être ainsi pris à partie, Claude ne dit pas un mot.

— Il vient juste d'avoir treize ans, protesta Jeanne.

— J'ai dit que c'était assez vieux. T'en feras pas une tapette comme l'autre.

— Exagère donc ! Il te demande pas une cenne pour faire son cours.

— Toi, continue à le protéger, fit Maurice, enragé de la voir prendre la défense de Paul. Il manquerait plus que ça que je sois obligé de lui donner de l'argent en plus. Il y a déjà ben assez que je sois poigné pour le nourrir et l'héberger sans qu'il rapporte rien.

Quelques minutes plus tard, Paul rentra du collège. En posant les pieds dans la maison, il s'empressa de retirer son imperméable dégoulinant de pluie. Au silence pesant qui régnait dans la cuisine, il devina d'instinct qu'il arrivait en pleine dispute. Son père, assis dans sa chaise berçante près de la cuisinière électrique, fixait le mur en face de lui d'un air mauvais et il ne répondit pas à son salut.

L'étudiant alla déposer ses effets personnels dans sa chambre et vint s'asseoir à table pour souper. Le cœur serré, il avala rapidement le contenu de l'assiette que sa mère venait de déposer devant lui, impatient d'aller se réfugier dans sa chambre avant d'être pris à partie par son père qui lui jetait des regards furieux sans qu'il en sache la raison. L'expérience lui avait appris depuis longtemps qu'il était inutile de tenter de savoir ce qu'il avait à lui reprocher.

— Ça y est, c'est reparti, se dit-il avec un soupir d'exaspération en refermant derrière lui la porte de sa chambre. Il me parlera pas encore pendant des semaines... Et je sais même pas pourquoi ! Que le diable l'emporte !

Trois jours plus tard, Claude revint de l'école avec deux gros sacs en toile. L'adolescent s'était débrouillé pour trouver un emploi de camelot. À compter du lendemain, il allait distribuer vingt-quatre exemplaires du journal *La Presse*. Réginald Côté, un camarade de classe, lui avait cédé ce travail avec plaisir.

Lorsqu'il apprit cette nouvelle à son père, Maurice se contenta de dire :

— Il était temps. Ça paie combien ?

— Ils donnent cinq piastres par semaine.

— C'est pas pire, approuva Maurice. Arrange-toi pour passer tes journaux assez de bonne heure le matin pour pas perdre de clients.

— Côté m'a dit que les journaux arrivaient à cinq heures et demie du matin et qu'on faisait la collecte le samedi après-midi.

— Si c'est comme ça, t'auras juste à te lever de bonne heure pour les passer avant d'aller à l'école.

— Il paraît qu'il y a des clients qui donnent des bons *tips*, poursuivit Claude avec enthousiasme.

Son père n'ajouta pas un mot, mais il prit bonne note de l'information.

Le lendemain matin, Maurice se préparait à partir quand il sursauta en entendant tomber quelque chose de lourd sur son balcon. Le temps qu'il se rende à la porte d'entrée, le conducteur de la camionnette rouge qui avait lancé le paquet de journaux était déjà remonté à bord de son véhicule et repartait.

Le père n'eut pas à retourner sur ses pas pour aller réveiller son fils. Lorsqu'il entendit des pas à l'étage, il partit sans attendre pour l'école St-Andrews.

Claude mangea rapidement deux biscuits avant d'aller distribuer ses journaux dans ses deux grands sacs de toile. Au moment où le frêle adolescent quittait la maison, ployant sous le poids de ses sacs, Jeanne l'observa par la fenêtre de sa chambre.

— Ça a quasiment pas de bon sens de lui faire porter des sacs aussi pesants, se dit-elle à mi-voix, inquiète. Des plans pour se crever.

Claude revint de sa distribution sans faire le moindre commentaire et sa mère se garda bien de le plaindre ouvertement. Elle avait l'intention d'en parler à son mari quand il rentrerait de son travail. Mais c'était sans compter sur la débrouillardise de son fils.

Cet après-midi-là, le garçon revint de l'école en tirant derrière lui une vieille voiturette un peu déglinguée dont les roues produisaient des « couic… couic » assez agaçants.

— C'est quoi, cette cochonnerie-là ? lui demanda sa mère en train d'enlever des vêtements secs de la corde à linge.

— Ben, c'est une voiture. Je l'ai empruntée à un gars de ma classe. Il s'en sert plus. Je vais la réparer et elle va me servir à transporter mes journaux. Ça va être ben moins forçant.

— C'est une bonne idée, approuva sa mère.

À la fin de la première semaine, Claude occupa la plus grande partie de son samedi après-midi à faire la tournée de ses clients pour percevoir le prix de leur abonnement hebdomadaire. Son père l'attendait à son retour.

— Est-ce qu'ils t'ont tous payé ?

— Oui, p'pa.

— Mets l'argent sur la table. On va vérifier.

La somme recueillie était exacte. Il restait deux dollars et dix cents en surplus.

— Il y a cinq piastres pour ton salaire ? demanda Maurice.

— C'est ça, p'pa. Et les deux autres piastres et dix sont des *tips* que des clients m'ont donnés.

— Correct. Tiens, c'est pour toi, lui dit son père en poussant vers lui deux vingt-cinq cents. Et dépense pas ton argent pour des niaiseries.

Maurice enfouit les six dollars et soixante restants au fond de l'une de ses poches.

Dépité par la tournure des événements, Claude quitta la cuisine et monta à l'étage où son frère André était occupé à cirer ses souliers.

— Le maudit cochon ! s'exclama l'adolescent à voix basse en lançant sur son lit les deux vingt-cinq cents que son père venait de lui remettre. J'ai travaillé comme un fou toute la semaine et il m'a donné juste cinquante cents. En plus, il a gardé tous mes *tips*.

— Au moins, t'as un peu d'argent.

— Je te garantis que je vais en avoir plus à partir de la semaine prochaine, lui promit son frère, les dents serrées. Il va peut-être avoir ma paie, mais tu peux être sûr qu'il touchera plus à une cenne de mes *tips*. Il me volera pas deux fois comme ça.

André ne répondit rien. Il n'avait encore que dix ans. Avec un peu de chance, il pourrait encore profiter de quelques années de tranquillité avant d'être obligé de travailler lui aussi.

— Est-ce que ça te tente de faire la *run* avec moi ? lui demanda Claude. Tu prends douze clients et je te donne la moitié de mon salaire.

André réfléchit un instant avant de repousser la proposition de son frère.

— T'es malade, toi ! protesta-t-il avec énergie. Me lever de bonne heure tous les matins et traîner un gros sac plein de *Presse* pour vingt-cinq cents par semaine. Non. Je fais plus d'argent que ça juste à faire des commissions pour la Rivest, à côté.

Quand Claude se plaignit à sa mère du peu d'argent que son père lui avait laissé sur sa paie, Jeanne ne put que lui conseiller la patience, que son père finirait peut-être par se rendre compte qu'autant de travail méritait plus. Mais la patience n'avait jamais été la qualité principale de l'adolescent.

Dès la troisième semaine de septembre, Claude avait trouvé la parade idéale au pouvoir de taxation démesuré de son père. Avant de revenir à la maison, il dissimula plus de la moitié de ses pourboires dans l'un de ses souliers.

Après avoir fait les comptes ce samedi-là, Maurice s'aperçut qu'il ne restait sur la table que cinq dollars et demi.

— Tu me feras pas croire que t'as eu que cinquante cents de *tips* ! s'emporta-t-il en fixant son fils d'un regard soupçonneux.

— Ben, c'est tout ce que mes clients m'ont donné, p'pa.

— Sacrement de voleur ! Si t'essayes de me voler, tu vas le regretter, menaça-t-il.

— Je vous jure, p'pa.

— Vide-moi tes poches sur la table, ordonna son père en lui montrant la table de cuisine d'un geste péremptoire. Oublies-en pas une !

Claude s'empressa de retourner ses poches devant son père. Il n'en tomba pas le moindre cent.

— Prends ton cinquante cents et disparais. Je trouve pas ça normal, tu m'entends ? Je vais te surveiller de près.

Jeanne, qui avait assisté à la scène sans dire un mot, se contenta de secouer la tête pour marquer sa désapprobation. Son mari fit comme s'il ne l'avait pas vue.

— Je suis certain qu'il me vole, ce petit Christ-là, lui dit-il, l'air outragé. Cinquante cents de *tips* pour vingt-quatre clients, ça tient pas debout.

Maurice eut beau faire accompagner le camelot par son frère André la semaine suivante, les recettes n'augmentèrent pas. La somme des pourboires ne varia pas d'un cent. On aurait juré que cinquante cents était un plafond impossible à dépasser... Évidemment, Claude avait promis une récompense à son jeune frère en échange de sa complicité. Ce dernier poussa même la complaisance à cacher la part des pourboires de son frère dans ses propres souliers avant de rentrer à la maison, au cas où leur père aurait eu l'idée de vérifier les chaussures de Claude.

Par conséquent, Claude parvint peu à peu à se constituer un petit pécule qu'il dissimula soigneusement au fond d'une penderie, à l'étage, même si une partie non négligeable de cet argent des pourboires disparaissait en fumée. L'adolescent s'était mis à acheter des cigarettes qu'il fumait en cachette, le plus souvent en compagnie de son frère André. Ils fumaient même parfois sur le chemin de l'école, mais ils préféraient surtout les champs voisins, loin du regard réprobateur des adultes.

Par une curieuse ironie du sort, l'argent que son père prélevait sur sa paie de camelot servait aussi à l'achat de cigarettes. Pour la première fois de sa vie, Maurice estimait qu'il avait maintenant les moyens financiers de fumer des cigarettes de qualité. À la mi-septembre, il arrêta soudainement de fabriquer ses propres cigarettes et se mit à acheter des cartouches de cigarettes « toutes faites », comme il disait.

Quand Jeanne s'aperçut du changement, son mari se contenta de lui dire :

— Ça revient au même prix. Une boîte de tabac Player's et des filtres pour deux cents cigarettes coûtent presque quatre piastres. C'est le prix d'une cartouche.

— C'est pas mal d'argent pareil pour faire juste de la boucane, fit remarquer sa femme avec humeur.

— C'est pas de tes maudites affaires, se contenta de laisser tomber son mari qui n'acceptait pas qu'on porte un jugement sur ses gestes.

Chapitre 10

La vedette

Avec octobre, le ciel se transforma en un épais édredon gris, ce qui fit vite oublier les derniers feux de l'été indien. Les premiers gels suivirent de près les pluies froides. À la fin du mois, certains matins, il n'était pas rare de trouver les toits des maisons blanchis par le givre.

Le soleil tentait bien quelques timides apparitions au milieu des nuages, mais il ne réussissait pas à s'installer plus de deux journées d'affilée. À ce régime, les arbres perdirent rapidement leurs feuilles et les champs fraîchement labourés entourant la coopérative d'habitation offrirent un bien triste spectacle où les teintes de brun et de gris se mêlaient. Maintenant, dès la fin de l'après-midi, les gens s'empressaient de rentrer à la maison, poussés par la pluie, le froid, et surtout, par l'obscurité qui s'installait de plus en plus tôt.

Chez les Dionne, la routine automnale avait repris ses droits. Les chaises de jardin avaient été remisées dans le sous-sol jusqu'au printemps suivant. Paul avait dû se résigner à dormir à l'intérieur de la maison après avoir rangé sa chaise longue. Quelques jours plus tard, il avait même été obligé de renoncer à utiliser sa bicyclette autant à cause de la température inclémente que parce que Charles Royer, le voisin, lui avait offert de le déposer chaque matin devant le collège s'il gardait ses deux enfants de temps à autre, le samedi soir. Évidemment, l'étudiant avait accepté la proposition sans hésiter un seul instant.

Mais l'arrivée prochaine de l'hiver n'était certes pas le principal sujet de conversation des jeunes de Saint-Léonard-de-Port-Maurice en cet automne 1960. On ne parlait que de la fameuse soirée amateur que les loisirs de la municipalité allaient présenter à la fin d'octobre. L'affaire prenait une importance d'autant plus extraordinaire que la nouvelle chaîne de télévision, le canal 10, allait diffuser l'événement et même inviter des artistes québécois à venir se joindre aux amateurs qui participeraient au spectacle. Il était même question de remettre des prix intéressants à ceux et celles qui se seraient fait remarquer par leur talent.

À l'école Bastien, les adolescentes ne parlaient plus que de ce spectacle et il y en avait plus d'une qui rêvait d'être sélectionnée à l'audition qui allait avoir lieu le second samedi d'octobre, à neuf heures, au gymnase de l'école Pie XII. Si certaines ne croyaient guère en leur chance d'être remarquées pour la qualité de leur voix ou l'habileté de leur numéro de magicienne ou de danseuse, il n'en était pas ainsi de Francine Dionne. Cette dernière était intimement persuadée d'avoir l'étoffe d'une véritable vedette.

Il ne faut pas se méprendre. Lise et Paul monopolisaient peut-être plus souvent qu'à leur tour l'attention de leurs parents, mais la troisième enfant de Maurice et de Jeanne Dionne n'était pas « un deux de pique », comme elle se plaisait à le rappeler elle-même.

L'adolescente de quinze ans était aussi jolie que sa sœur aînée avec, en plus, une vivacité, un sens de l'humour et un aplomb qui la distinguaient de ses frères et sœurs. Rien ne lui faisait peur, mis à part son père, évidemment. Son sens de la répartie et ses plaisanteries en avaient fait la vedette d'un petit groupe d'élèves de sa classe depuis quelques années. Certains de ses professeurs se plaignaient peut-être de son manque de sérieux en classe, mais ils lui reconnaissaient beaucoup de générosité et une absence totale de méchanceté. En d'autres mots, Francine avait une personnalité attachante et elle ne laissait personne indifférent. Cependant, bien peu la connaissaient assez pour savoir qu'elle était capable de se fixer un but et d'employer tous les moyens pour l'atteindre.

Bref, Francine décida donc de se présenter à l'audition du 30 octobre, quels que soient les obstacles qu'elle aurait à vaincre. Elle n'eut pas l'ombre d'une hésitation. Elle allait prouver à tous, surtout aux membres de sa famille, qu'elle savait chanter.

Après réflexion, elle estima que le mieux était de tout faire dans le secret le plus complet. Elle n'en parlerait aux siens que si elle était sélectionnée. Ainsi, si sa candidature n'était pas retenue, personne ne pourrait se moquer d'elle. Il ne restait alors qu'un problème à régler, mais il était de taille. Comment allait-elle pouvoir échapper à la surveillance de ses parents ce samedi-là ? Elle n'en avait encore aucune idée, mais elle trouverait bien. Un pareil obstacle ne l'empêcherait sûrement pas d'aller de l'avant.

Ainsi, durant les deux semaines précédant l'audition, l'adolescente s'isola aussi souvent que possible dans sa chambre pour s'exercer en catimini à interpréter trois chansons de son répertoire et pour tester certaines mimiques et certains gestes devant son miroir. Lorsqu'on la débusquait de l'endroit, elle prenait un air affairé et elle se réfugiait dans la salle de bain pour continuer à mettre au point son numéro dans le plus grand secret.

Le samedi fatidique arriva beaucoup trop rapidement à son goût. La veille, elle n'avait encore qu'une vague idée de la façon dont elle pourrait s'échapper de la maison. Ce n'est que sur le chemin du retour de l'école qu'elle songea à s'entendre avec une amie, Carole Tremblay, chez qui elle prétexterait aller travailler le lendemain avant-midi.

Ce soir-là, elle se rendit compte que la chance ne l'avait pas oubliée. Son père venait de décider d'aller peindre le lendemain chez une cliente de Notre-Dame-de-Grâce. Persuader sa mère de la laisser aller chez les Tremblay de la rue Girardin durant l'avant-midi devenait, tout à coup, une tâche aisée.

Ce samedi matin là, le jour se leva encore sur un ciel uniformément gris. En moins d'une heure, Maurice, Paul et Lise quittèrent successivement la maison. Jeanne s'apprêtait à retourner se mettre au lit quand un coup de sonnette impérieux la fit sursauter.

À sa grande surprise, elle trouva sa sœur Germaine et son mari, Jean Ouimet, debout sur son seuil.

— Ma foi du bon Dieu! s'exclama-t-elle, voulez-vous bien me dire d'où vous sortez à une heure pareille? leur demanda-t-elle en faisant pénétrer dans la maison les visiteurs de Québec.

— On a couché chez m'man, répondit la grosse femme âgée d'une quarantaine d'années qui se laissa tomber dans la chaise berçante de Maurice, après avoir retiré son manteau et embrassé sa sœur.

— On est descendus hier à Montréal pour s'acheter un peu de linge et pour se payer une ou deux journées de vacances, expliqua son mari. On a profité de la bonté de ma sœur Céline qui a accepté de garder les enfants. Germaine en pouvait plus de rester enfermée dans la maison avec les enfants. Ça fait qu'on est venus voir ton père et ta mère et on voulait venir te dire bonjour avant de repartir. Comme j'avais à rencontrer quelqu'un de bonne heure à matin, j'ai pensé vous laisser ensemble pour placoter cet avant-midi.

— C'est bien fin de ta part, Jean, dit Jeanne qui s'apprêtait, sans aucun enthousiasme, à subir les interminables jérémiades de sa sœur aînée. Voulez-vous déjeuner?

— Non, non. C'est déjà fait, répondit l'agent d'assurances. Tu connais ta mère. Elle nous aurait jamais laissés partir de la maison le ventre vide. Je pars tout de suite.

Jean Ouimet se dirigea vers la porte et sortit.

Réveillée par les éclats de voix, Francine fut enchantée de découvrir la visiteuse installée dans la cuisine. Sa présence allait lui faciliter encore plus la tâche.

L'adolescente déjeuna rapidement et elle lava la vaisselle avec sa mère pendant que sa tante racontait ses malheurs. Un peu avant neuf heures, elle s'esquiva durant quelques instants avant de reparaître dans le couloir, vêtue de son manteau.

— Où est-ce que tu t'en vas? lui demanda sa mère, surprise.

— J'ai dit à Carole Tremblay que je l'aiderais à matin. Ça vous dérange pas, m'man, que j'y aille?

— Non, mais reviens pour dîner, par exemple.

Sans demander son reste, Francine quitta la maison et se dirigea vers l'école Pie XII sous une petite bruine. À son arrivée à l'institution, elle fut étonnée de voir la quantité de véhicules stationnés dans la cour et elle se dépêcha de pénétrer dans le gymnase.

C'était incroyable. La salle où se célébrait la messe du dimanche était pratiquement remplie de gens et il y faisait déjà passablement chaud. Il y avait plus de deux cents personnes, debout ou assises, qui s'interpellaient ou discutaient entre elles pendant qu'une poignée d'organisateurs s'activaient fébrilement. Trois personnes, probablement les membres du jury, étaient en train de s'installer derrière une longue table placée au pied de la scène.

Francine aperçut une quinzaine de personnes qui formaient une queue devant une petite table derrière laquelle deux jeunes femmes semblaient noter des choses.

— Est-ce que c'est ici pour s'inscrire ? demanda-t-elle à un garçon dont le visage était couvert de boutons d'acné.

— Oui, en plein ça, répondit l'autre.

— Mais il y a ben du monde, lui fit-elle remarquer. J'espère qu'ils viennent pas tous pour l'audition.

— Ben non. La plupart de ceux qui veulent faire partie du *show* sont venus avec de la famille ou des amis. Pas toi ?

— Non, je suis toute seule.

Lorsqu'elle parvint aux deux jeunes femmes, l'adolescente ne put s'empêcher de demander :

— Combien on est pour l'audition ?

— L'inscription est presque finie, dit la plus jeune des deux en jetant un coup d'œil à sa montre-bracelet. Vous êtes soixante-trois.

— Ayoye ! Ça va prendre du temps à passer.

— Pas tant que ça. Tu vas t'apercevoir que ça déboule pas mal vite une fois que c'est commencé.

— Tiens, voilà ton numéro. T'auras juste à monter sur la scène quand on t'appellera.

Francine trouva une chaise au centre de la salle et elle s'y assit, prête à attendre le temps nécessaire. On avait repoussé l'autel au fond de la scène et installé un piano sur le côté droit. Au centre, un microphone disposé sur un trépied attendait les candidats.

Quelques minutes plus tard, Jérôme Thivierge, le responsable des loisirs de la municipalité, s'improvisa maître de cérémonie. Le petit homme dans la trentaine s'empara du micro pour demander aux spectateurs un peu de silence.

— Nous avons à auditionner soixante-huit artistes amateurs, précisa-t-il avec un large sourire. Comme vous pouvez le constater, la récolte est bonne et vous allez voir que le talent ne manque pas chez nous. Malheureusement, nous ne pourrons en garder qu'une douzaine pour le spectacle télévisé de la semaine prochaine. Un jury de trois artistes professionnels va procéder d'abord à une première sélection.

Thivierge nomma les deux hommes et la femme installés au pied de l'estrade. Ces derniers se levèrent brièvement pour saluer l'assistance.

— Puis, il y aura une sorte d'élimination et on ne conservera que les huit meilleurs, précisa l'animateur avec entrain.

Il y eut des commentaires divers venant de la salle. Le maître de cérémonie reprit la parole.

— Nous vous demandons d'encourager tous ceux et celles qui vont venir sur scène. Ils le méritent.

Une salve d'applaudissements salua la première candidate à aller rejoindre le maître de cérémonie sur la scène.

L'un après l'autre, les candidats vinrent présenter leur numéro avec plus ou moins de succès. Il y eut des chansons, de la danse à claquettes, des numéros de magie et des imitations de célébrités. Les minutes s'écoulaient rapidement et Francine ne cessait de regarder les aiguilles de l'horloge murale. Midi approchait dangereusement et il restait plus d'une douzaine d'artistes en herbe à passer avant elle.

Pendant un moment, elle se demanda s'il n'était pas préférable de rentrer immédiatement à la maison avant de se faire disputer et punir. Si elle le faisait maintenant, son escapade demeurerait inconnue de tous et il n'y aurait aucune conséquence.

Elle finit pourtant par se raisonner.

— Pourquoi je m'énerve de même ? se demanda-t-elle. J'ai pas pratiqué pendant deux semaines pour rien. Ma tante est là et p'pa est parti travailler. M'man me chicanera pas si j'arrive en retard.

Un peu rassurée, elle attendit son tour. Finalement, son numéro fut appelé vers une heure. Elle interpréta avec beaucoup de sentiment *Deux enfants du même âge*, une chanson composée et rendue célèbre par Germaine Dugas, la vedette de l'heure de la chanson québécoise.

Lorsqu'elle descendit de la scène sous les applaudissements nourris des spectateurs, un organisateur lui dit de ne pas s'éloigner, qu'on lui demanderait probablement de chanter une autre chanson.

— T'es parmi les meilleurs, lui confia-t-il tout bas à l'oreille pour l'encourager.

L'adolescente rougit de plaisir et prit place sur l'une des chaises mises à la disposition des artistes amateurs qui avaient des chances de participer au spectacle de la semaine suivante.

Folle d'espoir, Francine franchit la seconde sélection et attendit avec une impatience croissante les résultats de la toute dernière évaluation. Quand elle apprit qu'elle faisait partie des huit candidats choisis, son cœur se mit à battre follement. Elle avait franchi tous les obstacles et elle allait pouvoir faire ses débuts à la télévision dès la semaine suivante. Cependant, tout cela avait pris énormément de temps et était venu à bout de la patience d'un bon nombre de spectateurs. Au fil des heures et des éliminations, la salle s'était peu à peu vidée. À la fin de l'après-midi, lorsque les trois juges eurent enfin désigné les huit artistes amateurs qui allaient avoir la chance de participer à l'enregistrement du spectacle le samedi soir suivant, il ne restait plus qu'une poignée de spectateurs éparpillés dans la salle.

Avant de quitter les lieux, un responsable des émissions de variétés du canal 10 vint donner des directives aux candidats sélectionnés qui ne retrouvèrent leur liberté qu'un peu après cinq heures. Il était entendu qu'ils devaient être sur place dès quatre heures, le samedi suivant, pour une séance de maquillage et une dernière répétition.

Pour Francine, ce samedi avait été une dure journée remplie d'émotions et de tension. L'adolescente avait perdu tout contact avec la réalité, mais cette dernière allait vite la rattraper.

À peine venait-elle de quitter l'école pour rentrer chez elle, tout heureuse d'annoncer à ses parents qu'elle avait été préférée à une soixantaine d'autres amateurs pour faire partie du spectacle télévisé, qu'elle tomba nez à nez avec son frère Claude.

— Te v'là, toi ! s'écria-t-il en l'apercevant. D'où est-ce que tu viens ?

— De l'école Pie XII. Qu'est-ce qu'il y a ?

— Il y a, niaiseuse, que p'pa et m'man te cherchent partout depuis deux heures. Tu vas en manger une maudite !

Cette prédiction eut le don de faire tomber la jeune fille de quinze ans du nuage sur lequel elle flottait depuis sa sélection.

— Pourquoi ? J'ai rien fait, moi, plaida-t-elle.

— T'essaieras de faire comprendre ça à p'pa, toi.

— Ma tante et mon oncle sont pas chez nous ? demanda Francine, cherchant à se raccrocher à un mince espoir de se tirer de sa fâcheuse situation sans trop de casse.

— Aïe ! Ils partaient quand je suis revenu de ma collecte à deux heures. Il est cinq heures et demie. Depuis quatre heures, p'pa te cherche partout. Il a même pris son char pour faire le tour des rues. M'man a même appelé chez les Tremblay. La mère de ton amie lui a dit qu'elle t'avait pas vue de la journée.

Francine s'arrêta de marcher un moment, les jambes subitement molles.

— Je pense que je suis mieux de pas rentrer, dit-elle d'une voix blanche.

— Envoye ! Perds pas de temps, l'encouragea Claude. Il est déjà assez en maudit comme ça.

Quand Francine entra dans la maison, elle arborait une mine de condamnée.

Elle n'eut même pas le temps de faire un pas dans le couloir avant de se retrouver en face de son père, hors de lui.

— D'où est-ce que tu viens, toi ? lui hurla-t-il au visage. Où est-ce que t'es allée courailler toute la journée ? Ça fait des heures qu'on te cherche partout !

— De l'école Pie XII, il y avait...

L'adolescente n'eut pas le temps d'en dire plus avant qu'une première gifle vienne l'étourdir. Il y en eut deux autres qui suivirent immédiatement, lui faisant résonner la tête comme une cloche.

— Maurice, arrête ! cria Jeanne en s'avançant pour se porter à la défense de sa fille qui criait et pleurait en se protégeant du mieux qu'elle le pouvait avec ses bras.

Furieux, Maurice lui allongea une dernière taloche avant de lui crier :

— Dehors, maudite menteuse ! Je veux plus te voir la face ici ! Je vais te montrer si tu vas faire la loi ici, toi !

Sans demander son reste, Francine, en larmes, se précipita vers la porte et sortit de la maison. La porte de la maison claqua derrière elle avec un bruit définitif et elle se retrouva sur le balcon, sous une pluie fine et froide qui s'était mise à tomber. Même si la porte était fermée, elle entendait les éclats de voix rageurs de son père et de sa mère à l'intérieur.

Après quelques instants d'hésitation, l'adolescente descendit du balcon et se mit en marche sans but précis. Il était près de six heures et il faisait noir.

Chez les Dionne, le «diable était aux vaches», comme l'aurait dit Léon Sauvé, le père de Jeanne. Maurice était immédiatement monté à l'étage s'asseoir devant le téléviseur pendant que les enfants, rassemblés autour de leur mère, cherchaient à la rassurer sur le sort de leur sœur que leur père venait de chasser. Paul, quant à lui, était demeuré enfermé dans sa chambre, comme d'habitude, alors que Lise, qui venait de terminer son repas, monopolisait la salle de bain parce qu'elle se préparait à recevoir Yvon.

Lorsque son amoureux arriva quelques minutes plus tard, Lise le fit entrer dans une maison étrangement silencieuse. Elle s'empressa de lui raconter le drame familial qui venait d'avoir lieu dès qu'il prit place sur le divan du salon.

À l'étage, Jeanne ne décolérait pas, mais Maurice continuait à faire la sourde oreille.

— Si ça a du bon sens de traiter ses enfants comme ça!

— Il y en a pas un qui va venir faire la loi dans ma maison, tu m'entends? répliqua son mari avec hargne.

— Elle a juste quinze ans. Tu peux pas la mettre à la porte comme un chien. Elle a pas commis un crime, après tout.

— Elle est partie depuis huit heures à matin et tu trouves ça normal qu'elle revienne comme ça, à la fin de la journée, sans savoir où elle a été courailler? Tout ça, c'est de ta faute, Jeanne Sauvé! Si tu l'avais mieux surveillée, ce serait pas arrivé, sacrement! Ben non, quand je suis pas là, tout le monde fait à sa tête dans la maison. T'es trop poignée à coudre tes maudites guenilles pour t'occuper des enfants comme du monde.

— T'es pas bien gêné de dire ça, Maurice Dionne! s'emporta Jeanne. Tu sauras que mes enfants, je les élève et j'ai pas besoin de leur envoyer des claques par la tête pour leur faire comprendre quelque chose.

Finalement, ce n'est que vers neuf heures, au moment où les jeunes allaient se mettre au lit, que Maurice plia à contrecœur. La vue de la pluie qui n'avait pas cessé de tomber de la soirée lui inspira quelques remords.

— Habillez-vous et allez chercher la tête folle, ordonna-t-il à Claude et à André qui s'apprêtaient à aller se coucher. Elle doit pas être ben loin.

Les deux jeunes ne se firent pas répéter l'ordre. Ils descendirent au rez-de-chaussée. Claude s'arrêta à la porte de la chambre de Paul.

— Viens-tu nous aider à retrouver Francine? Il vient de décider qu'elle pouvait revenir, dit-il à son frère aîné en indiquant le plafond d'un coup de tête.

— OK, je vais aller vous donner un coup de main, dit Paul en abandonnant le roman qu'il lisait. De toute façon, il est à la veille de me crier d'éteindre ma lampe.

À l'extérieur, une pluie fine et froide tombait, chassant les rares passants des rues de Saint-Léonard-de-Port-Maurice. Le vent s'était même levé quelques minutes auparavant.

— Maudit! Il fait pas chaud, dit Claude en posant le pied à l'extérieur. Qu'est-ce qu'on fait? On se sépare ou on cherche ensemble?

— On est aussi ben de rester ensemble, suggéra Paul en se mettant déjà en marche.

Les trois frères Dionne n'eurent aucun mal à retrouver leur sœur. Cette dernière marchait dans la rue Lavoisier quand ils la repérèrent quelques minutes après s'être lancés à sa recherche.

— Viens-t'en, lui dit Paul après l'avoir hélée. P'pa veut que tu reviennes.

— Si c'est encore pour me donner des claques sur la gueule, j'aime autant rester dehors, dit l'adolescente avec un reste de détermination.

— Ben non, il est calmé, là, la rassura Claude. T'auras juste à entrer dans ta chambre et à aller te coucher en mettant les pieds dans la maison.

Tous les quatre se mirent en marche vers la maison.

— Ben ça, ça va me faire du bien. Je suis gelée, moi, affirma Francine en claquant un peu des dents. Mon manteau est pas imperméable.

— Qu'est-ce que t'as fait depuis qu'il t'a mis dehors ? demanda André, curieux.

— J'ai marché. Qu'est-ce que tu veux que je fasse ? J'ai pas une cenne dans mes poches.

— Tu pouvais pas aller chez une de tes amies ? demanda Claude.

— Aïe ! Tu me vois sonner à la porte et demander à parler à Carole Tremblay ou à Louise Bélisle en plein samedi soir ?

Ils accélérèrent le pas, pressés de se mettre enfin à l'abri.

— Es-tu correcte ? demanda Lise à sa sœur en sortant un instant du salon où Yvon l'attendait.

— Oui, oui, répondit sa cadette en retirant son manteau détrempé.

Francine s'engouffra vite dans sa chambre. Paul l'imita tandis que Claude et André montaient à l'étage.

— On l'a retrouvée, annonça André à sa mère. Elle est dans sa chambre.

Maurice fit comme s'il n'avait rien entendu. Jeanne se leva et descendit. Elle ouvrit la porte de la chambre des filles pour découvrir Francine déjà au lit.

— Tu te couches pas le ventre vide. Viens souper.

— J'ai pas faim, m'man.

— Laisse faire. Lève-toi et viens manger une bouchée. Tu te coucheras après.

— Il est où, p'pa ?

— Il est en haut en train de regarder un film.

— OK.

Francine, qui n'avait pas mangé de la journée, venait de se découvrir une faim de loup. Elle entra dans la cuisine sur la pointe des pieds et s'assit à la table pendant que sa mère faisait réchauffer le contenu de l'assiette qu'elle lui avait réservée.

— Est-ce que je vais finir par savoir ce que t'as fait toute la journée ? demanda-t-elle à voix basse à l'adolescente.

Francine lui raconta alors dans ses moindres détails la journée qu'elle venait de vivre en insistant sur le fait qu'elle était l'une des huit artistes amateurs retenus pour participer à l'émission télévisée de la semaine suivante.

— Pourquoi tu nous l'as pas dit ?

— J'ai pas eu le temps, maudit ! Il m'est tombé dessus comme un vrai fou…

— Aïe, sois polie, toi ! la réprimanda sa mère.

— Je voulais vous faire une surprise, ajouta l'adolescente, les larmes aux yeux. Je voulais vous montrer que j'étais capable de chanter à la télévision. Je pensais que ce serait fini pour midi et que je pourrais vous le dire une fois que j'aurais été choisie. Mais ils étaient des centaines dans la salle. Ça finissait plus.

— En tout cas, pour une surprise, c'en est toute une, admit Jeanne en affichant beaucoup de fierté.

— Pensez-vous que p'pa va me donner la permission d'y aller samedi prochain ?

— Ça, ma fille, c'est une autre paire de manches.

— J'ai pas fait ça pour rien, moi. Je veux y aller. Ils m'ont choisie. J'ai des chances de gagner un beau cadeau, à part ça.

— On va attendre qu'il se calme un peu et je vais le lui demander plus tard, dit sa mère en se levant. Quand t'auras fini de manger, lave ta vaisselle et couche-toi. Je pense que t'es mieux de pas être dans son chemin à soir.

— Laissez faire pour la permission, m'man. J'aime mieux lui demander moi-même, déclara l'adolescente avec aplomb.

Lorsque Jeanne revint s'asseoir devant le téléviseur, Maurice ne put se retenir de lui demander :

— Puis, est-ce qu'on va finir par savoir où est-ce que la tête folle a passé la journée ?

— Tiens-toi bien, le prévint sa femme. Tu le croiras pas.

Jeanne se mit alors en frais de lui raconter ce que leur fille avait fait de sa journée en insistant lourdement sur la surprise qu'elle avait voulu leur faire.

— Ah ben, il faut avoir du front tout le tour de la tête pour faire une affaire de même ! s'exclama Maurice, cachant avec peine la fierté qu'il ressentait.

— Ça, c'est du Francine tout craché, conclut Jeanne. C'est à se demander de qui elle tient.

— Ouais, je voudrais ben le savoir, fit son mari.

— Il faudrait presque qu'elle ait pas fait tout ça pour rien, suggéra Jeanne.

— Je vois pas pourquoi, sacrement ! jura Maurice. J'oublie pas qu'elle a tout fait en cachette, sans permission de personne.

Le lendemain, à son retour de St-Andrews, où était toujours célébrée la messe pour la communauté anglophone de ville Saint-Michel, Maurice prit place à table pour dîner sans proférer un mot. Il aurait bien voulu bouder sa fille, comme il le faisait si bien avec Paul, mais c'était impossible. Depuis longtemps, cette dernière avait mis au point un procédé imparable contre cette tactique paternelle : elle feignait tout simplement d'ignorer la bouderie. Elle parlait à son père, même s'il ne disait pas un mot. Au bout de quelques minutes, ce dernier était bien obligé de répondre quelque chose.

Ce midi-là, Francine ne sembla pas en vouloir particulièrement à son père pour sa joue enflée et sa lèvre tuméfiée. Elle lui parla comme s'il ne l'avait jamais maltraitée la veille. Le lendemain matin, elle fit une entrée triomphale dans sa classe. À la récréation, elle fit un récit épique de sa journée de samedi à ses amies et elle décrivit longuement la concurrence féroce qu'elle avait dû terrasser pour être choisie. Évidemment, elle ne dit pas un mot de l'accueil qu'elle avait reçu à la maison.

Elle attendit toutefois jusqu'au mardi soir avant d'oser demander à son père la permission de participer au spectacle amateur.

— On verra ça plus tard, se contenta de déclarer Maurice, trop heureux de la laisser mijoter un peu dans son jus.

— Tu vas pas lui refuser ta permission ? lui demanda Jeanne ce soir-là quand ils furent tous les deux seuls.

— Mêle-toi pas de ça, lui répondit sèchement son mari. J'ai pas encore décidé si elle va pouvoir y aller. Elle nous a fait faire des cheveux blancs samedi passé. Il faut qu'elle paie pour ça. La prochaine fois, elle y pensera deux fois avant de nous faire un autre coup de cochon.

L'adolescente, de plus en plus nerveuse, dut redemander la permission tant attendue le vendredi soir. De nombreux amis lui avaient promis toute la semaine qu'ils viendraient l'encourager le samedi après-midi à l'école Pie XII. Il fallait qu'elle y soit.

— C'est quoi ce programme-là ? lui demanda finalement son père d'une voix bourrue, en feignant de s'intéresser pour la première fois au spectacle amateur auquel elle désirait participer.

— C'est un nouveau programme du canal 10 pour les jeunes. Il passe à six heures, le samedi, p'pa.

Maurice prit l'air de celui qui réfléchit profondément avant de laisser tomber :

— Qu'est-ce que tu veux aller faire là ?

— Ben, chanter, p'pa. J'ai été choisie.

— Pourquoi ?

— Ils vont donner des beaux cadeaux aux meilleurs. J'ai une chance d'en gagner un.

Son père garda encore une fois le silence durant un long moment avant de déclarer :

— Tu peux y aller, mais t'es mieux de rentrer directement tout de suite après. Si je suis obligé d'aller te chercher, tu vas le regretter.

— Vous viendrez pas me voir ? demanda Francine, déçue.

— Ça se peut, laissa-t-il tomber sans manifester un trop grand enthousiasme. On verra.

— Merci, p'pa, fit l'adolescente qui alla embrasser son père sur une joue avant de s'esquiver dans sa chambre par crainte qu'il ne revienne sur sa décision.

Malheureusement, le hasard voulut que l'oncle Florent et la tante Laure soient de passage à Montréal le lendemain. Le couple de Saint-Cyrille s'arrêta chez les Dionne au milieu de l'après-midi, au moment où Maurice rentrait d'un ménage qu'il était allé faire chez une de ses riches clientes d'Outremont. Francine s'apprêtait, quant à elle, à partir pour l'école Pie XII.

— Est-ce qu'ils vont rester à souper ? demanda-t-elle à voix basse à sa mère quelques minutes plus tard lorsqu'elle vint la voir dans la salle de bain où elle se coiffait.

— Je le sais pas.

— S'ils restent, est-ce que ça veut dire que personne va venir me voir chanter ? fit l'adolescente, amèrement déçue.

— Inquiète-toi pas avec ça. Ils ont leur train à faire. Ça me surprendrait bien gros qu'ils soupent avec nous autres. Aussitôt qu'ils sont partis, on va aller te voir.

Francine finit de se préparer fébrilement et elle salua son oncle et sa tante avant de quitter la maison.

À son entrée dans la salle, presque tous les sièges étaient déjà occupés par une foule bruyante. Le parquet du gymnase était encombré par de gros câbles électriques reliés aux caméras déjà en place. De puissants projecteurs avaient été mis en batterie et ils concouraient à augmenter de plusieurs degrés la chaleur régnant dans la salle.

Prise immédiatement en charge par l'une des responsables du spectacle, Francine n'eut pas le temps de ressentir les premières atteintes du trac. On l'installa avec les autres concurrents dans une classe voisine où les pupitres des élèves avaient été empilés tant bien que mal au fond du local. En quelques minutes, elle passa des mains habiles d'une maquilleuse à celles d'un coiffeur et, avant d'avoir pu réaliser ce qui lui arrivait, l'adolescente se retrouva debout, en coulisse, en train d'écouter le boniment que Pierre

Paquette, l'animateur vedette du canal 10, adressait à la foule.

Avec un enthousiasme forcé, ce dernier expliqua à l'auditoire qu'on évaluerait la valeur de chaque concurrent selon l'intensité des applaudissements qu'il aurait reçus. Aussitôt après, les caméras entrèrent en action et la pièce musicale servant de générique à l'émission bien connue *Jeunesse oblige* se fit entendre. Le spectacle débuta par l'entrée sur scène du présentateur tenant en main la liste des concurrents.

Francine se produisit en quatrième position. Lorsqu'elle entendit son nom, elle reçut une légère poussée du réalisateur et elle s'avança sur la scène, les genoux un peu tremblants. Lorsque Pierre Paquette lui mit le micro entre les mains, la jeune fille retrouva tout son aplomb. Elle interpréta d'une belle voix claire sa chanson préférée, *Deux enfants du même âge*. Pendant quelques instants, elle oublia les centaines d'yeux tournés vers elle pour ne penser qu'aux paroles de la chanson et elle se laissa porter par l'émotion du moment.

Soudain, elle entendit une voix bien connue entonner à ses côtés les mêmes paroles qu'elle. Tournant légèrement la tête, elle découvrit, stupéfaite, son idole, Germaine Dugas. L'auteure de la chanson, venue la rejoindre sur scène, interprétait avec elle sa chanson-fétiche. Rien n'aurait pu causer une plus grande joie à l'adolescente. Une salve nourrie d'applaudissements salua sa prestation lorsque la compositeure-interprète la présenta au public. Rouge de plaisir, Francine retourna ensuite dans les coulisses. Elle flottait littéralement.

Durant le dernier quart du spectacle, le maître de cérémonie invita les trois artistes amateurs qui semblaient avoir obtenu les applaudissements les plus bruyants à chanter une autre chanson de leur répertoire pour les départager. Francine, la première à se représenter sur scène, interpréta cette fois *Mes cousins*, une autre chanson de Germaine Dugas. Quand les deux autres concurrents eurent offert à leur tour leur prestation, on jugea qu'elle se classait troisième et on lui remit un jeu de badminton contenu dans un sac de plastique transparent avant de l'inviter à quitter la scène.

La jeune fille dut attendre quelques minutes avant de pouvoir revenir dans la salle. Durant un long moment, l'adolescente scruta les lieux qui se vidaient peu à peu. Elle espérait voir son père et sa mère, mais elle n'aperçut que deux ou trois amies venues l'encourager qui l'attendaient pour la féliciter. Souriante, elle sortit de la salle en leur compagnie, s'attendant à voir l'un des membres de sa famille près de la porte d'entrée. Personne.

Désillusionnée, l'adolescente rentra à la maison en portant sous le bras ses deux raquettes de badminton et son filet. La maison était calme lorsqu'elle y entra. Lise et Yvon veillaient au salon, comme chaque samedi soir. Tous les autres membres de la famille étaient à l'étage en train de regarder la télévision.

— Pourquoi t'es pas venue m'entendre? demanda-t-elle à sa sœur aînée, avec un rien de reproche dans la voix.

— Je suis arrivée bien trop tard de travailler. En plus, tu connais p'pa; il aurait pas voulu que j'y aille avec Yvon. Est-ce que ça s'est ben passé?

— Je suis arrivée troisième. J'ai gagné ce prix-là, dit Francine en lui montrant ses raquettes.

Pendant qu'elle enlevait son manteau, elle entendit sa mère descendre l'escalier.

— Vous êtes pas venus me voir? fit Francine, la voix pleine de reproche.

— On n'a pas pu. Ton oncle et ta tante viennent juste de partir. Ils ont soupé ici.

— Vous m'avez au moins regardée à la télévision, j'espère ?

— On n'a pas pu non plus, avoua sa mère avec regret. Ton programme passait au milieu du repas.

En apprenant qu'aucun membre de sa famille n'avait eu l'occasion de l'admirer, l'adolescente de quinze ans fut si déçue qu'elle eut envie de pleurer. Il lui fallut un bon moment pour surmonter sa frustration et dire à sa mère :

— C'est ben de valeur que vous m'ayez pas vue parce que j'ai été pas mal bonne. Je suis arrivée troisième et j'ai gagné ça, poursuivit-elle sans fausse modestie en brandissant son prix.

— Va le dire à ton père, en haut. Il va être content, lui suggéra Jeanne. Pendant ce temps-là, je vais te faire réchauffer ton souper. Il reste du bouilli de légumes et du gâteau des anges.

Francine se précipita à l'étage pour aller raconter son succès à son père et lui montrer son prix.

— Bon, je suis ben content pour toi, laissa tomber Maurice sans faire montre de beaucoup d'enthousiasme. À cette heure, calme-toi et va souper.

Ce furent là les seuls commentaires de Maurice devant le succès remporté par sa fille.

— Ça vaut ben la peine de se fendre en quatre pour faire honneur à la famille, se dit Francine, amère, en revenant au rez-de-chaussée.

Claude, descendu sur les talons de sa sœur, ne put s'empêcher de lui dire au moment où elle prenait place à table devant une assiette remplie de bouilli de légumes :

— Moi, en tout cas, je trouve que ça vaut pas la peine de manger des claques sur la gueule pour un set de badminton qui vaut même pas trois piastres.

— Remonte donc regarder la télévision et laisse-moi donc tranquille, maudit jaloux ! fut l'unique réplique qu'il obtint de sa sœur, frustrée de voir que personne n'appréciait à sa juste valeur sa performance.

Chapitre 11

Autres tracas

Depuis le début de l'automne, Maurice arrivait à la maison au milieu de la soirée deux ou trois soirs par semaine parce qu'il continuait à faire le ménage de quelques riches clients de l'Ouest de la ville en plus de s'occuper du nettoyage du bureau de la coopérative d'habitation. Dès la fin du mois d'octobre, il dut demeurer à St-Andrews durant toute la journée du samedi en plus du dimanche avant-midi parce que le gymnase de l'école était loué.

Il ne serait venu à l'idée d'aucun de ses enfants de se plaindre des absences paternelles. Lorsque Maurice n'était pas là, on respirait plus à l'aise dans la maison.

Lise recevait son Yvon tous les samedis et dimanches soirs et ce dernier n'avait pas osé une seule fois renouveler sa tentative d'entraîner sa belle dans une salle de cinéma un dimanche après-midi. Lors de son unique timide requête, Maurice l'avait sèchement rembarré.

— Il en est pas question, avait-il répondu au jeune homme. Ma fille couraillera pas en ville sans surveillance.

Le jeune homme se le tint dorénavant pour dit. Il avait compris que ses fréquentations se feraient au salon, et nulle part ailleurs.

Pour sa part, Claude continuait à livrer ses journaux, beau temps mauvais temps. Il était maintenant à la recherche d'une traîne-sauvage propre à remplacer sa vieille voiturette dès l'apparition des premières neiges. Il continuait à jouir d'une chance insolente. Son père, toujours aussi méfiant, n'était pas parvenu une seule fois à le coincer lorsqu'il lui dissimulait ses pourboires. Il poussait même le culot jusqu'à s'allumer parfois une cigarette dans le sous-sol de la maison lorsque sa mère était occupée à l'étage.

— À force de tirer sur la corde, elle va te péter en pleine face, lui avait prédit Paul quand il l'avait surpris en train de fumer.

— Laisse faire, le grand; ça te regarde pas, s'était contenté de lui répondre son frère.

Toujours aussi effronté, l'adolescent n'avait pas craint de monter un canular à l'intention de l'ami de sa sœur, assuré que Lise n'oserait pas aller se plaindre à ses parents.

Le dernier samedi d'octobre, il avait attendu Yvon Larivière à l'extérieur pour lui dire deux mots avant qu'il n'entre dans la maison. Il avait intercepté l'amoureux de sa sœur aînée au moment où celui-ci posait le pied sur la première marche conduisant au balcon.

— Aïe, Yvon! l'avait-il interpellé en prenant un air gêné. À ta place, je ferais attention avec ma sœur dans le salon.

Le jeune homme s'était figé et son visage avait brusquement pâli.

— Pourquoi tu dis ça? avait-il demandé en cherchant à déchiffrer l'expression de Claude dans l'obscurité.

— Ben, mon père a fait un trou dans le plafond du salon. Ça fait qu'il passe son temps à vous surveiller quand on est en haut, en train de regarder la télévision.

— Voyons donc! n'avait pu s'empêcher de s'exclamer le jeune homme, mal à l'aise.

— Je te le dis, avait affirmé l'autre avec aplomb. Il a même pas à se lever pour regarder. C'est pas pour rien qu'il descend presque plus pour aller voir ce qui se passe dans le salon.

Sur ces mots, l'adolescent s'était esquivé vers la porte arrière de la maison, laissant le prétendant de sa sœur aller sonner à la porte d'entrée.

Évidemment, Yvon s'empressa de mettre Lise au courant de ce que lui avait révélé Claude. Cette dernière, un peu naïve, n'avait pas démenti carrément ce que son jeune frère avait dit.

— C'est ben possible que mon père ait fait ça, mais ça me surprendrait pas mal, s'était-elle contentée de dire à son Yvon, inquiet.

Ce dernier allait se souvenir longtemps de ce samedi soir tant il avait scruté chaque centimètre du plafond du salon où il veillait. À sa sortie de la pièce à dix heures quarante-cinq, il commençait même à souffrir d'un sérieux torticolis, ce qui l'obligeait à faire des mouvements de rotation de la tête d'un effet assez comique.

Après son départ, Lise ne put s'empêcher de dire à son frère lorsqu'elle le croisa par hasard dans le couloir:

— Mon petit maudit baveux, tu vas me payer ça.

L'autre se contenta de lui rire effrontément au nez avant de s'éclipser.

Le jour de l'Halloween, un petit vent glacial charriait dans le ciel de lourds nuages noirs et on annonçait les premiers flocons de neige de la saison pour la soirée. La température froide ne tempéra pas l'excitation des jeunes qui n'attendaient que le coucher du soleil pour sillonner en bandes joyeuses les rues de Saint-Léonard-de-Port-Maurice, en quête de bonbons et d'autres friandises.

Dès leur retour de l'école, les Dionne prirent leur mère d'assaut pour la persuader de les laisser imiter les autres enfants dès qu'ils apprirent que leur père ne rentrerait que très tard du travail.

— Vous avez rien pour vous déguiser, se défendit Jeanne.

— C'est plein de vieilles guenilles en haut, plaida André en parlant des dizaines de boîtes de vêtements usagés entassées sur les deux côtés du dortoir, à l'étage, et dissimulées derrière de larges portes en mince contreplaqué.

— Tu penses tout de même pas que je vais vous laisser fouiller dans mes boîtes, l'avertit sa mère, l'air sévère.

— Voyons, m'man, on a juste besoin d'une vieille robe et de vieux souliers, fit Martine. On va être les seuls à pas passer.

— Oui, et les seuls niaiseux à pas avoir de bonbons à manger demain en allant à l'école, précisa Claude.

— P'pa le saura même pas parce qu'il y aura plus personne dehors à huit heures, plaida André.

— Et ce serait le *fun* pour les jumeaux, ajouta Francine.

— Bon, qui irait courir l'Halloween ? demanda Jeanne, en rendant les armes. Je vais aller voir ce que je peux vous trouver en haut.

André, Martine, Denis et les jumeaux crièrent bruyamment leur joie devant la capitulation rapide de leur mère.

— Qui va les surveiller dehors, à la noirceur ?

— Moi, m'man, annonça Francine.

— C'est correct. Vous pouvez y aller. Mais pas plus qu'une heure, consentit-elle. Mettez la table pendant que je vais fouiller en haut. Francine, sers le souper pendant ce temps-là.

Le souper fut avalé en un temps record et les jeunes endossèrent rapidement les vieux vêtements que leur mère avait déposés sur l'un des lits du dortoir. Avant que Jeanne n'ait fini de boire sa tasse de thé, elle vit passer devant elle quatre vagabonds attifés de la plus étrange façon, mais tous porteurs d'un grand sac vide. Les quatre plus jeunes trouvaient leur déguisement absolument irrésistible.

— Mon Dieu, ils ont l'air de vrais quêteux ! s'exclama leur mère en les voyant. J'espère que vous avez gardé un bon chandail chaud en dessous de ça. Il fait froid dehors. Surveille-les bien, Francine. S'ils font trop les fous, ramène-les tout de suite.

— Ayez pas peur, m'man. Ils vont m'écouter, promit Francine en finissant de boutonner son manteau.

— Ça te tentait pas de passer, toi ? s'enquit sa mère, avec un mince sourire.

— Êtes-vous sérieuse, m'man ? Des plans pour que je fasse rire de moi demain à l'école. Je suis ben trop vieille pour ça. C'est une affaire pour les petits, ça.

— Où est André ?

— Je m'occupe pas de lui, par exemple ! s'exclama l'adolescente. Il est dans la cave avec Claude.

— Non, laisse faire. T'as ben assez de t'occuper des petits.

— Aïe ! Je suis pas un petit, moi ! protesta Denis. J'ai pas besoin d'elle pour passer.

— Tu fais ce que Francine te dit de faire ou tu restes ici, toi, le prévint sa mère en élevant la voix.

Dompté, Denis suivit les jumeaux et Martine qui se dirigeaient vers la porte de sortie. Francine leur emboîta le pas.

Il était à peine six heures quand les jeunes Dionne sortirent de la maison en compagnie de leur grande sœur.

Aussitôt, Jeanne s'empressa d'éteindre les lumières du rez-de-chaussée avant de monter coudre à l'étage. Elle n'avait pas l'intention de passer les deux prochaines heures à aller répondre à la porte d'entrée. Toute à son travail, elle n'entendit même pas la porte arrière se refermer doucement sur Claude et André.

Ces derniers étaient absolument méconnaissables. À l'aide de gros oreillers, de robes fleuries et surtout de liège brûlé, ils s'étaient transformés en deux énormes femmes noires enceintes. On ne voyait dans leur visage noirci que le blanc de leurs grands yeux.

Les deux frères firent bande à part durant les deux heures suivantes, soulevant l'hilarité des personnes qui ouvraient leur porte pour leur tendre des friandises. Quand on leur demandait de chanter pour obtenir des bonbons, Claude se contentait de répondre :

— Nous autres, on chante pas, on quête.

Vers la fin de leur tournée, une vieille résidente de la rue Girardin s'écria en leur ouvrant :

— Mon Dieu ! Mais elles vont accoucher sur le trottoir, ces deux-là !

— Je le sais pas, reprit une femme debout à ses côtés, mais à les voir, j'ai l'impression qu'il y en a au moins une qui a passé l'âge depuis longtemps de faire du porte-à-porte à l'Halloween.

Finalement, le froid et les premiers flocons de neige eurent raison des deux frères. Portant avec difficulté leur sac rempli de toutes sortes de friandises, ils prirent la direction de la maison. Il était temps. Il n'y avait pratiquement plus aucun enfant sur les trottoirs.

Arrivés devant la maison, Claude fit signe à son frère de le suivre jusqu'à la porte d'entrée où il sonna. Pas de réponse. Il sonna encore une fois avec plus d'insistance. Personne ne vint.

— Il y a quelqu'un qui va finir par venir ouvrir, affirma l'adolescent en maintenant son doigt sur la sonnette.

Moins d'une minute plus tard, Lise, furieuse d'être dérangée, sortit de sa chambre, alluma le plafonnier du couloir et vint leur ouvrir.

— On donne plus rien, aboya-t-elle. Vous voyez pas qu'il est trop tard et qu'il neige. On a tout donné.

— Maudite menteuse ! répliqua son frère sur le même ton en changeant sa voix. T'as rien donné à personne de la soirée. Tasse-toi qu'on entre.

La jeune fille se figea en entendant l'insulte et elle allait répliquer vertement à l'effronté quand elle reconnut avec stupéfaction ses deux frères.

— M'man, cria-t-elle à l'adresse de sa mère, vous devriez venir voir les deux numéros qui sont à la porte. Ça vaut la peine de descendre. Fiers d'eux, Claude et André demeurèrent près de la porte, attendant l'arrivée de leur mère. Jeanne, suivie de Francine et des plus jeunes déjà en pyjama, descendit pour admirer les deux grosses femmes étranges qui encombraient une extrémité du couloir.

— C'est pas vrai ! dit-elle en reconnaissant ses deux fils. Vous avez pas couru l'Halloween arrangés comme ça ?

— Ben oui, répondit Claude, tout content de lui. Et ça a marché. Regardez nos sacs, m'man. Ils sont ben pleins.

— C'est vrai, fit Francine en tendant le cou. Ils en ont au moins deux fois plus que Martine, Denis ou les jumeaux.

— Je vous avais pas dit pas plus qu'une heure, vous autres ? demanda Jeanne.

— On a oublié l'heure, m'man, dit André. On n'a pas de montre et on n'était pas pour demander l'heure à toutes les portes.

Jeanne n'avait pas le cœur à se fâcher. Elle détailla en riant ses deux fils avant de les presser d'aller reprendre leur apparence normale.

— Bon, à cette heure que vous avez eu bien du *fun*, dépêchez-vous de vous débarbouiller et allez porter vos guenilles dans les boîtes avant que votre père arrive.

— J'ai hâte de voir ce que vous avez dans vos sacs, intervint Francine, incapable de dissimuler sa gourmandise.

— Toi, tu peux sécher, déclara Claude. Je suis sûr que t'as déjà pris des affaires dans le sac des petits. Tu viendras pas manger nos affaires en plus.

— Si tu voulais des bonbons, t'avais juste à te déguiser, ajouta André, péremptoire.

Quelques minutes plus tard, les deux frères vidèrent le contenu de leurs sacs sur la table de cuisine. Ils oublièrent complètement ce qu'ils avaient dit quelques minutes plus tôt et poussèrent généreusement vers Francine et Lise les friandises qu'elles reluquaient sans oser les demander.

Lorsque Maurice rentra un peu après huit heures et demie, les plus jeunes venaient de se mettre au lit. En entendant leur mère lui avouer qu'elle leur avait permis de « courir l'Halloween », ils se levèrent pour lui montrer leur récolte et lui offrir ce qui leur semblait le meilleur. Pour leur faire plaisir, Maurice s'étonna de l'ampleur de leur récolte et préleva à l'aveuglette une friandise dans chaque sac tendu vers lui.

Quand tous furent retournés se coucher, il ne put s'empêcher de faire des reproches à sa femme :

— Tu les as laissés sortir même si on gelait. S'ils attrapent la grippe, viens pas me demander d'acheter des remèdes.

Jeanne fit comme si elle n'avait rien entendu, contente d'avoir fait plaisir à ses enfants qui désiraient tellement s'amuser ce soir-là.

Au début de la semaine suivante, le mauvais sort voulut que Maurice rentre plus tôt que prévu à la maison et décroche le téléphone qui s'était mis à sonner au moment où il passait devant l'appareil.

Jeanne était à l'extérieur, à l'arrière de la maison, en train de retirer les vêtements qu'elle avait étendus sur sa corde à linge, même si le mercure se situait près du point de congélation. Francine gardait les deux enfants des Rivest. Claude, Martine, Denis et André étaient occupés à faire leurs devoirs, installés autour de la table de la cuisine tandis que les deux plus jeunes s'amusaient avec des petits camions, par terre, à une extrémité du couloir.

— Baissez le ton ! ordonna-t-il à Marc et à Guy, après avoir posé la main sur le récepteur.

— Bonsoir, monsieur, suis-je bien chez les parents de Francine Dionne ?

— Oui.

— Je suis sœur Adélard, la titulaire de Francine et…

— Attendez, ma sœur, je vais vous passer ma femme, l'interrompit Maurice, mal à l'aise.

— Non, ce n'est pas la peine de déranger votre femme, monsieur Dionne. Je vous téléphonais uniquement pour obtenir une précision que vous êtes sûrement capable de me fournir vous-même. Voyez-vous, j'ai remarqué depuis une quinzaine de jours que votre fille arrivait toujours à l'école en compagnie d'un garçon. Et le même garçon l'attendait à la fin des classes.

— Ah oui ! fit Maurice, les traits du visage durcis.

— Au début, poursuivit la religieuse, je croyais que c'était l'un de ses frères, puis j'ai eu des doutes. Quand j'ai demandé à Francine l'identité de ce garçon, elle m'a dit que c'était un de ses cousins. Je vous appelle seulement pour m'assurer que c'est exact. Vous comprenez, c'est mon devoir de surveiller les jeunes filles qui me sont confiées.

— Je vous remercie, ma sœur, dit Maurice d'une voix onctueuse. C'est bien un de ses cousins. Mais je vais voir à ce que son cousin la laisse tranquille.

— Je ne voudrais pas…

— Non, non, ma sœur, vous avez bien fait de nous avertir. Je vais m'en occuper.

Claude fut le seul à lever la tête quand son père raccrocha. Il crut qu'il s'agissait de l'une des religieuses de St-Andrews, sans penser un instant que si cela avait été le cas, son père se serait exprimé en anglais.

Maurice s'assit dans sa chaise berçante après s'être préparé une tasse de café et il se mura un long moment dans un profond silence. Il hésitait sur la conduite à tenir.

Depuis sa participation au spectacle amateur, sa fille prenait des petits airs affranchis qui commençaient à lui porter sérieusement sur les nerfs. Le comportement de l'adolescente était souvent à la limite du supportable et le père la sentait prête à ruer dans les brancards. Bien sûr, elle ne se serait pas risquée à lui désobéir ouvertement, et, par le fait même, déroger aux règles et remettre en question son autorité, mais elle semblait avoir nettement envie de contester ce qui lui déplaisait.

— Elle a besoin d'un bon tour de vis, se dit-il en mâchouillant le bout de sa cigarette.

Finalement, il décida de ne pas parler de l'appel téléphonique à Jeanne.

— Elle les protège trop, se dit-il encore avec une certaine rancœur. Et voilà ce que ça donne…

Il connaissait assez sa femme pour savoir que s'il la mettait au courant de cette histoire, elle n'hésiterait pas une seconde à mettre sa fille en garde pour lui éviter une punition. Selon lui, elle était entièrement responsable de tout ça. C'est ce qui arrivait quand on manquait de fermeté avec les enfants. Ils n'en faisaient qu'à leur tête et ils faisaient honte à leurs parents. Et s'il accusait Francine de se faire accompagner par n'importe qui, le soir même, elle aurait trop beau jeu de nier. Il allait s'en occuper à sa façon.

Jeanne rentra dans la maison après avoir déposé son panier de linge dans le couloir.

— C'est la dernière fois que j'étends dehors cette année, dit-elle en pénétrant dans la cuisine. J'ai les doigts complètement gelés, ajouta-t-elle en soufflant sur ses doigts rougis par le froid.

— Vous pouvez le faire dans la cave, m'man, fit Claude. Les cordes sont encore là.

— Je le sais. C'est ce que je vais faire au prochain lavage. Bon, les enfants, fit-elle en élevant la voix, videz-moi la table. On va souper. Je plierai le linge après le repas. Martine, mets la nappe, ajouta-t-elle en se tournant vers la plus jeune de ses filles.

Au milieu de l'agitation qui gagna instantanément tous ses enfants, Maurice ne broncha pas et il ne prononça pas un mot, apparemment plongé dans de sombres pensées. Jeanne ne fit aucun effort pour essayer de savoir ce qui le préoccupait. Elle servit le repas aux siens.

Après le souper, le père de famille se contenta de demander à sa femme avant de monter s'asseoir devant le téléviseur :

— Je suppose que Francine est chez les Rivest ?

— Oui. Madame Rivest l'a encore demandée pour garder jusqu'à neuf heures.

Il monta à l'étage sans émettre le moindre commentaire, laissant derrière lui ses enfants en train d'aider leur mère à remettre de l'ordre dans la cuisine. Il venait à peine de s'asseoir quand Lise et Paul arrivèrent par l'autobus de six heures.

Paul découvrit avec soulagement que son père était déjà à l'étage. Ce dernier ne lui avait plus adressé la parole depuis le fameux soir du 5 septembre. Lorsqu'il le croisait dans une pièce, son père regardait fixement devant lui, comme s'il ne le voyait pas. Tous les messages qui lui étaient adressés passaient invariablement par sa mère, mais d'une voix assez forte pour que l'étudiant puisse les entendre clairement. «Tu diras à l'autre – l'autre désignait Paul – que je veux que la lumière de sa chambre soit éteinte à neuf heures et demie, pas une minute plus tard» ou «Je veux qu'il lave le plancher de sa chambre en fin de semaine.»

En tout cas, c'était toujours une joie pour Paul de voir la chaise berçante de son père inoccupée quand il arrivait du collège. Il mangeait alors avec un meilleur appétit et beaucoup moins rapidement.

Le lendemain matin, à leur réveil, Jeanne et Maurice découvrirent que la nuit avait laissé derrière elle une mince pellicule de neige sur tout le paysage.

— Déjà la neige! s'exclama Jeanne qui appréhendait chaque année le retour de la saison froide.

— C'est normal, non? fit son mari en s'habillant. On est en novembre.

— Je le sais bien, mais je m'habitue pas à vivre enfermée pendant presque six mois. Ça me déprime.

Maurice ne répliqua rien, mais il prit la peine de vérifier auprès de sa femme à quelle heure les enfants revenaient de l'école avant de partir au travail. Jeanne le regarda enlever la neige sur son automobile par la fenêtre de la cuisine en se demandant pourquoi il avait posé cette question. Il faisait encore nuit et il était à peine cinq heures et demie. Elle décida de retourner dormir au moment même où Claude descendait l'escalier pour aller livrer ses journaux.

Une heure et demie plus tard, c'était le branle-bas de combat dans la maison. Le jour était maintenant levé. Le ciel était chargé de gros nuages noirs et le froid était assez vif pour que la mince couche de neige soit demeurée au sol. Sa vue excitait les enfants, prêts à se passer de déjeuner pour aller faire leurs premières boules de neige.

— Les tuques, les mitaines et les bottes ce matin, leur déclara leur mère sur un ton sans appel.

— Ah ! m'man, protestèrent les plus jeunes.

— Vous sortez pas de la maison sans ça, les menaça Jeanne. Trouvez-les et mettez-les.

Cette décision maternelle jeta la frénésie dans les rangs des enfants. La plupart finirent par dénicher leurs pièces de vêtements dans les endroits les plus invraisemblables. Quand l'un d'eux parvenait à tout trouver, il se précipitait à l'extérieur et narguait les retardataires.

— Guy et Marc, vous sortez pas de la cour. Les autres, enlevez pas votre tuque et vos mitaines avant d'être rendus à l'école, vous m'entendez ? fit Jeanne, sévère, quand le moment du départ arriva.

— Ben oui, m'man, promirent Martine et Denis.

Les vêtements couverts de neige, les enfants s'étaient contentés de prendre leurs cartables et d'embrasser leur mère avant de partir pour l'école.

Pour sa part, Claude n'avait pas participé à l'excitation générale. Il était revenu de sa distribution de journaux complètement frigorifié et avait pris tout son temps pour avaler son déjeuner. Lorsque vint le moment de quitter la maison pour l'école en compagnie d'André, il n'émit aucun commentaire en entendant la mise en garde de sa mère. Cependant, à peine à trente pieds de la maison, il avait arraché sa tuque d'un geste brusque et il l'avait enfouie au fond de l'une de ses poches, à la même place que ses moufles.

— Des plans pour que les filles rient de nous autres, dit-il à son frère André qui s'empressa de l'imiter.

— Oui, mais m'man a dit…

— Laisse faire ce que m'man a dit, l'interrompit son frère. Ce qu'elle sait pas lui fait pas mal.

L'adolescent n'hésitait pas à s'emmitoufler pour distribuer *La Presse* parce qu'il ne risquait pas de croiser une fille dans la rue à six heures le matin. En d'autres temps, il tenait à faire comme ses pairs, c'est-à-dire à se déplacer tête nue et le manteau déboutonné, quelle que soit la température. Somme toute, c'était une question d'affirmation de sa virilité.

À trois heures trente cet après-midi-là, Maurice prétexta une course urgente pour quitter précipitamment St-Andrews et il s'empressa de venir stationner sa vieille Dodge brune le long du trottoir, à faible distance de l'école Bastien, rue Collerette.

Il n'eut que quelques minutes à attendre avant que la cloche annonce la fin des classes. Deux minutes plus tard, il vit sortir les premières élèves. Peu à peu, un flot continu d'adolescentes franchit les portes de l'institution sous le regard attentif du quadragénaire retranché derrière son volant. Puis, le flot sembla se tarir progressivement.

Au moment où Maurice Dionne en était à se demander si sa fille ne lui était pas passée sous le nez sans qu'il l'eût vue, il l'aperçut qui sortait de l'école en compagnie de deux filles de son âge. Francine, excitée, parlait fort et gesticulait, provoquant le rire de ses deux compagnes. Son père la vit ensuite faire un grand signe de la main à quelqu'un debout de l'autre côté de la rue.

Le temps de tourner la tête dans cette direction, Maurice vit sa fille quitter brusquement ses deux compagnes et s'élancer vers un garçon qui, tête nue, la cigarette au bec, avait entrepris de traverser la rue sans se presser pour aller à sa rencontre. Au moment où il mit le pied sur le trottoir, l'adolescente se jeta dans ses bras. Elle déposa un bref baiser sur les lèvres de celui qui semblait être son amoureux. Elle s'empara ensuite de sa main droite et se mit lentement en marche à ses côtés, la tête appuyée langoureusement sur l'épaule de son petit ami. Francine semblait tout heureuse de s'être donnée en spectacle devant ses amies.

— Ah ben, la maudite tête folle ! s'exclama son père, une fois revenu de sa première surprise.

Sans perdre un instant, il fit démarrer la Dodge et roula au pas jusqu'à ce qu'il eût dépassé le couple d'amoureux d'une trentaine de pieds. Il coupa ensuite le moteur avant de descendre et de venir à la rencontre de sa fille. Lorsque Francine reconnut la voiture paternelle, il était déjà trop tard. Le mal était fait. Son père était planté debout devant elle. Elle eut beau lâcher précipitamment la main du garçon et s'éloigner de lui d'un pas ou deux, elle était certaine que son père avait tout vu.

— Est-ce qu'il est handicapé pour que tu le tiennes par la main ? lui demanda son père, l'air mauvais.

— N'non, p'pa, répondit en hésitant l'adolescente, le visage gris de peur.

— Ben, qu'est-ce que t'attends ? Monte dans le char ! Grouille-toi ! lui ordonna Maurice en faisant demi-tour sans accorder le moindre regard à celui que sa fille avait tenté de faire passer pour son cousin.

Le père de famille reprit le volant et, moins de cinq minutes plus tard, il entra dans la maison derrière sa fille dont le visage blafard disait assez la terreur qu'elle éprouvait.

— Va enlever ton manteau et viens dans la cuisine après, lui ordonna son père d'un ton rogue. Vous autres, dit-il aux plus jeunes en train de manger leur collation, allez manger votre beurrée ailleurs.

En entendant la voix rageuse de son mari, Jeanne devina qu'il s'était produit quelque chose et se dépêcha de quitter sa machine à coudre et de venir s'enquérir de ce qui se passait.

— Qu'est-ce qu'il y a ? demanda-t-elle, un peu alarmée par la colère évidente de son mari.

— Attends. Tu vas le savoir.

Francine sortit de sa chambre et s'arrêta près de la table de cuisine. Sa mère l'examina brièvement et pensa avoir découvert ce qui avait suscité la mauvaise humeur de son mari.

— D'où tu sors, toi, maquillée comme ça ? Je t'ai pourtant dit que t'étais trop jeune pour te maquiller et te mettre du rouge à lèvres, ajouta-t-elle, mécontente.

— Oh ! C'est pas juste ça, affirma Maurice d'un ton mauvais. Hier après-midi, pendant que tu ramassais ton linge sur la corde, la sœur qui lui fait l'école a appelé pour savoir si c'était ben son cousin qui venait la chercher tous les jours à l'école.

— Son cousin ? C'est quoi cette histoire-là, Francine ? lui demanda sa mère.

— …

— Ça fait que j'ai décidé d'aller voir cet après-midi ce qu'elle faisait en revenant de l'école, poursuivit Maurice comme si sa femme n'avait rien dit. Regarde-la ! On dirait une vraie guidoune arrangée de même.

— C'est vrai qu'elle a l'air d'un clown, approuva Jeanne.

— C'est pas tout. Qu'est-ce que tu dirais si je t'apprenais que ta fille embrassait à pleine bouche un gars sur la rue, devant tout le monde ?

— C'est pas vrai ! T'as pas fait ça ? demanda Jeanne, fâchée que l'une de ses filles ait eu un maintien aussi peu respectable en public. Fais-tu exprès de faire la niaiseuse ? Qu'est-ce que le monde va penser de toi ?

— D'abord, qui c'est le *bum* avec qui tu t'en venais ? reprit son père, le visage rouge de colère.

— Un gars de l'école à côté.

— Je le sais ben que c'est un gars, sacrement ! C'est son nom que je te demande.

— Luc Dufour, p'pa. Mais c'est pas un *bum*, osa protester faiblement l'adolescente.

— Ferme ta gueule. Je t'ai pas demandé ton avis ! hurla son père. Qu'est-ce qu'on fait avec elle ? dit-il en se tournant vers sa femme. J'ai presque envie de la faire enfermer à l'école de réforme.

— On pourrait peut-être commencer par une punition dont elle va se souvenir longtemps, répondit sa mère.

Le fait de se sentir appuyé dans sa colère par sa femme sembla calmer prodigieusement Maurice.

— Bon, tu sors pas de la maison pendant tout le mois, sauf pour aller à l'école.

— Va me chercher ton maquillage et ton rouge à lèvres, exigea sa mère pendant que Maurice réfléchissait à un châtiment encore plus sévère.

Francine entra dans sa chambre et en ressortit une minute plus tard avec les produits que lui avait donnés sa sœur Lise. Sa mère les prit et les jeta dans la poubelle sans prononcer un mot.

— Tu te coucheras à huit heures tous les soirs pendant tout le reste du mois. C'est clair ? fit son père qui n'était pas parvenu à trouver une punition plus dure.

S'il s'était écouté, il aurait mis sa fille à la porte pour lui apprendre… Mais il n'allait pas commettre la même erreur deux fois en moins d'un mois. Il s'était assez inquiété lorsqu'il l'avait jetée à la rue quinze jours auparavant. Il n'était pas prêt à revivre autant d'émotion.

— Oui, p'pa, dit Francine d'une petite voix, tout de même heureuse de s'en tirer sans recevoir de coups.

— Mais écoute-moi ben, je te le redirai pas deux fois. T'es mineure et c'est moi qui décide tant que t'auras pas vingt et un ans. Si jamais je te reprends avec un garçon sur la rue, je te jure que je te fais mettre dans une école de réforme. Tu m'entends ? Inquiète-toi pas. Tu vas me voir de temps en temps à la porte de l'école.

— Oui, p'pa, répondit Francine en feignant de se mettre à pleurer.

— Bon, disparais. Je t'ai assez vue.

Francine ne se fit pas répéter l'ordre paternel et elle s'enfuit dans sa chambre.

Chapitre 12

La fin d'une clientèle

Le mercredi matin de la troisième semaine de novembre, Jeanne attendit d'avoir entendu son mari claquer la porte en quittant la maison pour se lever. Il faisait encore nuit et la maison était glaciale. Emmitouflée frileusement dans sa vieille robe de chambre rose, elle alluma le plafonnier du couloir et fit démarrer la fournaise au mazout en déplaçant le régulateur du thermostat que Maurice n'avait relevé qu'à 63 °F à son réveil. Le soir, avant de se mettre au lit, il l'abaissait invariablement à 50 °F. Ensuite, elle se rendit au pied de l'escalier pour réveiller Claude.

— Claude, lève-toi ; il est presque six heures, dit-elle à mi-voix pour ne pas réveiller les cinq autres enfants qui dormaient à l'étage.

Jeanne dut répéter deux autres fois son appel avant qu'un mouvement lui signale que son fils était réveillé. Quand elle entendit un bruit de pas, elle regagna la cuisine et fit chauffer un peu de lait pour confectionner une tasse de chocolat chaud à celui qui descendait l'escalier.

— Maudit qu'on gèle ici ! pesta l'adolescent en pénétrant dans la cuisine. C'est pire que quand on restait sur la rue Notre-Dame. Est-ce qu'il va nous faire geler de même tout l'hiver ?

— Tu connais ton père, répondit Jeanne en lui tendant sa tasse de chocolat. Il baisse le chauffage à cinquante degrés la nuit parce que l'huile à chauffage coûte cher.

— Oui, c'est ça, répliqua Claude, sarcastique. Et le matin, avant de partir, il fait une folie et il le monte jusqu'à soixante degrés. Je pense qu'il a une crampe dans les doigts ou ses lunettes sont plus ben bonnes.

— C'est pas la fin du monde.

— Non, mais c'est plate en maudit de passer sa vie à claquer des dents et de jamais être capable de se laver à l'eau chaude, se plaignit Claude en faisant référence au fait que son père ne mettait le chauffe-eau en marche que le jour du lavage, le lundi, et le samedi après-midi.

— Bon, arrête de te lamenter et va passer ta *Presse* si tu veux avoir le temps de déjeuner en revenant avant d'aller à l'école.

Quelques minutes après le départ de Claude, Paul se leva à son tour et vint déjeuner après avoir fait sa toilette. Il avait les traits tirés malgré sa nuit de sommeil. Il était encore plus nerveux et irritable que d'habitude. Son père continuait à le bouder. En outre, l'algèbre et les mathématiques étaient demeurées ses bêtes noires malgré tout le travail qu'il avait effectué durant l'été précédent pour réussir sa reprise d'examen.

Comble de malchance, le père Giguère, son vieux professeur de mathématiques, avait établi un calendrier fixant la date où chacun de ses élèves viendrait chanter une chanson devant tout le groupe à la fin de son cours. Il n'existait aucune possibilité d'échapper à l'échéance inéluctable, à moins de mourir avant la date redoutée. Depuis un mois, l'adolescent faisait des cauchemars en s'imaginant en train de chanter le 30 novembre prochain devant ses trente-deux camarades. Cette seule évocation lui donnait des sueurs froides… Il lui restait six jours d'angoisse à vivre et à prier pour qu'un accident empêche le gros vieillard pince-sans-rire de se présenter en classe ce jour-là.

Après son déjeuner, Paul se dépêcha d'endosser son paletot et de sortir à l'arrière. Il sauta par-dessus la clôture séparant la cour des Dionne de celle des Royer, puis il attendit près de la Ford du voisin qui, depuis un mois, le laissait devant le collège cinq jours par semaine en échange de la garde de ses enfants le samedi soir.

Le soleil finit par se lever, mais il ne parvint pas à percer l'épaisse couche de gros nuages ventrus qui avaient envahi le ciel durant la nuit. Il faisait si sombre que Jeanne dut laisser le plafonnier de la cuisine allumé.

— M'man, lui dit Francine en s'habillant pour partir vers l'école, j'ai oublié de vous dire que la semaine prochaine, on va avoir une retraite de deux jours au couvent.

— C'est quoi encore, cette affaire-là ? Quel couvent ? demanda distraitement sa mère, occupée à vérifier si Denis était assez chaudement habillé pour se rendre à l'école.

— Ben, celui des filles de Saint-Paul, au coin. Ça va être le *fun*. J'aurai pas à marcher jusqu'à l'école pendant deux jours.

Quand Francine quitta à son tour la demeure, les premiers flocons de neige se mirent à tomber doucement. Une demi-heure plus tard, il ne restait plus que les jumeaux à la maison. Lise avait pris l'autobus de huit heures pour aller travailler et Denis était parti le dernier pour se rendre à l'école Pie XII.

Durant l'avant-midi, la neige redoubla d'intensité, et les enfants revinrent tant bien que mal à la maison à l'heure du dîner.

— Ma foi du bon Dieu, vous vous êtes roulés dans la neige ! s'exclama Jeanne en voyant entrer ses fils.

— Ben non, m'man, protesta Claude. Il neige tellement qu'on a de la misère à voir où on marche. Je pense qu'ils vont fermer l'école cet après-midi.

— S'ils avaient eu à fermer l'école, tu peux être certain qu'ils l'auraient annoncé avant que vous partiez dîner, répliqua sa mère avec un bon sens évident. Bon, mettez pas de la neige partout sur mon plancher. Enlevez vos bottes et venez manger.

Même si la neige continua à tomber de plus belle durant toute l'heure du dîner, les enfants, excités par ce qui prenait l'allure de la première tempête de la saison, durent partir pour l'école. Au milieu de l'après-midi, ils étaient tous revenus, les uns après les autres, en annonçant, triomphants, la fermeture de leur école.

Le vent du nord s'était levé, poussant devant lui de gros flocons à l'horizontale. Ses mugissements incitaient souvent Jeanne à abandonner durant un court moment sa machine à coudre pour aller regarder à l'extérieur par la fenêtre.

— Si ça a de l'allure ! On voit même pas de l'autre côté du boulevard tellement ça tombe fort.

— Qu'est-ce qu'on fait pour l'allée ? vint lui demander André vers quatre heures. Est-ce qu'on doit la pelleter tout de suite ou attendre que ça tombe moins fort ?

— Je pense que vous êtes mieux de commencer à pelleter, dit Jeanne. Votre père est à la veille d'arriver et il pourra pas laisser son char dans la rue. Les charrues arrêtent pas de passer depuis midi.

— Ce maudit char-là, répliqua Claude en se levant du lit sur lequel il était étendu pour regarder une bande dessinée, on n'embarque jamais dedans, mais on passe notre temps à le nettoyer et à pelleter pour lui.

— Claude ! le prévint sa mère.

En ronchonnant, l'adolescent descendit au rez-de-chaussée sur les talons de son frère cadet. Malgré le vent, tous les deux s'armèrent d'une pelle et se mirent à repousser la neige du mieux qu'ils le purent.

Une demi-heure plus tard, un coup de klaxon rageur les fit s'arrêter pour livrer passage à la vieille Dodge dont les essuie-glaces ne parvenaient pas à travailler assez vite pour repousser toute la neige qui tombait sur le pare-brise.

— Restez pas dehors pour rien, leur jeta leur père en s'extirpant du véhicule dont il venait d'arrêter le moteur. Rentrez. Vous reviendrez pelleter après le souper quand ce sera calmé un peu.

Sur ces mots, sans adresser un mot de remerciement à ses fils, Maurice Dionne s'engouffra dans la maison.

— Sacrement ! jura-t-il en entrant dans la maison, tu parles d'une maudite tempête ! On voit pas ni ciel ni terre, dit-il à Jeanne qui achevait de plier sur la table des rideaux qu'elle venait de confectionner pour l'une de ses clientes. J'ai passé la journée à pelleter le devant des portes et les escaliers de l'école. Ça servait à rien. C'était toujours à recommencer. Le vent repoussait toujours la neige à la même place.

— Je vois ben ça, dit sa femme en regardant à l'extérieur par l'une des fenêtres de la cuisine. Claude et André nettoient l'entrée depuis un bon bout de temps et ça paraît même pas.

— C'est pour ça que je leur ai dit de rentrer.

— J'espère que l'autobus passe pareil. Paul et Lise vont avoir de la misère à revenir.

— Ils vont être en retard, tu peux compter là-dessus, affirma Maurice. Ça avance pratiquement pas dans les rues. Les charrues fournissent pas.

En effet, ce soir-là, le frère et la sœur rentrèrent avec une bonne heure de retard.

— Si ça continue comme ça, dit Maurice au cours de la soirée, demain, tout va être fermé. Les autobus passeront pas et les écoles vont être fermées le temps de déneiger les rues.

En entendant leur père évoquer cette possibilité, les enfants se réjouirent. Une journée de congé au milieu de la semaine n'était pas à dédaigner.

Malheureusement pour les jeunes, le vent tomba au début de la nuit et la neige cessa. Ces conditions climatiques facilitèrent le déblayage des rues. Les charrues étaient parvenues tant bien que mal à repousser la neige qui encombrait les principales artères de la municipalité le long des trottoirs.

Le lendemain, au lever du jour, les nuages avaient pratiquement déserté le ciel et un froid vif s'était installé. Au moment de sortir de la maison, Maurice découvrit qu'un banc de neige de plus de trois pieds de hauteur l'empêchait de quitter son allée. Sans la moindre hésitation, il alla réveiller ses garçons.

— Claude ! André ! descendez. Il y a de la neige à pelleter.

Paul, réveillé en sursaut, s'habilla lui aussi et, sans dire un mot, alla aider ses frères et son père à dégager l'allée enneigée. Au moment de ranger les pelles à l'arrière de la maison, Claude demanda à son père :

— Pourquoi vous allez à l'école, p'pa ? Elle va être fermée.

— Ben non, tu vois pas que les chemins sont ouverts, le rembarra sèchement son père. Les écoles vont toutes être ouvertes et tu vas même être capable de passer tes journaux. Tiens. V'là justement le *truck* de ton livreur.

Sur ces mots, Maurice monta dans sa voiture qu'André venait de finir de déneiger. Quand la Dodge eut quitté les lieux, Claude rentra dans la maison de fort mauvaise humeur.

— Maudit que je suis malchanceux ! ragea-t-il en s'emparant de ses deux sacs de toile vides qu'il se mit à remplir avec ses journaux à distribuer. On va avoir de l'école et je suis même obligé d'aller porter les journaux. Ça va être le *fun* encore de marcher avec de la neige à mi-jambes en tirant la traîne-sauvage. J'ai même pas le temps de manger quelque chose avant d'y aller !

— Je vais aller te donner un coup de main, proposa André en enfonçant sa tuque sur sa tête.

Son jeune frère souleva difficilement l'un des deux sacs et sortit de la maison. Pendant que Claude finissait de remplir l'autre sac, André alla chercher la traîne-sauvage sur laquelle les deux sacs furent déposés. Tous les deux se mirent ensuite à la tirer sur la chaussée enneigée en longeant prudemment le banc de neige laissé par la charrue. Ce matin-là, il était hors de question de se déplacer sur les trottoirs qui n'avaient pu être déneigés.

Le soir même, Julia Desmarais, la fille du juge Perron, téléphona à Maurice peu après l'heure du souper.

Le concierge de l'école St-Andrews éprouvait toujours beaucoup de gratitude envers celle qui lui avait procuré son emploi à la CECM et il reconnaissait volontiers qu'elle lui avait rendu service en le poussant à acheter le bungalow qu'il habitait avec sa famille. De plus, il se souvenait qu'elle lui avait trouvé quelques clientes au moment où il ne parvenait pas à dénicher un travail régulier. Bref, il ne se sentait pas en position de refuser quoi que ce soit à cette riche cliente d'Outremont.

— Est-ce qu'il va y avoir quelqu'un là ?

— ...

— Ça va lui faire plaisir.

— ...

— Bon, il y a pas de problème, madame Desmarais.

Jeanne, intriguée par cet appel inhabituel, n'entendit que quelques « oui » prononcés sur un ton obséquieux avant que son mari ne raccroche.

— Christ que ça m'écœure ! jura ce dernier en s'assoyant dans sa chaise berçante après avoir pris une bouteille de Coke dans le réfrigérateur. Le seul samedi où ma salle d'école était pas louée ! La Desmarais marie sa fille dans trois semaines. Il faut croire que les jeunes ont pas assez d'argent pour se payer un vrai voyage de noces. Elle et son mari ont décidé de leur prêter leur chalet de Saint-Sauveur. Tu parles d'une idée de fou ! Elle veut qu'on aille tous les deux faire un grand ménage du chalet samedi prochain pour que tout soit propre quand les nouveaux mariés vont aller s'installer là.

— Ce sera peut-être pas si long que ça, voulut le calmer Jeanne. À deux, ça va aller vite. Je vais nous préparer un lunch.

— Non, ce sera pas nécessaire. Elle m'a dit que sa bonne nous ferait à dîner. Mais qui va garder les enfants ?

— Francine est capable de le faire. Je vais préparer un dîner aux enfants avant de partir et on va être revenus pour le souper si on part de bonne heure le matin.

Deux jours plus tard, les Dionne prirent la route dès six heures et, deux heures après, ils entraient dans le village de Saint-Sauveur. Après quelques minutes de recherche, ils trouvèrent le chalet des Desmarais. Il s'agissait d'un imposant édifice en bois rond construit au centre d'un grand terrain recouvert d'une épaisse couche de neige blanche.

Maurice eut à peine le temps de frapper à la porte que cette dernière s'ouvrit sur la vieille bonne qu'il voyait pratiquement toutes les semaines depuis près de quatre ans au domicile des Desmarais, à Outremont.

— Entrez, enlevez vos manteaux et venez dans la cuisine, fit la bonne en esquissant un mince sourire. Madame finit de s'habiller. Elle va venir vous expliquer ce qu'il y a à faire.

Quelques minutes plus tard, Julia Desmarais apparut, rayonnante, dans la grande cuisine ultramoderne du chalet. Elle salua Jeanne avec chaleur, s'informa auprès de Maurice des difficultés du trajet qu'il venait de parcourir et prit des nouvelles des enfants.

Jeanne n'avait rencontré la femme âgée d'une quarantaine d'années qu'en deux occasions, quatre ans auparavant, au moment où elle était venue dans leur maison pour lui faire confectionner des rideaux de cuisine. Elle avait beaucoup apprécié la simplicité et la générosité de cette femme.

Julia Desmarais passa rapidement aux choses sérieuses et dressa une liste impressionnante de travaux à exécuter. Il fut entendu que pendant que Maurice repeindrait la cuisine et l'entrée, Jeanne laverait toute la vaisselle entreposée dans les armoires ainsi que les deux salles de bain. Ensuite, il fallait laver et repeindre deux des quatre chambres avant de procéder au nettoyage de la moquette qui recouvrait leur parquet. Les fenêtres devaient aussi être nettoyées.

Après avoir expliqué au couple le travail à effectuer, Julia Desmarais s'esquiva en compagnie de sa bonne pour aller faire des courses.

Durant tout l'avant-midi, Maurice et Jeanne, seuls dans le chalet, travaillèrent sans relâche. À l'heure du repas, l'un et l'autre, fatigués et en nage, mouraient de faim. À midi, Julia Desmarais revint et demanda à sa bonne de préparer un potage et des sandwiches.

Quelques minutes plus tard, Maurice et sa femme se retrouvèrent seuls, assis à la table de la cuisine, devant un bol de soupe et deux minuscules sandwiches au poulet.

— Est-ce qu'il y a juste deux petits sandwiches pour nous deux? demanda Jeanne à voix basse à son mari.

— Ça en a ben l'air, répondit-il, l'air dépité.

— Avec ça, on risque pas d'avoir une indigestion.

Lorsqu'ils quittèrent la table, ils étaient encore affamés. Les deux travailleurs regrettèrent amèrement de ne pas avoir apporté leur propre repas. Le sandwich et la soupe avaient été loin de calmer leur fringale. Cependant, même s'ils étaient encore tenaillés par la faim, Jeanne et Maurice durent très vite se remettre au travail.

Un peu après quatre heures, ils avaient presque complété toutes les tâches fixées au début de l'avant-midi par Julia Desmarais. Cette dernière apparut soudainement dans la dernière chambre où le couple finissait de ranger les meubles déplacés pour faciliter le nettoyage de la moquette.

— Bon, je vois que ça va bien. Je suis très contente du beau ménage que vous avez fait, les félicita la fille du juge Perron en leur adressant un grand sourire. Après le souper, nous passerons au lavage des deux dernières chambres et, si vous en avez le temps, au nettoyage de la salle de jeux du sous-sol qui a bien besoin d'être remise en ordre.

Jeanne jeta un coup d'œil affolé à son mari, s'attendant à une protestation de sa part. Rien ne vint. Alors, à bout de force, elle s'interposa.

— Si ça vous fait rien, madame Desmarais, je pense qu'on va s'arrêter là pour aujourd'hui.

— Déjà ! s'exclama la quadragénaire.

— Bien, on est partis depuis six heures ce matin et les enfants sont tout seuls. Je leur ai préparé à dîner, mais je pensais pas qu'on resterait si longtemps. Il faut que j'aille leur faire à souper.

— Oui, fit à son tour Maurice, se décidant enfin à prendre la parole. En plus, on est loin d'être rendus à la maison.

Le visage de Julia Desmarais afficha alors la plus totale incompréhension.

— Vous êtes sur place. Vous avez presque fini. Il y en aurait à peine pour trois ou quatre heures de plus.

— Je comprends, madame Desmarais, reprit Jeanne, mais on est rendus au bout du rouleau. Peut-être que Maurice pourra revenir plus tard finir l'ouvrage, mais moi, j'en peux plus.

— Je pense qu'on va faire ça, acquiesça Maurice. Je vous rappellerai au commencement de la semaine prochaine, madame.

Sur ce, Maurice fit signe à Jeanne de l'aider à ranger les produits de nettoyage qui avaient été déposés par terre, dans le couloir.

Julia Desmarais émit un profond soupir de déception avant de dire :

— Bon, si c'est comme ça, je vais aller chercher ce que je vous dois pendant que vous vous habillez.

La dame disparut dans sa chambre et reparut quelques instants plus tard en tenant deux billets de banque dans une main.

— Je vous remercie beaucoup d'être venus m'aider, dit-elle à Jeanne et à Maurice, debout près de la porte et prêts à sortir.

Elle leur tendit l'argent que Maurice enfouit dans la poche de poitrine de sa chemise sans regarder.

— N'oubliez pas que j'attends votre coup de téléphone au début de la semaine prochaine, monsieur Dionne, lui rappela-t-elle. Appelez-moi sans faute.

— Oui, madame. Merci.

Le couple sortit du chalet et s'engouffra dans la vieille Dodge que Maurice fit démarrer sans perdre un instant. Il faisait déjà noir et la température avait chuté de plusieurs degrés.

— On va attraper notre coup de mort, prédit Jeanne en réprimant un frisson. On est tous les deux trempés comme des lavettes. On aurait dû prendre le temps de se sécher en dedans avant de sortir dehors.

— Es-tu malade, toi ? fit son mari en attachant son manteau déboutonné. Des plans pour qu'elle nous trouve d'autre ouvrage. On était mieux de sortir tout de suite. De toute façon, il y a pas de danger qu'elle aurait eu l'idée de nous offrir une tasse de café avant de partir, par exemple.

Pendant que le moteur du véhicule chauffait, Maurice alluma le plafonnier durant un instant pour voir combien la patronne leur avait donné pour une aussi longue journée de labeur. Par timidité, il n'avait pas osé compter devant elle l'argent qu'elle lui avait tendu.

— Ah ben, enfant de chienne ! s'écria-t-il. As-tu vu combien elle nous a donné pour avoir travaillé presque douze heures comme des esclaves ?

— Non, combien ?

— Vingt piastres, hostie ! Tu parles d'une maudite cochonne ! On se crève le ventre vide pour elle depuis six heures à matin ! En plus, on a été obligés de rouler presque deux heures à matin et on a encore deux heures à faire avant d'être rentrés chez nous. Avec ça, pas une maudite cenne pour le gaz !

— C'est du ben bon monde, concéda Jeanne, mais là, elle a été pas mal *cheap*.

— Sacrement, j'ai mon voyage ! jura Maurice qui n'en revenait toujours pas. Je te dis que ça fait pas cher de l'heure ! Ça, c'est rire du monde…

Il embraya rageusement et prit la route en exhalant sa rancœur.

— Ces maudits-là ! Tu les torches et ils sont même pas capables de te payer comme du monde. Je suis prêt à te gager qu'elle était capable de nous faire travailler jusqu'à minuit en nous donnant pas une cenne de plus.

— Il faut dire qu'elle nous a ben rendu service, plaida mollement Jeanne.

— Laisse faire les services, la coupa Maurice. Je pense qu'on a assez payé pour ça. Elle nous prendra pas pour des fous deux fois, je t'en passe un papier !

Un lourd silence tomba dans l'habitacle durant de longues minutes. Il n'était troublé que par le chuintement des pneus sur la chaussée.

— Je me souviens pas d'avoir eu aussi faim depuis longtemps, finit par déclarer Jeanne.

— Moi aussi, reconnut Maurice, enfin un peu calmé. Si je m'étais pas retenu, j'aurais avalé la bourrure de son divan. Calvaire ! Comment veux-tu que ce monde-là soit capable de faire une journée normale d'ouvrage en avalant une petite soupe assez claire pour voir les fleurs au fond de l'assiette et une moitié de sandwich au poulet ?

Le silence revint dans l'auto durant quelques minutes avant que Jeanne reprenne la parole.

— Sais-tu, Maurice, j'étais en train de penser que ce serait peut-être le temps que tu lâches tes clientes.

— Es-tu folle, toi ? protesta ce dernier, indigné par cette idée.

— Non. Écoute. Le gymnase de ton école est déjà loué le samedi et le dimanche matin. Tu m'as dit qu'à partir de janvier, c'était certain que le service des loisirs de ville Saint-Michel le louerait trois soirs par semaine.

— Oui, puis après ?

— Après, t'auras plus le temps de faire des ménages à gauche et à droite. Ce serait peut-être une bonne idée d'arrêter tout ça parce que tu manques de temps. Justement, ton contrat pour faire le ménage des bureaux de la coopérative finit dans quinze jours. Pourquoi t'arrêterais pas pour profiter un peu de la vie ?

— Et on va vivre de l'air du temps, je suppose ? demanda Maurice, sarcastique.

— Exagère donc pas, Maurice, le tança doucement sa femme. Tu vas être payé pour tes locations de salle. Ça te donne rien de te crever à continuer à faire des ménages. Après ce que j'ai vu aujourd'hui, je trouve que ce monde-là ambitionne sur toi.

Maurice n'ajouta plus rien, tout de même un peu ému par la compassion qu'il venait de déceler dans la voix de sa femme. Le reste du trajet se fit dans le plus parfait silence. Jeanne savait qu'elle avait semé le doute dans l'esprit de son mari et elle le laissa prendre seul sa décision.

Les Dionne arrivèrent à la maison au moment où Yvon, tête nue malgré le froid, arrivait à pied devant leur maison.

— Bon, je l'avais oublié, celui-là, dit Maurice.

— On est samedi, Maurice.

— Ouais, je le sais. T'es pas obligée de me le dire. Bon, ben, arrive qu'on aille souper, commanda-t-il à sa femme en ouvrant la portière de la Dodge. Pas moyen d'être tranquille chez nous ! maugréa-t-il à mi-voix.

Le jeune homme les attendit poliment devant la porte d'entrée.

— As-tu sonné ? lui demanda Jeanne.

— Non, madame Dionne.

— Entre. Reste pas à geler dehors, lui dit Maurice en lui ouvrant la porte.

Tous les trois entrèrent dans la maison. La chaleur accueillante qui y régnait leur fit le plus grand bien.

Avant même de retirer ses bottes, Maurice fit deux pas supplémentaires pour aller consulter le thermostat. Pendant que Lise faisait passer son amoureux au salon, il vérifia si quelqu'un avait osé augmenter la température. Sa lecture le rassura. La chaleur qui l'avait frappé à son entrée dans les lieux ne venait apparemment que du contraste avec le froid extérieur.

Pour sa part, Jeanne poussa un soupir de soulagement en voyant la cuisine bien rangée et les trois plus jeunes enfants lavés et déjà en pyjama. Elle ne put se retenir de féliciter Francine qui sortait de la salle de bain.

— Une chance qu'on a une bonne gardienne, dit-elle à son mari en retirant son manteau. Regarde comme c'est propre partout !

— Ouais.

— Est-ce qu'ils ont soupé ? poursuivit Jeanne.

— Je leur ai fait des spaghettis, m'man. Il en reste pas mal. Si vous avez pas soupé, je peux vous les réchauffer.

— Fais-nous donc ça pendant qu'on va se laver un peu.

Quand Francine se dirigea vers sa chambre quelques minutes plus tard pour poursuivre sa sanction, sa mère murmura quelque chose à son père. Ce dernier, bougon, se contenta d'élever la voix pour dire à l'adolescente :

— Si tu veux veiller, tu peux aller regarder la télévision. On va dire que ta punition est finie.

La soirée sembla interminable à Jeanne et Maurice qui tombaient de sommeil après une pareille journée de travail. Coincé devant le téléviseur à cause de la présence encombrante du petit ami de Lise, Maurice ne cessait de consulter sa montre.

— Est-ce qu'il va finir par sacrer son camp qu'on puisse aller se coucher? répétait-il toutes les dix minutes à sa femme qui ne pouvait s'empêcher de bâiller.

Enfin, à dix heures quarante-cinq, le couple descendit au rez-de-chaussée et attendit qu'Yvon quitte la maison avant d'entrer dans leur chambre. Ce soir-là, Lise n'avait pas encore eu le temps d'éteindre les lampes du salon que ses parents dormaient déjà.

Le lundi après-midi, en rentrant de St-Andrews, Maurice prit une bouteille de Coke et s'alluma une cigarette avant d'aller s'asseoir dans sa chaise berçante. Jeanne, occupée à surveiller Denis qui tentait de former ses premières lettres, attendait que son mari se décide à dire quelque chose.

Après avoir avalé la moitié du contenu de sa bouteille, ce dernier finit par dire:

— C'est fini. J'en fais plus.

— Tu fais plus quoi? demanda-t-elle, intriguée.

— Je fais plus de ménage. J'ai appelé toutes mes clientes aujourd'hui, même la Desmarais, pour leur dire que j'avais plus une minute pour faire ça, que toutes mes soirées et mes fins de semaine étaient prises par des locations de ma salle d'école. Elles ont compris.

— Comment madame Desmarais a pris ça?

— Je viens de te dire qu'elle a compris, dit-il en élevant la voix. T'écoutes pas quand je te parle!

— Whow! Énerve-toi pas! Elle avait tellement l'air à tenir qu'on finisse son ménage de chalet…

— Elle a rien dit, mais elle avait pas trop de façons au téléphone, si c'est ça que tu veux savoir. La prochaine fois, elle aura juste à payer comme du monde.

— T'as bien fait, l'encouragea Jeanne en constatant à quel point la décision de renoncer à cette source de revenus semblait lui avoir coûté.

Elle savait depuis longtemps que son mari était travailleur et qu'il n'était pas dans ses habitudes de laisser tomber un emploi. En fait, cela ne lui était encore jamais arrivé. Inquiet, il était bien évident qu'il craignait de manquer d'argent et, par conséquent, d'avoir abandonné ses clientes un peu trop précipitamment.

— Ça va faire drôle de plus avoir de ménages à aller faire après l'école, ajouta Maurice, l'air pensif.

— Oui, mais t'auras pas le temps de t'en rendre compte avec ta salle d'école louée presque tous les soirs.

— Et si les locations arrêtent après un mois ou deux… Y as-tu pensé à ça ? Il va falloir se serrer la ceinture.

— Voyons, Maurice, toutes tes clientes vont être bien trop contentes de te reprendre si jamais ça arrive.

Cette dernière remarque de Jeanne eut l'air de calmer les appréhensions de son mari. Cette décision marqua tout de même la fin d'une époque chez les Dionne. Maurice n'avait plus à aller travailler à Westmount, à Outremont et à Notre-Dame-de-Grâce certains soirs ou le samedi. Dans un peu plus d'une semaine, il n'aurait même plus à aller nettoyer les bureaux de la coopérative. Son univers allait très bientôt se limiter exclusivement à son école et à sa maison.

Chapitre 13

Les fêtes

Le mois de décembre arriva très vite. Il n'y eut pas d'autre tempête, mais quelques chutes de neige et la température froide firent espérer aux nostalgiques la possibilité d'un beau Noël blanc.

En ce dernier mois de l'année 1960, on aurait juré que la célèbre parade du père Noël organisée par le magasin Dupuis Frères de la rue Sainte-Catherine avait marqué réellement le coup d'envoi de la période des fêtes.

Cette année-là, on aurait dit que tout concourait à rendre cette période mémorable. En quelques jours, les vitrines des magasins s'ornèrent de parures de Noël et les ampoules multicolores se mirent à scintiller dès le coucher du soleil. Le décor féerique imaginé par le riche propriétaire d'une maison cossue, au coin des rues Lacordaire et Saint-Zotique, provoqua le déplacement de nombreux badauds. Il avait fait installer un véritable avion illuminé d'où descendait un père Noël joufflu à souhait. On aurait juré que la vue de toutes ces couleurs gaies donna aux gens le goût d'orner l'extérieur de leur maison avec des guirlandes de lumières, même s'il était encore tôt dans la saison. Des voisins se lancèrent alors dans une débauche de décorations qui, sans être aussi extraordinaires, n'en étaient pas moins réussies.

La radio et la télévision ne voulaient pas être en reste. Elles aussi donnaient le ton. Dès la fin de la première semaine de décembre, on entendait plusieurs fois par jour sur les ondes radiophoniques les refrains aussi connus que *Petit papa Noël*, *Mon beau sapin* et *Le petit renne au nez rouge*. Le *White Chrismas* de Perry Como était aussi populaire que le *Minuit, Chrétiens* de Yoland Guérard. Au petit écran, les demandes de fonds pour venir en aide aux déshérités alternaient avec des publicités dans lesquelles on suggérait les idées de cadeaux les plus farfelues.

Pour la première fois depuis de nombreuses années, Maurice n'eut pas à acheter un arbre de Noël. Une enseignante de l'école St-Andrews lui demanda de jeter un sapin artificiel utilisé pendant quelques années pour décorer sa classe durant la période des fêtes. Elle avait décidé de le remplacer par un autre de meilleure qualité. Toujours prêt à économiser, Maurice s'empara de la boîte contenant le sapin et, au lieu de la jeter, l'apporta à la maison.

— Cette année, dit-il à sa femme en lui montrant la boîte rapportée de l'école, on n'achètera pas de sapin naturel. Ça sèche et ça fait des saloperies partout sur le plancher. Celui-là va prendre pas mal moins de place dans le salon et surtout, on risquera pas de mettre le feu avec. On va le monter dans un coin du salon. Il va faire l'affaire et ça va être pas mal moins de trouble à décorer et à défaire.

— Il sentira pas la même chose, dit Jeanne, déçue.

— Laisse faire la senteur; on peut s'en passer, déclara Maurice sur un ton cassant. On n'est pas pour gaspiller de l'argent pour sentir le sapin. Je vais te monter celui-là sur la petite table dans le coin. T'auras juste à le décorer après le souper pendant que j'installerai les séries de lumières autour des fenêtres dehors.

Après le repas, Martine, Francine et leur mère mirent moins d'une demi-heure à orner le petit arbre d'environ quatre pieds de hauteur. Quelques boules décoratives et une guirlande de lumières suffirent amplement.

— Il fait pas mal pitié, dit Francine à mi-voix en s'éloignant de quelques pas pour mieux regarder le petit arbre étriqué dressé dans le coin du salon.

— Ça fait rien, rétorqua sa jeune sœur. De toute façon, personne vient jamais dans le salon à part Lise. En plus, p'pa l'allumera presque pas. Je me demande ben pourquoi on pose des lumières dans cet arbre-là. Celui-là, même s'il était cinq fois plus gros, on le verrait pas plus.

Pendant ce temps, dans le sous-sol, Maurice piquait sa colère annuelle en constatant à quel point les guirlandes lumineuses de Noël étaient emmêlées. Comme il se contentait chaque année de les jeter n'importe comment dans une grosse boîte à la fin de la période des fêtes, il n'y avait rien d'étonnant à ce qu'il éprouve quelques difficultés à les démêler l'année suivante. Encore une fois, il était aux prises avec une énorme pelote de fils hérissée d'ampoules de couleur qu'il ne savait par quel bout attraper.

— Voulez-vous ben me dire, sacrement, qui est venu jouer avec mes lumières de Noël? demanda-t-il pour la énième fois à ses fils avec une mauvaise foi évidente.

Après avoir abondamment blasphémé, il finit par flanquer le paquet de fils et d'ampoules dans les mains de Claude en lui disant:

— Tiens! Rends-toi utile pour une fois. Essaie de me démêler ça avec ton frère.

Il monta fumer une cigarette au rez-de-chaussée pour retrouver son calme. Lorsqu'il descendit quelques minutes plus tard en compagnie de Jeanne, Claude et André étaient parvenus à démêler l'écheveau.

— C'est facile pour eux autres, dit-il à sa femme venue aux nouvelles, ils ont des petits doigts.

Après avoir remplacé les ampoules défectueuses, Maurice entraîna ses deux fils avec lui, à l'extérieur.

— Apportez l'escabeau, leur ordonna-t-il.

Nul besoin de préciser que commençait alors un exercice improvisé de haute voltige ! Comme tout le monde le sait, l'escabeau est un outil capricieux qui exige un sol stable sur lequel ses quatre pieds doivent reposer. Sur la neige et la glace qui recouvraient l'allée gravillonnée et le balcon, il devenait extrêmement hasardeux de s'aventurer sur un tel objet. La présence d'André et de Claude s'avérait alors essentielle. Ils avaient pour mission d'immobiliser l'escabeau baladeur pendant que leur père, juché sur la plus haute marche, fixait tant bien que mal les fils au cadrage des fenêtres avec de tout petits clous, de peur d'abîmer le bois.

Les doigts engourdis par le froid, Maurice échappait un clou sur deux, clou qu'aucun de ses fils n'était évidemment en mesure de ramasser, sous peine de lâcher ce sur quoi leur père était monté et de mettre ainsi en danger son équilibre précaire. Quand ce dernier parvenait à retenir un clou, il se tapait parfois sur les doigts avec son marteau. Ce genre d'incident suscitait chaque fois un concert de blasphèmes à faire dresser les cheveux sur la tête du passant s'il y en avait eu un dans le voisinage.

À deux reprises, Maurice atteignit le comble de l'exaspération. Il laissa alors tomber son marteau dans la neige et il dégringola rageusement les marches. Il entra se réchauffer dans la maison en exhalant bruyamment son énervement. Il ne fallait surtout pas être dans son chemin à ce moment-là.

— Pourquoi tu visses pas des petits crochets ? osa lui suggérer Jeanne en le voyant grimacer après avoir soufflé sur ses doigts gelés lors de sa seconde visite à l'intérieur.

— Des petits crochets ! Des petits crochets ! la singea Maurice. Ça aurait l'air fin autour des fenêtres, des petits crochets ! Mêle-toi donc de tes maudites affaires ! Tu connais rien là-dedans.

— Fais donc comme tu veux, dit Jeanne en lui tournant le dos.

Finalement, après deux heures d'efforts soutenus, les ampoules furent en place. Maurice entra alors dans la maison et actionna l'interrupteur. Le contour des fenêtres de la demeure s'illumina. Heureux du résultat de ses efforts, le père de famille invita les siens à venir admirer ses illuminations extérieures, sans dire un mot de la collaboration de ses deux fils qui avaient subi la morsure du froid et sa mauvaise humeur depuis le début de la soirée.

Tout le monde sortit et admira la beauté des guirlandes lumineuses avec enthousiasme, même si elles n'avaient rien de remarquable.

— Bon, c'est ben beau tout ça, fit Maurice en enlevant ses bottes une fois rentré dans la maison, mais il faut pas devenir fous. Il est pas question d'allumer les décorations tous les soirs. Ça coûte cher d'électricité, ces affaires-là. On va les allumer seulement quand on aura de la visite. La même chose pour l'arbre.

— Est-ce que je vais pouvoir allumer le sapin quand Yvon va venir veiller ? demanda Lise.

— Oui, mais t'éteindras une des deux lampes du salon.

Une semaine plus tard, Paul termina ses examens de fin de session en poussant un soupir de soulagement. Il venait de clore une étape importante de l'année.

Tout d'abord, il avait survécu, il ne savait encore comment, à l'épreuve de la chanson à la fin du cours de mathématiques. Ce matin-là, il avait été incapable d'avaler quoi que ce soit à son déjeuner et, mort d'angoisse, il avait assisté au cours sans en comprendre un traître mot tant il était obnubilé par ce qui l'attendait. Lorsque l'enseignant l'avait invité à venir chanter à l'avant, il était couvert de sueur et ses jambes étaient si faibles qu'il crut, durant un moment, qu'elles ne le porteraient jamais jusqu'en avant du groupe. Il s'était fait un tel silence dans le local que l'adolescent avait cru que tous ses camarades entendaient son cœur battre la chamade. Il était resté un long moment debout, les bras pendant le long du corps, avant de se mettre à chanter les yeux fermés et d'une voix de fausset « Là-haut, sur la montagne ». S'il y eut des ricanements à la fin de sa prestation, il ne s'en rendit jamais compte. Dès la dernière note chantée, il s'était empressé de retourner à sa place, soulagé au-delà de toute expression d'être passé à travers la pire épreuve du trimestre.

Le mardi midi, dernier jour d'examen, l'adolescent quitta le collège, heureux d'avoir complété son évaluation de grec. Il avait l'impression d'avoir passablement bien réussi tous ses examens, même celui de mathématiques. En montant dans l'autobus Vanier qui allait le ramener à la maison, il n'avait qu'une hâte: retourner travailler à l'Hôtel-Dieu le lendemain matin et cela, pour une semaine complète.

La directrice du personnel de l'institution avait accepté de l'engager du 13 au 20 décembre pour remplacer un employé gaspésien obligé de s'absenter durant cette semaine. Ce salaire supplémentaire qu'il n'avait pas envisagé allait lui permettre d'acheter un cadeau de Noël à ses parents et d'avoir une plus grande marge de manœuvre dans son budget durant les prochains mois.

Dès le mercredi matin, Paul retourna à la cuisine du pavillon Le Royer de l'Hôtel-Dieu et il y retrouva avec plaisir la franche camaraderie vécue l'été précédent. À ses yeux, la semaine passa beaucoup trop vite. Quand il quitta l'hôpital après avoir pris possession de la petite enveloppe brune contenant son salaire de la semaine, il eut l'impression qu'il venait à peine d'arriver. Il aurait été prêt à continuer à travailler à cet endroit durant ses deux autres semaines de vacances.

Le lendemain, il accompagna son père à St-Andrews sans que ce dernier lui ait encore adressé la parole. Il restait encore deux jours de classe, mais Maurice avait déjà commencé son grand ménage de la période des fêtes à l'école. Comme en juin, il fut bien obligé d'adresser la parole à son fils et il le fit sans aucun embarras, comme s'il n'avait attendu que cette occasion pour renouer des liens avec lui.

À la fin de l'avant-midi, Maurice posa un geste qui causa une énorme surprise à son fils : il lui tendit une cigarette. Paul ne s'y trompa pas en fumant sa première Player's sans filtre. Cela signifiait que pour la première fois, son père l'admettait dans le monde des adultes. À ses yeux, un vrai homme se devait de fumer. Le jeune homme en fut tout fier et il prit garde de ne pas s'étouffer en aspirant doucement la fumée pour bien montrer qu'il était capable de fumer comme un homme.

L'habitude fut vite prise, du moins durant les quelques jours où Maurice utilisa ses services à l'école. À chacune des pauses, le père offrait une cigarette à son fils, cigarette que ce dernier s'empressait de savourer avec un plaisir grandissant.

Claude et André, venus se joindre à leur père et à leur frère aîné dès le samedi matin, envièrent leur aîné d'avoir maintenant la permission de fumer. Toutefois, il s'agissait d'une sorte de cadeau empoisonné. Paul s'en rendit compte quelques jours plus tard quand son père dit abruptement un matin à ses trois fils :

— Vous avez pas besoin de venir à l'école aujourd'hui. Il reste presque plus rien à faire. Restez ici et nettoyez-moi le *drive-way* comme il faut.

Sur ces mots, il partit pour St-Andrews en laissant derrière lui ses trois assistants en chômage forcé. C'est alors que Paul s'aperçut que le tabac lui manquait et, durant toute la journée, il dut résister à la tentation d'aller s'acheter un paquet de cigarettes.

Le soir même, son père avait retrouvé son air boudeur habituel.

— C'est toujours comme ça, fit Claude. Quand il a plus besoin de nous autres, il a l'air bête.

Durant toute la soirée, Paul attendit vainement que son père lui offre une cigarette. Au moment de pénétrer dans sa chambre ce soir-là, il l'entendit dire à sa mère :

— Là, je lui passe plus de cigarettes. S'il veut fumer, qu'il fasse comme tout le monde, qu'il s'en achète.

— Tu sais bien qu'il a pas assez d'argent pour commencer ça, répliqua Jeanne.

— Dans ce cas-là, il a juste à pas fumer, affirma Maurice avec une inconsciente cruauté.

Tout avait été dit. Il était clair que le père se souciait comme de sa dernière chemise d'avoir initié son fils au tabagisme sans qu'il ait la possibilité de satisfaire ce nouveau besoin.

Quelques jours avant Noël, Jeanne avait terminé les achats des étrennes. Encore une fois, cette année-là, elle avait plus que doublé la maigre somme que Maurice lui avait allouée pour les cadeaux en écornant sérieusement ses économies générées par ses travaux de couturière. Satisfaite de ses achats, elle avait profité de tous les moments où les enfants étaient absents de la maison pour les emballer et les cacher sous son lit et au fond du placard de sa chambre. Il était temps maintenant de passer aux choses sérieuses : cuisiner la nourriture pour le temps des fêtes.

Très tôt, un matin, elle pétrit de la pâte et se mit à confectionner du pain, des brioches aux raisins et des beignets que Francine eut pour tâche de décorer avec du glaçage au chocolat et à la vanille. Elle termina cette première journée consacrée à la cuisine par le dépeçage d'une dinde de plus de vingt livres, cadeau des enseignantes de St-Andrews à leur concierge si serviable.

Le lendemain, la mère de famille entreprit de cuisiner des pâtés à la viande, des tartes aux dattes, aux raisins, au sucre, à la mélasse et aux œufs avant de cuire plusieurs douzaines de biscuits au gingembre. Toutes ces odeurs appétissantes affolaient les enfants qu'il lui fallait continuellement chasser de la cuisine.

— Allez jouer ailleurs ! leur criait-elle, fatiguée de les voir s'attarder dans la cuisine.

— Est-ce que je pourrais juste manger un des biscuits cassés ? demanda Denis.

— Il y en a pas de cassé. Débarrasse-moi le plancher.

— M'man, pourquoi on mange pas de la tourtière pour dîner ? dit Claude en aidant à transporter des pâtés à la viande dans l'énorme congélateur installé au sous-sol.

— C'est pour le réveillon, tu m'entends ? Que je te voie pas, Claude Dionne, planter un de tes doigts sales dans une de mes tourtières en descendant ! l'avertit sa mère. Si tu fais ça, t'en mangeras pas de tout le temps des fêtes.

— C'est pas juste, se plaignit André, lui aussi porteur de pâtés à la viande. C'est tout de suite qu'on a envie d'en manger, pas après-demain.

Mais toutes ces prières étaient repoussées avec la dernière énergie par la cuisinière épuisée qui veillait jalousement à ce que ses victuailles soient bien rangées en sécurité dans le congélateur.

La veille de Noël, la tradition fut respectée chez les Dionne. Seuls les membres de la famille participeraient au réveillon, banquet précédé par la messe de minuit et par la distribution des étrennes. Il y avait bien eu une tentative discrète de Lise d'obtenir que son Yvon soit invité à la fête, mais la réponse de Maurice avait été sans équivoque :

— Il en est pas question. Ton *chum* fait pas encore partie de la famille. Sers-toi donc un peu de ta tête à part ça. Comment tu penses qu'il va retourner chez eux à trois heures du matin ? Le dernier autobus est à minuit. Tu penses tout de même pas qu'on va le garder à coucher. Tu l'inviteras, si tu veux, à venir veiller le soir de Noël.

Après cette mise au point abrupte, il n'y avait rien eu à ajouter.

Comme chaque année, les plus jeunes enfants durent se mettre au lit tôt ce soir-là. Mais cette fois, ils n'attendaient que le départ de leur père pour se relever. Dès que ce dernier eut quitté la maison un peu avant neuf heures pour aller ouvrir les portes de St-Andrews qui devait, encore une fois, servir d'église à la communauté anglophone de ville Saint-Michel en ce soir de la veille de Noël, ils tentèrent leur chance.

— Allez vous recoucher tout de suite ou il y aura pas de distribution de cadeaux après la messe de minuit, les avertit leur mère occupée à placer au pied du petit arbre de Noël artificiel tous leurs cadeaux.

— On s'endort pas, affirma Denis.

— On n'est plus des bébés, assura Martine.

— Je vous préviens, les menaça leur mère. Si vous retournez pas vous coucher tout de suite, vous aurez pas non plus de bas de Noël.

Cette menace eut l'effet escompté. Marc, Guy, Denis et Martine montèrent à l'étage en se bousculant et Jeanne put enfin terminer sa tâche en toute quiétude.

Pendant que Paul lisait dans sa chambre et que Francine et Lise dressaient la table du réveillon, la mère de famille s'enferma dans sa chambre pour remplir les bas de Noël destinés à chacun de ses enfants, même aux plus âgés. Ces derniers n'auraient jamais accepté d'en être privés. Elle aligna sur son lit neuf grands bas beiges qu'elle remplit avec une pomme, une orange, des bonbons, du chocolat, des croustilles et autres gâteries.

Un peu avant onze heures, les enfants durent s'habiller pour aller assister à la messe de minuit. Comme Lise avait offert à sa mère d'aller à la messe du lendemain matin pour garder les jumeaux, Jeanne put accompagner ses six autres enfants au gymnase de l'école Pie XII de la rue Lavoisier où le service religieux allait être célébré.

Lorsque les Dionne mirent les pieds à l'extérieur, ils furent accueillis par un froid vif et un ciel couvert de lourds nuages. Déjà, des fidèles soigneusement emmitouflés se dirigeaient en grand nombre et à pas pressés vers l'école. Les portes de l'institution ne cessaient de s'ouvrir et de se refermer.

— On va avoir de la misère à trouver de la place, fit Jeanne en montant les trois marches qui conduisaient aux portes de l'école.

— Il manquerait plus qu'on soit obligés d'écouter la messe debout, dit Paul avec mauvaise humeur en se recoiffant du bout des doigts. Moi, je vous le dis tout de suite, je m'en retourne si c'est comme ça et je reviendrai à la messe demain matin.

— Énerve-toi pas, le tança sa mère. Attends au moins de voir. Il est même pas encore onze heures et demie. Jamais je croirai qu'il y a déjà plus de chaises libres.

En ouvrant la porte, les Dionne se retrouvèrent nez à nez avec le curé Courchesne qui arrivait d'un pas pressé du petit bungalow voisin qui faisait office de presbytère.

Le petit prêtre âgé d'une quarantaine d'années secoua bruyamment ses pieds dans l'entrée pour en faire tomber la neige et il salua ses paroissiens.

— Tiens, si c'est pas la belle famille Dionne presque au complet, dit le pasteur en déboutonnant son manteau noir.

— Bonsoir, monsieur le curé, fit Jeanne en se poussant un peu pour permettre à de nouveaux arrivants de passer derrière elle.

— Est-ce qu'il en manque pas ? ajouta le curé au regard inquisiteur.

— Oui, monsieur le curé. Ma plus vieille garde les deux plus jeunes et mon mari s'occupe de sa salle d'école où il y a aussi la messe de minuit.

— Si je me trompe pas, c'est le jeune homme qui aurait dû venir me voir depuis un bon bout de temps, dit le curé Courchesne avec un rien de reproche dans la voix en tendant la main à Paul.

L'adolescent rougit violemment. Il était sidéré de la mémoire phénoménale du prêtre. Contre toute attente, il se souvenait de l'avoir invité à venir le voir presque six mois auparavant.

— Excusez-moi, j'avais complètement oublié, mentit Paul, mal à l'aise.

—Trouve donc un moment pour venir me voir au presbytère durant tes vacances, mon ami, lui dit Antoine

Courchesne. Il serait temps que je te connaisse un peu mieux, tu ne crois pas ? À l'heure actuelle, t'es le seul jeune de la paroisse qui se destine à la prêtrise.

— Oui, monsieur le curé.

— Bon, je vous laisse, dit le prêtre. Il faut que j'aille me préparer pour la messe.

L'ecclésiastique partit rapidement vers un local transformé en sacristie temporaire et la famille Dionne put enfin entrer dans le gymnase où il régnait déjà une chaleur presque insupportable. Le groupe dut se scinder en trois, mais chacun parvint à trouver une chaise libre sur laquelle s'asseoir durant la cérémonie.

Tout au long de la messe, Paul ne cessa de songer au curé Courchesne qu'il avait évité avec le plus grand soin depuis que ce dernier avait manifesté à sa mère le désir de le rencontrer le printemps précédent. Il n'avait aucune envie de participer à la pastorale de la paroisse... Mais aurait-il encore le choix très longtemps ? L'Œuvre des vocations dont les bourses d'étude le maintenaient au collège depuis le début de son cours classique allait-elle accepter son manque d'implication dans son milieu ? Le curé avait-il la possibilité de lui nuire ? Il s'agissait là de questions importantes qui vinrent occuper l'esprit inquiet de l'adolescent durant toute la messe. Il était à ce point concentré sur ce problème qu'il sentit à peine son frère Claude le secouer.

— Aïe ! Réveille ! La messe est finie. As-tu envie de coucher ici ?

Paul sursauta en constatant que les fidèles avaient déjà commencé à quitter les lieux.

De retour à la maison, les enfants eurent à peine le temps de placer près de l'arbre de Noël les cadeaux qu'ils destinaient à leurs parents avant que leur père revienne de St-Andrews.

— Est-ce qu'on est à la veille de manger? demanda Maurice en retirant ses bottes.

— Le temps de donner les cadeaux, les tourtières et la dinde vont être prêtes, répondit Jeanne en passant au salon avec son mari qui venait de suspendre son manteau dans le placard de l'entrée.

— Bon, arrivez qu'on vous donne vos cadeaux, dit le père aux siens.

Évidemment, il n'était pas question d'attendre que chacun des enfants développe devant ses frères et sœurs chacun de ses cadeaux. Ils étaient trop nombreux et cela aurait pris trop de temps, selon Maurice, toujours impatient de passer à table. Jeanne remit donc deux cadeaux et son bas de Noël à chacun de ses enfants en commençant par les plus jeunes. Les parents avaient fait en sorte d'offrir un vêtement et un jouet à chacun.

En ce Noël 1960, les plus comblés semblèrent être Paul, Claude et André puisqu'ils reçurent une paire de patins neufs. Pour leur part, Lise et Francine parurent très satisfaites de leurs articles de toilette, tandis que les quatre plus jeunes manifestaient bruyamment leur joie en découvrant les jeux qu'ils venaient de développer.

Le père et la mère furent ensuite invités à déballer les cadeaux offerts par leurs enfants. Maurice reçut des cravates, des mouchoirs, des pantoufles et des boutons de manchette. Pour sa part, Jeanne eut le plaisir de déballer une bouteille de parfum, une paire de gants, un fichu et un ensemble de brosses. La distribution prit fin sur un échange de remerciements et on s'embrassa.

— Bon, on ramasse tout et on jette les papiers, déclara Jeanne en sortant du salon pour aller vérifier la cuisson des aliments placés dans le four et sur la cuisinière électrique.

— Allez porter vos cadeaux dans vos chambres, commanda Maurice, et commencez pas à manger tout de suite ce qu'il y a dans votre bas de Noël. Si vous faites ça, vous aurez plus faim pour le réveillon.

En quelques instants, le salon fut libéré et la pièce retrouva sa propreté initiale. On passa à table où des assiettes surchargées de bonne nourriture furent servies. La dinde, le pâté à la viande et le ragoût de boulettes furent suivis d'un savoureux morceau de tarte et de beignets.

On fit tellement honneur au réveillon préparé par Jeanne qu'on eut du mal à se lever de table pour ranger la nourriture et laver la vaisselle. Les plus jeunes somnolaient, tiraillés entre l'envie de jouer avec leurs nouveaux jeux et celle de dormir. Leur père trancha pour eux.

— Il est déjà trois heures du matin, dit-il en jetant un coup d'œil à l'horloge murale, après avoir éteint sa dernière cigarette. Il est temps d'aller vous coucher.

Il n'y eut aucune protestation.

— Je veux pas en voir un seul debout avant nous autres demain matin, ajouta Maurice. Laissez-nous dormir un peu. De toute façon, je pense pas que ce soit la faim qui va vous réveiller avec tout ce que vous venez d'avaler.

— Laissez rien traîner, ajouta leur mère. Demain matin, en me levant, je veux pas trouver la maison à l'envers.

La cuisine se vida en un clin d'œil. Cinq minutes plus tard, Maurice abaissa le régulateur du thermostat et éteignit le plafonnier du couloir avant de pénétrer dans sa chambre où sa femme avait déjà éteint la lumière.

— Il y a pas à dire, fit Maurice à voix basse en s'assoyant sur le lit pour se déchausser, on vient d'avoir toute une belle veille de Noël. C'est pas quand j'étais jeune que j'en aurais eu une pareille, ajouta-t-il, nostalgique.

Jeanne se contenta d'approuver dans le noir. Elle savait à quoi son mari faisait référence. Il lui avait déjà raconté que son père, un plâtrier alcoolique, disparaissait de la maison au début de chaque période des fêtes pour ne réapparaître qu'à la fin de la première semaine de janvier. À court de ressources, sa mère, une femme aigrie, s'était toujours refusée à célébrer Noël et le jour de l'An seule avec ses trois enfants. Par conséquent, ces derniers n'avaient jamais reçu d'étrennes ou participé à un réveillon. Il leur avait fallu attendre l'âge adulte pour connaître ces joies.

Lorsque les Dionne se levèrent à la fin de l'avant-midi, il n'y avait pas un nuage dans le ciel, mais le froid qui régnait à l'extérieur faisait craquer la neige sous les pas. En regardant par la fenêtre, Maurice se rendit compte qu'il était tombé quelques centimètres de neige durant la nuit.

— Allez gratter l'entrée pendant que votre mère prépare le dîner, dit-il à ses fils. Cet après-midi, on va aller passer une heure chez grand-père Sauvé avec Lise.

— Est-ce qu'il y a juste Lise qui y va ? demanda Claude en s'habillant.

— Tu penses tout de même pas qu'on va débarquer tous les onze dans le petit appartement de tes grands-parents, non ? On amène Lise parce que c'est leur filleule. Francine va vous garder pendant qu'on va être partis.

Claude ne trouva rien à ajouter et il sortit en compagnie d'André et de Paul.

— C'est plate en maudit de rester dans la maison le jour de Noël, dit Claude sans s'adresser à l'un de ses frères en particulier.

— On pourrait aller patiner, suggéra André en s'emparant d'une pelle.

— Ça sert à rien de marcher jusqu'à la patinoire, répondit Paul. Elle sera pas nettoyée et la cabane pour se réchauffer va être fermée.

— Est-ce que ça veut dire que je vais être poigné pour endurer Francine tout l'après-midi? demanda le garçon de dix ans.

— T'es pas obligé, répondit Claude. T'as juste à aller te coucher.

— J'ai pas envie pantoute d'aller me coucher, protesta son frère. Je viens juste de me lever.

Après le repas léger servi par Jeanne, Maurice avertit ses enfants:

— Mettez pas la maison à l'envers; on reçoit à soir. Salissez rien. Écoutez Francine. Si elle me dit que vous avez fait les fous pendant qu'on n'était pas là, vous allez vous coucher à sept heures, même si on a de la visite.

«Écoutez Francine»! C'était précisément ce que les enfants n'appréciaient pas particulièrement. Il faut dire que depuis sa participation au spectacle amateur, l'adolescente profitait des moments où elle avait pleine autorité sur ses jeunes frères et sa sœur pour les obliger à assister en silence à ses tours de chants, tours de chants que ces derniers supportaient avec plus ou moins bonne grâce.

En cet après-midi de Noël, la Dodge brune n'avait pas encore quitté l'allée que Francine organisait la cuisine en salle de spectacle temporaire, au plus grand déplaisir de Denis et d'André.

— On va placer les chaises en deux rangées, ordonna-t-elle.

— Pourquoi? demanda André.

— On va chanter.

— Tu veux dire que tu vas chanter, précisa Claude. Moi, je veux pas faire ça.

— Claude Dionne, tu vas t'asseoir avec les autres et la fermer. Si ça fait pas ton affaire, t'as juste à aller te coucher.

— Je pense que j'aime mieux aller me coucher. Au moins, en haut, je t'entendrai pas beugler.

Marc et Guy voulurent, eux aussi, quitter les chaises qu'ils occupaient mais leur sœur les en empêcha.

— Vous autres, restez là. Toi, Denis, assis-toi en arrière avec Martine et André.

André se leva.

— Où tu vas, toi ?

— J'aime mieux aller me coucher, moi aussi.

— Tu peux y aller si tu veux, déclara l'adolescente en dissimulant mal son dépit, mais je t'avertis que si je t'entends faire le fou en haut avec Claude, tu vas descendre.

Puis, devant un auditoire amputé de ses éléments les plus récalcitrants, Francine chanta plusieurs chansons *a capella* en exigeant qu'on souligne chacune de ses performances d'applaudissements nourris.

Pendant ce temps, Paul, enfermé dans sa chambre, avait entrepris de lire l'un des nombreux livres empruntés à la bibliothèque du collège avant son départ en vacances. Il était parfaitement heureux de vivre retranché dans sa chambre.

Ce soir-là, Lise venait à peine d'inviter Yvon à s'asseoir au salon qu'André signalait à ses parents l'arrivée de la voiture de l'oncle Adrien.

Jeanne et Maurice vérifièrent rapidement que tout était en ordre. L'arbre de Noël était illuminé dans le salon. Les ampoules multicolores étaient allumées à l'extérieur. Les enfants étaient propres. Les plateaux de bonbons et de sucre à la crème étaient disposés au centre de la table de cuisine sur des napperons en dentelle. On sonna à la porte.

— Que j'en voie pas un venir se servir dans les plateaux ou demander de la liqueur, avertit Maurice sur un ton menaçant avant de se lever pour aller répondre à la porte. Attendez qu'on vous en offre.

Il ouvrit la porte à son frère aîné, à sa femme et à leurs trois enfants. Après avoir échangé des «Joyeux Noël» et s'être serré la main, on s'empressa de débarrasser les visiteurs de leurs lourds manteaux d'hiver et de les faire passer dans la cuisine.

À quarante-quatre ans, Adrien Dionne ressemblait physiquement à son frère. Celui que Maurice surnommait «le cheuf» avec une certaine méchanceté depuis des années arborait un léger embonpoint et une perruque comme la sienne. Le frère de Maurice affichait une assurance un peu condescendante, probablement engendrée par son grade de capitaine chez les pompiers de Montréal. C'était précisément cette attitude qui avait toujours eu le don d'énerver Maurice qui éprouvait, sans vouloir se l'avouer, un complexe d'infériorité en sa présence. En fait, il ne fallait surtout pas se fier à cette première impression. Adrien Dionne était un homme sanguin au cœur d'or, toujours prêt à rendre service. L'unique véritable défaut du pompier était d'être rancunier, mais en cela, il ne cédait rien à son frère Maurice. D'ailleurs, les deux frères sortaient à peine d'une brouille qui avait duré près de deux ans.

Lors d'une visite, Maurice avait fait une remarque maladroite sur la chance des pompiers de dormir durant leurs heures de travail tout en étant grassement payés. Adrien n'avait rien répliqué, mais son visage s'était immédiatement fermé. D'instinct, Maurice avait compris qu'il était allé trop loin. Mais trop orgueilleux pour s'excuser, il avait poursuivi, sachant fort bien que son frère ne lui pardonnerait pas de sitôt cette insulte involontaire. Quelques minutes plus tard, Adrien avait pris congé et il s'était empressé de couper tout contact avec son frère.

À quelques reprises, Simone, l'épouse d'Adrien, avait téléphoné à sa belle-sœur pour prendre des nouvelles de sa famille, et surtout, pour déplorer le comportement des deux frères, mais l'une et l'autre savaient fort bien qu'il n'y avait qu'une solution au problème : attendre que l'un fasse les premiers pas vers la réconciliation. Contre toute attente, Adrien avait bougé le premier en appelant chez Maurice pour souhaiter un bon anniversaire à Paul, son filleul. Comme c'était précisément son frère qui avait répondu au téléphone, il avait bien fallu qu'il lui parle... et c'était ainsi que la brouille avait pris fin l'été précédent.

— Suzanne est pas encore arrivée ? demanda Simone en s'assoyant sur la chaise que lui présentait Jeanne.

— Elle peut pas venir à soir. Il paraît que Gaston a attrapé une mauvaise grippe, répondit sa belle-sœur.

— On dirait qu'on n'a plus les polices solides qu'on avait, intervint Maurice en faisant référence au métier de policier de son beau-frère. Ça fait rien, Suzanne va venir nous voir pendant les fêtes dès que Gaston va aller mieux.

La visite d'Adrien et de Suzanne chez les Dionne le soir de Noël était devenue une tradition familiale. Habituellement – s'il n'y avait pas de brouille, évidemment –, les Dionne leur rendaient visite à leur tour un samedi soir du mois de janvier.

Lise sortit du salon pour venir présenter Yvon à son oncle et à sa tante et elle y retourna en compagnie de ses cousines Louise et Aline. Francine et Martine les suivirent.

À l'arrivée des invités, Paul avait été le premier à quitter sa chambre pour venir les saluer. Comme chaque année, son parrain et sa marraine lui avaient apporté un cadeau.

— Allez-vous le gâter comme ça encore ben des années ? demanda Maurice.

— Voyons, Maurice, tu sais même pas ce qu'il y a dans le paquet, fit Simone en riant au moment de tendre à Paul un gros paquet soigneusement enveloppé dans un papier argenté.

Paul, confus, remercia son parrain et sa marraine.

— Ouvre-le qu'on voie ce qu'il y a dedans, lui suggéra sa mère. Jette pas le chou et le ruban. Ils sont tellement beaux qu'ils vont servir encore.

Claude et André s'avancèrent et tendirent le cou pour mieux voir. Paul découvrit alors un magnifique porte-documents en cuir brun. Il y eut des « Ah ! » admiratifs autour de la table sur laquelle l'adolescent avait développé son cadeau. Paul remercia encore son oncle et sa tante avant d'aller porter son porte-documents dans sa chambre en compagnie de son cousin André, de Claude et de son frère André.

— T'es chanceux en maudit ! fit son jeune frère, envieux. Moi, j'ai jamais eu de cadeau de mon parrain.

— C'est parce que c'est un Sauvé, lui expliqua Claude avec condescendance. Moi, ma tante Suzanne me donne toujours un beau cadeau à Noël et à ma fête.

— Ouais, mais ça se peut que t'aies rien cette année. Elle est pas venue à soir, répliqua son jeune frère.

Le front de Claude se rembrunit soudainement. Il n'avait pas pensé un seul instant que cette absence pourrait signifier qu'il ne recevrait rien.

Dans la cuisine, les adultes décidèrent de jouer aux cartes après avoir échangé des nouvelles sur les membres de leur famille. Avant de s'attabler, Maurice offrit de la bière à son frère et à Yvon pendant que Jeanne versait des verres de boisson gazeuse à Simone et aux enfants.

Maurice sortit trois bouteilles de bière du réfrigérateur, les ouvrit et les versa dans de grands verres sans remarquer une bizarrerie : il n'y avait étrangement aucune mousse.

Adrien et Maurice ne buvaient de la bière qu'en de très rares occasions, mais dès la première gorgée, ils se rendirent compte l'un et l'autre que le liquide doré de leur verre était plat et sans saveur.

— Elle a ben un drôle de goût, cette bière-là ! s'exclama Maurice en regardant son frère.

Adrien ne broncha pas.

— On dirait qu'elle est éventée, poursuivit l'hôte en buvant une seconde petite gorgée. Aïe ! bois pas ça, dit-il à son frère en s'emparant des deux verres. Cette bière-là est pas bonne.

Maurice se leva et alla jeter le contenu des verres dans l'évier et demanda à Denis d'aller chercher deux autres bouteilles de bière dans la caisse de douze bouteilles de Molson qu'il avait achetée la semaine précédente en prévision de cette visite. Le petit garçon s'empressa d'aller chercher les deux bouteilles demandées et il les déposa sur le comptoir, devant son père.

Ce dernier se rendit alors compte que la capsule de l'une des deux avait été enlevée et reposée maladroitement sur la bouteille. Il ouvrit l'autre bouteille et il remplit le verre de son invité. Un beau collet de mousse blanche lui prouva que la bière était de bonne qualité.

— Denis, va me chercher une autre bouteille, commanda Maurice qui avait du mal à contenir sa colère.

— Il y en a une autre sur le comptoir, p'pa.

— Je le sais, mais fais ce que je te dis.

Denis revint avec une autre bouteille que son père examina avec soin.

— Attendez-moi avant de commencer, j'en ai pour une minute, dit-il aux trois joueurs de cartes qui l'attendaient.

Maurice descendit à la cave et vérifia chacune des six bouteilles de bière qui restaient dans la caisse avant de remonter au rez-de-chaussée avec une autre bouteille qu'il déposa sur la table.

— Regardez ben ça, dit-il à voix basse aux trois adultes présents dans la cuisine.

Ce disant, il enleva facilement le bouchon de la bouteille qu'il venait de rapporter.

— Qu'est-ce qui se passe ? demanda Adrien, perplexe.

— Il y a que quelqu'un dans ma maison a ouvert au moins quatre bouteilles de bière, en a bu peut-être la moitié et les a remplies avec de l'eau avant de reposer le bouchon dessus, répondit Maurice, l'air mauvais.

— T'es sûr de ça ? demanda son frère qui réprimait difficilement une forte envie de rire.

— Sûr et certain, confirma son hôte en grinçant des dents. Je voudrais ben connaître le nom du petit calvaire qui a fait ça. Il en mangerait une maudite !

— T'as six gars, lui fit remarquer sa belle-sœur Simone avec beaucoup de bon sens. Ça peut être n'importe lequel.

— Oui, puis tu peux être certaine qu'il y en a pas un qui va dénoncer le coupable, ajouta Jeanne en affichant une certaine fierté.

— C'est pas mal vrai ce que Simone dit là, poursuivit Adrien. Tu peux pas sacrer une volée à chacun de tes gars au cas où ce serait lui.

— Le mieux est peut-être de fermer les yeux pour une fois, dit Simone pour apaiser la rage évidente de son beau-frère. À ta place, je ferais comme si je m'étais pas aperçu de rien, mais je cacherais ma bière ailleurs pour que ça recommence pas, par exemple.

— Simone a peut-être raison, Maurice, fit Adrien sur un ton apaisant. Après tout, ça aurait pu être pire.

— Comment ça ?

— Ben, ils auraient pu boire toute ta caisse et t'aurais rien eu à nous offrir.

Cette dernière remarque désamorça la crise qui était prête à éclater. Adrien avait raison : la situation aurait pu être pire. Maurice rit un peu jaune, mais il n'oublia pas.

Ce soir-là, il faut reconnaître que contrairement à ses habitudes, l'hôte parvint à contrôler son caractère explosif. Soucieux de ne pas perdre la face devant ses invités, il se mit à jouer au « Romain 500 » en faisant abstraction de ce qui venait de se passer.

Il eut l'occasion d'être fier de son contrôle une heure plus tard quand son frère aîné, assis à un bout de la table, éclata soudainement.

Depuis quelques minutes, son fils André et Paul avaient quitté la chambre de ce dernier pour venir regarder les joueurs de cartes. Debout près de son oncle Maurice, André, un adolescent grassouillet et timide, ne cessait de plonger machinalement la main dans le plat contenant des morceaux de sucre à la crème.

À plusieurs reprises, son père lui avait lancé des regards d'avertissement que l'adolescent avait superbement ignorés. Pour qui connaissait le capitaine des pompiers, il était évident que le point d'éruption approchait dangereusement. Il n'y avait qu'à voir sa figure de plus en plus rouge. Finalement, le quadragénaire n'y tint plus et se fâcha.

— Bâtard ! As-tu fini de vider le plat de sucre à la crème comme un maudit cochon ? explosa-t-il.

Il se fit un tel silence dans la pièce qu'on aurait pu entendre voler une mouche.

— Mais, p'pa… bafouilla André devenu tout pâle.

— Ôte-toi de là et va t'asseoir, s'écria son père, hors de lui. Ça fait dix minutes que tu te bourres dans le sucre à la crème de ta tante. Ça va faire, non ? Attends-tu d'être malade pour t'arrêter ?

— Laisse-le donc en manger à sa faim, s'il l'aime, plaida Jeanne.

André s'éloigna précipitamment de la table et retourna avec soulagement dans la chambre de son cousin Paul quand ce dernier lui fit signe de le suivre.

Vers dix heures, Jeanne mit la table et servit des beignets et des morceaux de tarte avec une tasse de café à ses invités. Lorsque Yvon alla endosser son manteau et se poster devant la porte pour ne pas rater l'autobus de onze heures, Adrien et sa femme commencèrent à parler de partir.

Durant encore quelques minutes, on discuta de tout et de rien avant que les invités ne se lèvent pour s'en aller. Après avoir remercié leurs hôtes, Adrien et Simone les invitèrent à venir les voir au jour de l'An.

— On vous attend sans faute au début de l'après-midi, fit Adrien. Arrivez de bonne heure.

— On va vider le salon et la chambre pour pouvoir danser, ajouta sa femme. On a aussi invité toute ma famille. Vous allez voir, on va avoir du *fun*.

Puis, au moment où il allait passer la porte, Adrien s'arrêta brusquement, comme saisi par une pensée subite.

— Bien entendu, vous venez avec tous les enfants. Toi, Maurice, s'il en manque un seul, tu vas revenir le chercher, je te le garantis.

— Voyons donc, ça a pas de bon sens. On est onze, protesta faiblement son frère.

— Douze, si t'as de la place pour amener l'ami de ta fille. Qu'est-ce que ça peut bien faire ? Plus on est de fous, plus on rit. On vous attend.

Sur ces mots, Adrien et les siens sortirent et s'engouffrèrent rapidement dans la Rambler bleue stationnée derrière la Dodge de Maurice, près de la maison.

La voiture des invités n'avait pas parcouru cent pieds sur le boulevard Lacordaire que Maurice avait déjà éteint les lumières de Noël à l'extérieur. Pendant que Jeanne et ses filles commençaient à laver la vaisselle, les garçons rangeaient les chaises pliantes et descendaient à la cave les bouteilles vides. La vue de ces dernières raviva soudainement la colère du père.

— Une minute ! dit-il à André qui s'apprêtait à descendre à la cave.

— Qu'est-ce qu'il y a, p'pa ?

— Viens ici. Toi aussi, Claude, approche.

Les deux garçons, inquiets, s'approchèrent de leur père qui venait de s'asseoir dans sa chaise berçante.

— Vous deux, je vous ai à l'œil. Vous me prendrez pas pour un fou ben longtemps. L'histoire de la bière éventée, ça a pas pris avec personne. Il y en a un de vous deux qui a ouvert ces bouteilles-là pour en boire. Il a pensé qu'il avait juste à ajouter de l'eau dans la bouteille avant de remettre la capsule… Dans ma maison, il y aura pas d'ivrognes, vous m'entendez ? Si je m'écoutais, je vous en sacrerais une ! ajouta le père dont la colère enflait dangereusement. Ôtez vos faces d'hypocrites de ma vue et allez vous coucher avant que je change d'idée !

Si l'un ou l'autre avait eu l'intention de clamer son innocence, la seule vue du visage de son père l'en dissuada. Les deux garçons s'éclipsèrent sans demander leur reste.

S'il ne sévit pas ce soir-là, Maurice devint tout de même très soupçonneux durant les semaines suivantes et il surveilla plus particulièrement Claude et André. Ces deux derniers demeuraient ses principaux suspects. Selon lui, ni ses filles ni Paul n'auraient osé faire cela. Quant aux jumeaux et à Denis, ils étaient trop jeunes.

— Si j'en poigne un, il va s'en souvenir longtemps, jura Maurice à sa femme à plusieurs occasions.

Pour les fils Dionne, les véritables vacances débutèrent le lendemain de Noël. Ils n'avaient pas à accompagner leur père à l'école, puisque le ménage était terminé. Pour Paul, cette période d'inactivité était tellement inhabituelle qu'il ne sut pas d'abord comment l'occuper. Il ne pouvait tout de même pas lire toute la journée, enfermé dans sa petite chambre verte. Heureusement, il y avait la nouvelle patinoire extérieure située en plein champ, près de l'école Bastien.

À la fin de l'automne, le tout nouveau service des loisirs de la municipalité avait même pensé à faire construire un petit édicule à quelques mètres de la patinoire pour permettre aux patineurs de chausser leurs patins au chaud. La « cabane », comme l'appelaient les jeunes, était divisée en deux pièces, l'une était réservée aux filles ; l'autre, aux garçons. L'ensemble était surveillé de près par le vieux Wilfrid Grenier dont le travail consistait surtout à entretenir la fournaise utilisée pour réchauffer l'endroit.

Dès le surlendemain de Noël, Paul et ses deux frères prirent l'habitude d'aller patiner et jouer au hockey tous les après-midi. Durant cette semaine entre la Nativité et le jour de l'An, ils durent s'armer de pelles à deux reprises pour aider au déneigement de la patinoire. Mais c'était payer bien peu pour tout le plaisir qu'ils tiraient de l'endroit.

Malheureusement, l'avant-veille du jour de l'An, un accident bête vint gâcher ce plaisir. Le mercredi soir, après le souper, Maurice permit à André et à Claude d'aller jouer au hockey avec leur frère aîné, mais il précisa bien qu'il s'agissait là d'une permission tout à fait spéciale.

Ce soir-là, le ciel était étoilé et la soirée particulièrement froide. Malgré tout, les trois frères marchèrent d'un bon pas, les patins neufs sur l'épaule et le bâton de hockey à la main, jusqu'à la patinoire située à près d'un kilomètre de la maison. Pour les deux plus jeunes, c'était la première fois qu'ils venaient patiner après le souper.

À leur arrivée sur les lieux, ils eurent la désagréable surprise de découvrir que la «cabane» était verrouillée. Le gardien s'absentait de cinq heures à sept heures pour souper. Il y avait tout de même cinq ou six garçons sur la patinoire qui s'amusaient à frapper des rondelles.

— On a juste à faire comme eux autres, dit Claude. On va mettre nos patins dans les abris des joueurs, sur le bord de la bande et laisser nos bottes là. On les mettra dans la cabane quand le bonhomme reviendra.

— On est aussi bien, accepta Paul. On n'est pas pour avoir marché tout ça pour rien. On se réchauffera en patinant.

Les trois frères sautèrent sur la patinoire et se glissèrent dans l'un des deux abris de joueurs. En quelques instants, Paul et Claude, chaussés de leurs patins, quittèrent l'endroit et s'élancèrent sur la surface glacée en poussant une rondelle avec leur bâton de hockey. Ils n'avaient pas achevé leur premier tour de patinoire qu'ils entendirent un cri venant de l'abri qu'ils venaient de quitter.

— C'est André! cria Paul à son frère en se dirigeant aussi vite qu'il le pouvait vers l'abri devant lequel une demi-douzaine de patineurs excités parlaient et gesticulaient.

— Qu'est-ce qu'il y a? demanda Paul en se frayant un chemin au travers du groupe.

— J'ai shooté sur la bande, mais la rondelle est passée par-dessus et a frappé quelqu'un là, dit un adolescent en montrant l'abri.

Paul se précipita vers André, assis sur le banc de l'abri et se tenant le front avec une main. Du sang coulait entre ses doigts.

— Prends ton mouchoir et tiens-le sur ton front, ordonna-t-il à son jeune frère. Attends, j'enlève mes patins.

Sans perdre un instant, il poussa le portillon pratiqué dans la bande et se glissa dans l'abri pour enlever ses patins, aussitôt imité par Claude. Ensuite, tous les deux se dépêchèrent d'enlever ceux du blessé.

— Tu parles d'un maudit niaiseux ! jura Claude, prêt à s'en prendre au coupable. Il faut pas avoir la tête à Papineau pour tirer la rondelle dans l'abri quand il y a quelqu'un.

— Arrête de t'énerver, lui conseilla Paul, passablement inquiet. C'est un accident.

Il ne savait pas trop quelle décision prendre pour venir en aide à André qui continuait à saigner. Fallait-il revenir à la maison avec lui dans cet état ? Trouver un téléphone pour prévenir leurs parents ? Où en trouver un ?

Par chance, un adulte venu chercher l'un des patineurs vint à leur secours. En apercevant le blessé, il proposa d'amener immédiatement les trois frères à la nouvelle clinique de la rue Jarry où un médecin examina André et lui fit trois points de suture au front avant de les laisser partir.

— La rondelle l'a frappé sur la tempe, près de l'œil, dit le praticien à Paul. C'est moins grave que ça en a l'air. Par précaution, dis à tes parents de pas le laisser s'endormir tout de suite. Il pourra revenir dans une semaine pour que je lui retire ses points.

Sur ce, le médecin referma la porte de son bureau derrière eux, laissant les trois Dionne seuls, debout au centre de la petite salle d'attente de la clinique.

— Tu parles d'une maudite malchance, se plaignit Claude en sortant de la clinique. L'autre sans-dessein aurait pas pu lancer ailleurs, non ? répéta-t-il pour la centième fois.

— Ça sert à rien de se lamenter, dit Paul en surveillant André du coin de l'œil pendant qu'ils retournaient d'un bon pas à la maison.

— Ouais ! Tu feras comprendre ça au père tout à l'heure quand on arrivera. Tu vas voir.

En effet, leur arrivée à la maison suscita toute une commotion.

— Mon Dieu ! s'exclama leur mère en apercevant le pansement qui ornait la tête d'André. Qu'est-ce qui lui est arrivé ?

— Il a reçu une rondelle dans le front pendant qu'il mettait ses patins, expliqua Paul.

Alerté par l'exclamation de sa femme, Maurice descendit au rez-de-chaussée sans perdre un instant.

— Comment ça, sacrement ? Il y a pas une cabane pour mettre les patins ? demanda-t-il en pénétrant dans la cuisine.

— Oui, mais elle était fermée, p'pa, lui répondit Paul.

— Dans ce cas-là, vous aviez juste à revenir. Et t'étais pas capable de t'occuper mieux que ça de ton frère ? l'accusa injustement Maurice.

— C'est un accident.

— Qui l'a soigné ? demanda Jeanne.

— Un docteur de la clinique. Il a dit qu'il faut pas qu'il dorme.

— En tout cas, c'est pas demain la veille qu'ils vont avoir la permission de retourner là après le souper, affirma Maurice sans préciser qui cette interdiction visait particulièrement.

Le lendemain matin, André se leva avec un magnifique œil « au beurre noir » qui offrait toutes les teintes de l'arc-en-ciel.

— Si ça a du bon sens d'arranger un enfant comme ça ! s'inquiéta Jeanne en le voyant arriver dans la cuisine à l'heure du déjeuner.

— On dirait qu'il a rencontré son homme, plaisanta Claude qui rentrait de sa distribution quotidienne de journaux.

— Je suis pas mort, m'man, protesta André, ignorant volontairement la blague de son frère. Si on peut pas aller jouer au hockey le soir, on va y aller le jour, avant le souper.

La veille du jour de l'An, Lise parvint à parler seule à seule avec sa mère avant que son père ne soit de retour de St-Andrews.

— Puis, m'man, lui avez-vous demandé ? fit la jeune fille, inquiète.

— Bien oui. C'est comme je te l'avais dit. Ton père dit qu'il y a pas assez de place dans le char pour lui. Yvon peut pas venir chez ton oncle Adrien.

— Est-ce que je peux pas rester à la maison demain après-midi ?

— Es-tu devenue folle, Lise Dionne ? Voyons donc. Tu sais bien qu'on peut pas te laisser toute seule avec un garçon dans la maison.

— Je le sais ben, m'man, mais Paul ou Francine aurait pu rester.

— Ton père veut pas en entendre parler.

— Le soir, m'man ? Pendant que vous irez souper chez grand-mère avec p'pa, je pourrais veiller avec lui. Il peut rien arriver. La maison va être pleine. Je pourrais garder avec Yvon.

— Non. Ton père a décidé que Yvon viendra veiller samedi soir, comme d'habitude.

— Mais c'est juste dans trois jours ! s'exclama Lise. Je suis assez écœurée de vivre ici, moi ! se révolta la jeune fille. Il y a jamais moyen de rien avoir. Il faut demander la permission pour tout. Ça va être le jour de l'An et je pourrai même pas voir mon *chum*.

Lise se réfugia dans sa chambre et claqua violemment la porte pour bien montrer son mécontentement.

Le matin du jour de l'An, malgré le froid qui régnait, toute la famille Dionne se rendit à pied à l'école Pie XII pour assister à la messe de dix heures. Paul traîna volontairement les pieds pour éviter de rencontrer le curé Courchesne qui aimait saluer ses paroissiens en se postant à l'entrée du gymnase avant chacune des célébrations.

Le collégien ne s'était pas encore rendu à l'invitation du prêtre de le rencontrer et il voulait éviter d'avoir à lui parler. En n'arrivant que quelques minutes avant la cérémonie religieuse, il était certain que le pasteur ne serait plus à l'entrée et serait déjà dans le chœur en train d'effectuer les derniers préparatifs. En outre, son manque d'empressement à entrer dans la salle lui permettait de s'asseoir à l'extrémité de l'une des dernières rangées de chaises et de sortir du gymnase parmi les premiers.

Lorsque Antoine Courchesne évoqua la belle tradition de la bénédiction paternelle du jour de l'An durant son sermon, cela rappela à l'adolescent la promesse qu'il s'était faite quelques jours auparavant: celle de ne pas attendre les supplications de sa mère pour demander la bénédiction à son père, ce matin-là.

Chaque année, Jeanne devait vaincre les réticences et, surtout, la timidité de son fils aîné pour le décider à demander à son père de le bénir ainsi que ses frères et sœurs. Sans jamais l'avoir avoué ouvertement, Maurice tenait à cette tradition et il aurait été profondément blessé si on ne lui avait pas demandé sa bénédiction ce jour-là.

Quand la famille revint de l'église, la Dodge était déjà de retour dans l'entrée. La messe du jour de l'An à St-Andrews avait eu lieu à neuf heures et Maurice avait eu le temps de rentrer à la maison.

Dès que ses frères et ses sœurs eurent enlevé leur manteau et leurs bottes, Paul les réunit et les conduisit dans la cuisine où il demanda à son père de les bénir. Ce dernier, qui venait de s'asseoir après avoir allumé une cigarette, se releva aussitôt. Tous ses enfants s'agenouillèrent devant lui. Il fit une courte prière et les bénit. Ensuite, il serra la main de ses trois fils les plus âgés avant d'embrasser ses autres enfants.

— Qu'est-ce que vous diriez si je vous amenais tous dîner au restaurant avant d'aller faire un tour chez votre oncle Adrien? demanda Maurice avec bonne humeur.

Il reçut une réponse enthousiaste de tous, même de Lise qui boudait encore parce qu'elle ne pouvait voir son Yvon ce jour-là.

— Bon, vous êtes déjà habillés proprement. Mettez vos manteaux pendant que je vais réchauffer le char.

Il était à peine onze heures trente quand la famille Dionne entra dans le chic restaurant New Napoléon de la rue Sainte-Catherine. Les jumeaux prirent place à une table aux côtés de leurs parents pendant que les sept autres enfants prenaient d'assaut les deux tables voisines.

De toute évidence, le patron venait à peine d'ouvrir ses portes et ses deux serveuses avaient les yeux bouffis, comme si elles ne s'étaient mises au lit qu'aux petites heures du matin.

— Onze club sandwich et onze Coke, commanda Maurice, grand seigneur, sans prendre la peine de consulter qui que ce soit sur ses goûts.

On attendit près d'une demi-heure avant que le repas ne soit servi. Lorsque tout le monde eut fini de manger, le père demanda l'addition et la consulta en esquissant une grimace. Entre-temps, une douzaine de clients avaient pris place dans le restaurant. Ils regardaient avec curiosité cette famille nombreuse qui avait envahi les lieux. Après avoir jeté un coup d'œil à sa montre, Maurice invita ses enfants à s'habiller et à sortir du restaurant. Il se leva ensuite de table pour aller régler l'addition à la caisse.

Au moment où la Dodge allait démarrer, Maurice entendit Martine s'exclamer à l'arrière :

— J'ai oublié ma tuque et mes mitaines dans le restaurant.

Avec un soupir d'exaspération, il se tourna vers l'arrière et dit à Paul, assis près de la portière de gauche :

— Va lui chercher ses affaires et fais ça vite.

Paul quitta l'automobile et rentra dans le restaurant en tentant de se rappeler à laquelle des trois tables sa sœur était assise.

— C'est ça que tu cherches ? lui demanda d'une voix forte la serveuse en lui montrant la tuque et les moufles vertes de Martine.

— Oui.

— Attends, il y a pas juste ça que vous avez oublié, ajouta la femme d'un ton peu aimable. Vous avez aussi oublié une poignée de cennes noires. Tu diras à ton père de s'acheter des bonbons avec ça.

Ce disant, elle remit à un Paul, rouge de honte, la poignée de cents laissée en pourboire par son père. Sous le regard goguenard des clients, l'adolescent se précipita vers la porte et sortit de l'établissement. Durant un bref moment, il eut une folle envie de répéter à son père le message de la serveuse en lui tendant les quelques cents qu'il lui avait laissés en pourboire. Avant de poser la main sur la poignée de la portière, il décida brusquement de ne rien dire pour ne pas gâcher ce jour de fête et il enfouit l'argent dans l'une des poches de son manteau. Il prit place dans le véhicule et se contenta de tendre à sa sœur sa tuque et ses moufles.

En ce premier jour de janvier, les Dionne allèrent rendre visite, comme prévu, au frère de Maurice. Adrien demeurait rue Saint-André, au sud du boulevard Saint-Joseph. Il occupait le rez-de-chaussée d'un vieux duplex acheté quelques années auparavant.

Avant de sonner à la porte de la maison de son frère, Maurice tint à préciser aux siens :

— Là-dedans, il y a la famille de votre tante Simone. Je veux pas en voir un s'énerver. Faites-nous pas honte. Montrez que vous êtes ben élevés. À trois heures et demie, on va s'en aller.

Même si on n'était qu'au début de l'après-midi, une quinzaine d'invités étaient déjà arrivés et certains dansaient dans le salon et dans la chambre adjacente au son d'un tourne-disque. Adrien et les siens avaient débarrassé les deux pièces de leurs meubles. Ils avaient disposé des chaises le long des murs.

Après avoir échangé les souhaits d'usage avec toutes les personnes présentes, Maurice et Jeanne s'assirent auprès de Suzanne et de son mari, Gaston Duhamel. Le policier, un gros homme imposant, avait le teint pâle, mais il semblait s'être remis de sa grippe. Les autres adultes présents étaient des Bernier, des frères et des sœurs de Simone.

Pendant que leurs filles distribuaient des croustilles et du chocolat, Simone et son mari ne cessaient d'aller et venir entre la cuisine et le salon pour servir des verres d'alcool et de boisson gazeuse.

Le niveau sonore déjà très élevé augmentait sensiblement chaque fois que la sonnette faisait entendre son timbre annonciateur de nouveaux arrivants. Peu à peu, les Bernier et les Dionne se mêlèrent. Les jeunes, désireux de danser, repoussèrent sans s'en rendre compte les plus âgés vers la chambre et occupèrent pratiquement le salon à eux seuls, sauf quand on annonçait un «set carré» ou un «Paul Jones».

Assis sur une chaise dans un coin du salon, Paul regrettait amèrement de ne pas avoir accepté les offres répétées de sa sœur Francine qui voulait lui montrer comment danser l'automne précédent. S'il avait accepté, il aurait eu l'air moins emprunté en cet après-midi du jour de l'An où tous les invités s'amusaient ferme. Il aurait pu inviter à danser une jolie nièce de sa tante Simone qu'il reluquait depuis son arrivée. Au lieu de ça, il devait refuser de se joindre aux danseurs chaque fois que son oncle ou sa tante le poussait à le faire. Il avait franchement l'impression d'avoir l'air idiot, d'autant plus idiot que son jeune frère Claude, lui, ne cessait de danser sans aucun complexe.

La fête allait bon train. La chaleur dégagée par tous les corps devint telle que les hommes durent retirer leur veston et rouler leurs manches de chemise, même si Adrien avait éteint le chauffage central depuis belle lurette.

Finalement, un peu avant quatre heures, Maurice fit signe aux siens de se préparer à partir. Quelques minutes plus tard, on remercia les hôtes et on salua les personnes présentes avant de quitter la maison.

Au moment de démarrer, Maurice ne put se retenir de dire à sa femme, non sans une trace d'envie:

— Comme je connais mon frère, il va être tellement content de sa fête qu'on va en entendre parler pendant des mois.

— Il faut reconnaître qu'elle était bien préparée et il manquait rien, lui fit remarquer Jeanne.

— Il reçoit pas ben souvent, ajouta Maurice avec un rien de méchanceté. C'est sûr qu'il a eu tout le temps de la préparer, sa petite fête… En tout cas, sais-tu ce qu'il m'a dit?

— Non.

— Il paraît qu'il a des chances de devenir chef de district à la fin de janvier. Si jamais ça arrive, j'ai l'impression qu'il va falloir qu'il change de casque parce que la tête va lui enfler.

Jeanne ne dit rien.

— Bon, on va se grouiller de laisser les enfants à la maison si on veut pas arriver en retard au souper de ta mère, reprit son mari quelques minutes plus tard, au moment où la Dodge s'engageait sur le boulevard Pie IX.

— Qu'est-ce qu'on va faire pour le souper? demanda Lise.

— Tu vas juste avoir à faire réchauffer deux tourtières et le reste de ragoût, lui répondit sa mère.

Après avoir laissé les plus jeunes à la garde des aînés, Maurice et Jeanne prirent la direction de la rue Louis-Veuillot où les frères et les sœurs de Jeanne étaient déjà rassemblés depuis le début de l'après-midi pour le souper traditionnel du jour de l'An. Comme il avait été entendu tacitement lors de l'invitation lancée par Marie Sauvé, seuls les parents viendraient au repas, faute de place pour accueillir la trentaine de petits-enfants qu'ils avaient.

Dès leur entrée dans le petit appartement du rez-de-chaussée, Maurice et Jeanne furent pris à partie par les hommes de la famille assis au salon.

— On commençait à penser que vous viendriez pas, fit Luc, le plus jeune frère de Jeanne, qui était venu leur ouvrir la porte.

— Il fallait aller faire un tour chez le frère de Maurice avant de venir, s'excusa Jeanne en enlevant son manteau. Est-ce que quelqu'un a demandé la bénédiction paternelle à p'pa ?

— Ça fait au moins une heure.

— Ça fait rien; je vais la demander pour moi toute seule, répliqua sa sœur.

Jeanne s'empressa de demander à son père sa bénédiction avant d'aller retrouver ses sœurs, ses belles-sœurs et sa mère dans la cuisine.

— Gardez-moi une place, dit Maurice aux hommes cantonnés dans le salon. Le temps d'aller embrasser la belle-mère et les belles-sœurs et je reviens tout de suite.

À voir leur figure, ses beaux-frères avaient largement fait honneur à l'alcool que leur servait généreusement Léon Sauvé depuis le début de l'après-midi. Le petit homme d'une soixantaine d'années s'empressa d'ailleurs d'en proposer un verre à son gendre dès que ce dernier fut revenu de la cuisine quelques instants plus tard.

— Veux-tu un bon petit boire, mon Maurice? lui proposa son beau-père avec un large sourire.

— J'aime autant pas, le beau-père, fit ce dernier en s'assoyant. J'ai déjà bu deux bières chez mon frère et je supporte mal les mélanges.

— Fais à ta tête, répliqua l'autre, un peu éméché, en se servant un verre après en avoir proposé aux autres hommes assis dans la pièce.

— Connais-tu le petit nouveau qui est assis à côté de toi ? demanda Florent Jutras à son beau-frère avec un sourire narquois.

Le jeune homme à la grosse figure ronde auprès de qui Maurice venait de s'asseoir était, de toute évidence, mal à l'aise. Il se contenta de saluer poliment Maurice.

— Aïe, Florent ! je suis pas saoul, protesta Maurice. C'est notre Lucien, l'ami de Ruth, non ?

— C'est là où tu te trompes, intervint d'une voix un peu pâteuse Jean Ouimet, le mari de Germaine. Tu sauras, mon Maurice, que c'est notre futur petit beau-frère.

— C'est pas vrai ? dit Maurice en entrant dans le jeu. Viens pas me dire qu'il a fait sa grande demande ?

— En plein ça, renchérit Bernard, l'aîné des frères de Jeanne. À première vue, il avait pourtant l'air assez intelligent, notre Lucien.

— N'importe qui peut se tromper, précisa son frère Claude en esquissant une grimace de dégoût.

Assis à l'autre bout du divan, Lucien sembla rapetisser en devenant le centre d'attraction du salon.

— En tout cas, il va falloir que l'un de nous autres se sacrifie pour lui expliquer le mauvais caractère de sa Ruth, reprit Florent. Moi, je suis juste un cultivateur et je suis pas sûr d'être capable de faire ça. C'est pas mal délicat, cette affaire-là.

— C'est sûr, dit Maurice faussement pensif. En tout cas, on peut pas compter sur le beau-père pour le faire. Il est ben trop content de se débarrasser d'une autre de ses filles. C'est sa dernière. Elle a été pas mal difficile à caser, celle-là... et nous autres, on sait pourquoi.

— Pauvre Lucien, ajouta Jean en riant. Toi, tu sais pas dans quoi tu t'embarques ! Si tu savais tout ce qu'une petite Sauvé est capable de te faire endurer, tu y penserais à deux fois avant de la marier.

Léon Sauvé se contenta de ricaner en faisant un clin d'œil à ses gendres. Marie, une femme à la taille imposante, pénétra à ce moment-là dans le salon en affichant une mine sévère.

— Ça va faire, vos niaiseries, vous autres ! avertit-elle ses gendres et ses fils. Quant à toi, Léon, tu vas me serrer cette boisson-là. Vous en avez tous assez bu pour aujourd'hui. Rends-les pas malades. En plus, il est l'heure de passer à table. Arrivez.

Après quelques protestations et des échanges de coups d'œil avertis, les hommes se levèrent et allèrent prendre place autour de la table dressée par Marie et ses filles.

— Ruth, assis-toi à côté de Lucien, lui dit sa mère. Toi aussi, Germaine, tu peux t'asseoir.

La fille aînée des Sauvé ne protesta pas et se dépêcha de se laisser tomber lourdement sur la première chaise à sa portée, trop heureuse de s'asseoir. La grosse dame d'une quarantaine d'années affichait un air épuisé que rien ne justifiait. Sa mère était bien le seul membre de la famille, mis à part son mari, à excuser son manque chronique d'énergie. Dans son dos, on avait toujours fait des gorges chaudes en parlant du besoin de cette mère de famille de huit enfants de vivre la nuit et de dormir le jour.

— On est ben assez de femmes pour servir le repas, expliqua sa mère.

Comme d'habitude, Marie dirigeait les siens d'une main de maître. C'était une femme de soixante-quatre ans solide qui ne plaisantait pas sur la tenue et les principes. Sa fille Jeanne en savait quelque chose. L'été précédent, elle avait osé rendre visite à ses parents vêtue d'un pantalon.

Scandalisée de voir une de ses filles ainsi vêtue, Marie n'avait pas caché son mécontentement, même si ses petits-enfants étaient présents. Jeanne en avait pris pour son grade, pour la plus grande joie des siens qui avaient bien ri de voir leur mère se faire tancer comme une enfant.

Durant tout le repas, la conversation fut joyeuse et générale. Les taquineries n'épargnaient personne. À un certain moment, Jean Ouimet revint à la charge en disant à haute voix :

— Bon, Lucien, il est temps qu'on t'explique quelle femme tu vas marier. Nous autres, on la connaît ben et je suis certain qu'elle t'a caché pas mal de ses défauts.

— Ah bien câlice ! s'exclama Ruth.

Un silence stupéfait suivit l'exclamation de la jeune femme. On aurait pu entendre une mouche voler dans la pièce pourtant remplie de convives.

— Ruth ! s'écria sa mère, au comble de l'indignation.

La jeune femme de vingt-sept ans se figea, le visage blanc comme un linge. Tous les regards étaient fixés sur elle.

— Mais, mais c'est pas ce que j'ai voulu dire, m'man, protesta-t-elle, la voix éteinte par l'émotion. Je voulais dire « Câline ».

— Mais c'est pas ce que t'as dit, reprit son beau-frère Florent, tout heureux de jeter de l'huile sur le feu.

— C'est bien laid dans la bouche d'une femme ce qu'on vient d'entendre là, ajouta son frère Claude, narquois.

— Moi, c'est ben simple, j'ai honte pour elle, dit Maurice en adoptant un air scandalisé. Une femme qui sacre…

— Toi, Maurice Dionne, fais-moi pas étriver ! s'emporta Ruth. Arrêtez donc, vous autres, poursuivit-elle, au bord des larmes. J'ai jamais sacré de ma vie, je suis pas pour commencer à soir.

— Bon. OK. On t'expliquera comment elle est une autre fois, dit Jean à Lucien Poirier qui ne savait quelle attitude adopter. Je pense que pour à soir, t'as déjà un bon aperçu de ce qu'on voulait dire.

Sa belle-mère lui jeta un regard si courroucé que le gros agent d'assurances se cacha la figure derrière ses mains en protestant:

— Regardez-moi pas de même, la belle-mère, c'est pas moi qui ai sacré.

Pour éviter que Marie ne s'en prenne à la cadette de ses filles, on s'empressa de changer de sujet en vantant ses talents culinaires. Après le repas, on s'amusa à raconter des histoires et Florent sortit son accordéon pour faire chanter les invités.

À la fin de la soirée, Maurice et Jeanne quittèrent la famille Sauvé, heureux, mais fatigués et impatients de se mettre au lit.

Chapitre 14

Le carnaval

Les vacances scolaires des enfants prirent fin au milieu de la première semaine de janvier. Chez les Dionne, cette rentrée marqua le retour du train-train quotidien. La maison se vida comme par enchantement et Jeanne se retrouva seule avec les jumeaux, le plus souvent occupée à cuisiner et à coudre.

S'il était tombé peu de neige durant la seconde moitié de décembre, par contre, l'hiver sembla désireux de se rappeler à la mémoire des gens dès les premiers jours de janvier en recouvrant le paysage d'une vingtaine de pouces de neige. Cette neige ne fit qu'accentuer le regret des écoliers de devoir retourner si tôt à l'école. Pourtant, le premier jour de classe ne manqua pas d'intérêt, du moins pour Francine Dionne.

Ce matin-là, sœur Adélard venait à peine de terminer de prendre les présences que quelqu'un frappa à la porte de sa classe. La grande religieuse esquissa une grimace d'agacement en allant ouvrir la porte de son local. Un instant plus tard, elle invita, avec un sourire contraint, Jérôme Thivierge, le responsable des loisirs de la municipalité, à entrer.

Le petit homme, toujours aussi dynamique et volubile, se campa devant le groupe d'élèves de 9e année, tout heureuses d'échapper durant quelques minutes au cours de français que la religieuse s'apprêtait à leur donner.

— Mesdemoiselles, je viens vous annoncer une grande nouvelle, leur dit-il avec son sourire le plus charmeur. La ville de Saint-Léonard-de-Port-Maurice organisera un grand carnaval qui aura lieu durant la dernière fin de semaine de janvier.

Les élèves échangèrent entre elles des coups d'œil interrogateurs.

— Vous vous demandez en quoi c'est une grande nouvelle ? poursuivit Jérôme. Tout simplement parce que la reine et les deux duchesses de ce carnaval-là vont être nécessairement des filles de 8e et de 9e année de votre école… Il n'y a pas d'autre école de filles à Saint-Léonard.

Immédiatement, des murmures excités enflèrent dans la classe. Assise derrière son pupitre dans le dos de Jérôme Thivierge, sœur Adélard frappa sèchement sur le meuble avec sa règle. Le responsable des loisirs sursauta violemment, mais les murmures se turent.

L'homme plongea ensuite la main dans l'une des poches de son veston gris pour en extirper une petite figurine en plastique blanc et rouge représentant un bonhomme carnaval et il le fit osciller au bout de la petite cordelette fixée à son extrémité.

— Bon, vous êtes assez vieilles pour savoir qu'une organisation pareille coûte très cher, dit-il aux adolescentes. On a beau avoir de nombreux commanditaires, ça ne suffit pas. Il faut vendre des bonshommes carnaval pour se financer. Alors, on a pensé que ce serait juste que la reine de notre carnaval soit celle qui en aura vendu le plus… et les duchesses seraient les deux filles qui se seront classées juste derrière la meilleure pour les ventes.

— Comment on va faire ça, monsieur ? demanda une grande brune assise derrière Francine.

Déjà une dizaine de mains impatientes s'étaient levées pour attirer l'attention du responsable des loisirs.

— Attendez. Je vais d'abord vous l'expliquer. Vous allez voir que c'est pas mal simple. Chaque bonhomme sera vendu vingt-cinq cents et ce sont les candidates qui s'occuperont de la vente. Moi, au lieu d'aller à l'école des garçons, à côté, ou encore à l'école Pie XII pour remettre des bonshommes à n'importe qui, je suis venu directement à l'école où seront choisies la reine et les duchesses. Toutes celles qui sont intéressées viendront me voir au gymnase durant la récréation de cet après-midi et je leur remettrai la quantité de bonshommes carnaval qu'elles pensent être capables de vendre ou de faire vendre par d'autres durant la semaine. Lundi prochain, je viendrai ramasser l'argent et je laisserai à chacune d'autres bonshommes si elles en ont besoin. Le 24 janvier, je ferai le total des ventes de chacune et, à ce moment-là, on saura qui seront la reine et ses deux duchesses.

— Est-ce qu'on peut demander à n'importe qui de vendre pour nous autres ? demanda Francine.

— Certain. C'est le temps de faire le tour de tes amis et de ta parenté pour avoir de l'aide, affirma Jérôme.

— C'est ben du trouble ça, laissa tomber une grosse fille au visage couvert de boutons d'acné assise près du tableau.

Cette remarque sembla ébranler encore plus l'enthousiasme de l'auditoire que la perspective d'avoir à vendre des figurines avait déjà sérieusement entamé.

— Attendez, dit le responsable des loisirs de la municipalité. Vous allez voir que ça en vaut la peine. Je n'ai pas encore eu le temps de vous parler de tous les avantages accordés à la reine et aux duchesses. D'abord, elles vont être habillées gratuitement par La Maison de la mariée de la Plaza Saint-Hubert et coiffées par une styliste.

Les sourires revinrent peu à peu sur le visage des élèves.

— Ensuite, n'oubliez pas qu'elles vont être les grandes vedettes de notre carnaval. Elles vont occuper partout les premières places, autant dans notre grand défilé du dimanche après-midi que durant les tournois de hockey et de ballon-balai et durant le couronnement du samedi soir, évidemment. Ce n'est pas rien, je vous le garantis. Être reine ou duchesse dans une fête comme ça, on s'en souvient tout le reste de sa vie.

Sœur Adélard se leva, probablement pour faire comprendre au visiteur qu'il était temps de prendre congé.

— Bon, je pense qu'il est temps que je m'en aille. Pensez-y, dit Jérôme Thivierge avant de quitter le local. Je vous attends cet après-midi au gymnase.

La porte de la classe ne s'était pas encore refermée sur le petit homme que Francine avait décidé qu'elle serait la reine du carnaval. Par conséquent, au lieu de suivre les explications sur l'accord des participes passés données par la religieuse, elle occupa le reste du cours à planifier sa vente de figurines et à dresser en cachette la liste de ceux et celles à qui elle allait demander de l'aider à devenir la meilleure vendeuse.

Quand la cloche annonça la récréation du matin, elle se précipita à la rencontre de celles sur lesquelles elle croyait pouvoir compter. Dès son entrée dans la maison, à l'heure du dîner, Francine, excitée, s'empressa de tout raconter à sa mère qui ne l'écouta que d'une oreille distraite.

— Pensez-vous que p'pa va vouloir?

— T'as juste à lui demander, fit Jeanne en servant une assiette de soupe aux pois à Denis.

— Oui, mais je le verrai pas avant le souper. C'est cet après-midi que je dois dire au gars des loisirs si je veux être candidate. Si je le suis pas, je vais être prise pour vendre des bonshommes carnaval pour une autre fille. Ce serait niaiseux, m'man. C'est une chance que j'aurais d'avoir du beau linge gratis.

— En tout cas, moi, je peux t'en vendre, proposa André.

— Moi aussi, je vais t'aider, dit Claude.

— Moi aussi, fit Martine.

— Vous voyez, m'man, ils veulent tous m'aider. Il y a trois ou quatre filles de ma classe qui m'ont dit qu'elles en vendraient elles aussi pour moi.

Jeanne prit le temps de réfléchir quelques instants avant de déclarer :

— OK. Essaie. Je vais en parler à ton père quand il reviendra de l'école. S'il veut pas, t'auras juste à rapporter tes bonshommes carnaval la semaine prochaine en disant que ton père veut pas.

Francine se contenta de cette permission temporaire. Retenue quelques minutes après le cours par la religieuse qui lui enseignait les mathématiques, l'adolescente fut la dernière à se présenter au gymnase de l'école à la récréation de l'après-midi pour soumettre son nom. Elle quitta les lieux avec deux sacs de cent figurines en plastique, tout de même un peu découragée de savoir qu'il y avait une douzaine de candidates sur les rangs, douze filles qui se promettaient de tout mettre en œuvre pour gagner.

Ce soir-là, contre toute attente, Jeanne n'éprouva aucun mal à persuader son mari de laisser leur fille tenter sa chance. De toute évidence, le fait que Francine avait une chance d'obtenir des vêtements gratuits joua un grand rôle dans l'acceptation de Maurice.

— Ses frères sont prêts à lui donner un coup de main, ajouta Jeanne, fière de lui montrer que leurs enfants se serraient les coudes.

— C'est ben beau tout ça, tint à préciser Maurice, mais je veux pas que ça vienne nuire aux études. S'ils vont vendre leurs bébelles en plastique, qu'ils le fassent avant le souper. Je veux pas entendre dire qu'ils se promènent à la noirceur, le soir, et qu'ils achalent les voisins.

Et tout fut dit.

Comme le père de famille ne rentrait à la maison qu'un peu après neuf heures au moins trois soirs par semaine à cause des locations de la salle de St-Andrews, ses dernières directives demeurèrent lettre morte à cause du manque d'autorité de Jeanne. Dès le lendemain soir, les enfants conclurent un marché avec leur mère.

— M'man, si on fait tous nos devoirs avant le souper, est-ce qu'on peut aller vendre des bonshommes carnaval après avoir mangé ?

— Votre père veut pas.

— Il le saura pas, m'man. On restera pas dehors plus qu'une heure. De six heures à sept heures, par exemple. C'est encore pas mal de bonne heure, non ?

— Pourquoi vous y allez pas avant le souper comme vous l'a demandé votre père ?

— Ben, ça se vend ben mieux quand le mari est dans la maison, affirma Claude avec son aplomb habituel. Je sais ce qui va se passer si on passe avant que le bonhomme soit revenu de travailler. Sa femme va nous répondre qu'elle a pas d'argent et de repasser quand son mari va être là… C'est comme ça que ça se passe quand je vais me faire payer pour *La Presse*, le samedi après-midi. En tout cas, si ça marche pas ; demain, on ira en vendre avant le souper.

Jeanne hésita un instant, mais finit par se convaincre qu'il n'y avait pas un grand risque à laisser aller ses enfants si tôt dans la soirée.

— OK. Vous y allez deux par deux et si vous dépassez sept heures, ça sera fini. Je vous donnerai plus la permission.

Les enfants se divisèrent en deux équipes qui se lancèrent à l'assaut des foyers de la coopérative d'habitation dès le dernier morceau de vaisselle lavé, après le souper. Francine et Martine d'un côté, Claude et André de l'autre, se mirent à écumer le quartier et à sonner à toutes les portes.

Comme les vendeurs respectèrent l'heure fixée du retour à la maison, Jeanne ne vit aucun inconvénient à renouveler sa permission les autres soirs où Maurice n'était pas à la maison. Les résultats ne se firent pas attendre : les ventes de figurines furent très bonnes.

Lorsque Francine en demanda deux autres sacs le lundi suivant à Jérôme Thivierge, ce dernier lui confia qu'elle était parmi les quatre meilleures vendeuses. Il l'incita à ne pas abandonner. Il lui restait huit jours pour gagner.

Cette semaine-là, Francine fouetta ses troupes et poussa ses vendeurs à multiplier leurs efforts. Elle donna elle-même l'exemple. Tous ses moments de loisir furent occupés à vendre des figurines. Ses frères et sa sœur ne ménagèrent pas non plus leurs efforts. Cependant, vers la fin de cette dernière semaine de vente, les acheteurs se firent de plus en plus rares et le débit des figurines ralentit dangereusement. Francine commença à perdre espoir.

— Je peux plus les voir en peinture, ces maudits bonshommes-là ! finit-elle par dire un soir en rentrant à la maison, les mains et les pieds gelés.

— C'est rendu qu'on sait plus où aller, ajouta Claude à l'intention de sa mère en train de leur préparer une tasse de chocolat chaud pour les réchauffer. On est allés jusqu'au bout de la rue Jarry.

— Il y a plus une maison de Saint-Léonard où on n'est pas allés, précisa André.

— Je vais me faire dépasser par les autres, dit Francine, découragée par les maigres ventes de la soirée.

— Je pense que j'ai une idée, dit Claude, jamais à bout de ressources, en revenant dans la cuisine après avoir enlevé son manteau. Je pourrais faire ma collecte de journaux samedi matin au lieu d'y aller l'après-midi. Comme ça, je pourrais demander à p'pa d'aller vendre avec toi des bonshommes au centre d'achats Boulevard pendant l'après-midi. Je suis sûr que là, on en vendrait pas mal. C'est pas juste du monde de Saint-Léonard qui y va.

— P'pa voudra jamais, déclara André.

— Je peux toujours lui demander, proposa l'adolescent avec une assurance qu'il était loin d'éprouver.

— En tout cas, fit Martine, je te dis qu'on va être ben à partir de lundi prochain. On sera plus obligés d'aller geler dehors chaque soir pour vendre. On va pouvoir rester en dedans.

— T'es pas obligée de venir, se rebiffa sa sœur, énervée.

— C'est ben le temps de le dire à cette heure que c'est presque fini, rétorqua Martine avec un certain bon sens. À nous autres, ça nous donne rien, cette affaire-là. C'est pour toi qu'on fait ça.

Francine ne trouva rien à répliquer et préféra s'engouffrer dans sa chambre pour se préparer pour la nuit. Elle sortit de la pièce en coup de vent.

— C'est quoi, les trois piastres sur le lit? demanda-t-elle à la cantonade, debout au centre du couloir.

Lise était au téléphone, enfermée comme d'habitude dans le garde-manger du couloir pour éviter que quelqu'un entende sa conversation. Elle se contenta d'entrouvrir la porte pour dire à sa sœur:

— Ça vient d'Yvon. Il a vendu les douze bonshommes que tu lui as donnés.

— Dis-lui merci, fit Francine avant que sa sœur ne referme la porte du garde-manger sur elle.

Le vendredi soir, un peu avant le souper, Maurice vit ses enfants revenir à la maison complètement frigorifiés. Ils avaient cherché à vendre des figurines durant plus d'une heure malgré un froid sibérien. Tous les quatre avaient la mine basse.

— Est-ce que ça achève, cette niaiserie-là ? leur demanda leur père.

— Ça finit lundi, p'pa, répondit Francine en cherchant à se réchauffer.

— Si ça a de l'allure d'aller geler dehors pendant des heures quand il fait moins vingt, intervint Jeanne en secouant la tête.

— C'est ça, fit Maurice de mauvaise humeur. Quand ils vont être malades, c'est encore moi qui vais être poigné pour payer les remèdes. En plus, les voisins doivent être écœurés en maudit de se faire achaler à l'heure du souper.

— De toute façon, on doit arrêter, p'pa, intervint Claude.

— Pourquoi ?

— On peut plus en vendre nulle part. Je pense qu'on a fait le tour de toutes les maisons. Depuis trois jours, on n'en a pas vendu deux douzaines.

— Calvaire ! dis-moi pas que tous ces dérangements-là ont été faits pour rien, jura Maurice, comme s'il avait gelé lui-même chaque soir pour aller vendre les figurines en plastique.

— C'est de valeur, j'étais parmi les meilleures, ajouta Francine, la mine désolée. J'avais encore des chances, mais là…

— Il y aurait peut-être un moyen, dit Claude, comme s'il venait soudainement d'en avoir l'idée.

— Lequel, finfin ? demanda son père.

— Je pourrais ramasser l'argent de l'abonnement de mes journaux demain matin et aller vendre des bonshommes carnaval avec Francine au centre d'achats durant l'après-midi. Là, au moins, on pourrait en vendre facilement.

— Il en est pas question, trancha Maurice.

— Moi, je disais ça pour Francine, plaida l'adolescent. Je suis pas plus intéressé que ça à aller geler là tout l'après-midi.

— Allez. Venez manger, intervint Jeanne. Ça va vous réchauffer.

La famille passa à table et les Dionne soupèrent dans un silence relatif. Durant tout le repas, Maurice eut l'air songeur et un peu renfrogné. En se levant de table quelques minutes plus tard, il se contenta de dire sèchement à Claude :

— C'est correct pour demain après-midi. Vous pouvez aller au centre d'achats. Mais je veux que vous soyez revenus pour le souper.

— Qu'est-ce qu'on fait pour les billets d'autobus ? osa demander l'adolescent.

— Ah ben, sacrement ! Il manquerait plus que je paye ça ! s'insurgea Maurice.

Francine s'empressa de remercier son père. Elle avait instantanément retrouvé l'espoir d'être couronnée reine du carnaval.

Après que leur père fut monté regarder la télévision à l'étage, Claude ne put s'empêcher de murmurer à sa sœur :

— Maudit qu'il est gratteux ! Pas de saint danger qu'il offre de payer nos billets d'autobus.

— Si t'as pas d'argent, je peux les payer, tes billets, proposa Francine. Il me reste un peu d'argent que madame Rivest m'a donné pour avoir gardé.

— Laisse faire. J'en ai.

Le lundi suivant, Francine rapporta à l'école les figurines qui n'avaient pas trouvé d'acheteur et l'argent récolté durant la semaine. Les ventes réalisées l'avant-veille au centre commercial, sans avoir été très importantes, avaient tout de même un peu contribué à augmenter ses chances de gagner.

Après avoir comptabilisé l'argent et les figurines rapportées, Jérôme Thivierge prévint chacune des douze candidates qu'il reviendrait les voir le lendemain avant-midi à l'heure de la récréation pour leur annoncer le résultat final. Il leur donna rendez-vous au gymnase. Après son départ, Francine essaya bien de tirer les vers du nez de quelques concurrentes pour connaître la somme de leurs ventes, mais toutes semblaient décidées à garder le secret.

Jamais vingt-quatre heures ne semblèrent aussi longues à l'adolescente. Elle ne cessait de passer des espoirs les plus fous au plus sombre découragement. Tantôt elle se voyait reine du carnaval, juchée, triomphante, sur le char allégorique qui allait sillonner les rues de la municipalité, tantôt elle n'était même pas l'une des deux duchesses.

Inutile de préciser que le lendemain, elle trouva les deux premiers cours de l'avant-midi d'une longueur désespérante. Quand la cloche annonça enfin la récréation, elle fut la première à se précipiter au gymnase pour connaître les résultats.

Jérôme attendit que les douze candidates soient présentes avant de prendre la parole.

— Mesdemoiselles, je dois d'abord toutes vous féliciter d'avoir fait autant d'efforts. Les ventes ont dépassé nos espérances.

Les filles, impatientes, murmurèrent.

— Bon, voici les résultats, annonça le petit homme en tirant une feuille de son porte-documents. Deux des trois meilleures vendeuses sont des filles de 9e année. Diane Parenteau s'est classée première et elle sera la reine de notre Carnaval 1961.

Le cœur de Francine eut un raté. Il ne lui restait plus qu'une mince chance d'être l'une des deux duchesses.

— La deuxième, avec trente-sept bonshommes carnaval vendus de moins que la reine, c'est Francine Dionne.

L'adolescente ne put réprimer un cri de joie. Elle ne serait pas reine, mais au moins, elle jouerait le rôle de duchesse et aurait droit à tous les avantages promis.

— La troisième est Nicole Dubois avec cent vingt bonshommes vendus, poursuivit le responsable. Je remercie toutes les autres d'avoir participé au concours.

D'abord en état de choc, les neuf candidates éliminées commencèrent à manifester à haute voix leur dépit de ne pas avoir été sélectionnées.

— C'est pas juste, osa dire l'une d'entre elles.

— Dans tout concours, il y a des perdants et des gagnants, la réprimanda Jérôme. Il n'y a pas eu d'injustice. Les trois choisies ont été les trois meilleures vendeuses.

Cette mise au point calma un peu les protestations des perdantes.

— J'aimerais maintenant que notre reine et ses deux duchesses viennent me laisser leur adresse et leur numéro de téléphone. Je vais avoir à contacter leurs parents pour leur demander la permission de les amener à La Maison de la mariée jeudi soir.

Les trois gagnantes, tout excitées par cette perspective, se rapprochèrent de Jérôme Thivierge sous le regard envieux des exclues.

Ce midi-là, Jeanne, Claude, André et Martine manifestèrent bruyamment leur joie en apprenant que Francine avait été choisie pour être l'une des deux duchesses du carnaval. Jeanne était très fière de sa fille, qui méritait, encore une fois, des honneurs en se démarquant des autres filles de son âge.

À son retour du travail au milieu de la soirée, Maurice eut une réaction beaucoup plus mitigée.

— Bon, il est temps que ça ait une fin, cette affaire-là, dit-il à sa femme. J'espère que ça lui enflera pas trop la tête d'être duchesse.

Ce commentaire ne blessa pas l'adolescente. Après tout, elle avait l'habitude de ce genre de remarque de la part de son père. Elle préféra, de loin, se laisser flotter sur son nuage.

À son retour de l'école, le jeudi après-midi, elle s'empressa de souper pour avoir tout le temps nécessaire pour se préparer à la sortie. Le responsable des loisirs avait téléphoné à sa mère la veille pour la prévenir qu'il viendrait chercher Francine à cinq heures pile pour la conduire au magasin avec les deux autres adolescentes. Ils iraient acheter les robes que la reine et les deux duchesses porteraient durant le carnaval, robes qu'elles pourraient ensuite conserver, prit-il le soin de préciser.

Dès quatre heures trente, Francine était déjà installée devant l'une des fenêtres de la cuisine, guettant l'apparition des phares d'une voiture dans l'allée.

— Veux-tu bien te calmer un peu? la morigéna sa mère, excédée de la sentir aussi nerveuse. Il reste au moins une demi-heure avant qu'il arrive.

— Je suis pas nerveuse, protesta l'adolescente. Je veux juste pas le manquer quand il va arriver.

— En tout cas, t'es chanceuse que la salle de ton père soit louée à soir, toi. S'il était ici, je te dis qu'il te calmerait vite.

— Pensez-vous que je vais avoir le choix de la couleur, m'man? demanda Francine, sans tenir compte de la remarque de sa mère en train de préparer le repas qu'elle allait servir aux membres de la famille un peu plus tard.

— C'est pas ce que ton monsieur Thivierge m'a dit. Il paraît qu'ils ont prévu une robe blanche pour la reine et les duchesses vont juste avoir le choix entre le rose et le bleu. Essaie de t'entendre avec l'autre fille qui va être duchesse avec toi.

— Et si la robe est pas de la bonne grandeur? ajouta la jeune fille, soudain inquiète.

— Énerve-toi pas avec ça. Le magasin a une couturière pour les ajustements, mais j'ai dit à monsieur Thivierge que j'arrangerais la tienne moi-même. Ça t'évitera d'avoir à retourner au magasin demain soir pour un essayage et aller la chercher.

Un peu avant cinq heures, Francine se précipita à l'extérieur en voyant la voiture du responsable des loisirs s'arrêter dans l'allée. Deux heures plus tard, la jeune fille était déjà de retour, portant sur un bras sa robe neuve soigneusement enveloppée dans une housse plastifiée. Son père n'était pas encore revenu de l'école St- Andrews.

— Mon Dieu! s'exclama sa mère. Veux-tu bien me dire pourquoi ça a pris autant de temps? Viens nous montrer cette belle robe-là.

— Laissez-moi le temps d'ôter mon manteau, protesta l'adolescente dont le manque d'enthousiasme n'échappa pas à Jeanne.

Francine fila retirer son manteau dans sa chambre et elle revint dans la cuisine en tenant une robe rose plaquée contre elle.

— Qu'est-ce que vous en pensez, m'man?

— Elle est pas mal belle, dit Jeanne, les deux mains sur les hanches, campée au milieu de la pièce. Pas vrai, Lise ?

Lise, assise au bout de la table, délaissa un moment la lecture de son roman-photos et examina d'un œil critique la robe neuve de sa sœur.

— Je comprends qu'elle est belle.

— Pas mal, firent André et Claude, peu intéressés.

— Bon. Il va falloir que tu l'essayes pour que je voie s'il y a des modifications à faire, reprit sa mère.

— Est-ce que c'est pressant ? demanda Francine, sans marquer aucun enthousiasme.

— Ah bien, toi, tu me la copieras, celle-là ! Pendant des semaines, tu nous as fait suer avec ton envie de devenir reine ou duchesse du carnaval. À cette heure que tu l'es, ça t'intéresse plus ?

— C'est pas ça, m'man.

— C'est quoi, d'abord ?

— Ben, je pensais que la sacoche et les souliers étaient fournis avec la robe.

— Dis-moi pas que c'est pas fourni ? demanda Jeanne, devenue soudainement plus grave.

— Ben non. Une fois qu'on a eu choisi nos robes, la vendeuse a parlé de trouver les souliers et les sacoches qui allaient avec, mais monsieur Thivierge lui a répondu que les parents décideraient eux-mêmes ce qu'il faudrait choisir parce que la Ville paiera pas ça. Elle paie juste la robe.

— Tu parles d'une bande de gnochons ! intervint Lise. Comme si tout le monde avait les moyens de se payer ça.

— Qu'est-ce que les deux autres filles ont dit ? demanda Jeanne.

— Ça a pas eu l'air d'énerver ben gros la Parenteau et la Dubois. La Parenteau a pas de frères et de sœurs et la Dubois a juste un petit frère. Pour moi, leurs parents ont de l'argent pour payer.

— Je suis pas sûre que p'pa va vouloir payer ça, ajouta Lise. Tu le connais.

— Mais je peux pas aller au couronnement avec mes souliers noirs, plaida Francine en se tournant vers sa mère. Ils sont vieux et ils vont pas avec du rose. En plus, j'ai juste une sacoche blanche. Je vais avoir l'air d'une vraie maudite folle. Je vais faire rire de moi par tout le monde.

— On peut peut-être te passer de l'argent pour t'aider à payer, intervint Claude. Combien ça coûte ces patentes-là ?

— Une trentaine de piastres au moins.

— Whow ! Oublie ce que je viens de dire. J'ai pas assez d'argent.

— Et vous, m'man ? demanda l'adolescente, avec un reste d'espoir.

— Moi non plus. Mais on va attendre de savoir ce que ton père va dire avant de prendre le mors aux dents. En attendant, tu vas mettre ma paire de souliers à talons hauts et je vais arranger tout de suite ta robe s'il y a des changements à faire. Comme ça, tu pourras la mettre et la montrer à ton père quand il arrivera.

Francine alla passer sa robe et sa mère ne détecta que deux petites modifications à effectuer, qu'elle s'empressa de faire avant l'arrivée de Maurice.

Lorsque ce dernier revint ce soir-là, Jeanne lui demanda :

— Veux-tu voir la belle robe que la Ville a payé à notre fille ?

— Elle est pas encore couchée, elle ?

— Oui, mais tu sais comment elle est nerveuse. Je pense pas qu'elle dorme. Elle avait tellement hâte de te la montrer.

— OK. Qu'elle vienne me montrer ça, dit Maurice sans montrer grand intérêt.

Quelques minutes plus tard, Francine apparut dans la cuisine vêtue de sa robe neuve. Sa mère la fit marcher et tourner devant son père.

— Ouais, elle est pas mal, reconnut ce dernier.

— Il y a juste un problème, finit par dire Jeanne.

— Lequel ?

— Ils fournissent pas les souliers et la sacoche.

— Puis après ? C'est pas la fin du monde. Elle a juste à prendre ses propres souliers et sa sacoche, répondit Maurice.

Désespérée, Francine se retira rapidement dans sa chambre et remit sa chemise de nuit après avoir suspendu sa robe neuve sur un cintre. Pendant ce temps, la discussion se poursuivait dans la cuisine.

— Voyons, Maurice, tenta de le raisonner sa femme, ses souliers sont noirs et sa sacoche est blanche. On n'est pas pour la laisser aller là arrangée comme ça.

— Ah ben, sacrement ! explosa Maurice comprenant soudainement où sa femme voulait en venir. J'espère que t'es pas assez malade pour t'imaginer que je vais payer de ma poche des souliers et une sacoche !

— Non, mais...

— Laisse faire. Je te vois venir, toi. Il en est pas question, tu m'entends ? Je sortirai pas une maudite cenne de mes poches pour cette niaiserie-là ! Elle a voulu être duchesse, qu'elle se débrouille avec ses troubles.

Maurice s'enferma ensuite dans son silence boudeur habituel pour bien montrer que la discussion était terminée. Encore une fois, il ne voulait rien entendre.

Le lendemain matin, Francine se leva pour aller à l'école, le visage ravagé par la mauvaise nuit qu'elle venait de passer. Elle s'était vue, seule sur un char allégorique, être la risée du carnaval.

— Je pense que je vais remettre ma robe au bonhomme Thivierge, déclara-t-elle à sa mère en déjeunant.

— Voyons donc, Francine ! T'as travaillé tellement fort pour être duchesse, protesta sa mère.

— J'aime mieux lui redonner sa robe que de faire rire de moi avec mes souliers et ma sacoche.

— Attends. Je vais lui téléphoner cet avant-midi. On va bien voir ce qu'il va en dire.

— Ah non, m'man, vous allez pas demander la charité pour moi. J'ai pas envie de me faire montrer du doigt et de passer pour une quêteuse.

— Qui te parle de quêter ? répliqua sa mère.

Un peu après neuf heures, Jeanne téléphona au responsable des loisirs et lui expliqua la situation.

— Vous comprenez, monsieur Thivierge, nous avons neuf enfants et mon mari gagne pas un gros salaire. On n'a vraiment pas les moyens de lui payer les accessoires qui vont avec sa nouvelle robe. Francine a bien de la peine, mais elle va vous rapporter sa robe parce qu'elle a pas les souliers et la sacoche qui vont avec. Elle a peur de faire rire d'elle.

Jérôme Thivierge garda le silence durant un long moment avant de dire à son interlocutrice :

— Restez en ligne une minute, madame Dionne, je vous reviens tout de suite.

Jeanne attendit durant quelques instants avant d'entendre à nouveau la voix du responsable des loisirs.

— Madame Dionne ? Bon. C'est arrangé. On comprend votre problème. Les loisirs vont payer la dépense. Vous avez juste à demander à votre fille de pas dire un mot de ça aux autres. Ça va rester entre nous.

— Vous êtes bien fin, monsieur Thivierge, dit Jeanne, reconnaissante.

— Dites à votre Francine de passer prendre l'enveloppe que je vais laisser au bureau de la directrice de l'école Wilfrid-Bastien cet avant-midi. Ce sera de l'argent pour ses souliers et sa sacoche.

Jeanne apprit à sa fille la bonne nouvelle au repas du midi et l'adolescente retrouva alors toute sa joie de vivre.

— Vous êtes sûre que personne va le savoir ? demanda-t-elle.

— Certaine, assura sa mère. Monsieur Thivierge m'a promis que ça resterait entre lui et nous. Traîne pas après l'école. On va aller acheter ce qui te manque avant le souper, après avoir fait la commande d'épicerie.

Quand Maurice revint de son travail, il trouva sa femme et sa fille qui l'attendaient.

— On amène Francine au centre d'achats avec nous autres, déclara sa femme. Elle va s'acheter une sacoche et des souliers qui vont aller avec sa robe neuve.

— Qui va garder les enfants ?

— Claude est capable de se débrouiller.

— Qui va payer pour ça ? demanda le concierge de St-Andrews, soudainement soupçonneux.

— Inquiète-toi pas pour ça, Maurice Dionne. C'est pas toi qui vas sortir une cenne de tes poches. Les loisirs ont accepté de payer.

— Calvaire ! On peut ben payer des gros comptes de taxes si notre argent est dépensé pour des folies pareilles, maugréa Maurice en remontant son pantalon qui avait tendance à glisser sur son ventre arrondi. Combien ils lui ont donné ?

— Juste assez pour payer ce qu'elle a à acheter, répondit abruptement sa femme.

— En tout cas, sens-toi pas obligée de tout dépenser cet argent-là, conseilla Maurice à sa fille en montant à bord de la Dodge. S'il en reste, on le gardera.

Évidemment, Jeanne vit à ce que la somme entière soit consacrée à l'achat du sac et des souliers. Le maigre reliquat servit à procurer à l'adolescente quelques paires de bas.

Le samedi midi, Francine revint transformée de chez la coiffeuse. Sa toilette de duchesse était déjà étalée sur son lit.

— Tu devrais aller t'étendre un peu cet après-midi, lui suggéra sa mère qui la voyait survoltée. Tu vas trouver la soirée longue si tu te reposes pas.

— Ça sert à rien, m'man, je me sens trop énervée, répondit l'adolescente, fébrile. En plus, ça va déplacer mes cheveux.

Après le souper, Jeanne insista pour que son mari aille conduire sa fille en voiture à l'école Pie XII, même si l'institution était située à moins d'un demi-kilomètre. Celui-ci finit par obtempérer en rechignant.

— Vous oubliez pas que le couronnement commence à huit heures, précisa l'adolescente avant de quitter la maison.

— Ben non, on n'a pas oublié, fit sa mère. Tes frères vont arriver de bonne heure à la salle pour nous garder des places. Aussitôt qu'Yvon va arriver, on va tous aller les rejoindre. On manquera rien.

La cérémonie du couronnement donna lieu à une agréable soirée très appréciée par les deux cents personnes qui s'étaient entassées dans le gymnase de l'école. Toute la famille Dionne éprouva une grande fierté à la vue d'une

Francine rayonnante venant prendre place aux côtés de la reine du carnaval. L'adolescente remplit son rôle avec beaucoup de grâce et on ne manqua pas de l'applaudir.

Le lendemain, dernier dimanche de janvier, les participants au carnaval de Saint-Léonard-de-Port-Maurice eurent droit à une température douce et agréable. Un ciel dégagé permit au soleil de briller de tous ses feux, aidant à donner un air de fête à la petite municipalité. Le défilé qui précéda les tournois de hockey et de ballon-balai fut un véritable succès.

Installées sur un char allégorique tiré par un tracteur, la reine et ses deux duchesses, souriantes, saluèrent de la main la foule bruyante qui s'était massée tout le long du parcours. Un concert d'avertisseurs les accompagna jusqu'à leur destination finale, la patinoire extérieure de la rue Collerette. À cet endroit, les trois jeunes filles prirent place sous un dais pour assister aux rencontres sportives et pour remettre les prix aux gagnants.

Sous l'habile direction de Jérôme Thivierge, ce premier carnaval municipal fut mémorable et se déroula sans accroc. Les élus municipaux furent si enchantés du succès de ces festivités qu'ils se promirent de répéter l'expérience l'année suivante.

Chapitre 15

Le verglas

Janvier prit fin par deux bonnes bordées de neige suivies de froids intenses. Durant les premiers jours de février, la température ne s'adoucit que pour permettre des chutes sporadiques de quelques pouces de neige.

Chez les Dionne, l'abandon de sa clientèle par Maurice n'avait pas apporté beaucoup de changements, contrairement à ce que ce dernier avait prévu. Il n'était pas plus présent à la maison. Les locations du gymnase de son école le samedi, le dimanche matin ainsi que trois soirs par semaine l'obligeaient à passer de longues heures à St-Andrews, ce qui, il fallait bien le reconnaître, était loin de déplaire à ses enfants.

Depuis le début de la nouvelle année, les plus jeunes en profitaient pour se coucher plus tard que l'heure permise et pour transformer la cave en bruyante salle de jeu, ce qu'ils n'auraient jamais osé faire en présence de leur père. Tous, sauf Lise et Paul, trop accaparés par leur emploi du temps, prenaient des libertés. Ils étaient assurés que leur mère ne se plaindrait jamais de leur manque de discipline à leur père afin de leur éviter une correction qui, parfois, aurait été largement méritée.

En fait, si Maurice avait vu Claude, André et Denis se lancer dans des poursuites folles à bicyclette dans le sous-sol, il en aurait fait une maladie. Il aurait sûrement frotté les oreilles des trois coureurs cyclistes, surtout en voyant dans quel triste état étaient devenues leurs bicyclettes avec lesquelles ils s'amusaient à heurter les murs ou les piliers de l'endroit.

Leur mère avait beau se fâcher et menacer, elle ne se faisait obéir qu'à l'approche de l'heure où Maurice revenait à la maison. Quand ce dernier pénétrait chez lui, les lieux étaient devenus étrangement calmes. Il ignorait toutefois que c'était uniquement le cas depuis quelques minutes.

Mais il ne faut tout de même pas croire que Jeanne était incapable de discipliner ses enfants. Lorsqu'il le fallait, elle savait faire montre de sévérité et devenir inflexible. Claude, encore une fois, l'apprit à ses dépens un mercredi midi.

Cet avant-midi-là, Pierrette Royer, la voisine de la rue Girardin, quitta très tôt la maison pour accompagner son fils à la clinique de la rue Jarry. À son retour, elle s'empressa de téléphoner à Jeanne.

— Madame Dionne, est-ce que votre Claude porte une canadienne grise ? demanda-t-elle sans préambule à sa voisine.

— Oui.

— Donc c'était bien lui, conclut la voisine.

— Qu'est-ce qu'il a fait ? demanda Jeanne, soudainement inquiète.

— Ce matin, je l'ai vu se faire traîner par un char au bout du boulevard Lacordaire. Il se tenait après le *bumper* et il se laissait glisser.

— Claude ? fit Jeanne, alarmée.

— C'était bien lui, madame Dionne. C'est dangereux en pas pour rire, cette affaire-là. Il pourrait se faire tuer. J'ai pris la peine de m'arrêter et je l'ai averti, mais il a eu l'air de trouver ça bien drôle.

— L'espèce d'insignifiant ! explosa Jeanne. Inquiétez-vous pas, madame Royer, je vais y voir dès qu'il va mettre les pieds dans la maison et je vous garantis qu'il va trouver ça pas mal moins drôle.

Ce midi-là, quand Claude rentra de l'école en compagnie de son frère André, sa mère ne lui laissa même pas le temps d'enlever son manteau.

— Viens ici, toi ! lui ordonna-t-elle, l'air mauvais.

— Tiens ! La Royer est venue bavasser, dit l'adolescent, l'air frondeur, en enfonçant ses deux mains dans les poches de sa canadienne.

— Comme ça, tu t'amuses à te laisser traîner par les chars ?

— Ben non. C'était la première fois, dit Claude, pas du tout repentant.

Jeanne l'attrapa sans ménagement par une oreille et le secoua au point de lui faire venir les larmes aux yeux.

— Écoute-moi bien, tête folle, l'avertit-elle très en colère. Les deux prochains soirs, tu vas aller te coucher à sept heures pour te mettre un peu de plomb dans la tête. Tu m'entends ?

— Mes devoirs, eux autres ? demanda son fils en secouant la tête pour faire lâcher prise à sa mère.

— Tes devoirs, tu les feras avant le souper. Là, je t'avertis, Claude Dionne. Si t'es pas couché à cette heure-là, je le dis à ton père dès qu'il met les pieds dans la maison à soir et tu vas en manger une bonne.

Le garçon, qui venait tout juste d'avoir quatorze ans, ne répliqua pas. Il se contenta de laisser tomber son manteau dans le couloir près de ses bottes avant de venir s'asseoir à table pour dîner. Le soir même, à sept heures précises, il monta dans le dortoir et se coucha sans que sa mère ait eu besoin de lui rappeler la sanction.

Le lendemain soir, Lise rentra de son travail tout excitée. Dès que Jeanne l'entendit entrer dans la maison, elle laissa Maurice seul devant le téléviseur à l'étage et descendit au rez-de-chaussée pour voir si la jeune fille avait tout ce qu'il lui fallait pour souper.

À peine assise devant son assiette, Lise annonça à sa mère à mi-voix :

— M'man, j'ai une grande nouvelle.

— Quoi ?

— Yvon a été accepté à l'école de formation des pompiers. Il lâche Woolworth la semaine prochaine et il commence ses cours trois jours plus tard.

— Pourquoi il a fait ça ? demanda Jeanne, ne saisissant pas toute l'importance de la nouvelle. Il aimait pas ça, chez Woolworth ?

— Voyons, m'man. Il a fait ça pour gagner un ben meilleur salaire. Quand il va être pompier, il va gagner cinq fois plus que comme responsable d'un département chez Woolworth.

— Si c'est comme ça, je suis bien contente pour lui. Mais toi, tu vas trouver ça dur de plus le voir à l'ouvrage, non ?

— Oui, ça va être dur, reconnut la jeune fille, mais ça vaut la peine. On va continuer à se voir les fins de semaine et durant la semaine, on va se téléphoner tous les soirs, comme avant.

— Bon, tant mieux. Depuis quand ton Yvon a décidé ça ?

— Depuis l'été passé, m'man. Il m'a dit qu'ils prennent juste un gars sur cinq. Il a passé des examens médicaux et de condition physique et il les a tous réussis.

— Je vais dire comme toi ; c'est une vraie bonne nouvelle, reconnut Jeanne en affichant un enthousiasme un peu forcé.

La jeune fille avala deux bouchées de nourriture avant de poursuivre sur un ton de conspiratrice :

— Vous savez pourquoi il veut devenir pompier, m'man ?

— Tu viens de me dire que c'est pour l'argent.

— Oui, c'est vrai. Mais je pense qu'Yvon aimerait qu'on se fiance l'automne prochain. Il dit qu'il pouvait pas faire de plans pour l'avenir avec sa petite *job* chez Woolworth.

Jeanne eut l'impression que son cœur venait d'arrêter de battre.

— T'es encore pas mal jeune, tu trouves pas ?

— C'est pas pour tout de suite, m'man. Yvon veut d'abord être pompier et ramasser un peu d'argent, mais c'est sérieux.

— Bon. On a encore le temps de voir venir ça, dit sa mère, à peine soulagée, en se dirigeant vers l'escalier.

De retour aux côtés de Maurice, elle ne put s'empêcher de lui raconter ce que leur fille venait de lui révéler.

— Je trouve ça pas mal vite, moi, conclut-elle.

Le père de famille ne prononça d'abord pas un mot, comme s'il n'avait rien entendu. Puis, il oublia durant un instant le petit écran qu'il n'avait pas cessé de fixer et porta son attention vers sa femme.

— Ben moi, je trouve que son *chum* est moins niaiseux qu'il en a l'air. Il a vingt ans et il a l'air de savoir ce qu'il veut. Tant mieux. Il lui fera pas perdre son temps. Après tout, pompier, c'est une bonne *job* ben payée.

— Elle a pas encore dix-huit ans, plaida Jeanne.

— Puis après ? Il l'a pas demandée en mariage encore, calvaire ! s'emporta Maurice. C'est pas demain la veille. Il a même pas encore commencé son cours de pompier. Calme-toi donc un peu. C'est pas demain que tu vas perdre ta fille.

Mais à compter de ce soir-là, Maurice regarda d'un autre œil le prétendant de sa fille aînée et lui accorda un peu plus de considération. Bientôt, le jeune homme ferait partie intégrante de la famille.

À la fin de la première semaine de février, le mercure avoisina les – 20 °F durant plusieurs jours. Les fenêtres des maisons se couvrirent de dessins de givre et la charpente de la demeure des Dionne se mit à émettre des bruits étranges. Un froid si rigoureux donnait l'impression qu'on ne parviendrait jamais à se réchauffer, même lorsqu'on était bien à l'abri, à l'intérieur.

Évidemment, lorsque le froid se faisait aussi intense, la fournaise à mazout des Dionne, comme celle de toutes les maisons voisines, démarrait plus souvent pour maintenir la chaleur dans toutes les pièces. Chaque fois qu'il l'entendait démarrer, le visage de Maurice se contractait involontairement.

— Sacrement, le chauffage va nous coûter un bras cet hiver ! ne pouvait-il s'empêcher de s'écrier trois ou quatre fois par semaine.

Et il écoutait alors avec attention les bruits émis par sa fournaise en imaginant tout le mazout qu'elle consommait.

Pour les siens, ce comportement n'avait rien d'étonnant. On savait depuis longtemps à quel point il était préoccupé jusqu'à l'avarice par les dépenses en chauffage et en électricité dans sa maison. Son contrôle dans ces deux domaines ne se relâchait jamais et ne souffrait aucune exception. Par conséquent, l'eau chaude ne coulait des robinets que deux demi-journées par semaine et on devait utiliser avec parcimonie la bouilloire électrique les autres jours. Et malheur à celui ou à celle qui oubliait d'éteindre une ampoule dans une pièce en la quittant, ne serait-ce que cinq minutes. Il ou elle avait droit à une algarade mémorable pour lui apprendre les vertus de l'économie.

Le chef de famille exerçait un contrôle encore plus étroit sur le chauffage. Nul autre que lui n'avait le droit de toucher à l'unique thermostat par lequel on réglait la température à l'intérieur de la maison. Chaque soir, il se campait devant l'appareil fixé au mur du couloir et il abaissait la température pratiquement au point de congélation, convaincu qu'il n'était pas vraiment nécessaire de chauffer durant la nuit lorsque les siens dormaient. Au réveil, il remettait la fournaise en marche, arrêtant le régulateur du thermostat entre 62 et 64 °F. Debout devant l'appareil, il ne manquait jamais de ployer les genoux de sorte qu'il regardait le régulateur par en dessous, ce qui lui faisait croire que l'indicateur rouge était situé beaucoup plus haut sur le thermomètre.

En somme, il ne faisait jamais vraiment chaud chez les Dionne, même si Maurice proclamait souvent qu'on y crevait de chaleur. Il était tout de même étrange qu'il n'ait jamais remarqué que les visiteurs n'acceptaient jamais d'enlever leur veston ou leur veste lorsqu'il les invitait à s'asseoir.

Or, le premier jeudi de février, le père de famille revint de son travail un peu après quatre heures, bien décidé à profiter de l'une de ses rares soirées de congé.

Dès son entrée dans la maison, il enleva ses bottes et sa casquette avant de faire un pas vers le thermostat pour consulter la température qu'il faisait à l'intérieur de la résidence. C'était là un geste routinier qui se reproduisait à chacun de ses retours à la maison.

Ce soir-là, l'appareil indiquait 70 °F. En apercevant ce chiffre, Maurice eut un violent soubresaut. Il regarda à nouveau le thermomètre, n'en croyant pas ses yeux.

— Qu'est-ce que c'est que cette affaire-là ? s'écria-t-il à l'endroit de sa femme occupée à peler les pommes de terre du souper dans la cuisine.

— Quoi ?

— Il y a quelqu'un qui a joué avec le thermostat, calvaire ! Il fait 75 dans la maison.

— Tu dois te tromper, fit Jeanne. Il y a personne qui a touché à ça.

— Prends-moi pas pour un fou, Jeanne Sauvé ! s'emporta Maurice en élevant la voix. Moi, je le mets à 70 le matin quand je me lève... Là, il marque 75.

— Pour moi, t'étais mal réveillé à matin. T'as dû le monter trop haut avant de partir, dit sa femme, comme si l'incident n'avait aucune importance.

— Non, s'entêta Maurice, catégorique. Il y a quelqu'un qui a monté le thermostat !

Les enfants, occupés à faire leurs devoirs autour de la table, ne bronchèrent pas.

— Sacrement, je veux savoir qui a touché à ça ! déclara leur père sur un ton menaçant.

Personne ne répondit.

— Bande de maudits hypocrites ! ragea-t-il, les veines de son front prêtes à éclater. Il y en a pas un assez franc pour dire la vérité. Je me crève à travailler toute la journée, et pendant ce temps-là, on garroche mon argent par les fenêtres, dans mon dos !

Le silence continua à régner dans la pièce.

— Si jamais j'en pince un à toucher au thermostat, il va le regretter, je te le garantis.

Sur cette promesse, Maurice abaissa le régulateur bien au-dessous de la température habituelle, comme pour récupérer tout le mazout qui avait été gaspillé durant la journée. Il se rendit ensuite au réfrigérateur d'où il tira une bouteille de Coke avant d'aller s'asseoir lourdement dans sa chaise berçante placée près de la cuisinière électrique. Durant toute la soirée, il ne desserra pas les dents, l'air renfrogné, remâchant sa rancœur.

Une semaine plus tard, la température fit un bond prodigieux de près de vingt degrés et, au matin, les gens eurent la surprise de constater qu'il soufflait une brise chaude, presque printanière, à l'extérieur.

— C'est le redoux qu'on aurait dû avoir en janvier, dit Jeanne. Ça va durer un ou deux jours et, après ça, l'hiver va reprendre.

— Ça fond dans la rue et sur les trottoirs, m'man, dit André, dépité. On pourra même pas se servir de la patinoire. La glace va être toute molle.

— En tout cas, que j'en voie pas un enlever sa tuque, fit sa mère. C'est un vrai temps pour attraper la grippe.

Le temps doux persista durant toute la journée et les amoncellements de neige accumulés depuis le début de l'hiver prirent une vilaine teinte grisâtre. La nuit suivante, le mercure chuta à peine au-dessous du point de congélation pendant qu'un petit vent du sud se levait et poussait devant lui de lourds nuages noirs dans le ciel.

— Il y a pas moyen de savoir si ça va être de la neige ou de la pluie, dit Maurice ce matin-là, avant de partir pour St-Andrews. On va peut-être avoir un mélange des deux.

En effet, au milieu de l'avant-midi, quelques flocons se mirent à tomber, rapidement remplacés par une pluie qui devint de plus en plus forte. Un peu avant midi, le mercure descendit de quelques degrés, juste assez pour transformer la pluie en verglas.

— C'est le *fun*, m'man, dit Claude en rentrant de l'école, sa canadienne toute mouillée. On glisse partout. Vous devriez voir les chars dans la rue. Ils ont de la misère à avancer.

— On s'est mis une dizaine pour pousser le char du directeur, annonça fièrement André en refermant la porte derrière lui.

— Moi, j'ai vu du monde tomber sur le trottoir, ajouta Francine. On peut même pas marcher là tellement c'est glissant. Il faut marcher dans la rue.

— À soir, dit André à son frère, on va casser des glaçons. Ça, c'est le *fun*.

Pendant toute l'heure du repas, la pluie verglaçante continua à tomber. Quand les enfants se préparèrent à repartir pour l'école, leur mère, passablement inquiète, les mit en garde.

— Faites attention de pas vous casser un membre. Si vous êtes pas capables de marcher sur le trottoir parce qu'il est trop glissant, marchez au moins le long du trottoir, pas au milieu de la rue.

Debout devant la fenêtre de la cuisine, elle examina longuement le boulevard dont la chaussée luisante disait assez combien elle pouvait être dangereuse. Durant un long moment, elle regarda le voisin, Jean Rivest, peiner à déglacer le pare-brise et la lunette arrière de sa Chevrolet stationnée dans son allée.

Vers deux heures, les lumières allumées dans le dortoir où elle cousait s'éteignirent et le moteur de la fournaise s'arrêta.

— Bon, il manquait plus que ça! s'exclama Jeanne. Plus d'électricité à cette heure! J'espère qu'elle va revenir vite.

Quelques minutes plus tard, assise dans la cuisine assombrie, elle sursauta en entendant la porte arrière de la maison s'ouvrir. Des bruits de pas se firent instantanément entendre.

— Bonjour, m'man, cria Denis. L'école est fermée. La maîtresse a dit que c'est parce qu'il y a plus d'électricité.

Peu après, Martine, Francine, Claude et André firent leur apparition à leur tour, tout heureux de ce congé forcé.

— C'est le *fun*, dit Claude. On n'a même pas de devoirs à soir parce que le prof a pas eu le temps de nous en donner avant que l'école ferme.

— Gardez vos manteaux sur le dos, dit Jeanne. Ça commence à pas être chaud dans la maison.

En fait, la température s'était considérablement abaissée dans le bungalow depuis le début de la panne. L'humidité faisait frissonner et toutes les pièces étaient maintenant plongées dans la pénombre.

— Si ça continue, il va falloir allumer une ou deux chandelles, ajouta-t-elle comme pour elle-même.

— Mon manteau est mouillé, se plaignit André.

— Moi aussi, dit son frère.

— Enlevez-les et allez vous chercher une couverte sur votre lit. Enveloppez-vous dedans, leur conseilla leur mère.

— D'abord, on est mieux d'aller casser la glace dans le *drive-way* avant que p'pa arrive, dit Claude. Il pourra jamais monter là avec le char si on la casse pas.

Les deux frères sortirent de la maison, armés d'une pelle.

Un peu après quatre heures, Francine, qui surveillait par la fenêtre de la cuisine ce qui se passait à l'extérieur, annonça à sa mère :

— M'man, je pense que madame Rivest s'en vient vous voir. Je vous dis qu'elle a de la misère à se tenir debout.

Une minute plus tard, Jeanne ouvrit la porte à sa voisine, vêtue de son habituel manteau de drap brun.

— Brrr ! On commence à geler, madame Dionne, dit Irène Rivest en pénétrant dans la maison. Quand on sort, on peut pas faire un pas sans risquer de se casser une jambe. Vous avez dû remarquer que le téléphone fonctionne pas.

— Non, mais venez vous asseoir une minute.

— Merci, mais je peux pas, fit-elle en demeurant debout près de la porte. Les enfants sont tout seuls dans la maison. Il faut que j'y retourne. J'ai essayé de vous appeler, mais il y a aucun son. La ligne est coupée. Le seul moyen de savoir ce qui se passe, c'est d'écouter le radio. Vous savez ce qui arrive ?

— Non, reconnut Jeanne.

— Ah ! Vous avez pas de radio à batteries ?

— Paul en a un, mais ses batteries sont finies.

— Le mien fonctionne. Je l'écoute depuis le commencement de la panne. Il paraît que c'est une grosse panne. On manque d'électricité partout dans Saint-Léonard et presque dans tout Montréal-Nord. Ils savent pas quand le courant va revenir. Tout à l'heure, Frenchie Jaraud disait que ça pourrait durer jusqu'à demain matin ; c'est pas des farces !

— Si c'est vrai, là, on aurait l'air fin, reconnut Jeanne. Je sais pas ce qu'on va faire sans chauffage et sans lumière jusqu'à demain.

— J'ai bien fait de venir vous le dire, fit la voisine d'un air satisfait en saisissant la poignée de la porte. Nous autres, on restera pas ici à geler pour attraper notre coup de mort. Mon mari est à la veille de revenir et je suppose qu'on va aller rester chez ma sœur à Montréal. Son appartement est petit, mais on va se tasser. Au moins, on va être au chaud pour la nuit.

Au moment où Irène Rivest quittait la maison, Jeanne cria à ses deux fils en train de briser l'épaisse couche de glace qui recouvrait encore la plus grande partie de l'allée d'aider leur voisine à se rendre chez elle.

Puis, le soleil se coucha, plongeant toute la maison dans une obscurité profonde et inquiétante.

— Vous devriez voir dehors, m'man, dit Claude en rentrant. C'est noir partout. Il mouille encore et ça gèle en tombant. À part ça, il y a pas une lumière nulle part. On dirait une ville fantôme.

— Ah ! Ah ! Ah ! fit André d'une grosse voix en singeant un monstre. On se croirait dans un film pour faire peur.

— Ça va faire tes niaiseries, André Dionne, le tança sa mère. Tu vas faire peur à tes frères.

Les jumeaux, impressionnables, étaient assis près de la table au centre de laquelle leur mère avait placé un petit chandelier dans lequel était fiché un petit cierge, l'unique chandelle qu'elle avait pu trouver dans la maison. Les deux garçons de quatre ans, enveloppés dans des couvertures, protestèrent.

— Il est presque cinq heures, dit Jeanne à ses enfants. Je commence à être inquiète pour votre père. Il a dû lui arriver quelque chose.

Quelques minutes plus tard, Claude, posté dans le couloir, devant la porte d'entrée, prévint sa mère.

— Le v'là ! Il arrive.

André se précipita à la fenêtre pour voir.

— T'as vu ? dit-il à son frère. Il est même pas capable de monter dans le *drive-way* avec le char. On a cassé la glace pour rien. C'est encore tout gelé.

Le vieille Dodge brune s'était arrêtée dans la rue devant la maison et Maurice avait toutes les peines du monde à se rendre à la porte d'entrée. Dix fois, il risqua de s'étaler de tout son long avant d'y arriver, hors d'haleine et de fort méchante humeur.

— Sacrement de température de fou ! jura-t-il en posant le pied dans la maison. As-tu déjà vu une affaire comme ça ? demanda-t-il à Jeanne en se laissant tomber sur la première chaise libre dans la cuisine. T'as pas d'électricité depuis quelle heure ?

— Deux heures.

— Tu me croiras pas, mais je suis parti de l'école depuis une heure et demie. C'est pas roulable. Le char tient pas la route. C'est tellement glissant qu'il y en a qui ont laissé leur char en plein milieu de la rue et ils sont partis à pied. Les gars de la voirie ont beau mettre du calcium, la pluie le lave et la glace reste.

— T'avais de l'électricité à l'école ? demanda Jeanne.

— Oui et je savais même pas qu'il y avait une panne. C'est la sœur directrice qui m'a dit qu'elle avait entendu ça au radio à la fin de l'après-midi. Il paraît même que l'électricité reviendra pas avant un bon bout de temps.

— Qu'est-ce qu'on va faire ?

— La sœur nous offre d'aller passer la nuit à l'école. Au moins là, c'est chaud et on va être éclairés. Prépare une boîte de manger. Vous autres, les enfants, allez vous chercher une couverte et un oreiller. Prenez-en aussi pour Paul et Lise. Apportez aussi de quoi vous occuper.

— Pour la vaisselle ? demanda Jeanne déjà en train de fourrager dans le réfrigérateur à la maigre lueur de la chandelle.

— Laisse faire. Il y a tout ce qu'il faut dans la classe d'art culinaire.

Les enfants se dépêchèrent d'aller chercher leurs effets dans le noir pendant que leur père allait récupérer, à la maigre lueur de son briquet, deux boîtes de carton dans le sous-sol pour y mettre la nourriture.

Quelques instants plus tard, tout le monde était prêt à partir.

— Sortez par derrière, dit Maurice. Par en avant, vous allez vous casser un membre en essayant de descendre l'escalier.

Tant bien que mal, on transporta les couvertures, les oreillers et la nourriture dans le coffre de l'auto où on s'empressa de s'entasser en grelottant après être parvenus difficilement à ouvrir les portières.

— Claude, aide-moi à gratter les vitres du char, dit son père en arrivant près de la Dodge après avoir verrouillé les portes de la maison.

Armés de grattoirs, ils se mirent à casser l'épaisse couche de verglas qui s'était déjà formée durant les quelques minutes qu'avait duré l'absence du conducteur.

Finalement, le père et le fils montèrent à bord et la Dodge démarra doucement en patinant. L'expression «ville fantôme» employée par Claude une heure auparavant convenait parfaitement à Saint-Léonard-de-Port-Maurice en cette soirée du début de février. Tout était noir. Les premiers véhicules croisés par Maurice étaient des camions de la voirie occupés à répandre du calcium ou du sable sur la chaussée de la rue Jarry. Leurs clignotants jaunes étaient visibles de loin. On aurait juré que les phares de la Dodge éclairaient un immense miroir.

La tension du conducteur était si palpable que ses passagers gardaient le silence pour ne pas le déconcentrer.

— Calvaire! C'est une vraie patinoire! ne cessait de répéter Maurice, les dents serrées et les mains agrippées au volant.

— Qu'est-ce qu'on va faire pour Paul et pour Lise ? finit par demander Jeanne, inquiète du sort de ses deux aînés.

— On va essayer d'aller les chercher devant Morgan, au centre d'achats, répondit Maurice, en évitant de justesse une voiture partie dans un dérapage incontrôlé. Je suis à peu près certain que l'autobus roule pas. Vanier est pas assez fou pour risquer un de ses autobus sur des rues pareilles.

Sur le boulevard Pie IX, l'état de la chaussée sembla s'améliorer un peu, ce qui permit à Maurice d'arriver au centre commercial Boulevard quelques minutes à peine avant six heures.

En apercevant sa fille et son fils debout devant la vitrine du magasin Morgan, au milieu d'une vingtaine d'autres usagers de l'autobus Vanier, Jeanne poussa un profond soupir de soulagement. Maurice, trop préoccupé par la conduite de la voiture, ne remarqua même pas Yvon Larivière en train de se fondre discrètement dans le groupe lorsqu'il aperçut la Dodge.

Le frère et la sœur montèrent à bord de la voiture familiale. Un peu avant l'arrivée de leur père, ils s'interrogeaient sur ce qui les attendait à Saint-Léonard après avoir appris par de nombreuses personnes la panne qui frappait la municipalité.

— On s'en va coucher à l'école, leur annonça Maurice en démarrant lentement. On va être mieux là qu'à grelotter chez nous, sans chauffage et sans électricité.

Il fallut encore près d'une demi-heure pour arriver devant l'établissement. Le père fit descendre tout le monde devant la porte principale avant d'aller stationner le véhicule sous la voie élevée du boulevard Métropolitain qui passait devant St-Andrews. En un rien de temps, toute la famille se retrouva bien au chaud dans l'école.

— On va aller s'installer dans la salle des professeurs, déclara Maurice en guidant les siens. Là, il y a tout ce qu'il faut. Il y a un poêle, un frigidaire, des tables et des chaises.

À peine les Dionne venaient-ils d'enlever leur manteau et leurs bottes qu'une petite religieuse arriva dans la pièce en portant un grand chaudron de soupe chaude.

— Mère supérieure m'a dit de vous apporter ça, monsieur Dionne, dit la religieuse en anglais. Cela va réchauffer vos enfants.

— Merci, ma sœur, dit Maurice, gêné de se trouver là avec toute sa famille.

— Elle vous fait dire que si vous avez besoin de quelque chose, vous n'avez qu'à venir nous le demander, ajouta la religieuse avant d'adresser un sourire chaleureux à Jeanne et aux enfants.

Sur ces mots, la religieuse quitta la pièce et on entendit le claquement de ses pas dans le long corridor à peine éclairé qui traversait l'école sur toute sa longueur.

— Par où elle a passé, p'pa ? demanda Denis, curieux.

— Ben, par le couloir. Le couvent communique avec l'école par une porte au bout du couloir, lui expliqua Maurice, heureux d'avoir pu faire constater aux siens qu'il pouvait facilement se débrouiller dans la langue de Shakespeare.

Les Dionne soupèrent avec un bel appétit. Après le repas, Maurice alla chercher dans une classe un téléviseur monté sur une table haute dotée de roulettes pendant que les plus jeunes s'amusaient avec un ballon dans le couloir, près de la salle des professeurs.

— On va essayer de savoir quand est-ce que ça va être réparé, dit Maurice à sa femme en branchant l'appareil.

Il n'eut pas à attendre longtemps. Un journaliste de Radio-Canada était justement en train de questionner un haut responsable de la compagnie d'électricité, qui semblait un peu dépassé par les événements.

Ce dernier finit par reconnaître que cette panne majeure était due au bris d'une ligne de haute tension qui n'avait pu résister à l'épaisse couche de verglas. Des pylônes étaient tombés et les ingénieurs en étaient encore à évaluer l'étendue des réparations à effectuer. Poussé dans ses derniers retranchements, l'homme finit par admettre que la panne pourrait durer encore vingt-quatre heures.

— Maudit calvaire! blasphéma Maurice. Ils peuvent pas attendre toute une journée pour nous redonner du courant. Les tuyaux de la maison vont geler. En plus, on va perdre tout le manger qu'il y a dans le frigidaire et dans le congélateur de la cave.

— Pour moi, ils se trompent, voulut le rassurer sa femme. Demain matin, ils vont nous annoncer que l'électricité est revenue. Ce verglas-là, c'est tout de même pas la fin du monde.

Le journaliste conclut son reportage en laissant sous-entendre qu'il était temps que le nouvel organisme gouvernemental appelé Hydro-Québec prenne en main la gestion de tout le réseau hydroélectrique de la province. C'est aussi ce que pensaient Jeanne et son mari.

Un peu après neuf heures, les parents installèrent leurs enfants pour la nuit. Paul et Claude traînèrent de minces matelas de gymnastique dans deux classes. Les garçons dormiraient dans l'une des pièces et l'autre serait réservée aux filles. Pour leur part, le couple choisit de passer la nuit dans le bureau de Maurice parce que la petite pièce contenait un lit pliant et un divan.

Un peu avant six heures, le lendemain matin, le père réveilla tout le monde. Pendant que les enfants s'habillaient, il sortit de l'école pour constater que le mercure avait chuté bien au-dessous de zéro et qu'une petite neige folle était tombée durant la nuit.

— Ça arrangera pas nos affaires, cette température-là, dit-il à Jeanne en entrant dans la salle des professeurs. On gèle à cette heure et il a neigé.

— Ma ronde de journaux! s'exclama Claude en pénétrant dans la pièce où sa mère s'activait déjà à préparer le déjeuner. J'y pensais plus pantoute.

— Tu sais ben qu'il doit pas y avoir de *Presse* passée à Saint-Léonard, lui dit son père en éteignant le mégot de sa première cigarette de la journée. Il doit plus y avoir un chat dans toute la coopérative.

Un à un, les autres enfants prirent place autour de la grande table en bois placée au centre de la salle des professeurs.

— Je vais allumer le radio pour avoir des nouvelles, dit Maurice en s'approchant d'un appareil posé sur le rebord d'une fenêtre.

Il n'obtint des informations qu'au bulletin de six heures quarante-cinq. Les nouvelles étaient pires que la veille. Le journaliste affirma que les dommages causés par le verglas dans le nord de la métropole étaient tels qu'on ne prévoyait pas être en mesure de rétablir le courant avant au moins soixante-douze heures.

— Bien, voyons donc! s'exclama Jeanne en affichant un air catastrophé.

Maurice, devenu subitement fataliste, la rabroua sèchement:

— Toi, commence pas à t'énerver et à m'énerver! On n'est pas dehors. On est chauffés et on a de l'électricité. On retournera à la maison quand on pourra. Puis, vous autres, dépêchez-vous à manger, dit-il en se tournant vers ses enfants. Il faut remettre de l'ordre dans les classes avant que les professeurs arrivent. Il y a de l'école ici, aujourd'hui.

— Où est-ce qu'on va passer la journée, p'pa ? demanda André en finissant de boire la tasse de chocolat chaud que sa mère lui avait préparée.

— On n'a pas le choix. Vous allez être obligés de passer la journée dans mon bureau. Vous pourrez pas faire de bruit pour pas déranger les classes.

— Qu'est-ce qu'on va faire ? demanda Claude.

— Vous lirez, vous dessinerez, vous vous occuperez, calvaire ! fit Maurice avec impatience. En attendant, tu pourras venir m'aider à nettoyer les marches d'escalier et le devant des portes avant que les élèves arrivent.

— Moi, je vais appeler ma mère pour qu'elle s'inquiète pas pour nous autres, fit Jeanne. Penses-tu que je peux me servir du téléphone de la salle des professeurs ?

— Oui, mais fais ça vite, la pressa Maurice. Les premiers professeurs vont être arrivés à sept heures et demie.

Un peu après sept heures, Paul et Lise quittèrent St-Andrews, laissant derrière eux leurs frères et sœurs, prêts à aller s'entasser dans le petit bureau de leur père.

Lorsque les écolières envahirent l'école, Jeanne et sept de ses enfants occupaient la petite pièce du concierge pendant que Maurice remplissait différentes tâches dans l'édifice. Quand il put se libérer, un peu avant midi, il revint à son bureau.

— T'as pu parler à ta mère ? demanda-t-il à sa femme, sans montrer grand intérêt.

— J'ai surtout parlé à Laure. Ma sœur a couché avec Florent chez mon père hier soir. Ils retournent à Saint-Cyrille aujourd'hui parce qu'ils ont pas pu avoir quelqu'un pour s'occuper de leurs vaches plus que deux jours.

— Ils sont chanceux d'avoir juste à s'occuper d'eux autres et de pas avoir d'enfants, fit Maurice.

Jeanne adressa à son mari un regard de reproche. Il savait aussi bien qu'elle que sa sœur et son mari regrettaient amèrement de n'avoir jamais pu avoir d'enfants.

— Justement, Laure se demandait comment on allait se débrouiller avec tous les enfants dans ton bureau toute la journée. Elle nous offre de garder Claude, André, Martine et Denis à Saint-Cyrille, si ça nous arrange. Remarque, elle et Florent étaient prêts à prendre tous les enfants le temps que l'électricité revienne, mais je lui ai dit que je préférais garder les jumeaux et que j'avais besoin de Francine.

— Je le sais pas trop, fit Maurice d'un ton hésitant. J'aime pas trop éparpiller les enfants.

— Ce serait juste pour deux ou trois jours, plaida Jeanne. Les enfants seraient bien mieux dans leur grande maison que tassés ici.

— Ouais, je sais ben, mais…

— En plus, tu sais que ça leur ferait pas mal plaisir d'avoir les enfants avec eux. J'ai parlé à Florent et il m'a dit qu'il était prêt à venir les chercher cet après-midi.

— Comment il ferait ça avec son *truck*? Il a jamais assez de place dans la cabine pour Laure et quatre enfants.

— Non, il est monté en ville avec sa Pontiac.

Maurice jeta un regard à ses enfants qui s'amusaient comme ils pouvaient, entassés sur le divan ou assis sur des chaises dans la petite pièce. Aucun ne montrait beaucoup de joie à l'idée de se séparer de leurs parents, ce qui sembla convaincre Maurice de céder.

— Bon, c'est correct. Viens téléphoner au secrétariat. Si Florent veut encore les enfants, on va laisser Francine ici pour garder les jumeaux et on va aller à Saint-Léonard avec les autres pour leur préparer du linge.

— C'est pas tout, ajouta Jeanne. Ma mère et mon père ont pas beaucoup de place, mais ils invitent Lise à coucher durant toute la panne, si tu veux.

— Un coup partis pour se débarrasser de notre famille, allons-y, dit Maurice en haussant les épaules. Il y a personne d'autre qui veut avoir les jumeaux ?

— Ils nous l'offrent pour nous rendre service, Maurice, protesta Jeanne.

— OK. J'ai rien dit.

Moins d'une heure plus tard, les Dionne entraient dans leur maison glaciale qui résonnait étrangement sous leurs pas. Maurice n'eut rien de plus urgent à faire que d'aller vérifier si la tuyauterie avait résisté au froid. Pour leur part, les enfants s'empressèrent de préparer un sac de vêtements pendant que leur mère se chargeait des vêtements de leur sœur Lise.

Florent Jutras et sa femme arrivèrent à peine quelques minutes plus tard.

— Sacrifice ! s'exclama le cultivateur en entrant dans la maison, c'est pas le temps de se déshabiller ici-dedans.

— Ça fait presque vingt-quatre heures qu'il y a pas de chauffage, l'informa Maurice en lui serrant la main.

— Bon, les enfants, embrassez votre père et votre mère et allez vous asseoir au chaud, dans le char, dit la tante Laure, une maîtresse femme à l'allure imposante.

Jeanne embrassa ses enfants et Maurice fit ses recommandations :

— Soyez fins avec votre oncle et votre tante. Et pas de chamaillage surtout.

— Laisse faire, dit Florent en faisant les gros yeux pour provoquer le rire des enfants. Le premier qui m'écoute pas, je l'envoie coucher avec les vaches à l'étable.

— Le pire à surveiller, ça va être lui, dit Laure en montrant son mari.

— Claude, place donc tous les bagages dans la valise, ajouta son oncle en lui tendant son trousseau de clés.

Les quatre jeunes sortirent précipitamment de la maison. Sans le vouloir, ils donnaient vraiment l'impression de partir en vacances.

— As-tu fermé ton arrivée d'eau et mis de l'antigel dans ton bol de toilette et dans le renvoi de tes lavabos? demanda le mince cultivateur à Maurice. Avec ça, t'es sûr qu'il leur arrivera rien.

— J'en avais pas sous la main, mais je vais en mettre, promit son beau-frère qui n'avait pas du tout songé à cette alternative.

— Laisse faire, j'en ai deux gallons dans la valise de mon char. On va en mettre tout de suite. Comme ça, t'auras pas à revenir pour rien. Tu me les remettras plus tard.

Avant de partir, Laure rassura sa sœur et son beau-frère en leur disant de ne pas s'inquiéter pour leurs enfants. Ils n'auraient qu'à venir les chercher quand tout serait rentré dans l'ordre.

Quand la Pontiac démarra lentement sur la chaussée glissante du boulevard Lacordaire, les enfants firent des signes de la main à leurs parents demeurés debout sur le trottoir.

— Avant de partir, on va mettre ce qu'il y a dans le congélateur et dans le frigidaire dans des boîtes, dit Jeanne. On va laisser ça dehors, près de la porte, en arrière. Il fait tellement froid qu'on perdra pas grand-chose.

Le couple rentra à St-Andrews à la fin de l'après-midi et Maurice reprit sa tâche de concierge pendant que Jeanne rejoignait Francine et les jumeaux dans le minuscule bureau.

Après le souper, ils allèrent chercher Lise et Paul au centre commercial et déposèrent l'aînée chez ses grands-parents avant de rentrer sagement à l'école pour une seconde soirée hors de la maison.

Ce soir-là, comme le gymnase était loué par les loisirs de Ville Saint-Michel, Maurice dut assurer la surveillance des lieux jusqu'à neuf heures et demie.

— C'est pas à moi que grand-mère Sauvé aurait offert de rester chez eux, se plaignit Paul à sa mère au début de la soirée. Le collège est ben plus près de la rue Louis-Veuillot que le centre d'achats où Lise travaille.

— C'est vrai, reconnut sa mère, mais oublie pas que ta sœur est leur filleule. Je suis sûre que ta grand-mère t'aurait invité, toi aussi, si elle avait eu assez de place.

— Ouais, fit l'adolescent peu convaincu.

— Je savais pas que t'aimais tant que ça le chapelet et les longues prières de ta grand-mère, fit Jeanne, narquoise.

— Ouf! J'avais pas pensé pantoute à ça, dit Paul, avant d'aller s'installer dans une classe vide pour faire une version grecque.

Pendant ce temps, Lise renouait avec la récitation du chapelet en famille que leur mère avait abandonnée quelques mois auparavant parce qu'il était devenu impossible de réunir en début de soirée tous les enfants pour une prière commune. Cette fois, le chapelet fut suivi des prières interminables de grand-mère Sauvé. Le pire était qu'il fallait faire ces dévotions le corps bien droit, à genoux au centre de la cuisine. Lorsque la jeune fille se releva enfin, elle avait les genoux endoloris et une forte envie de se retirer dans la chambre qu'elle allait partager avec sa jeune tante Ruth.

— Tu vas manger quelque chose avant de te coucher, décida sa grand-mère en ouvrant la porte du réfrigérateur. C'est pas bon pour la santé de se coucher le ventre vide.

La sexagénaire au chignon gris sortit du fromage et diverses confitures du réfrigérateur pendant que sa fille Ruth, aidée par Lise, étendait une nappe sur la table. Au cours du goûter, la jeune fille ne put s'empêcher de raconter à sa tante et à ses grands-parents ses projets d'avenir avec Yvon.

— Aïe, toi ! protesta en riant sa tante Ruth. T'es pas pour te marier avant ta tante, non ? J'ai presque dix ans de plus que toi.

— Ben non, ma tante, répondit la jeune fille, sérieuse.

— Veux-tu ben me dire ce qui te presse comme ça ? lui demanda sa grand-mère en regardant sa petite-fille par-dessus ses petites lunettes rondes. T'as même pas vingt ans. Prends le temps de vivre un peu.

L'adolescente aurait bien aimé pouvoir répondre qu'elle avait hâte de quitter la maison pour pouvoir enfin échapper à la tutelle étouffante de son père. Mais elle connaissait assez ses grands-parents pour savoir qu'ils n'accepteraient jamais qu'elle critique ouvertement ses parents devant eux.

Durant tout cet échange, Léon Sauvé s'était bien gardé d'intervenir. Assis à un bout de la table, le petit homme sec se contentait de regarder tour à tour les trois femmes avec un sourire malicieux.

— Respire un peu, reprit grand-mère Sauvé. Une fois mariée, tu vas être coincée avec un mari et des enfants pour le restant de tes jours. Sans le savoir, tu vis tes plus belles années, ma chouette !

Léon eut un petit rire à demi silencieux.

— C'est pas quand tu seras prise avec un vieux grognon juste bon à rester dans tes jambes du matin au soir que ce sera le temps de le regretter, ma fille. Je l'ai dit cent fois à ta tante Ruth, ajouta la vieille dame en adressant un clin d'œil à Lise. Mais ta tante a la tête dure et elle a décidé pareil de se marier l'été prochain. Elle veut pas comprendre qu'en vieillissant, les hommes sont pas endurables. Ils mangent, ils chialent et ils dorment. Une chance qu'ils dorment, à part ça !

— Maudit que le monde est ingrat, dit enfin le petit homme en affichant une mine de martyr. J'ai été le seul gars de Saint-Joachim qui a eu le cœur d'empêcher ta grand-mère de devenir une vieille fille inutile. J'ai passé ma vie à la traiter comme une vraie reine. Je lui ai tout donné. Regarde comment elle me traite aujourd'hui.

Les trois femmes éclatèrent de rire. Lise se rendait compte qu'il s'agissait d'un numéro mille fois joué entre deux vieux complices.

L'électricité ne revint que cinq jours plus tard, au moment où les résidants de Saint-Léonard-de-Port-Maurice et de Montréal-Nord commençaient à désespérer de pouvoir un jour rentrer chez eux. Les promesses d'un prochain retour à la normale formulées quotidiennement par les autorités avaient perdu tout effet sur les déracinés exaspérés par la lenteur des réparations. Évoquer la nécessité d'enterrer les fils électriques ou l'obligation de se doter d'un système propre à résister aux pires intempéries ne consolait personne. Les gens voulaient tout simplement reprendre le plus rapidement possible une vie normale.

Ce matin-là, Maurice s'éveilla à cinq heures et, impatient de fumer sa première cigarette de la journée, quitta son bureau pour ne pas réveiller sa femme. Quand il apprit par la radio que le courant avait enfin été rétabli durant la nuit, il n'hésita pas un instant. Il s'habilla et se rendit à la maison pour démarrer la fournaise et vérifier si la tuyauterie avait résisté à près d'une semaine de gel. Il constata avec soulagement que tout était en bon état. Avant de retourner à St-Andrews, il prit la peine de remettre dans le congélateur la nourriture que Jeanne et lui avaient placée à l'extérieur, à l'arrière de la maison.

En arrivant à Saint-Léonard-de-Port-Maurice quelques minutes plus tôt, il avait eu la surprise de découvrir que les lampadaires étaient allumés. Même s'il n'y avait encore que quelques fenêtres éclairées à cette heure matinale, la municipalité semblait soudainement être revenue à la vie.

Maurice revint rapidement à l'école où il retrouva Jeanne et les enfants qui étaient déjà en train de déjeuner dans la salle des professeurs.

— Veux-tu bien me dire d'où tu sors ? lui demanda sa femme en le voyant arriver, vêtu de son manteau.

— De la maison, déclara Maurice d'un air satisfait. L'électricité est revenue durant la nuit. Je suis allé mettre le chauffage. Dans une heure, ça va être assez chaud pour que je vous ramène à la maison.

— Enfin ! s'exclama Jeanne.

— Est-ce que l'école va recommencer aujourd'hui ? demanda Francine, heureuse de retourner à la maison, mais tout de même inquiète d'avoir à reprendre le chemin de l'école aussi rapidement.

— Je le sais pas. Je suppose qu'ils vont finir par l'annoncer. Mais ça me surprendrait que l'école recommence aujourd'hui ou même demain. Ça prend du temps à réchauffer, ces gros bâtiments-là, affirma son père.

— Bon, fit Jeanne en se levant d'un air déterminé. Francine, tu vas remettre de l'ordre dans la classe où t'as couché avec les jumeaux pendant que je commence à ramasser nos affaires.

Une heure plus tard, tous les effets des Dionne avaient pris place dans le coffre de la Dodge et Jeanne accompagna son mari dans le bureau de la supérieure pour la remercier d'avoir accueilli sa famille pendant près d'une semaine. Comme elle ne parlait pas anglais, ce fut Maurice qui se fit l'interprète de sa femme.

La vieille religieuse, souriante, tint à venir saluer les enfants qui attendaient impatiemment dans le vestibule de l'école. Elle permit à son concierge de s'absenter un moment pour qu'il puisse ramener les siens à la maison.

Quelques minutes plus tard, avant de retourner à l'école, Maurice demanda à sa femme de prévenir sa sœur Laure et ses parents qu'ils passeraient récupérer leurs enfants dans la soirée.

Sans se l'avouer, le concierge de St-Andrews était soulagé de retrouver son indépendance et la solitude de son bureau. Dorénavant, il n'aurait plus à s'inquiéter de ce que faisaient les siens dans son bureau. Ne plus avoir à se préoccuper que de son travail lui sembla particulièrement reposant.

À son retour à la maison, un peu après quatre heures, il eut l'heureuse surprise de découvrir que Claude, André, Martine et Denis étaient de retour.

— Qu'est-ce que vous faites là, vous autres? leur demanda-t-il.

— C'est Lucien, le fiancé de ma tante Ruth, qui est venu nous chercher, répondit Claude. Il avait congé aujourd'hui.

— Il est venu tout seul?

— Ben non, p'pa. Il était avec ma tante et sa mère.

Sur ce, Jeanne descendit de l'étage où elle cousait.

— Lucien a pensé que ça ferait ton affaire de pas avoir à faire ce voyage-là après ta journée d'ouvrage.

— J'espère que tu l'as remercié, dit Maurice, tout de même un peu déçu de ne pas prendre la route.

— Oui et j'ai même appelé Laure et Florent pour leur dire merci d'avoir gardé nos enfants. Ils m'ont dit qu'ils avaient été bien obéissants toute la semaine et qu'ils étaient prêts à recommencer n'importe quand.

— Laisse faire. Je pense qu'on va les endurer tout seuls. Bon. Il reste juste Lise. Il va falloir aller chercher ses affaires chez ta mère après le souper. Après ça, on la prendra en passant au centre d'achats.

— Ce sera pas nécessaire. Ma mère a ramassé toutes ses affaires et les a envoyées par Lucien. Ruth s'est même arrêtée chez Woolworth pour le dire à Lise. Comme ça, elle aura pas à retourner chez m'man à soir… Ruth m'a dit qu'elle avait trouvé notre fille bien facile à vivre. J'ai aussi téléphoné à m'man pour la remercier d'avoir gardé Lise à coucher pendant presque une semaine.

— Si je comprends ben, dit Maurice, j'ai plus rien à faire à soir, sauf m'écraser devant la télévision après le souper.

— Tu trouves pas que t'as bien mérité de te reposer un peu, mon vieux ? demanda Jeanne. On vient de passer par quelque chose de pas facile.

— On est tout de même passés à travers, conclut Maurice, soulagé. Bon. Est-ce qu'on soupe ? Je commence à avoir faim, moi.

Chapitre 16

La vocation de Francine

Il suffit de quelques jours aux Dionne pour oublier leur mésaventure due à la panne d'électricité provoquée par le verglas. Le mois de février 1961 ne leur réserva heureusement pas d'autre mauvaise surprise, si ce n'est une tempête qui laissa au sol près de trente pouces de neige.

Le premier mardi de mars, Maurice rentra à la maison un peu plus tôt dans l'après-midi. Jeanne, toujours occupée à coudre à l'étage, le prévint qu'elle n'en avait plus que pour une dizaine de minutes avant de descendre. Les jumeaux jouaient près d'elle dans le dortoir.

Maurice venait à peine de s'asseoir dans sa chaise berçante, prêt à savourer une tasse de café soluble qu'il venait de se préparer, quand il sursauta en entendant s'ouvrir la porte d'entrée.

— Bonjour, madame Dionne, cria une voix. Êtes-vous en bas ou en haut ?

— En haut, madame Leclerc, répondit Jeanne. J'arrive.

Maurice vit alors une grosse dame s'avancer d'un bon pas dans le couloir comme en terrain conquis. En passant devant la cuisine, elle aperçut le maître des lieux, mais elle l'ignora et poursuivit son chemin jusqu'au pied de l'escalier qui menait à l'étage.

Le sang de Maurice ne fit qu'un tour devant ce sans-gêne inqualifiable. Il se leva précipitamment et apostropha l'étrangère.

— Dites donc, vous avez pas de sonnette chez vous? fit-il d'une voix rogue en remontant son pantalon qui avait glissé un peu sous son ventre.

La cliente de Jeanne resta sans voix.

— Et ça vous tenterait pas d'enlever vos bottes en entrant? Vous êtes en train de salir tout le plancher, Christ! C'est pas une écurie ici, ajouta-t-il avant de tourner les talons et de retourner s'asseoir dans sa chaise berçante, assez satisfait d'avoir dit son fait à cette grosse effrontée.

Dès qu'elle entendit les premiers mots de son mari, Jeanne s'empressa de quitter sa vieille machine à coudre pour se précipiter au secours de sa plus fidèle cliente. Lorsqu'elle arriva au pied de l'escalier, Maurice était déjà retourné dans la cuisine et Hélène Leclerc, encore sidérée par l'agression verbale dont elle venait d'être victime, ne savait plus si elle devait faire marche arrière ou attendre sa couturière là où elle était.

En apercevant la pauvre femme dans cet état, Jeanne lui fit signe de ne pas tenir compte de son mari et lui indiqua la chambre des filles où elles s'installèrent pour l'essayage prévu.

Durant une dizaine de minutes, Maurice n'entendit que de vagues murmures en provenance de la pièce. Puis, la porte s'ouvrit pour livrer passage à la grosse dame qui ne lui jeta même pas un regard avant de saluer Jeanne et de quitter les lieux en toute hâte.

La porte n'était pas encore entièrement refermée que Maurice explosait.

— Veux-tu ben me dire, calvaire, ce qui se passe ici quand je suis pas là? N'importe qui entre dans la maison sans sonner. On n'est même plus chez nous!

— Calme-toi donc un peu, répliqua sa femme avec humeur. Elle a oublié de sonner, c'est pas la fin du monde, non? Tu vas passer pour un vrai maudit fou. T'as insulté ma meilleure cliente. À cette heure, je suis pas sûre qu'elle va vouloir revenir.

— Ben, des épaisses comme ça, on peut s'en passer.

— Toi, peut-être ; mais pas moi ! C'est facile à dire, mais j'ai besoin de cet argent-là, moi, s'emporta Jeanne, rouge de colère.

— Pour faire quoi ?

— Pour payer une partie de la commande chaque semaine, rétorqua-t-elle. Ça fait quatre ans que tu me donnes pas une cenne de plus pour acheter à manger aux enfants. Au cas où tu le saurais pas, les prix augmentent et on est onze à table.

— Je peux pas faire plus avec mon salaire, fit Maurice immédiatement sur la défensive.

— Arrête donc, Maurice Dionne ! Tu me feras pas croire ça. À part ton salaire, t'as toutes les locations de ta salle et la pension de Lise. T'as même le salaire de Claude et ses *tips* chaque semaine. Viens pas me dire que t'es pas capable de m'en donner un peu plus.

— Non, je suis pas capable ! hurla Maurice, hors de lui.

— Tu pourrais au moins me laisser le chèque d'allocations familiales, ajouta Jeanne en refermant à la volée la porte d'armoire qu'elle venait d'ouvrir pour y prendre un plat.

— Avec quoi tu penses qu'on va rembourser cette maudite maison-là ? demanda Maurice, persuadé d'utiliser là son argument massue. J'ai besoin de tout l'argent que je trouve pour arriver. Quand on l'a achetée, t'arrêtais pas de dire que t'étais prête à te serrer la ceinture... Tu chantes plus la même chanson aujourd'hui, on dirait.

— T'as un maudit front de « beu », Maurice Dionne ! s'écria sa femme. On n'arrête pas de se priver ici. T'es pas tout seul à travailler, tu sauras. Tout l'argent que je fais à coudre sert à nourrir et à habiller les enfants. Je me gâte pas, moi, à fumer des cigarettes toutes faites et à boire du Coke à longueur de journée. Je mange pas au restaurant en cachette ! Je me paie pas une perruque, moi.

— Ah ben, sacrement ! jura son mari, le visage blême de colère.

À bout d'arguments, il adopta la même attitude que durant les vingt dernières années en s'enfermant dans un mutisme complet. Assis sur sa chaise, il fixa le mur en face de lui en fumant cigarette sur cigarette dont il mordillait le filtre jusqu'au souper. De son côté, Jeanne, les traits tirés par la fatigue, repoussa d'une main impatiente une mèche brune striée de quelques cheveux gris avant de s'emparer de son tablier qu'elle noua autour de sa taille.

Lorsque Francine entra dans la maison à cinq heures pile, Maurice pensa avoir trouvé une victime sur qui déverser sa mauvaise humeur.

— D'où est-ce que tu viens à cette heure-là, toi ? demanda-t-il à sa fille, soupçonneux.

— Du couvent, en face, p'pa, répondit l'adolescente en retirant son manteau. M'man vous l'avait pas dit ?

— Qu'est-ce que tu faisais là ?

— La même chose que la semaine passée, p'pa. Les sœurs nous ont demandé de revenir pour les aider à décorer la chapelle pour la fête de dimanche prochain. M'man m'a donné la permission à midi.

Maurice, la mine renfrognée, n'ajouta rien. Assurément, il préférait que sa fille aille faire un peu de bénévolat chez les filles de Saint-Paul plutôt que de s'énerver avec les jeunes du quartier. Durant le repas, il ne cessa d'épier ses enfants, à la recherche de quelque chose à leur reprocher. Aucun de ceux-ci ne lui offrit cette chance. Mais il n'avait pas dit son dernier mot. Au lieu de monter s'asseoir devant le téléviseur sitôt la dernière bouchée du souper avalée, il demeura assis dans son coin de la cuisine.

Par la fenêtre, il vit passer l'autobus de six heures qui allait s'arrêter au coin de la rue Lavoisier.

Deux minutes plus tard, Paul ouvrit la porte d'entrée et pénétra dans la maison. Il referma la porte derrière lui.

— Sacrement! jura Maurice. T'es pas capable de fermer la porte comme du monde, toi! Essayes-tu de casser la vitre?

Paul se figea sur le paillasson au moment où il se penchait pour retirer ses couvre-chaussures. Qu'avait-il fait? Il n'avait pas claqué la porte plus fort que d'habitude. À aucun moment la vitre n'avait risqué d'être brisée. Qu'est-ce qu'il lui prenait encore?

— Bon, t'es content? T'as trouvé enfin quelqu'un à engueuler, intervint Jeanne.

Cette remarque eut sur son mari l'effet d'un chiffon rouge brandi devant les yeux d'un taureau.

— De quoi tu te mêles, toi? s'emporta-t-il. On peut plus rien dire à ton chouchou? Non seulement il rapporte rien ici, mais il peut tout casser si ça lui tente et on dira rien? Calvaire! Ça se passera pas comme ça! C'est ma maison et personne va me faire fermer la gueule ici. Et c'est pas cette maudite tapette-là qui est juste bon à venir manger ce que je gagne qui va m'empêcher de dire ce que j'ai à dire!

C'était reparti. Le même scénario se reproduisait à période plus ou moins fixe depuis quatre ans, depuis que l'adolescent avait commencé son cours classique. Pour un oui ou pour un non, il devenait, sans trop savoir pourquoi, l'objet de la colère ou de la rancœur de son père. Ce dernier finissait toujours par trouver une raison pour exploser et c'était automatiquement le point de départ de plusieurs semaines, voire des mois, de bouderie.

Sans dire un mot, Paul marcha vers sa chambre et enleva son manteau. Il n'avait même pas eu l'occasion de dire un seul mot depuis son entrée dans la maison. Quand sa mère le fit prévenir quelques instants plus tard que son souper était prêt, il sortit de sa chambre pour lui dire qu'il n'avait pas faim et retourna immédiatement se réfugier dans la petite pièce aux murs verts.

— J'espère que t'es content de toi ! ne put-elle s'empêcher de dire à son mari d'un ton plein de rancœur avant de verser dans le chaudron le contenu de l'assiette de son fils. À soir, il te coûtera rien.

Maurice se contenta d'écraser son mégot dans le cendrier posé sur le rebord de fenêtre. Il se leva et monta s'asseoir devant le téléviseur.

Une heure plus tard, Lise revint de son travail et sa mère descendit pour réchauffer son souper. Elle en profita pour entrouvrir la porte de la chambre de Paul.

— Je réchauffe le pâté chinois pour Lise, chuchota-t-elle. Viens donc souper avec elle. Je suis sûre que t'as faim.

— Non, merci, m'man. J'ai pas faim.

Humilié, l'adolescent préférait se passer de souper, même s'il mourait de faim, plutôt que de donner raison à son père qui lui reprochait de manger la nourriture qu'il payait. À cet instant, rien n'était plus souhaitable à ses yeux que de plier bagages pour aller vivre ailleurs, n'importe où. Il étouffait dans cette maison où il lui fallait supporter les sautes d'humeur de son père. Il regrettait alors amèrement la petite chambre qu'il avait réussi à avoir l'été précédent.

Il fallut attendre les derniers jours de mars pour que l'hiver consente enfin à desserrer son étreinte. Jusque-là, les heures d'ensoleillement avaient beau être plus nombreuses, le soleil n'était pas encore assez ardent pour diminuer les amas de neige. Cependant, quand il se mit vraiment au travail, les résultats furent spectaculaires. En quelques jours, l'eau de fonte se mit à ruisseler de partout et les canaux ne suffirent plus à l'absorber.

Les nuits se firent peu à peu moins froides, au point que les enfants devaient se presser de plus en plus le matin s'ils désiraient faire éclater à coups de talon la mince pellicule de glace recouvrant les mares d'eau avant qu'elle ne fonde.

Le dernier jeudi de mars, Claude revint à midi de l'école Saint-Léonard en affichant un visage soucieux.

— Mon Dieu ! s'exclama sa mère en le voyant, t'as bien l'air bête, toi. As-tu perdu un pain de ta fournée ?

L'adolescent se contenta de laisser tomber son bulletin sur la table.

— Tes notes doivent être pas mal bonnes pour que t'aies pas voulu attendre la fin de l'après-midi que je te demande de voir ton bulletin, ajouta-t-elle en déposant sur la table les assiettes qu'elle portait.

— Moi, j'ai pas apporté le mien, dit André en arrivant derrière son frère. J'avais peur de le mouiller.

— Je suis certaine que le tien peut aussi attendre quatre heures, lui dit Jeanne qui devinait que ses notes ne devaient pas être bien meilleures que celles de Claude.

Avec les années, Jeanne s'était faite à l'idée que ses enfants n'étaient pas particulièrement doués pour l'école. Ils n'étaient pas dénués de talent, mais il était évident que les études ne les intéressaient que très moyennement, exception faite de Paul, bien entendu.

La mère de famille s'essuya soigneusement les mains sur son tablier avant de s'emparer du feuillet cartonné blanc sur lequel les notes de Claude étaient inscrites.

— T'as juste 56 % ce mois-ci, constata-t-elle, tout de même déçue par de si pauvres résultats. Si t'étais moins paresseux, tu les aurais tes 60 %. Travaille donc au lieu de perdre ton temps à niaiser à l'école.

— J'ai fait mon possible, rétorqua Claude d'un ton peu convaincant.

— Aïe ! Claude Dionne, tu viendras pas me faire croire que t'étudies tous les soirs.

L'adolescent se laissa tomber sur une chaise, prit une grande inspiration avant de déclarer tout net à sa mère :

— M'man, j'ai décidé que j'allais plus à l'école.

— Qu'est-ce que tu viens de me dire là, toi ?

— Je veux plus aller à l'école, reprit l'adolescent. J'haïs ça. Ça sert à rien. On dirait que je comprends plus rien. En plus, le bonhomme Soucy est toujours sur mon dos. Il me lâche jamais. Il passe son temps à rire de moi devant les autres. Je suis écœuré de l'école. Je veux plus y retourner, c'est toute.

— Mais voyons donc, Claude, t'as juste quatorze ans.

— Ça sert à rien que je continue : je réussirai pas mon année.

Tout en discutant avec son fils, Jeanne avait fini de dresser le couvert avec l'aide de Francine et de Martine.

— Venez dîner ! cria-t-elle aux enfants éparpillés un peu partout dans la maison. Veux-tu bien me dire ce que tu vas faire ? demanda-t-elle à Claude en commençant à servir le repas.

— Ben, là, je le sais pas encore…

— T'es mieux de le savoir, laissa tomber sa mère d'une voix tranchante. Tu connais ton père. Tu resteras pas à la maison à rien faire. Ça, c'est sûr.

— Je vais trouver quelque chose.

— Oui, puis vite, à part ça. Tout ce que je peux te dire, c'est qu'à ton âge, tout ce que tu vas trouver, ça va être de porter des commandes et distribuer des circulaires. C'est ça que tu veux ?

Au lieu de répondre, l'adolescent se mit à manger.

— Qu'est-ce que p'pa va dire de ça ? finit-il par demander d'un air inquiet.

— Ah ! T'as pas à t'énerver avec ce que ton père va en penser. Tu peux être sûr qu'il sera pas contre.

— Vous pensez ?

— Certain. Pourquoi tu penses qu'il pourrait être contre ? Tu vas faire ce que fait ta sœur Lise depuis qu'elle a commencé à travailler. Chaque vendredi soir, tu vas lui donner ta paie et il va te laisser juste un peu d'argent pour tes petites dépenses.

— Whow ! Il fera pas avec ma paye ce qu'il fait avec l'argent de mes journaux, par exemple, s'insurgea l'adolescent.

— Que tu le veuilles ou pas changera rien. T'es mineur et tu vas dépendre de lui encore pas mal d'années. T'auras pas le choix.

— Ce serait ben écœurant ! s'exclama le garçon d'un air dégoûté.

— En tout cas, ce qui est sûr, c'est que tu te prépares une vie pas mal plate, mon gars, l'avertit sa mère. Pendant que tes frères et tes sœurs vont étudier, tu vas travailler. Plus tard, quand ils vont pouvoir se payer des belles affaires, t'auras pas une cenne pour faire comme eux autres. Tu vas passer ta vie à faire des petites jobs.

Durant un instant, Claude regarda sa mère en affichant un air de défi.

— Bien sûr, t'es pas obligé de me croire.

— …

— Comme ton père va accepter, t'es libre d'arrêter d'aller à l'école aujourd'hui. Si tu veux, tu peux rester ici cet après-midi.

— Ben, il va falloir que j'aille vider mon casier à l'école.

— Tu feras ça demain matin, au cas où ton père serait pas d'accord. Mais je serais bien surprise s'il voulait pas.

Sur ce, Jeanne se mit à manger son repas et s'occupa de ses autres enfants.

Vers midi trente, ils quittèrent un à un la maison pour retourner en classe. Francine et Martine furent les premières à partir pour l'école Bastien, précédant de peu Denis dont les amis avaient envahi le balcon. Pour sa part, André retarda son départ jusqu'à la dernière minute, afin de s'assurer que son frère ne changerait pas d'idée. Pour la première fois en deux ans, il allait devoir effectuer seul le long trajet jusqu'à l'école Saint-Léonard.

La maison retrouva un calme étrange après avoir été désertée par les écoliers. Jeanne fit semblant d'oublier la présence de Claude et s'installa à sa machine à coudre après avoir obligé les jumeaux à se mettre au lit pour une sieste. Claude, désœuvré, erra durant de longues minutes dans la maison. Que pouvait-il bien faire ? Il n'avait jamais aimé lire et il ne pouvait allumer le téléviseur à l'étage parce que ses jeunes frères dormaient dans le dortoir. En désespoir de cause, l'adolescent prit un exemplaire de *La Presse*, un surplus de sa livraison matinale, et le feuilleta sans rien y trouver d'intéressant. Les minutes lui semblèrent durer des heures et l'après-midi n'en finissait plus de s'étirer. Le seul bruit audible dans la maison était le ronronnement du moteur électrique de la machine à coudre de sa mère. À aucun moment de l'après-midi Jeanne ne descendit parler à son fils. Elle le laissa réfléchir aux implications de sa décision.

Un peu avant quatre heures, heure de rentrée de ses frères et sœurs, Claude monta à l'étage et vint s'asseoir au bout de l'un des lits du dortoir, près de sa mère qui cousait encore. Durant de longues minutes, il ne prononça pas un mot, se contentant de regarder par la fenêtre sous laquelle la machine à coudre était placée. Sa mère ne fit rien pour lui faciliter la tâche. Elle attendit patiemment qu'il se décide à parler.

— M'man, finit-il par dire d'une voix hésitante, qu'est-ce que vous diriez si je retournais à l'école ?

— Comment ça ? Il me semblait que t'avais décidé d'arrêter, dit Jeanne, comme si elle ne comprenait plus rien.

— Ben, j'ai pensé à mon affaire, ajouta l'adolescent. Ça me tente pas d'aller travailler pour me faire arracher ma paye en revenant à la maison. Je pense que je ferais mieux de continuer et de finir au moins mon année.

— C'est toi qui le sais. Mais écoute-moi bien, Claude Dionne, le prévint sévèrement sa mère en se tournant vers lui. Tu me feras pas une autre fois ce genre de petite crise pour te payer un après-midi de congé, tu m'entends ?

— Oui, oui. Allez-vous en parler à p'pa ?

— Non. Je vais te signer un billet d'absence, mais tu vas demander à quelqu'un de ta classe de te donner les devoirs et les leçons à faire à soir. Dépêche-toi avant que ton père revienne de son ouvrage.

Soulagé, Claude dévala l'escalier. Quelques instants plus tard, Jeanne entendit claquer la porte d'entrée. La crise de son fils était passée. L'expérience avait été éprouvante, mais elle allait maintenant s'en servir comme levier pour l'obliger à travailler mieux à l'école et peut-être citer la situation en exemple aux plus jeunes.

À la mi-avril, le printemps s'était définitivement installé. Les derniers amoncellements de neige grisâtre n'étaient plus qu'un vague souvenir et les employés municipaux avaient même entrepris la toilette des rues nouvellement pavées de Saint-Léonard-de-Port-Maurice. Les gazons avaient commencé à verdir. Les premiers bourgeons des arbres allaient devenir très bientôt de petites feuilles vert tendre.

Si on avait encore des doutes sur l'arrivée du printemps, il suffisait d'observer la circulation et de tendre l'oreille. Depuis le retour des beaux jours, les camions de livraison de matériaux de construction avaient repris leur ballet incessant jusqu'au nouveau chantier de la coopérative d'habitation. Les mélangeurs à ciment ne cessaient leur bruit assourdissant qu'au coucher du soleil. Les scies et les marteaux des ouvriers travaillant à la construction des nouvelles résidences ne se taisaient que très tard le soir.

Tout laissait à penser qu'en ce printemps 1961, la municipalité allait encore s'accroître d'un nombre appréciable de petits bungalows qu'on s'affairait à bâtir dans deux rues qu'on venait d'ouvrir dans un champ, à l'ouest de la rue Lavoisier. Déjà, les monticules de terre voisinaient avec des solages récemment coulés et on s'affairait à dresser des charpentes.

Cet après-midi-là, Jeanne avait soigneusement étalé sur sa table de cuisine une pièce de tissu dans le but de tailler une robe commandée par l'une de ses clientes. Les enfants venaient de partir pour l'école et elle avait trois bonnes heures de paix en perspective avant leur retour et celui de son mari. Comme il faisait doux à l'extérieur, elle avait ouvert les deux fenêtres de la pièce en plus de celle située à l'extrémité du couloir pour assurer une bonne circulation de l'air.

Soudainement, elle entendit des pas sur le balcon. Un bref coup de sonnette la fit sursauter.

— Veux-tu bien me dire qui ça peut bien être ? se dit-elle à mi-voix en déposant ses ciseaux sur la table.

Un coup d'œil par la porte moustiquaire lui permit d'apercevoir deux religieuses qui attendaient qu'elle vienne leur répondre.

— Des quêteuses, se dit Jeanne. On peut dire qu'elles tombent bien, celles-là. Qu'est-ce que je vais bien pouvoir leur donner ?

L'une était une grande femme sèche à la mine sévère dont les yeux étaient en partie dissimulés derrière de petites lunettes rondes. L'autre, beaucoup plus ronde, arrivait à peine à la hauteur de l'épaule de sa compagne. Elle avait des yeux pétillants de malice.

— Oui, mes sœurs, leur dit Jeanne en leur ouvrant la porte. Attendez une minute, je vais voir ce que je peux vous donner, ajouta-t-elle sans toutefois les inviter à entrer.

Elle allait leur tourner le dos pour aller chercher son sac déposé sur le bureau de sa chambre quand la plus petite des religieuses intervint :

— Vous êtes madame Dionne ?

— Oui, ma sœur, répondit Jeanne, surprise.

— On s'excuse de vous déranger, madame Dionne, dit-elle avec un sourire chaleureux. Nous ne passons pas pour amasser des fonds.

— Ah non ?

— Non, nous venons vous parler de votre fille Francine. Mais si nous vous dérangeons, nous pouvons repasser à un autre moment.

— Ma fille Francine ? demanda Jeanne, vraiment stupéfaite. Mais entrez donc. Restez pas sur le balcon, ajouta-t-elle en ouvrant la porte et en s'effaçant pour laisser pénétrer les deux visiteuses.

Les religieuses entrèrent et attendirent dans le couloir que leur hôtesse ait refermé la porte et les ait invitées à la suivre dans le salon.

— Nous nous excusons vraiment de vous déranger, madame Dionne, fit la même religieuse. Voici mère Élisabeth, notre supérieure, dit-elle en désignant sa grande compagne qui se contenta de hocher la tête en esquissant un mince sourire. Je suis sœur Clotilde. Je suis la responsable des novices de notre couvent.

— Ah bon, dit Jeanne qui ne comprenait vraiment pas où l'autre voulait en venir.

— J'oubliais de préciser que nous sommes des filles de Saint-Paul. Nous habitons le couvent qui est juste au coin de votre rue.

— Oui.

— Vous devez savoir que nous sommes une humble communauté dont les membres travaillent à la propagation de la foi. Nous éditons et distribuons des livres religieux. Notre maison-mère est en Italie, mais nous avons aussi un couvent important à Toronto. Je vous dis tout ça parce que nous sommes beaucoup moins connues que les grandes communautés, comme celle des sœurs de la Providence ou des sœurs Grises, par exemple.

— Nous sommes venues vous voir parce que votre fille nous l'a demandé, dit à son tour la supérieure.

— Ah oui ! s'étonna la mère de famille. Pourquoi ?

— Vous savez qu'elle est venue nous aider au couvent avec des camarades de son école plusieurs fois depuis le début de l'année. La semaine dernière, elle est venue frapper à la porte de mon bureau et nous avons eu une longue conversation. Ne vous en a-t-elle pas parlé ?

— Non, répondit Jeanne qui comprenait de moins en moins.

— Francine m'a fait part de son désir d'entrer dans notre communauté, madame Dionne.

— Ma Francine ?

— Oui, madame.

— Mais elle est bien trop jeune. Elle a pas encore seize ans. Elle a même pas fini d'aller à l'école.

— Je sais, madame. Mais c'est peut-être le meilleur âge pour entreprendre son noviciat. Sœur Clotilde vous dirait la même chose. N'est-ce pas vrai, ma sœur ?

— C'est certain qu'à cet âge-là, madame Dionne, on est plus malléable, reprit la responsable des novices. Il est plus facile de se forger un caractère et de développer sa piété.

— Peut-être, mais...

— J'ai compris que vous aviez inculqué à votre fille de bonnes valeurs chrétiennes, poursuivit la mère supérieure.

— J'ai fait mon possible, ma mère.

— Depuis Noël, nous avons déjà six jeunes filles qui ont commencé leur noviciat, reprit sœur Clotilde. Chez nous, le noviciat dure un an, vous savez. Quand les novices n'ont pas terminé leurs études, elles doivent les poursuivre. Nous les faisons étudier.

— Mais nous n'allons jamais à l'encontre de la volonté des parents, reprit la mère supérieure en se levant. Nous comprenons qu'ils sont responsables devant Dieu de l'orientation de leurs enfants et qu'ils doivent les aider à choisir.

Sa compagne l'imita en se levant à son tour.

— Nous sommes venues vous voir, madame, parce que je l'avais promis à votre fille. Il vous appartient de vérifier si sa vocation est sérieuse. Comme je le lui ai dit moi-même, il est inutile qu'elle se presse. Les portes de notre communauté sont toujours ouvertes aux jeunes filles qui veulent servir le Seigneur.

— Je vous remercie, ma mère, fit Jeanne en conduisant les deux visiteuses vers la porte. Je vais en parler avec mon mari et avec Francine.

Les filles de Saint-Paul quittèrent rapidement la résidence et Jeanne se retrouva seule dans la cuisine, trop bouleversée pour retourner à la coupe de son tissu. Les jumeaux dormaient encore à l'étage. Tout était silencieux. Elle se laissa tomber lourdement sur une chaise et réfléchit durant de longues minutes à la meilleure façon de réagir à une pareille nouvelle.

Lorsque les enfants revinrent de l'école, elle avait terminé son travail et fit en sorte de se retrouver seule avec Francine dans la cuisine. Il lui tardait de savoir ce qui avait motivé sa fille à prendre une si grave décision.

— J'ai eu de la visite cet après-midi, lui dit-elle.

— Ah oui ! Qui c'était, m'man ?

— La supérieure du couvent d'en face.

— Elle est venue ? demanda l'adolescente, tout excitée. Elle est assez fine…

— Comme ça, tu sais pourquoi elle est venue ?

— Oui.

— Qu'est-ce que c'est que cette histoire de vouloir t'enfermer dans un couvent à ton âge ? T'as même pas fini d'aller à l'école, ma pauvre petite fille.

— Ben, ça me tente, m'man.

— Ça te tente ! Mais c'est pour toute la vie, ça ! Te vois-tu chez les sœurs jusqu'à la fin de tes jours ?

— Ça me dérange pas, m'man. Je pense que j'aimerais ça.

Jeanne garda le silence durant un long moment avant de reprendre.

— Je sais vraiment pas comment ton père va prendre ça, lui.

Ce fut au tour de Francine d'arborer un air inquiet.

— Vous pensez qu'il voudra pas ?

— Je le sais pas. Mais il va falloir choisir le bon moment pour lui en parler. Ça, je peux te le garantir.

— Vous allez lui en parler, m'man ? supplia la jeune fille.

— J'aurai pas le choix. Mais pas avant d'en avoir discuté avec monsieur le curé. Demain après-midi, t'iras pas à l'école. On va aller le voir. On va bien voir ce qu'il en pense, de cette affaire-là.

— Mais ça le regarde pas, lui, protesta Francine.

— Sûr que ça le regarde, l'assura sa mère d'un ton décidé, et on va aller le voir. C'est ça ou je te laisse en parler toute seule à ton père.

Cette menace mit fin à la discussion.

Jeanne Dionne était tellement habituée de dissimuler certains événements à son mari qu'elle n'eut aucun mal à lui cacher la visite des filles de Saint-Paul.

Le lendemain après-midi, elle retint Francine à la maison après le dîner et confia Marc et Guy à madame Rivest pour quelques minutes, le temps d'aller rencontrer le curé Courchesne au presbytère. Ce dernier les attendait puisque sa paroissienne avait pris la peine de lui demander un rendez-vous par téléphone l'avant-midi même.

Dès que Jeanne eut sonné, une vieille servante vint ouvrir la porte du bungalow qui faisait office de presbytère. Elle les fit passer dans une petite salle d'attente en les informant que monsieur le curé allait les recevoir dès qu'il en aurait fini avec un appel téléphonique.

La bonne venait à peine de se retirer lorsque le religieux apparut dans la pièce.

— Bonjour, madame Dionne. Bonjour, ma belle fille, dit-il en esquissant un bref sourire. Passez donc dans mon bureau, ajouta-t-il en leur faisant signe de le suivre dans la pièce voisine.

Le petit prêtre, toujours aussi nerveux, poussa la porte et leur indiqua deux chaises placées devant son bureau. Il contourna rapidement le meuble avant de prendre place dans un vieux fauteuil recouvert de cuir noir.

— Bon. En quoi je peux vous être utile? demanda Antoine Courchesne sans s'embarrasser de préambules.

Jeanne jeta un bref coup d'œil à sa fille avant d'expliquer à son curé la visite des deux religieuses la veille.

Le prêtre scruta longuement le visage de l'adolescente avant de demander:

— Qu'est-ce que tu vas aller faire là, ma fille?

— Ben, prier, monsieur le curé, répondit Francine en rougissant.

— Depuis quand tu penses à entrer chez les sœurs?

— Depuis le temps des fêtes.

— T'es pas bien chez vous avec tes frères, tes sœurs et tes parents?

— Oui.

— Est-ce que c'est ton petit ami qui t'a fait de la peine? demanda le prêtre en jetant un bref coup d'œil à Jeanne, pour l'avertir de ne pas intervenir.

— Mais j'ai pas de *chum*, monsieur le curé.

— Ah bon! Comme ça, t'es décidée à vivre toute ta vie dans un couvent?

— Oui.

— Il y a rien qui pourrait te faire changer d'idée? T'es bien sûre que c'est ce que tu veux?

— Oui, monsieur le curé.

— Bon, si ça te dérange pas, tu vas aller attendre une minute dans la salle à côté. J'ai deux mots à dire à ta mère.

L'adolescente sortit de la pièce avec un soulagement évident et referma doucement la porte derrière elle.

Le curé Courchesne enleva et remit ses lunettes à monture de corne à plusieurs reprises avant de prendre la parole.

— Je reconnais bien là les bonnes sœurs, dit-il d'un air désabusé.

— Pourquoi vous dites ça, monsieur le curé ? demanda Jeanne, curieuse.

— Chaque fois qu'elles s'installent dans une paroisse, elles commencent à recruter.

— Ah bon !

— Je ne vous cacherai pas, madame Dionne, que je n'ai jamais trouvé les religieuses bien utiles. Sans manquer à la charité chrétienne, je me suis demandé bien des fois à quoi elles servaient. J'aime mieux voir une fille se marier et avoir des enfants que de s'enfermer avec d'autres femmes. Quand elles vivent en communauté, elles passent leur temps à se manger la laine sur le dos et à s'haïr.

Sous le coup de la surprise, Jeanne ouvrit de grands yeux. Elle n'avait jamais considéré les religieuses sous cet angle.

— C'est sûr que j'exagère un peu, convint le curé avec un petit sourire d'excuse, mais disons que je suis méfiant et que j'aimerais mieux que votre Francine ait cinq ou six ans de plus pour décider d'aller s'enfermer chez les filles de Saint-Paul.

— Qu'est-ce qu'on doit faire, monsieur le curé ?

— D'abord, vous allez en parler avec votre mari. C'est le père de cette fille-là, après tout. Ensuite, moi, j'aurais tendance à vous conseiller de faire attendre votre Francine jusqu'à la fin juin. Si elle a pas changé d'avis à ce moment-là, laissez-la donc entrer au couvent. Ça lui donnera les deux mois de l'été pour changer d'idée sans nuire à ses études. Si la vie de couvent ne lui plaît pas, elle sortira de là et elle n'aura qu'à continuer ses études. À ce moment-là, on n'en parlera plus. Elle se sera contentée. Qu'est-ce que vous en pensez ?

— Je trouve que c'est une bonne idée, monsieur le curé, dit Jeanne en se levant. Je vais en parler à mon mari ce soir. Remarquez que je sais pas comment il va prendre ça, mais j'ai pas le choix.

— Voyons, madame Dionne ! Vous êtes sa femme. Vous devez sûrement savoir comment le prendre, non ?

— Je me le demande des fois.

Le curé Courchesne l'accompagna jusqu'à la salle d'attente. En les voyant pénétrer dans la pièce, Francine se leva précipitamment.

— Bon, je te souhaite bonne chance, ma fille, lui dit le prêtre. On va respecter tes souhaits si c'est là ta vocation. Ta mère va t'expliquer la solution qu'on a trouvée.

En leur ouvrant la porte, Antoine Courchesne ne put s'empêcher de faire une dernière remarque :

— Oubliez pas de rafraîchir la mémoire de votre gars, madame Dionne. Dites-lui que je l'attends encore.

— Vous pouvez être certain qu'il va venir vous voir cette semaine, monsieur le curé, promit la mère de famille. Je vous le garantis.

Le soir même, après le souper, Jeanne parla à voix basse à son fils avant de monter s'asseoir devant le téléviseur où Maurice était déjà installé.

— Paul, c'est à soir que tu vas voir le curé Courchesne, tu m'entends ?

— Pas à soir, m'man, protesta Paul. J'ai un examen de latin à préparer pour demain.

— À soir ! Tu sais qu'il a juste un coup de téléphone à donner pour te faire couper ta bourse de l'Œuvre des vocations ? Moi, à ta place, je prendrais pas cette chance-là. Si t'as pas ta bourse, tu vas être obligé d'arrêter d'aller au collège. Ça ferait bien trop plaisir à ton père. C'est ce que tu veux ?

— Ben non. Ce maudit achalant-là, qu'est-ce qu'il me veut? Est-ce qu'il vous l'a dit? demanda Paul, exaspéré par l'insistance du curé Courchesne.

— Non. Le seul moyen d'en avoir le cœur net, c'est d'aller le voir, conclut sa mère en fermant la porte de la petite chambre.

Elle venait à peine de s'asseoir à l'étage lorsqu'elle entendit la porte d'entrée se fermer. Elle poussa un soupir de satisfaction.

— Qui est-ce qui sort de la maison? demanda Maurice.

— Paul. Il est parti voir le curé Courchesne.

— Pourquoi? demanda Maurice sans montrer grand intérêt.

— Je le sais pas. Le curé a appelé cet avant-midi pour lui dire qu'il voulait le voir, mentit-elle.

Moins d'une heure plus tard, Paul rentra à la maison, la mine sombre. Il avait été piégé. Après avoir dû subir des remontrances méritées du prêtre pour son manque d'intérêt pour sa paroisse, il avait été obligé de promettre de servir l'une des deux messes du dimanche matin, ce qui était loin d'être une perspective plaisante. Agacé par cette nouvelle obligation, il retourna dans sa chambre et tenta tant bien que mal de se préparer à son prochain examen.

Pour sa part, durant toute la soirée, Jeanne n'accorda que très peu d'attention aux émissions télévisées. À la recherche de la meilleure façon de présenter la vocation de Francine à son mari, elle était perdue dans ses pensées. Elle perçut vaguement la sonnerie du téléphone au rez-de-chaussée. C'était le long appel quotidien d'Yvon à Lise. Quelques minutes plus tard, elle tendit machinalement la joue aux plus jeunes de ses enfants venus l'embrasser avant d'aller dormir. Trop absorbée par ses préoccupations, elle ne se rendait pas compte de ce qui se passait réellement autour d'elle.

Quand Maurice éteignit le téléviseur à dix heures et demie, Jeanne descendit derrière lui pour se préparer pour la nuit. Ce n'est qu'une fois dans leur chambre qu'elle décida de tout lui dire, mais à sa façon. Elle attendit que son mari s'étende à ses côtés après avoir éteint le plafonnier.

— Je te dis que les enfants nous réservent des surprises des fois, dit-elle à mi-voix, dans le noir.

— Comment ça ?

— Je pensais à Francine.

— Bon. Qu'est-ce que notre vedette a encore fait de travers ?

— Rien, s'empressa-t-elle de dire. Mais les sœurs en face pensent qu'elle ferait une bonne fille de Saint-Paul.

— Quoi ? Qu'est-ce que tu me racontes là ? demanda son mari en élevant soudainement la voix.

— La supérieure du couvent d'en face est venue me voir pour me dire que Francine avait l'air bien intéressée à entrer chez les sœurs.

— Ah ben ! Il manquait plus que ça, sacrement ! jura Maurice en s'assoyant dans le lit. Ça fait même pas six mois que j'ai été obligé d'aller la chercher par une oreille à l'école parce qu'elle couraillait avec des petits gars.

— Il paraît qu'elle pourrait avoir la vocation.

— As-tu parlé à ta fille ?

— C'est sûr, qu'est-ce que tu penses ? Elle m'a dit qu'elle aimerait ça.

— Une sœur ! s'exclama Maurice, comme s'il essayait de s'habituer à l'idée. Mais ça a pas une maudite allure ! Elle a quinze ans. Elle va encore à l'école.

— C'est ce que j'ai dit à la supérieure. Elle m'a dit qu'au noviciat, les filles continuaient leurs études.

— T'en as parlé au curé ?

— Non. Je pense que c'est nous autres que ça regarde, pas le curé, mentit Jeanne. On est ses parents et…

— Et elle est mineure, l'interrompit Maurice avec force. Elle fera ce qu'on décidera, pas ce qu'elle va vouloir. Veux-tu ben me dire ce qu'une tête folle comme elle ferait là ?

— T'as raison, dit Jeanne.

Il y eut un court silence dans la chambre. Heureux que sa femme s'en remette en définitive à son jugement, Maurice baissa le ton et se fit moins agressif.

— Toi, qu'est-ce que t'en penses ? demanda-t-il à sa femme d'une voix moins assurée.

— Moi aussi, je la trouve pas mal jeune. Peut-être que...

— Quoi ?

— Peut-être que si tu lui donnais jusqu'à la fin juin pour réfléchir. En deux mois, elle va probablement avoir changé d'idée si son affaire est pas sérieuse.

— Ouais. Puis, si elle a pas changé d'idée ?

— À ce moment-là, tu pourrais peut-être la laisser essayer pour l'été.

— Tu sais ce que ça veut dire, ça ? reprit Maurice. T'auras personne de l'été pour t'aider si elle est pas à la maison.

— Je suis capable de me débrouiller sans elle, affirma Jeanne. En plus, Martine grandit et elle peut me donner un coup de main. Je suis à peu près certaine qu'après deux mois au couvent, Francine va être contente de revenir à la maison. Ça pourrait peut-être même lui faire une bonne expérience. Qu'est-ce que t'en penses ?

Dans la chambre obscure, il y eut un long silence à peine troublé par le bruit des voitures qui passaient sur le boulevard Lacordaire.

— OK, trancha finalement Maurice en s'étendant dans le lit. C'est ça qu'on va faire. Laisse-moi lui expliquer tout ça demain soir quand je reviendrai de l'ouvrage.

Soulagée, Jeanne put s'endormir, tout heureuse d'avoir bien manœuvré. Pour sa part, Maurice, beaucoup plus protecteur et angoissé que sa femme, se demanda durant de longues minutes s'il ne commettait pas une erreur en permettant si facilement à l'un de leurs enfants de quitter la maison familiale.

Chapitre 17

Des incidents printaniers

Le lendemain matin, Jeanne eut à nouveau un tête-à-tête avec sa fille.

— Je lui ai pas dit qu'on en avait parlé à monsieur le curé. Parles-en pas non plus. C'est mieux que ton père le sache pas.

— J'en parlerai pas, m'man, promit l'adolescente, excitée à l'idée d'entrer bientôt en communauté. Elle songeait surtout à la surprise de ses amies lorsqu'elle leur raconterait son départ imminent de l'école pour entrer en religion.

— Ton père va te parler à soir. Fais comme si je t'avais parlé de rien, lui recommanda sagement sa mère.

— C'est correct. Quand est-ce que j'entre au couvent?

— À la fin du mois de juin, si les sœurs veulent encore de toi.

— Hein! Dans deux mois! Pourquoi?

— Pour être bien sûr que tu changeras pas d'idée, répondit sa mère d'un ton sans réplique.

Francine prit une mine catastrophée. Ce n'était pas du tout le scénario dont elle avait rêvé. Elle se voyait partir dès le lendemain.

— Vous savez ben que je changerai pas d'idée, m'man, dit-elle d'un ton suppliant.

— Écoute, Francine Dionne. Ça a tout pris pour convaincre ton père de te laisser partir. Il voulait pas pantoute que tu y ailles. Il tient à ce que tu finisses ton année. En plus, as-tu pensé qu'il faut que tu me donnes le temps de coudre ton trousseau ?

— Mon trousseau ! Quel trousseau ?

— Arrive sur terre, ma fille, la morigéna Jeanne. Tu vas voir que les sœurs vont te demander d'apporter toutes sortes d'affaires. Elles voudront pas que t'arrives là avec une valise vide. Il va falloir que je couse tout ça.

— La supérieure m'a jamais parlé de ça, reconnut Francine.

— Tu le lui demanderas. En attendant, je te conseille d'avoir l'air bien contente quand ton père va t'annoncer la nouvelle à soir.

En revenant de l'école, Francine ne fut pas surprise d'entendre son père l'appeler du balcon où il se reposait avant le souper.

— J'ai parlé avec ta mère hier soir, lui dit-il sans détour. On va te laisser entrer chez les filles de Saint-Paul... mais pas avant la fin de l'école. Tu vas d'abord finir ton année. Est-ce que ça fait ton affaire ?

— Oh oui, p'pa ! Merci, dit l'adolescente en sautant au cou de son père.

À table, la nouvelle devint le seul sujet de conversation de la famille. Les frères et sœurs de l'adolescente la regardèrent alors avec d'autres yeux. Seul Claude ne sembla pas manifester le même respect pour la vocation toute neuve de sa sœur aînée. Profitant de l'absence momentanée de son père qu'il avait vu entrer dans la salle de bain, il s'approcha de Francine en train de terminer une rédaction, assise à la table de cuisine.

— Ouach ! Une pisseuse ! lui dit-il en affichant un air méprisant. En tout cas, je te dis que tu vas faire dur en maudit quand tu vas avoir la petite robe noire avec le collet blanc des novices sur le dos. On va avoir du *fun* quand tu vas passer avec elles, pour aller à l'église, en rang deux par deux, les yeux baissés et les mains jointes.

Il s'apprêtait à imiter les novices quand son père surgit derrière lui.

— Aïe, le bouffon ! Débarrasse le plancher ou tu vas avoir une claque sur une oreille.

L'adolescent ne se fit pas répéter l'invitation paternelle. Pour sa part, Francine ne se laissa pas ébranler par la remarque. Elle connaissait trop bien son frère.

Le dernier dimanche d'avril, les Dionne durent se rendre à la messe sous une pluie fine et chaude qui donnait au paysage un air maussade. Au retour de la cérémonie, Lise laissa éclater sa mauvaise humeur.

— Je suis toujours aussi chanceuse, moi. Je passe ma semaine enfermée dans le magasin et le dimanche, ma seule journée de congé, il mouille à boire debout. C'est le *fun*.

— Si ça te tente, lui offrit sa mère, demande à ton père de venir avec nous autres cet après-midi chez ta grand-mère Sauvé.

— C'est ça, intervint immédiatement Francine, c'est encore moi, la cruche qui va être poignée pour garder la gang.

— Whow ! Les nerfs, toi ! fit sa sœur. J'ai pas dit que je voulais sortir cet après-midi. Non, m'man, j'aime mieux rester ici. Yvon est supposé m'appeler.

— Mais il va venir passer toute la soirée avec toi, protesta sa mère.

— Ça fait rien. J'aime mieux rester ici pareil.

Lorsque Maurice rentra de St-Andrews vers midi, Jeanne s'empressa de lui servir son repas. Pendant qu'il mangeait, elle se prépara pour la visite hebdomadaire qu'elle rendait à ses parents. Comme d'habitude, avant leur départ, le couple confia la garde des plus jeunes à Francine et à Lise.

Quelques minutes plus tard, Maurice et Jeanne descendirent de la Dodge devant le duplex des Sauvé rue Louis-Veuillot.

— Vous arrivez bien, dit Léon Sauvé à sa fille et à son gendre en les conduisant à la cuisine où sa femme finissait de laver la vaisselle du dîner.

— Qu'est-ce qui se passe ? demanda Jeanne en embrassant sa mère.

— J'allais justement t'appeler, fit Marie qui détacha son tablier et l'accrocha derrière la porte du garde-manger.

Pendant ce temps, Léon invita son gendre à s'asseoir.

— Imagine-toi donc que ta sœur Germaine a eu un accident hier après-midi.

— Pas un accident de char, au moins ? demanda Jeanne, alarmée.

— Non, elle est tombée dans l'escalier de sa cave en allant montrer des affaires à une cliente et elle s'est fracturé une hanche.

— Comment elle a fait son compte ? dit Maurice.

— Il paraît qu'elle a glissé, lui répondit son beau-père. Torrieu ! Elle et ses maudites guenilles aussi ! s'emporta-t-il. Combien de fois je lui ai dit d'arrêter ces niaiseries-là ? Ben non, lui parler, c'est comme pisser dans un violon.

— Léon ! s'exclama sa femme d'un ton sévère. Surveille tes paroles.

— Ouais, reprit le petit homme en se grattant la tête. Tu parles d'une idée de fou, toi, de remplir sa cave de linge usagé. Tu peux même pas faire un pas dans la place tellement il y en a. Tu vois rien. Ça sent le moisi dans toute la maison. Elle a accroché des centaines de vieilleries sur des cordes.

— C'est drôle que Jean dise rien, intervint Maurice en jetant un coup d'œil à sa femme. Pour un agent d'assurances, il devrait ben savoir que sa maison est devenue un vrai nid à feu avec tout ce linge-là. Si le feu prenait, la maison flamberait comme une boîte d'allumettes.

— Il le sait, dit Léon qui n'avait jamais approuvé sa fille aînée. La Germaine a une tête de cochon. Je me demande de qui elle peut ben retenir, dit-il en faisant un clin d'œil à son gendre.

— Léon ! protesta sa femme. Tu sais bien que Germaine fait ça pour lui aider à arriver.

— À part ça, qui s'occupe de vendre ce linge-là ? demanda Maurice qui savait – comme tous les membres de la famille Sauvé – que celle qu'on surnommait « la grosse Germaine » dormait le jour et ne s'éveillait qu'au début de la soirée pour voir ce qu'il advenait de ses huit enfants qui s'élevaient pratiquement tout seuls.

— Lucille, leur plus vieille, est pas retournée à l'école cette année. Ça servait plus à rien. Il y avait plus rien qui entrait dans la tête de la pauvre enfant, répondit sa belle-mère. Elle s'occupe des plus jeunes, elle fait un peu de ménage et elle réveille sa mère quand une cliente vient.

— J'irais bien lui donner un coup de main, moi, si elle restait pas aussi loin, intervint Jeanne. Mais Québec, c'est pas la porte à côté.

— Bien non, protesta sa mère. Il faut que tu t'occupes de ta famille. Laure y serait bien allée, elle aussi, mais pour une fois, la mère de Florent est malade et elle la soigne. J'ai décidé que c'était moi qui étais pour y aller. Je vais essayer de rester un mois pour faire son ordinaire et m'occuper des enfants. Lucille est bien trop jeune pour avoir tout ça sur le dos. Elle pourra jamais tout faire toute seule. Jean est supposé venir me chercher cet après-midi.

— Il y a pas personne d'autre qui pouvait y aller? demanda Jeanne.

— Ruth travaille et les autres ont toutes des enfants, expliqua sa mère.

— Est-ce que vous montez à Québec avec votre femme, beau-père? demanda Maurice.

— Bien non, il faut bien que quelqu'un reste pour surveiller les fréquentations de Ruth et de Lucien.

— Voyons donc, monsieur Sauvé, ils se marient dans trois mois.

— Aïe, Maurice Dionne! protesta sa belle-mère d'un air sévère. C'est pas parce que Ruth a vingt-sept ans qu'il faut la laisser sans surveillance. Plus le mariage approche, plus c'est dangereux.

— Dangereux pour qui? demanda son gendre en prenant son air le plus naïf.

— As-tu fini de me faire parler pour rien, toi? lui demanda sèchement Marie. En plus, ton beau-père va être bien plus à l'aise en restant dans ses pantoufles à la maison. Ruth est capable de lui faire à manger.

— J'étais pas inquiet pour ça, madame Sauvé, protesta Maurice en prenant un air préoccupé. Je me demandais juste si votre mari allait penser à faire sa prière chaque soir si vous êtes pas là pour vous en occuper.

Jeanne pouffa de rire malgré le regard courroucé de sa mère qui n'ignorait pas que les siens faisaient des gorges chaudes sur la longueur de ses prières quotidiennes.

— Mon baptême de Maurice! s'exclama Léon en feignant la colère. T'avais bien besoin de mettre ça sur le tapis! Un mois de vacances de prière me tuera pas, tu sauras.

— Je te dis que t'es un bel exemple pour les jeunes, toi! s'emporta sa femme. T'as bien fait de m'en parler, mon gendre. Ça me fait penser qu'il va falloir que j'en parle à Ruth avant de partir.

Léon tourna la tête vers Maurice pour lui adresser une grimace qui fit ricaner son gendre.

Pendant ce temps, le drame couvait dans le bungalow du boulevard Lacordaire.

Les enfants, fatigués d'être enfermés à l'intérieur à cause de la pluie, étaicnt agités et nerveux. Ils ne cessaient de se chamailler depuis le départ de leurs parents. Si Paul s'était retranché avec un livre de lecture dans sa chambre, Francine et Lise en avaient plein les bras et passaient leur temps à régler les querelles qui ne cessaient de naître entre les plus jeunes.

À un certain moment, Claude alla se réfugier au sous-sol où il s'affaira, avec l'aide d'André, à réparer la voiturette avec laquelle il transportait ses journaux. Il chassa rapidement Denis et les jumeaux de l'endroit parce qu'ils le dérangeaient en s'amusant à se lancer un ballon. Les trois jeunes montèrent à l'étage et avant que Francine, installée dans la cuisine, n'ait le temps d'intervenir, Denis lança le ballon à travers la pièce. Celui-ci alla s'écraser sur l'horloge murale qui s'effondra lourdement sur la table dans un bruit de vitre éclatée.

— Ah non, c'est pas vrai ! s'exclama Francine, au bord de la panique.

Un lourd silence tomba instantanément sur la maisonnée.

Paul et Lise ouvrirent simultanément la porte de leur chambre, curieux de savoir ce qui venait de se produire. Pour leur part, Claude et André abandonnèrent immédiatement leur activité pour monter à l'étage. Tous les enfants, catastrophés, envahirent la cuisine et regardèrent, figés sur place, l'horloge électrique qui pendait, lamentable, au bout de son fil.

— C'est pas nous autres, c'est Denis, se défendirent les jumeaux d'une seule voix en pointant du doigt leur frère dont la mine atterrée dénonçait assez la culpabilité.

Paul souleva l'horloge, un simple cadran entouré de rayons en bois voulant imiter un soleil.

— Elle marche encore, dit Claude en s'approchant. Les aiguilles sont pas cassées.

— Non, mais la vitre qui va sur le cadran l'est, elle, fit remarquer Lise.

— Quand p'pa va voir ça, il va te sacrer toute une volée, dit André à Denis.

— Qu'est-ce que ce maudit ballon fait en haut? demanda Paul.

— On pouvait pas jouer dans la cave, dit Denis, piteux. Claude voulait pas. Ça fait qu'on a décidé de jouer dans le couloir. J'ai pas fait exprès, ajouta-t-il, au bord des larmes.

Pareils à des chirurgiens sur un patient agonisant, Lise, Paul et Claude étaient penchés sur l'horloge déposée au centre de la table.

— Il faudrait trouver une vitre de la même grandeur, dit Francine qui alla chercher le balai et le porte-poussière dans le but de balayer les éclats de verre avant que quelqu'un ne se blesse.

— Ce sera pas facile à trouver. Cette vitre-là était ronde et bombée, dit Paul.

— En attendant, on devrait raccrocher l'horloge à sa place, déclara Lise nerveusement. Tout d'un coup que p'pa et m'man reviennent tout de suite.

Paul monta sur une chaise et raccrocha l'horloge au mur, au-dessus de la table.

— Ça se voit presque pas qu'il y a plus de vitre, constata André en regardant de loin l'horloge brisée.

— Aïe ! Faudrait être aveugle pour pas s'apercevoir qu'il y a plus de vitre, le reprit Paul en s'éloignant lui aussi du mur pour juger de l'effet.

Blême d'inquiétude, le petit Denis s'était assis au bout de la table, évitant le plus possible de se faire remarquer.

— Qu'est-ce qu'on va faire ? demanda Francine. On n'en a pas de vitre comme celle qui a été brisée.

— P'pa va voir tout de suite que l'horloge a plus de vitre. Sa chaise berçante est placée juste devant, fit remarquer Claude.

— Et si on préparait tout de suite le souper ? suggéra Lise. Quand il va arriver, il aura pas le temps de s'asseoir dans sa chaise berçante. Il va vouloir manger tout de suite si le souper est prêt. Après, il va monter regarder la télévision. Si on est chanceux, il s'en apercevra pas avant demain.

— Peut-être que c'est une bonne idée, accepta Francine, prête à se raccrocher au moindre espoir d'échapper à la colère paternelle.

Lorsque le téléphone sonna vers trois heures, Lise alla s'enfermer dans le garde-manger pour parler à son amoureux et s'empressa de lui raconter la mésaventure qui venait d'arriver à ses frères.

Pour une fois, le hasard servit les enfants Dionne. Leurs parents furent retardés par l'arrivée de Jean Ouimet, venu chercher sa belle-mère. Maurice et Jeanne s'attardèrent pour prendre des nouvelles de Germaine et promirent d'aller lui rendre visite à Québec aussitôt qu'elle aurait quitté l'Hôtel-Dieu où elle était hospitalisée.

À leur arrivée à la maison, les parents furent agréablement surpris de constater que la table était dressée et le souper prêt. Les enfants s'empressèrent de s'attabler.

Comme Lise l'avait prévu, son père se mit aussitôt à table, pressé d'aller se détendre devant le téléviseur. Tout en mangeant, il raconta aux siens l'accident dont avait été victime leur tante Germaine. Les enfants mangèrent du bout des lèvres, s'attendant à tout instant à ce que leur père lève la tête et découvre que l'horloge avait été brisée durant son absence. Par une chance inouïe, ce dernier ne chercha pas une seule fois à savoir l'heure durant le repas.

— Vous allez vous installer à la télévision, leur offrit Francine en tendant à son père et à sa mère les tasses de café qu'elle venait de leur préparer. Nous autres, on va démettre la table et laver la vaisselle.

— Bien non, voulut protester Jeanne. Vous avez gardé les petits tout l'après-midi et…

— Non, non, m'man, allez vous reposer. On replace tout et on va aller vous rejoindre. Ça va se faire vite.

Déjà, Denis et André ramassaient la vaisselle sale laissée sur la «table des innocents» et Lise remplissait la bouilloire d'eau.

Maurice et Jeanne acceptèrent l'invitation sans plus se faire prier et montèrent à l'étage. Pourtant, quelques minutes plus tard, Jeanne, poussée par un sourd pressentiment, descendit au rez-de-chaussée pour s'assurer que tout était propre dans sa cuisine. En apercevant sa mère, Claude mit un doigt sur ses lèvres pour lui signifier de garder le silence et lui montra l'horloge.

Jeanne ne réalisa pas immédiatement ce que l'horloge avait de spécial jusqu'au moment où elle se rendit compte que les chiffres et les aiguilles étaient étonnamment clairs.

— Mon Dieu! s'exclama-t-elle à mi-voix. Qu'est-ce qui est arrivé à l'horloge?

— Denis l'a fait tomber en lançant son ballon dessus, dit Marc.

— J'ai pas fait exprès, m'man, se défendit le petit bonhomme de six ans. C'était un accident.

— Votre père va piquer toute une crise quand il va voir ça, prédit Jeanne, catastrophée.

— C'est pour ça qu'on voulait pas qu'il reste trop longtemps en bas, dit Lise qui venait de finir de se maquiller en prévision de la visite imminente d'Yvon.

— Mais tu sais bien qu'il va finir par s'en apercevoir, protesta sa mère. Il est pas aveugle. L'horloge est pas pareille pantoute.

— On sait pas où trouver une vitre comme celle qui a été cassée, expliqua Claude. On a cherché, mais on n'a rien trouvé.

— Peut-être qu'on pourrait en trouver une demain, dit Jeanne, l'air peu convaincue. Si votre père s'en aperçoit pas avant demain après-midi, on a peut-être une chance d'en trouver une quelque part. On sait jamais. On a juste à se croiser les doigts. Bon, grouillez-vous de monter à la télévision, ajouta-t-elle à l'endroit des plus jeunes.

Sur ces mots, elle retourna à l'étage, suivie de près par les jumeaux et Martine.

Quelques minutes plus tard, Lise alla ouvrir la porte à son amoureux. Il ne restait plus au rez-de-chaussée que Claude, attablé dans la cuisine, en train de terminer un devoir qu'il avait oublié de faire le vendredi soir précédent. Pendant que Lise plaçait sur un cintre l'imperméable mouillé de son ami, ce dernier lui demanda à voix basse :

— Puis, ton père s'en est-il aperçu ?

— Non, pas encore, mais il va ben le voir durant la soirée, répondit nerveusement la jeune fille en le précédant dans le salon.

— Attends, fit-il en se penchant pour prendre un sac de papier brun qu'il avait déposé sur le parquet du couloir.

Le jeune homme tira du sac une pièce de plastique légèrement bombée et transparente de la grandeur d'une assiette à pain.

— Qu'est-ce que c'est ?

— Quand tu m'as parlé qu'un de tes frères avait cassé la vitre de l'horloge, je me suis souvenu qu'on en avait une vieille dans notre sous-sol. J'ai fouillé dans des boîtes et je l'ai retrouvée. Elle était pas comme la vôtre, mais je me suis dit que je risquais rien à enlever le plastique qui recouvrait le cadran pour l'apporter au cas où ça marcherait.

— La nôtre avait une vitre, pas un plastique, précisa Lise. Mais t'es ben fin d'avoir essayé.

— Mais peut-être que le plastique serait de la bonne grandeur. Ce serait toujours mieux que rien, plaida Yvon. Veux-tu qu'on l'essaye ?

Lise fit demi-tour et il la suivit dans la cuisine sans faire de bruit.

— Qu'est-ce que vous faites là ? chuchota Claude.

Yvon se contenta de lui montrer ce qu'il tenait. Avant de se décider à décrocher l'horloge du mur, tous les trois épièrent les bruits venant de l'étage. Il n'aurait plus manqué que le père descende à ce moment. Puis, sur un signe de tête de Claude, Yvon s'approcha du mur et enleva délicatement l'horloge qu'il déposa sans bruit sur la table. Il lui suffit de moins d'une minute pour ajuster le plastique protecteur.

— Ça marche ! murmura-t-il d'un air triomphant. Le plastique a juste la bonne grandeur. On dirait qu'il a été taillé pour votre horloge. Apporte un linge mouillé pour le nettoyer, suggéra-t-il à Claude.

Lorsque l'horloge eut retrouvé sa place, suspendue audessus de la table, les trois jeunes l'observèrent avec soin en s'éloignant de quelques pas.

— Je sais pas pourquoi, chuchota Claude, mais c'est pas comme avant.

— C'est vrai, confirma sa sœur en se tournant vers Yvon.

— Je pense que c'est parce que la vitre qu'il y avait avant était moins bombée et plus claire que le plastique, expliqua Yvon en hésitant. En tout cas, il faut vraiment regarder de près pour s'apercevoir de la différence.

Les jeunes gens venaient à peine de revenir dans le salon lorsque Claude entendit son père descendre pour se rendre aux toilettes. Il en profita pour se précipiter à l'étage annoncer la bonne nouvelle à sa mère et à ses frères et sœurs.

— C'est presque comme avant, affirma-t-il, triomphant.

Durant la soirée, tous, à tour de rôle, trouvèrent une excuse pour descendre vérifier *de visu* la nouvelle apparence de l'horloge murale et retournèrent devant le téléviseur, plus ou moins rassurés.

Un peu avant onze heures, Maurice éteignit le téléviseur et suivit Jeanne au rez-de-chaussée. Comme chaque dimanche soir, à cette heure-là, ils retrouvèrent Yvon debout devant la porte d'entrée, guettant l'arrivée de l'autobus en compagnie de Lise.

— Bonsoir, madame Dionne. Bonsoir, monsieur Dionne, dit poliment le jeune homme.

— Bonsoir, lui répondirent les parents de Lise. Est-ce qu'il pleut encore ? demanda Maurice.

— Juste un peu, dit Yvon. Bon, voilà mon autobus. Bonsoir.

Le jeune homme quitta la maison et Lise regarda son amoureux s'en aller à grands pas vers l'arrêt d'autobus situé au coin de la rue Lavoisier.

— Bon. Il est l'heure d'aller se coucher, déclara son père en jetant un coup d'œil à l'horloge murale de la cuisine pendant que Jeanne pénétrait dans la chambre pour se préparer pour la nuit.

Maurice eut un léger sursaut en regardant l'horloge. Il plissa les yeux et s'en approcha de deux pas.

— Elle a quelque chose de pas correct, cette horloge-là, dit-il à mi-voix.

Lise, qui sortait du salon après avoir éteint les lampes, s'empressa de se glisser dans sa chambre avant l'explosion de colère anticipée.

Debout au centre de la cuisine, Maurice fixait toujours l'horloge murale, incapable de préciser ce qu'elle avait d'inhabituel. Il vit l'aiguille des secondes avancer par saccades.

— Pourtant elle a l'air de marcher, ajouta-t-il pour lui-même en s'approchant encore plus près pour la scruter. Jeanne ! appela-t-il.

— Quoi ?

— Viens donc ici une minute.

— Qu'est-ce qu'il y a ? demanda sa femme qui venait de passer sa chemise de nuit.

Elle sortit de la chambre et entra dans la cuisine.

— Tu trouves pas que l'horloge a un drôle d'air ? lui demanda Maurice.

Durant quelques secondes, Jeanne feignit d'examiner l'objet avec soin avant de déclarer :

— Elle a l'air correcte. Elle fonctionne, non ? Serais-tu en train de devenir comme ton beau-père ? Est-ce que tu cherches des moyens de te sauver de la prière ? demanda-t-elle en plaisantant. Viens donc qu'on fasse notre prière. Après, on va pouvoir enfin se coucher.

Sans tenir compte de ce que sa femme venait de dire, le quadragénaire s'approcha encore plus près de l'horloge, leva le bras et il tapa du bout du doigt sur le cadran.

— C'est drôle, laissa-t-il tomber, déconcerté, j'ai toujours pensé que c'était de la vitre, ça.

Jeanne se contenta de lever les épaules avant de retourner dans leur chambre à coucher. Maurice la suivit, mais toute sa mine disait assez à quel point le doute le tourmentait.

Mai arriva enfin avec ses odeurs de lilas et ses longues soirées douces. L'air charriait des effluves tels qu'on ne se résignait qu'à contrecœur à entrer dans les maisons à la tombée de la nuit. Jeanne se sentait revivre. Le mois de Marie avait toujours été son mois préféré.

À cette époque de l'année pourtant, la tâche des parents devenait plus difficile chaque jour. Ils devaient faire preuve d'autorité pour inciter les écoliers à mettre fin à leurs jeux pour se rendre à l'école. Même les enfants d'âge préscolaire rechignaient à faire la sieste tant le soleil et la chaleur les attiraient à l'extérieur.

Chez les Dionne, mai signifiait surtout le grand ménage. Tout le monde devait mettre la main à la pâte quand Maurice et Jeanne décidaient qu'il était temps de laver les plafonds, les murs et les fenêtres. Chacun avait une tâche à remplir et il n'était pas question de tirer au flanc.

L'un des grands avantages de posséder une famille nombreuse était sûrement que ce grand ménage durait à peine une journée. Dès le lendemain, pendant que Jeanne et ses filles lavaient toute la vaisselle contenue dans les armoires de la cuisine, Maurice entraînait ses garçons dans l'entretien de la pelouse qui, sans qu'on y prenne vraiment garde, s'était mise à pousser.

Contrairement au printemps précédent, Maurice n'avait pas commis l'erreur d'utiliser du fumier non désodorisé. Il s'était contenté de semer de nouvelles graines de gazon et d'utiliser un fertilisant en granules dont la publicité disait le plus grand bien. Encore une fois, il était prêt à prendre les mesures nécessaires pour que son gazon soit le plus beau du quartier.

Cette impression se confirma le premier vendredi de mai lorsque Maurice sortit une boîte assez encombrante du coffre de la Dodge à son retour de l'école St-Andrews.

— C'est fini le rouleau! proclama-t-il en désignant la vieille tondeuse à bras munie de lames rotatives. J'ai acheté une tondeuse électrique. Elle pèse presque rien et elle est assez forte pour couper du foin.

En quelques minutes, le manche fut monté sur l'appareil et on brancha une longue rallonge noire.

— Bon, je vais toujours avoir besoin de vous autres pour la passer, déclara Maurice à ses fils.

Paul et Claude crurent qu'ils allaient avoir la chance de pousser cette petite merveille qui ronronnait doucement aux pieds de leur père.

— Il faut que vous teniez le fil pour que je passe pas dessus avec la tondeuse, précisa ce dernier.

— On peut la passer si vous voulez, p'pa, proposa Paul.

— Pour que vous me la cassiez, répliqua sèchement son père. Il en est pas question. Faites juste ce que je vous dis.

— C'est ça. Nous autres, on est ben trop caves pour savoir pousser une tondeuse, murmura l'adolescent à son frère Claude, en empoignant la rallonge. C'est comme la peinture. On n'est pas capables de peinturer non plus. Il y a juste lui qui est assez fin pour faire ça.

La nouvelle petite tondeuse électrique peina tant qu'elle put pour parvenir à couper le gazon trop long ou trop dense à certains endroits, mais son propriétaire ne consentit jamais à reconnaître ses limites. Chose certaine, les fils Dionne venaient, sans le savoir, de se trouver un emploi hebdomadaire non rémunéré pour le reste de l'été.

Si l'épisode de la vitre brisée de l'horloge s'était relativement bien terminé, la chance ne dura pas. Claude eut tout le temps de se mordre les doigts pour la nouvelle étourderie qu'il commit une semaine plus tard.

Depuis le début de janvier, l'adolescent avait pris l'habitude de se glisser dans la chambre de ses parents pour emprunter des chaussettes à son père. Comme ces dernières représentaient un cadeau fréquent de l'un ou l'autre de ses enfants à la fête des pères, à son anniversaire ou à Noël, Maurice en possédait un plein tiroir. Claude n'éprouvait donc aucun remords à effectuer ces emprunts, d'autant plus que son père ne risquait pas de s'en apercevoir.

Or, lors de l'une de ses explorations des tiroirs paternels durant l'hiver, il avait mis la main sur une bague en laiton qui ne portait pour tout ornement que de simples initiales gravées. Le bijou lui avait semblé si beau qu'il s'en était emparé. Il l'avait essayé. S'il était un peu trop petit pour les doigts de son père, il était un peu grand pour les siens. Mais quelle importance ! La bague lui plaisait et son père ne la portait jamais.

À compter de ce jour-là, Claude en prit possession et il la porta fièrement à l'école, persuadé d'être envié par ses camarades parce qu'il possédait un tel bijou. Au fil des jours, il avait même développé une sorte d'automatisme. En sortant de la maison, il glissait la bague en laiton à l'index de sa main droite et, avant de rentrer chez lui, il n'oubliait jamais d'enlever cette dernière et de la glisser au fond de l'une de ses poches de pantalon, jusqu'au lendemain matin.

Ce vendredi après-midi là, le hasard voulut qu'il rentre de l'école au moment où son père arrivait avec sa mère. Ils venaient d'aller acheter la nourriture de la semaine pour la famille.

— Viens nous aider à décharger la valise, lui commanda son père, les bras déjà encombrés d'une boîte de denrées.

Claude se précipita vers la voiture et entreprit d'aider son père et André, venu à leur rescousse, en oubliant totalement la bague qu'il portait encore au doigt. Quelques minutes plus tard, l'adolescent se glissa derrière la table, à la droite de son père, pour souper. Durant la semaine, il avait pris l'habitude de s'asseoir à la place de son frère Paul, qui n'arrivait jamais du collège avant six heures trente.

Jeanne commença à servir des bols de soupe aux légumes. Les premiers servis commencèrent à manger pendant que c'était chaud. C'est à ce moment que Maurice, tournant la tête vers Claude, se figea, la cuillère en l'air. Il faillit s'étouffer avec la cuillerée de soupe qu'il avait dans la bouche.

— Qu'est-ce que t'as dans le doigt, toi? demanda-t-il en déposant bruyamment sur la table l'ustensile qu'il tenait.

Un parfait silence s'abattit sur la cuisine et toutes les têtes se tournèrent vers Claude. Ce dernier, pris au dépourvu, regarda ses deux mains sans bien comprendre avant de découvrir ce qui avait attiré l'attention de son père. Immédiatement, ses oreilles prirent une belle teinte rouge et il déglutit, incapable de répondre.

— Je t'ai demandé ce que t'avais dans le doigt! rugit son père.

— C'est une bague, p'pa, murmura le coupable.

— Je le vois ben que c'est une bague. Où est-ce que t'as trouvé ça?

Claude se tassa un peu plus sur sa chaise, figé par la colère qu'il sentait monter chez son père.

— T'aurais pas trouvé ça par hasard dans un de mes tiroirs, mon maudit voleur?

— Oui, p'pa.

— Comme ça, tu vas te servir dans mes affaires quand je suis pas là?

— Je voulais pas...

L'adolescent n'eut jamais le temps de terminer la phrase qu'il avait commencé à formuler... Une formidable taloche le leva pratiquement de sa chaise.

— Va me porter ça sur mon bureau! lui cria Maurice, hors de lui, s'apprêtant à lui assener une véritable raclée.

Jeanne intervint immédiatement, sachant très bien qu'une fois lancé, son mari perdait tout contrôle de lui-même. Il était incapable de modérer la force de ses coups.

— Va te coucher immédiatement, tu m'entends, Claude Dionne! ordonna-t-elle à son fils avant que son mari ne se précipite vers le coupable. Si jamais tu retournes te servir dans nos tiroirs, tu t'en tireras pas juste avec une claque.

Claude ne se fit pas répéter l'ordre et s'enfuit dans le couloir en se tenant la joue où la main de son père était nettement imprimée.

— Sacrement! jura Maurice en se laissant tomber sur sa chaise berçante. Dis-moi pas à cette heure qu'on va être obligés de poser un cadenas sur notre porte de chambre pour pas se faire voler comme au coin d'un bois dans notre propre maison!

— Je suis certaine qu'il recommencera plus jamais ça, affirma Jeanne pour le calmer. Ça va lui servir de leçon. Il va se coucher tous les soirs à sept heures pendant une semaine.

Le fait de voir sa femme se ranger à ses côtés et être aussi en colère que lui sembla calmer Maurice.

— Calvaire! C'est le seul souvenir que j'ai de mon père.

Les enfants se remirent à manger lorsqu'ils constatèrent que la crise paternelle était passée. Maurice finit par les imiter.

Après le repas, Jeanne attendit que son mari aille s'asseoir sur le balcon pour préparer en catimini une assiette à son fils puni. Elle ne supportait pas qu'un de ses enfants soit privé d'un repas, même en temps de crise. Elle demanda à André d'aller la lui porter.

— Tiens, le voleur! dit André, sarcastique, en tendant l'assiette à son frère étendu sur son lit dans le dortoir désert.

— Viens pas m'écœurer, toi, le prévint son frère aîné avec mauvaise humeur. Je lui ai pas volé sa maudite bague; je l'ai juste empruntée. Il s'en sert même pas.

— T'es chanceux que m'man t'ait envoyé te coucher parce que s'il t'avait mis la main dessus, on aurait de la misère à te reconnaître.

— Qu'il en profite, fit Claude, frondeur. Il achève de pouvoir me sacrer des claques.

— En tout cas, t'es pas prêt de revoir la bague. Je l'ai vu la mettre dans une de ses poches. Je suis certain qu'il va la cacher à l'école et qu'on la reverra pas de sitôt.

— Je m'en fous. Elle était même pas belle.

Chapitre 18

L'achat

La mi-mai fut marquée par la fin des locations du gymnase de St-Andrews par la municipalité de ville Saint-Michel. En d'autres termes, cela signifiait que Maurice Dionne retrouvait sa liberté le samedi et tous les soirs de la semaine à compter du 15 mai. Cette nouvelle ne fit pas nécessairement plaisir à ses enfants.

Ce samedi matin là, le père de famille se leva très tôt et il décida de célébrer cette liberté toute fraîche.

— On avait promis à Jean d'aller voir ta sœur à Québec aussitôt qu'on le pourrait, dit-il à Jeanne qui venait de le rejoindre dans la cuisine. Il fait beau aujourd'hui. On va y aller.

— Les enfants ?

— Laisse faire les enfants, dit-il. On n'est pas pour les amener avec nous autres chez ta sœur. C'est pas le temps, arrangée comme elle est là. Francine et Claude sont ben capables de garder les plus jeunes. Prépare-leur juste à dîner et on part.

Lorsque Lise se leva pour aller travailler, son père prit la peine de la rassurer.

— On s'en va voir ta tante Germaine à Québec. On va faire juste un aller-retour. On va être revenus pour le souper. Tu vas pouvoir recevoir ton *chum* à soir, comme d'habitude.

Puis, il se tourna vers Francine, encore mal réveillée.

— Surveille ben les petits avec Claude, lui dit-il. Et arrangez-vous donc pour rien casser dans la maison aujourd'hui, ajouta-t-il en jetant un coup d'œil significatif vers l'horloge murale.

Un peu après huit heures, Maurice et Jeanne montèrent à bord de la Dodge brune sous un soleil radieux. Il faisait déjà chaud. Pourtant, ce qui s'annonçait comme un voyage agréable et sans histoire se compliqua passablement quand le moteur de la vieille guimbarde se mit à surchauffer près de Saint-Hyacinthe.

Maurice, tendu par cet incident inattendu, eut la chance de trouver un garagiste prêt à jeter un coup d'œil sans délai à la mécanique récalcitrante.

— Ton radiateur coule, diagnostiqua un mécanicien âgé d'une trentaine d'années à la chevelure hirsute et au visage maculé de cambouis. Je te dirais ben de le changer, mais je me demande si ça vaut la peine.

— Pourquoi tu dis ça ? demanda Maurice, inquiet.

— Ben, d'après ce que je peux voir, ton moteur pompe l'huile en plus. Ça sort tout noir en arrière.

— C'est une Dodge 50, dit Maurice à titre d'explication, et elle a pas mal de millage dans le corps.

— C'est pour ça que je t'ai dit que je me demandais si ça valait la peine de dépenser pour un radiateur neuf. Ton char a déjà onze ans. À ta place, je ferais boucher le trou du radiateur et je commencerais à regarder pour en acheter un autre.

— Est-ce que tu peux m'arranger ça en attendant ?

— Pas de problème. Mais je t'avertis que ça tiendra pas éternellement, affirma le mécanicien d'un air désabusé.

Pendant tout cet échange, Jeanne demeura à l'extérieur, peu intéressée par la mécanique à laquelle elle ne comprenait d'ailleurs strictement rien.

Une heure plus tard, le couple quitta le garage à bord de sa voiture réparée et reprit la route. Durant tout le reste du trajet, le conducteur ne cessa de jeter des coups d'œil anxieux au tableau de bord, craignant de subir une nouvelle panne.

À son arrivée chez son beau-frère Ouimet, un voyant lumineux s'alluma et avant de pénétrer dans la maison, Maurice dut se résoudre à ajouter un litre d'huile à moteur.

Vers deux heures de l'après-midi, les Dionne décidèrent de rentrer à Saint-Léonard-de-Port-Maurice et ramenèrent la mère de Jeanne chez elle. Une sœur de Jean venait prendre la relève de la vieille dame fatiguée. Elle allait se charger de la marmaille de la convalescente.

Durant le trajet de retour, Jeanne passa le plus clair de son temps à s'entretenir avec sa mère, ce qui lui évita de s'inquiéter de l'air crispé de son mari qui parla peu, trop préoccupé par la mécanique de son véhicule.

Après avoir déposé sa belle-mère chez elle, Maurice reprit le volant pour rentrer à la maison.

— J'ai jamais fait un voyage aussi fatigant, se plaignit-il à sa femme dès qu'ils se retrouvèrent seuls dans le véhicule. Moi, voyager sur les nerfs en passant mon temps à me demander si le char va me laisser tomber cinq minutes plus tard, ça me donne mal à la tête. La tête me fend. Quand tu peux pas te fier à ton char...

Jeanne ne fit aucun commentaire et elle s'empressa de changer de sujet.

— Je trouve que Germaine remonte pas vite la pente.

— Qu'est-ce qui te surprend là-dedans? lui demanda son mari, sarcastique. La grosse Germaine a toujours été une pâte molle qui aime se faire servir. Écoute ben ce que je te dis. Elle va rester dans son lit aussi longtemps qu'il y aura quelqu'un pour venir faire son ouvrage. Tu sauras me le dire.

— M'man la trouve bien faible, voulut plaider Jeanne.

— Ta mère a toujours trouvé des excuses à sa Germaine. Il y a rien qu'elle ferait pas pour elle. Elle a toujours été son chouchou, et l'autre s'est jamais gênée pour en profiter.

Sur ces mots, Maurice immobilisa la voiture dans l'allée couverte de gravier près de sa maison, soulagé d'être enfin arrivé à destination.

Le lendemain après-midi, le ciel se couvrit et Maurice en profita pour signifier à ses fils que le moment était idéal pour effectuer le nettoyage de la voiture familiale. Comme d'habitude, il ne leur demanda aucune aide, mais ils le connaissaient assez pour savoir qu'il valait mieux se précipiter quand ils le virent s'emparer d'un seau d'eau savonneuse et de plusieurs chiffons.

— On lave le dedans et le dehors, leur dit leur père avant de distribuer à chacun une tâche. Après, on va le cirer avec du Simoniz. C'est en plein le bon temps ; il fait pas soleil. Commencez, je reviens, ajouta-t-il en rentrant dans la maison.

— C'est pas pire pour un char dans lequel on n'embarque jamais, chuchota Paul à sa mère venue voir ce qui se passait à l'extérieur. On est toujours poignés pour le nettoyer et le frotter.

L'étudiant n'était pas très heureux d'avoir dû abandonner le devoir d'histoire auquel il travaillait depuis une heure pour venir perdre son temps à nettoyer la voiture de son père. Mais ne pas l'avoir fait aurait encore provoqué une crise et une bouderie dont il pouvait se passer.

Paul, Claude et André mirent plus de deux heures à astiquer la Dodge dont la peinture appliquée au pinceau le printemps précédent avait mal supporté les assauts de l'hiver. Le bas de la caisse montrait quelques boursouflures qui dissimulaient assez mal des taches de rouille. Cette constatation n'empêcha nullement les travailleurs de déployer des efforts méritoires pour satisfaire le propriétaire.

Lorsque le véhicule eut été lavé et ciré, Maurice s'arma d'un pinceau et fit des retouches sommaires avec un reste de peinture brune. Quand il eut fini, le pot de peinture, le pinceau et les chiffons furent rangés dans la cabane de jardin. Le père de famille déclara alors, en arborant un air satisfait :

— Ça va faire comme ça. La Dodge peut pas être plus propre. On n'en fera pas un char neuf.

Jeanne, mécontente depuis le début de l'après-midi, finit par lui demander :

— Veux-tu bien me dire ce qui pressait tant de faire ça en plein dimanche après-midi ? Ça aurait pas pu attendre un autre jour ? De quoi on a l'air ?

— Qui ça dérange ?

— Les voisins.

— C'est pas de leurs maudites affaires ! déclara Maurice en élevant la voix.

Ce soir-là, la famille Dionne soupa tôt et Yvon arriva, comme d'habitude, par l'autobus de sept heures.

Après avoir lavé la vaisselle, Jeanne vint rejoindre son mari déjà assis sur le balcon pour profiter de la petite brise fraîche qui s'était levée à la fin de l'après-midi. Ce n'est qu'à ce moment-là qu'elle apprit finalement ce qui trottait probablement depuis la veille dans la tête de son mari.

— Demain soir, après le souper, j'ai l'intention d'aller voir des chars dans un ou deux garages, lui dit-il à brûle-pourpoint.

Le visage de Jeanne se ferma instantanément. Maurice savait ce qu'elle pensait de son idée sans qu'il soit nécessaire qu'elle le dise. S'il y avait un sujet qui avait le don de la mettre hors d'elle-même, c'était bien l'achat d'une voiture. À ses yeux, il ne s'agissait que d'une dépense folle ne visant qu'à satisfaire sa vanité mal placée. Elle n'acceptait pas de se priver souvent du nécessaire alors que son mari dépensait des milliers de dollars pour avoir l'occasion de se pavaner dans une nouvelle auto. Depuis leur mariage, chaque fois que Maurice était arrivé à la maison au volant d'un nouveau véhicule, il avait eu à faire face à une femme en colère qui n'avait pas mâché ses mots pour lui dire ce qu'elle pensait de son achat. Il avait beau plastronner et crier qu'elle pouvait dire ce qu'elle voulait et qu'il avait le droit de faire ce qu'il désirait de l'argent qu'il gagnait, il n'en restait pas moins qu'elle lui gâchait son plaisir chaque fois.

— Hier, t'as ben vu comme moi que la Dodge est usée jusqu'à la corde, reprit-il. Elle a onze ans dans le corps. Le moteur est fini et elle est rouillée. Si je commence à mettre de l'argent dessus, ça finira plus et ça va être du vrai gaspillage parce qu'en fin de compte, elle marchera pas mieux.

— Et comme chaque fois, tu vas me dire qu'elle est pas réparable, je suppose ?

— Je viens de te le dire, sacrement ! jura Maurice.

— Peux-tu m'expliquer d'abord pourquoi t'as passé l'après-midi à la nettoyer et à la cirer ?

— Christ ! Fais-tu exprès pour être bouchée ? Il me semble que c'est clair : pour avoir le meilleur prix possible demain quand je vais la faire évaluer par un vendeur. En plus de ça, je t'ai pas dit que je m'en allais acheter un char ; j'ai dit que j'allais en voir.

Jeanne eut un soupir résigné. Elle connaissait bien son Maurice. Il ne se contenterait sûrement pas de faire du lèche-vitrine. De plus, elle était convaincue qu'il ne s'agissait encore que de l'un de ses caprices… Selon elle, une auto qui n'était plus bonne ne roulait plus. Or, ce n'était pas le cas de la Dodge puisqu'elle les avait tout de même transportés à Québec la veille. Mais quand Maurice était de cette humeur, il était inutile d'essayer de le raisonner. Discuter avec lui revenait à parler à un mur.

— Bon. Est-ce que tu veux venir avec moi demain soir, oui ou non ? finit-il par demander d'une voix exaspérée.

Jeanne prit un moment pour réfléchir à cette offre avant de l'accepter sans aucun enthousiasme. Après tout, pensa-t-elle, il valait peut-être mieux être sur place pour limiter les dégâts, si c'était possible.

Le lendemain soir, le souper fut servi très tôt à la demande de Maurice, impatient d'aller visiter des concessionnaires automobiles. Au moment de partir, Jeanne ne put s'empêcher de lui demander en le voyant encore vêtu de sa tenue de travail :

— Tu te changes pas ?

Le concierge de St-Andrews portait un pantalon vert bouteille froissé et un peu blanchi à la hauteur des genoux ainsi qu'une chemise de la même teinte à laquelle il manquait un bouton.

— Laisse faire. Quand on est trop ben habillé, les vendeurs essayent de te voler parce qu'ils pensent que t'es riche, expliqua Maurice. Arrive ! On n'est pas en avance, ajouta-t-il avec impatience en descendant les marches du balcon.

Jeanne se contenta de secouer la tête. Elle trouvait que son mari ainsi vêtu avait une allure négligée. De plus, sa perruque mal entretenue n'améliorait certes pas son apparence. Pourtant, elle n'ajouta rien et monta à bord de la Dodge.

Moins d'une heure plus tard, Maurice stationnait sa vieille auto devant Rocheleau Automobiles, rue Notre-Dame. L'important concessionnaire de voitures Pontiac et Buick de l'Est de Montréal possédait aussi un lot important de véhicules usagés à vendre.

Beaucoup moins naïve que son mari le supposait, Jeanne devina tout de suite que Maurice était probablement déjà venu examiner certains véhicules le jour même ou les semaines précédentes. Pour le prouver, il n'y avait qu'à voir comment il avait immédiatement mis le cap sur ce concessionnaire dès qu'ils avaient quitté la maison.

Maurice entra dans la salle d'exposition en compagnie de sa femme et fit lentement le tour des voitures neuves qui y étaient exposées. Trois vendeurs, debout dans un coin de l'immense salle, discutaient entre eux. Ils virent le couple examiner de près une Pontiac noire aux chromes rutilants, mais aucun ne fit le moindre mouvement pour se porter à sa rencontre. De toute évidence, à leurs yeux, l'homme et la femme n'avaient rien de clients potentiels.

Secrètement dépité de ne pas avoir à rabrouer un vendeur trop empressé, Maurice leva la tête. Il n'aperçut que le dos des vendeurs. Ces derniers ne lui accordaient aucune attention.

— Viens, on va aller dehors voir les chars usagés, dit Maurice à sa femme. T'as vu le prix de la Pontiac ? Deux mille neuf cents piastres. C'est du vrai vol. Elle est belle, mais il faut pas charrier.

Ils firent lentement le tour de la vingtaine de véhicules usagés rangés face au trottoir. Chacun portait la mention « Spécial » écrite à la craie sur son pare-brise. Il n'y avait toujours pas de vendeur.

Après un premier examen, Maurice revint sur ses pas pour regarder de plus près une Plymouth verte de l'année précédente. L'apparence de la grosse voiture le séduisait. Ses grands ailerons et ses pneus à flancs blancs lui conféraient une allure moderne qui lui plaisait.

— Qu'est-ce que tu penses de celle-là ? demanda-t-il à Jeanne.

— Elle est neuve ?

— Ben non. Tu vois ben qu'elle est placée avec les chars de seconde main. C'est une Plymouth 60. Viens, on va aller voir si on peut avoir un vendeur.

Ils retournèrent dans la salle d'exposition et s'approchèrent des vendeurs qui n'avaient pas bougé depuis leur arrivée.

— Est-ce qu'il y en a un parmi vous autres qui travaille ici comme vendeur ? demanda Maurice, agacé par leur indifférence.

Un gros homme d'une cinquantaine d'années se tourna vers lui.

— Oui. Moi. Qu'est-ce qu'il y a pour votre service, monsieur ?

— Venez donc me montrer la Plymouth 60 verte que vous avez à vendre, si ça vous dérange pas trop, fit Maurice en tournant déjà les talons.

— Je prends les clés et je vous rejoins, dit le vendeur sans faire montre d'un très grand empressement.

Il rejoignit Maurice et Jeanne à l'extérieur quelques minutes plus tard. L'homme traînait les pieds, apparemment peu optimiste de vendre quoi que ce soit au couple.

— C'est un démonstrateur de l'année passée, consentit à dire le gros homme. Il a presque pas de millage.

Sur ce, il déverrouilla la portière du conducteur et se pencha pour consulter l'odomètre.

— Onze mille milles.

Maurice se glissa sur le siège, derrière le volant, et tendit la main pour avoir la clé de contact. Il fit démarrer le moteur. Ce dernier démarra à la première sollicitation. Le bruit était doux et régulier.

— Monte, dit-il à sa femme en déverrouillant la portière du côté droit.

Jeanne fit le tour du véhicule et s'assit sur la banquette avant, côté passager. Le siège était confortable et recouvert d'un épais plastique qui en protégeait le tissu beige pâle. La moquette vert foncé était impeccable. Le tableau de bord, résolument futuriste, était agréable à consulter. La radio, allumée par Maurice, avait un son de qualité.

— C'est un vrai char neuf avec un gros moteur huit cylindres, laissa tomber le vendeur, toujours persuadé de perdre son temps.

— Char neuf? Bien non, vous venez de dire que c'est un démonstrateur, le corrigea Jeanne avec humour.

— C'est juste une façon de parler, madame, reconnut l'homme avec un rictus.

Maurice éteignit la radio, coupa le moteur et s'extirpa du véhicule en même temps que sa femme.

— On va jeter un coup d'œil à la valise, annonça-t-il au gros quinquagénaire.

Le vendeur réprima difficilement un soupir d'agacement. Maurice se déplaça vers l'arrière de la Plymouth et en ouvrit le coffre. Il était vaste et profond, comme il s'y attendait.

Il referma le coffre et tendit les clés au vendeur.

— Mon char, c'est la Dodge brune sur le bord du trottoir, dit-il en pointant du doigt le véhicule. Faites-moi donc une évaluation.

— Si vous voulez me passer vos clés, soupira le vendeur, résigné.

Le couple rentra dans la salle d'exposition pendant que le vendeur faisait lentement le tour de la Dodge. Il prit le temps d'examiner avec soin l'intérieur et l'extérieur de la voiture. Maurice le surveillait par la vitrine. Il le vit monter ensuite à bord de la Dodge et démarrer.

L'homme n'avait probablement fait que le tour du quadrilatère parce qu'il revint moins de dix minutes plus tard.

— Dis pas un mot. Laisse-moi m'arranger avec lui, fit Maurice à sa femme quand il vit le gros homme quitter la Dodge.

De retour à l'intérieur du garage, le vendeur invita les Dionne à le suivre dans le petit cubicule qui lui servait de bureau. En entrant, il déposa le trousseau de clés de Maurice au centre de son bureau, offrit des sièges au couple et se laissa tomber dans son fauteuil couvert de moleskine rouge, placé derrière son bureau.

— Votre Dodge est pas mal fatiguée, dit-il en affichant un air vaguement dégoûté. Moi, je pense que…

— Combien vous me donnez pour elle ? le coupa Maurice, peu intéressé par les états d'âme de son vis-à-vis.

— Pas plus que deux cents, laissa tomber l'autre sur un ton sans appel. Et vous pouvez me croire, c'est bien payé.

— À quel prix vous me faites la Plymouth ?

— Mille huit cents. C'est le prix de liste.

— Je vous laisse mon char en échange et je vous donne treize cents pour votre Plymouth, taxes comprises, proposa Maurice qui avait du mal à cacher son envie de posséder la Plymouth. C'est un char usagé après tout.

— Je peux pas, affirma le vendeur en faisant tourner autour de son index une bague sertie d'une pierre énorme. Si j'accepte ça, je vous la vendrais à perte.

— Arrêtez, vous allez me faire brailler, se moqua Maurice, sarcastique.

— On a une vingtaine d'autres chars usagés en excellent état sur le terrain. On peut aller les voir et en choisir un autre meilleur marché, proposa l'homme.

— Les autres m'intéressent pas, déclara Maurice d'un ton tranchant. Je vous ai fait une offre qui a du bon sens. Faites-moi pas perdre mon temps. Allez donc voir votre gérant pour savoir si ça l'intéresse.

— Je suis certain qu'il va refuser tout de suite, dit le gros homme en se levant péniblement. S'il acceptait votre prix, il vendrait le char moins cher qu'on l'a payé.

— Essayez, fit Maurice avec agacement. Si ça marche pas, on va laisser faire. Il y a d'autres garages. Je trouverai ben ailleurs ce que je veux.

Malgré sa réticence évidente, le vendeur sortit du cubicule en laissant la porte ouverte derrière lui. Il alla parler à l'un des hommes avec qui il s'entretenait lorsque les Dionne étaient arrivés. Maurice et Jeanne le virent faire des gestes vers son cubicule et montrer la Plymouth à l'extérieur.

Pendant ce temps, Jeanne n'avait pas manqué de demander à son mari :

— Pourquoi tu choisis pas un char moins cher ? Tu vois bien qu'il te le vendra pas à ce prix-là.

— Laisse-moi faire, voulut la rassurer Maurice. Je veux pas avoir un autre de ses chars usagés. C'est toutes des minounes. La Plymouth est presque neuve.

— Oui, mais il dit qu'il peut pas te la vendre ce prix-là, s'entêta Jeanne.

— C'est un maudit menteur. Tous les vendeurs sont pareils. Tu vas voir, il va revenir presque en pleurant et en disant que le gérant peut pas faire mieux que de baisser de cinquante ou soixante-quinze piastres.

Finalement, le gros vendeur revint quelques minutes plus tard. Il ferma la porte du cubicule et retourna s'asseoir lourdement sur son siège sans desserrer les dents. Il se mit alors à griffonner frénétiquement une série de chiffres sur un bloc de papier.

Maurice, l'air faussement détendu, fit un signe discret à Jeanne de ne pas dire un mot.

— Bon. Le gérant est prêt à faire un gros sacrifice, déclara l'homme en arborant l'air de celui qui est aux prises avec de pénibles hémorroïdes. Le mieux qu'il peut faire, c'est de couper la poire en deux. Vous me donnez quatorze cent cinquante piastres et votre Dodge et la Plymouth est à vous.

— C'est son meilleur prix ?

— Monsieur, il peut vraiment pas faire mieux.

— Correct, déclara Maurice, persuadé de l'inutilité d'essayer d'obtenir un meilleur prix.

— Bon, fit le vendeur d'un air soulagé. Qu'est-ce qu'on fait pour le financement. La GMAC…

— Laissez faire le financement, déclara Maurice, hautain. Je paie *cash*.

— *Cash* ? fit l'autre, surpris.

— Oui. Quand est-ce que la Plymouth va être prête ?

— Demain.

— Je passerai la prendre demain après-midi. Vous pouvez préparer le contrat.

Pendant que l'homme, abasourdi, sortait un contrat de l'un des tiroirs du bureau, Maurice lui demanda :

— Combien vous voulez avoir à soir ?

— Deux cents, si vous en êtes capable.

Maurice ne se donna pas la peine de lui répondre. Il tira de l'une des poches de son pantalon un épais rouleau de billets de banque et étala sur le bureau dix billets de vingt dollars. Cinq minutes plus tard, il avait signé le contrat d'achat et enfouissait sa copie du document dans l'une des poches de sa chemise.

Au moment de prendre congé, Jeanne ne put s'empêcher de décocher une flèche empoisonnée au vendeur tout souriant qui lui tenait ouverte la porte de son bureau.

— À votre place, monsieur, la prochaine fois, je me fierais pas à ce que le monde porte sur le dos pour savoir si c'est un client ou pas.

Le sourire du vendeur se figea. Sur ces mots bien sentis, Jeanne suivit Maurice qui poussait déjà la porte de la salle d'exposition. Avant de monter à bord de la Dodge, ce dernier examina encore une fois la Plymouth qu'il venait d'acheter.

— J'espère que t'es content, dit Jeanne d'une voix un peu acide.

— Oui, pas mal, reconnut son mari, même si c'est pas encore un char neuf.

De retour à la maison, Maurice s'empressa d'annoncer à ses enfants l'achat de la Plymouth et se lança dans une description minutieuse du nouveau véhicule qu'il irait chercher le lendemain après le travail. Les enfants montrèrent une joie de bon aloi en apprenant la nouvelle.

Avant d'aller au lit, Claude et André durent aider leur père à vider le coffre de la Dodge et à en explorer le dessous des sièges avant qu'elle disparaisse définitivement de leur horizon le lendemain.

— C'est de valeur que p'pa se débarrasse de la « boîte à fleurs », dit André. Moi, je l'aimais ben, ce char-là.

— Moi aussi, mais ça fait longtemps qu'on l'a, reprit Claude. T'en rappelles-tu ? On s'en est servi pour vider la cave de la maison de la rue Notre-Dame et pour déménager des boîtes à Saint-Léonard quand on est arrivés ici. Elle est pas ben belle, mais on est habitués à elle.

— Ce qui est plate, ajouta son frère, c'est qu'on n'a pas fini de le frotter, le nouveau char de p'pa. Dire qu'on venait juste de nettoyer et de cirer la Dodge. On va être obligés de tout recommencer.

— En tout cas, c'était une bonne bagnole, conclut Claude en parlant de la vieille voiture qui allait être abandonnée le lendemain.

Ce furent probablement les seuls mots de regret qui saluèrent le départ de la guimbarde brune.

Le lendemain après-midi, tous les Dionne se précipitèrent à l'extérieur pour admirer la nouvelle Plymouth lorsque Maurice l'immobilisa doucement dans l'allée gravillonnée. On aurait juré que l'automobile sortait de l'usine tant elle brillait de tous ses feux. Les chromes étaient étincelants et mettaient en valeur le vert émeraude de la peinture. Les glaces d'une propreté méticuleuse en laissaient voir l'intérieur beige.

— On dirait un avion avec ses grosses ailes ! s'exclama Denis, le premier arrivé près de l'auto.

— Touchez pas à la peinture, leur ordonna sèchement leur père en s'extrayant du véhicule dont il laissa volontairement la portière du conducteur ouverte.

Il y eut des « oh ! » et des « ah ! » des enfants qui se penchèrent à l'intérieur pour examiner cette nouveauté. Pendant ce temps, Maurice jetait de rapides coups d'œil autour de lui pour voir si des voisins curieux n'avaient pas assisté à son arrivée. Il espérait secrètement faire des envieux. Malheureusement, comme on était à l'heure du souper, les balcons et les terrains du voisinage étaient désespérément déserts. Il dut admettre avec dépit qu'aucun voisin immédiat ne s'était rendu compte de son arrivée triomphale et il en fut mortifié.

— Bon, ça va faire, déclara-t-il avec brusquerie aux siens en refermant la portière au nez d'André. On va aller souper.

— Est-ce qu'on va pouvoir aller faire un tour après le repas ? demanda ce dernier.

— On verra ça tout à l'heure. En attendant, que j'en voie pas un s'approcher trop proche du char, dit leur père, menaçant.

Après le souper, Maurice fut incapable de résister plus longtemps au plaisir de conduire sa nouvelle acquisition et d'aller la faire admirer par ses proches.

— Il fait beau. On va aller faire un tour, déclara-t-il.

Déjà les plus jeunes étaient debout, prêts à se précipiter vers l'automobile pour occuper les meilleures places.

— Attendez ! leur ordonna-t-il. Vous êtes pas aveugles. Vous avez ben vu qu'il y a pas trois bancs dans ce char-là comme dans l'autre. Il y en a juste deux. La Plymouth a beau être plus large, il y a pas assez de place pour tous les onze.

Un lourd silence tomba sur les membres de la famille.

— Qui va laisser sa place aux autres ?

— Moi, j'ai pas encore fini de souper, répondit Lise, peu désireuse de rater l'appel de son Yvon pour une balade en voiture, fût-elle nouvelle.

— Moi aussi, ajouta Paul qui venait à peine d'arriver. J'ai pas encore mangé.

— Je peux ben rester, moi aussi, déclara Claude. J'ai pas fini mes devoirs.

— Moi aussi, dit sa sœur Francine.

Satisfait de constater que ses aînés étaient aussi raisonnables, Maurice leur dit :

— La prochaine fois, ce sera votre tour.

Sur ce, le père sortit de la maison et surveilla l'installation des enfants dans le véhicule.

— Mettez pas vos pieds sur les sièges et touchez pas aux vitres. André, tu t'assoiras en avant, entre ta mère et moi.

Ce soir-là, Maurice ne rentra à la maison que vers dix heures, après avoir fait admirer son achat à ses beaux-parents, à son frère Adrien et à sa sœur Suzanne. Pour lui faire plaisir, ces derniers chantèrent les louanges de la Plymouth et reconnurent que son nouveau propriétaire semblait avoir fait une excellente affaire.

Sur le chemin du retour, Maurice, au septième ciel, ne put s'empêcher de dire à Jeanne :

— Ton père et ta mère ont eu l'air d'aimer notre nouveau char.

— Je pense qu'ils sont surtout contents pour nous autres.

— Ouais, acquiesça Maurice. Ils étaient plus contents que mon frère et ma sœur.

Il y eut un court silence dans l'habitacle de la Plymouth.

— En tout cas, je leur ai montré qu'il était pas nécessaire d'être « cheuf » des pompiers ou policier pour avoir un beau char, reprit Maurice. Un petit concierge d'école est capable de se débrouiller mieux qu'eux autres. Adrien, surtout, avait l'air jaloux en maudit.

— Voyons, Maurice, protesta Jeanne. Tu sais bien que ton frère est bien content pour toi.

— Ça en avait pas l'air, répliqua son mari avec une certaine mauvaise foi.

Chapitre 19

Le début de l'été

Paul entra dans sa chambre et il ouvrit son porte-documents sur son petit bureau avant de s'asseoir sur la chaise en bois placée devant le meuble.

Depuis une semaine – en fait, depuis le début de juin –, il régnait une véritable canicule. Pas un souffle d'air ne faisait bouger le rideau décorant l'unique fenêtre de la petite pièce verte. Les stridulations des insectes étaient assourdissantes et il entendait au loin les voix excitées d'enfants qui s'amusaient.

— S'il continue à faire chaud comme ça, le gazon va brûler, entendit-il son père dire à un voisin à l'extérieur.

La réponse se perdit dans le bruit d'un camion passant sur le boulevard Lacordaire au même moment. À cette heure-là, après le souper, son père était probablement occupé à arroser abondamment la pelouse.

Malgré la chaleur étouffante qui régnait dans sa chambre, l'adolescent se lança à la recherche de son horaire d'examens qu'il trouva au milieu de son cahier de notes de latin. Il prit le temps de consulter les feuilles avant de rayer quelques lignes d'un trait de crayon à bille. Il ne restait plus que cinq examens à passer, les plus faciles.

Ce coup de crayon lui procura une certaine jubilation. Cet après-midi-là, il avait subi son examen d'algèbre. Les mathématiques étaient demeurées sa bête noire toute l'année et il avait préparé avec un soin particulier cet examen pour ne pas avoir à revivre une reprise comme l'été précédent. Durant les dernières semaines, il avait fait et refait tous les problèmes de son gros livre d'algèbre. Avant de quitter le collège, à la fin de l'épreuve, il avait pris la peine d'aller comparer ses réponses avec celles fournies par le meilleur étudiant de son groupe. Tout indiquait qu'il allait s'en tirer de justesse. C'était cette perspective qui le remplissait de joie et lui donnait le courage de s'attaquer aux derniers préparatifs de l'examen de littérature française qui allait avoir lieu le lendemain avant-midi.

L'adolescent oublia un moment sa fatigue et la chaleur pour extirper de son porte-documents son horaire de travail, un horaire qui faisait bien rigoler ses camarades de cours. Depuis longtemps, ces derniers ne se gênaient pas pour se moquer ouvertement de sa « surpréparation » aux examens et de sa manie de tout mémoriser. Un mois avant chaque session d'examens, le collégien avait pris l'habitude de dresser un horaire où chaque moment de loisir était consacré à l'étude. Aucune entorse n'était tolérée à ce programme qui lui permettait de mémoriser des dizaines de pages de notes.

Le regard vague, l'adolescent se perdit bientôt dans des pensées qui l'amenèrent bien loin de sa chambre.

À seize ans, il était un garçon torturé, soumis à des tensions intérieures qui le rendaient imprévisible et, disons-le, peu sympathique. Pour de multiples raisons, il ne s'aimait pas et il avait du mal à se faire aimer des autres. Bien sûr, comme la plupart des adolescents, il rêvait d'être plus beau, plus grand, plus fort et plus intelligent, mais là ne se situait pas l'essentiel de ses problèmes.

À dire vrai, il aurait d'abord fallu qu'il cesse de se tourmenter pour l'argent. Chez lui, joindre les deux bouts relevait de la quadrature du cercle et tournait à l'obsession. Il ne possédait jamais un sou pour acheter autre chose que le strict nécessaire, et encore. Ainsi, cette année scolaire allait bientôt prendre fin alors qu'il lui restait en poche moins de dix dollars. Les bourses de la municipalité et de l'Œuvre des vocations ainsi que le salaire de son emploi d'été n'avaient même pas suffi à couvrir tous ses frais. Il avait eu beau faire attention au moindre cent dépensé, son compte en banque était à sec. Heureusement, depuis deux mois, il avait eu la chance de pouvoir laver de temps à autre les parquets et la voiture de trois clientes de sa mère, ce qui allait lui permettre tout juste de boucler son budget de l'année.

À cette tension s'ajoutait celle engendrée par le comportement de son père qui ne cessait de lui reprocher la nourriture qu'il absorbait et le fait qu'il ne rapportait pas un sou à la maison. Après l'achat de la Plymouth, la situation avait encore empiré parce qu'il semblait regretter d'avoir autant dépensé pour cette nouvelle voiture. Par conséquent, il s'était lancé dans une chasse sans merci à ce qu'il appelait le gaspillage dans la maison. Paul se sentait épié par son père qui ne cherchait qu'une occasion de s'en prendre à lui. Évidemment, la menace de l'obliger à quitter le collège au moindre échec demeurait plus valide que jamais.

Finalement, l'étudiant ne pouvait même pas se consoler ou s'épanouir au collège parce qu'il s'y sentait rejeté et peu apprécié autant par ses enseignants que par ses pairs. Il avait bien essayé de s'intégrer à un groupe ou à un autre, mais on aurait dit que tous se fermaient à son approche. À première vue, il ne possédait pas l'assurance nécessaire pour s'imposer et il avait tôt fait d'interpréter la moindre remarque comme un rejet méprisant. Être choisi le dernier dans une équipe, ne pas être invité à la table commune au dîner et être exclu d'une conversation étaient des humiliations qui l'avaient conduit, en désespoir de cause, à s'isoler de plus en plus.

Ainsi, plus touché qu'il ne l'aurait voulu par cette indifférence des autres, il avait pris l'habitude de traîner un volume qu'il lisait partout, moins par goût de la lecture que pour se donner un maintien. On pouvait le voir lire à l'arrêt d'autobus, en dînant à l'extérieur, assis dans le gazon, ou en attendant le début d'un cours.

Tout dans son attitude avait l'air de proclamer son retrait de la vie du groupe. Apparemment, il répondait à l'indifférence par une indifférence égale. Il était devenu une sorte de spectateur contre sa volonté. Pourtant, il ne guettait qu'un petit signe d'encouragement pour s'intégrer, pour être comme les autres et avec les autres. La meilleure preuve de cette volonté en était que, la semaine précédente, il avait promis au chef de la troupe de commandos routiers du collège d'essayer d'en devenir membre l'automne suivant. Flatté d'avoir été approché, Paul n'avait pas voulu tenir compte du fait qu'il s'agissait de la campagne de recrutement annuelle habituelle. Il se promettait d'économiser suffisamment durant l'été pour être en mesure de payer son uniforme, un uniforme qui allait sûrement le faire remarquer par les filles.

Les filles ! Elles avaient commencé à le tourmenter sérieusement et il se le reprochait assez, lui, le boursier de l'Œuvre des vocations. S'il était trop timide pour les approcher et leur parler, Paul ne ratait pas une occasion de les reluquer. Il enviait ses camarades qui participaient à des fêtes pratiquement tous les samedis soirs. Il imaginait facilement l'effet que devaient faire les *slows* dansés dans une pièce aux lumières tamisées.

Tout aurait pu être un peu différent s'il avait eu à sa disposition un peu d'argent de poche. Mais comment y arriver ? Cet été encore, il n'avait pu trouver mieux qu'un emploi aux cuisines de l'Hôtel-Dieu, même s'il avait posé sa candidature à des dizaines d'endroits depuis le début du mois de février. Une fois de plus, il allait devoir se contenter d'un salaire misérable.

L'adolescent revint brusquement sur terre. Il regarda son réveille-matin: sept heures quarante-cinq. Il avait perdu dix minutes à rêvasser. Il était temps qu'il se mette au travail. Dans une semaine, les examens seraient terminés et il commencerait dès le lendemain à travailler à l'hôpital.

Tout indiquait que ce 23 juin, dernière journée de classe, allait être une journée maussade ponctuée par des averses abondantes. Au lever, les vitres des fenêtres étaient fouettées par une pluie fine, ce qui ne parvint nullement à refroidir l'enthousiasme des jeunes qui se préparaient à se rendre à l'école pour la dernière fois avant le début des vacances estivales. Malgré la température exécrable, on pouvait les entendre crier et se chamailler alors qu'ils passaient sur le trottoir, insensibles à la pluie qui tombait.

Chez les Dionne, les enfants affichaient, eux aussi, une humeur joyeuse en terminant leur déjeuner.

— On sera pas longs à revenir, prédit Claude à sa mère. Le bonhomme va nous remettre notre bulletin et le directeur va nous réunir dans le gymnase pour nous souhaiter des bonnes vacances et après ça, on s'en revient.

— Ouais, confirma André. Hier, c'est ce que mon prof a dit qu'on ferait nous autres aussi. Ça fait une semaine qu'on niaise à l'école à faire le ménage des pupitres et à perdre notre temps. Je comprends pas pourquoi ils nous envoient pas tout de suite en vacances quand on n'a plus rien à apprendre.

— À cause des parents, voyons, dit Claude en assenant une claque dans le dos de son jeune frère. Ils se plaindraient s'ils nous avaient sur le dos trop de bonne heure. Il faut dire que tous les jeunes sont pas fins comme nous autres. Pas vrai, m'man ?

— Qu'est-ce que tu dirais de partir pour l'école au lieu de faire le comique ? lui demanda sa mère en ébouriffant les cheveux de son fils. J'espère que tu vas me rapporter un bulletin où c'est écrit que tu passes ton année.

— Je suis pas inquiet pour ça, m'man, affirma Claude, plein d'assurance.

— C'est ça ton problème, mon garçon. Il y a jamais rien qui t'inquiète.

André et Claude allaient franchir la porte quand Jeanne les arrêta soudain.

— Une minute, Claude. Qu'est-ce qui dépasse de ta poche de pantalon ?

Claude pencha la tête pour s'examiner.

— Rien, m'man.

— Claude Dionne, arrive ici ! lui ordonna sa mère.

L'adolescent s'approcha et sa mère tira sur ce qui se révéla être l'extrémité d'une cravate rouge vin.

— Mon effronté ! s'exclama-t-elle. La cravate neuve que j'ai donnée à ton père pour sa fête !

— Il en a au moins une douzaine et il les met même pas, protesta le coupable sans se démonter.

— Veux-tu bien me dire quand t'es encore allé fouiller dans les tiroirs de ton père ?

— Tout à l'heure, mais j'ai pris juste ça et j'étais pour la remettre à sa place en revenant de l'école. Tous les gars de ma classe vont être ben habillés à matin et…

— Laisse faire, le coupa sèchement Jeanne. Va me porter ça tout de suite là où tu l'as pris. T'as pas eu assez de recevoir une claque par la tête et t'être couché de bonne heure pendant une semaine pour apprendre que ton père voulait pas que t'ailles te servir dans ses tiroirs?

Sa bonne humeur envolée, Claude alla porter en grommelant la cravate dans l'un des tiroirs de son père avant de quitter la maison.

«Celui-là, je sais vraiment pas comment il va tourner», se dit Jeanne en finissant de nettoyer la table de la cuisine où elle avait l'intention de s'installer pour couper du tissu.

Quelques minutes plus tard, la pluie cessa subitement et Jeanne permit aux jumeaux d'aller jouer sur l'étroite terrasse, à l'arrière de la maison.

— Vous sortez pas de la cour, leur dit-elle avant de retourner à son travail. S'il se met à mouiller, vous rentrez tout de suite.

Jeanne Dionne, le cœur un peu gros, mettait la dernière main à la confection du trousseau de Francine. Elle avait espéré un peu de solitude avant que ses enfants rentrent à la maison.

Plus de deux mois s'étaient écoulés depuis que sa fille lui avait fait part de son intention d'entrer en religion. Jusqu'au début du mois, la mère avait espéré que l'adolescente changerait d'idée et qu'elle reviendrait de cette toquade. Contre toute attente, Francine avait tenu bon. Au moment où Jeanne avait cru qu'elle avait renoncé, elle lui avait tendu une feuille remise par la supérieure des filles de Saint-Paul. Il s'agissait de la liste pour le trousseau qu'on espérait lui voir apporter au couvent le jour de son entrée.

Lorsqu'elle en avait parlé à Maurice un soir, après le coucher des enfants, ce dernier s'était contenté de dire sèchement:

— Si tu veux pas qu'elle entre là, t'as juste à le dire. Elle est encore mineure et elle va faire ce qu'on va lui dire de faire.

— Non, protesta Jeanne, mal à l'aise. Je te disais ça pour te faire comprendre qu'elle a pas l'air de vouloir changer d'idée.

— Eh ben, qu'elle y aille dans son maudit couvent! trancha-t-il, exaspéré. Quand elle aura eu assez de misère, elle sera ben contente de revenir.

Évidemment, l'idée de lui donner quelques dollars pour payer le tissu nécessaire à la confection du trousseau de sa fille ne l'effleura même pas et Jeanne, comme d'habitude, dut se débrouiller avec les moyens du bord.

Denis fut le premier à revenir de l'école cet avant-midi-là. L'enfant était coiffé d'un chapeau en carton et il tenait fièrement deux ballons de couleurs différentes.

— L'école est finie, m'man, déclara-t-il en laissant claquer derrière lui la porte moustiquaire. Je monte en 2e année.

— Es-tu content d'être en vacances? lui demanda Jeanne sans pour autant déposer la paire de ciseaux avec laquelle elle taillait une pièce de ratine blanche.

— Ben oui. Ma maîtresse a apporté des biscuits et on a bu du Kool-Aid. On a chanté et on a joué à des jeux. C'est de valeur, mais c'est pas elle que je vais avoir quand l'école va recommencer.

— Bon. C'est correct. Va te changer avant de te salir. Tu peux aller jouer avec les jumeaux en arrière.

Le gamin ne se fit pas répéter l'invitation et se précipita à l'étage pour changer de vêtements.

Une demi-heure plus tard, Francine et Martine rentrèrent à la maison à quelques minutes d'intervalle. L'une et l'autre rapportaient un dernier relevé de notes peu brillant, mais suffisant pour assurer leur passage au niveau supérieur.

— J'ai bien hâte de voir si Claude a passé, dit Jeanne à ses filles.

— Ça prendra pas de temps pour le savoir, m'man, dit Francine. Je l'ai vu qui s'en venait avec Létourneau. André était avec eux autres.

Francine et Martine se gardèrent bien de révéler à leur mère que les trois garçons venaient de s'allumer une cigarette et qu'ils s'amusaient à taquiner deux filles de leur école au moment où elles les avaient dépassés.

Jeanne n'eut effectivement pas à attendre trop longtemps avant d'entendre la voix de ses deux fils. Ils criaient quelque chose à un garçon qui passait de l'autre côté du boulevard. Elle abandonna momentanément son travail pour sortir sur le balcon.

— Voulez-vous vous arrêter de crier comme des sauvages ! leur ordonna-t-elle.

— On criait pas, m'man, fit André. On disait juste à Létourneau de venir jouer avec nous autres au base-ball après le dîner.

La mère se rendit subitement compte que la petite pluie fine du matin s'était remise à tomber.

— À la pluie ! Toi, André, va donc en arrière dire à tes frères de rentrer. Ils sont pas assez fins pour s'apercevoir qu'il mouille. Claude, t'as pas l'air trop pressé de me montrer ton bulletin, toi, ajouta-t-elle avant de pénétrer dans la maison. C'est pas bon signe. Viens me le montrer quand même, lui ordonna-t-elle.

Claude, l'air frondeur, entra et tendit son bulletin à sa mère. Cette dernière ne mit qu'un instant pour apprendre ce qu'elle voulait savoir.

— Ah bien ! Ça, c'est une bonne nouvelle ! Tu passes ton année.

— Je vous l'avais dit, m'man, rétorqua l'adolescent en affichant un air supérieur, j'haïs l'école, mais je suis pas nono.

Il y eut un claquement de la porte située à l'arrière de la maison, bientôt suivi d'un bruit de galopade dans l'escalier. Les trois plus jeunes, précédés d'André, entrèrent dans la cuisine.

— Moi, m'man, j'ai pas passé, annonça André d'un air piteux. Je double ma 4e année. Miller dit que je suis trop faible en français et en arithmétique pour aller en 5e.

— Comment ça se fait? demanda sa mère, surprise et alarmée par cet échec. Tu passais à ton dernier bulletin.

Jeanne craignait beaucoup plus un échec de Claude que d'André. Les notes de ce dernier avaient été un peu supérieures à celles de son frère aîné durant toute l'année.

— Je le sais ben, m'man, mais le prof m'a dit que mes examens avaient été pourris.

— T'avais pas assez étudié aussi, lui reprocha Jeanne, de mauvaise humeur.

— J'ai étudié comme d'habitude, se défendit André.

— Comme tu peux voir, c'était pas assez. Là, tu viens de perdre une année de ta vie parce que t'as été trop paresseux.

Cette dernière remarque de sa mère sembla assombrir l'humeur de celui qui avait célébré son onzième anniversaire quelques mois plus tôt. André était pourtant celui des Dionne dont le caractère était le plus égal. Serviable et travailleur, on ne pouvait jamais rien lui reprocher. S'il éprouvait des difficultés à l'école, c'était moins dû à un talent limité qu'à un manque de motivation.

Ce soir-là, à son retour de St-Andrews, Maurice se déclara tout de même satisfait des résultats scolaires de ses enfants, et cela malgré l'échec imprévu d'André.

— Demain matin, se contenta-t-il de dire à Claude, tu te feras aider par André pour passer tes journaux. Je vais vous attendre. On va commencer le ménage à l'école.

Aucun de ses deux fils n'osa élever la moindre protestation.

— Il y a ben assez du grand sans-cœur que je fais vivre qui a trouvé le moyen de pas aider cette année.

Évidemment, cette remarque visait Paul, qui avait recommencé à travailler comme plongeur à la cuisine du pavillon De Bullion de l'Hôtel-Dieu dès le lendemain de la fin des classes au collège Sainte-Croix.

— Tu trouves pas que t'exagères? dit Jeanne. Il a même pas pris une journée de congé avant de commencer à travailler.

— Ben sûr, tu prends encore sa défense! dit Maurice, l'air mauvais. Moins il en fait, mieux c'est, pas vrai? On est juste bons à le nourrir!

Il était évident que le père remâchait sa rancœur depuis un certain temps. Il y eut une courte pause avant qu'il ne déclare:

— En tout cas, à partir d'à soir, je veux plus le voir dormir dehors sur une chaise longue, sur le patio. Il dormira dans sa chambre, comme tout le monde.

Ce soir-là, à son retour de l'hôpital, Paul découvrit que sa chaise longue avait disparu et son père, le visage fermé, se contenta de lui dire sur un ton définitif:

— C'est fini, cette niaiserie-là. Tu coucheras en dedans comme les autres.

«Et c'est reparti, se dit Paul, dégoûté, en entrant dans sa petite chambre surchauffée. Il va bouder pendant des semaines et je sais même pas pourquoi, encore une fois.»

Quelques minutes plus tard, au moment de se mettre au lit dans le dortoir, Claude chuchota à André:

— Tu parles si on est chanceux! On aura eu tout un après-midi de vacances avant d'aller travailler dans sa maudite école.

— Ça durera pas longtemps, voulut le rassurer André. Il tombe en vacances le 5 juillet.

— C'est ça qui est plate. Il va être ici pendant un mois complet. Nous autres, on pourra même pas rien faire. Tu peux être certain qu'en deux semaines, on va avoir le temps de faire tout le grand ménage de l'école. Lui, quand il va y retourner au mois d'août, il aura rien à faire.

— Ben, en attendant, conclut André, on va au moins embarquer dans le char qu'on lave tous les samedis.

Deux jours plus tard, le moment tant attendu par Francine arriva enfin. Depuis vingt-quatre heures, la grande valise brune en cuir bouilli, prêtée par sa mère, encombrait la petite chambre qu'elle occupait avec sa sœur Lise.

Ce samedi matin là, après le déjeuner, l'adolescente remit rapidement de l'ordre dans sa chambre avec sa sœur pour une dernière fois. Elle s'assura n'avoir rien oublié d'important en jetant un coup d'œil à ses tiroirs avant de revenir dans la cuisine où son père, assis dans sa chaise berçante, fumait sans dire un mot depuis plus d'une heure.

— Bon, mon autobus arrive. Je dois partir, dit Lise d'un air emprunté en regardant par la fenêtre.

Francine s'avança pour l'embrasser sur une joue avant de lui dire:

— Tu viendras me voir au parloir le dimanche.

— Promis.

— Bon, si t'as rien oublié, je pense qu'on va y aller, dit Maurice en se levant.

— C'est pas nécessaire de venir me reconduire, p'pa, protesta Francine. C'est juste au coin de la rue.

— On va aller te conduire en char, dit son père d'un ton sans réplique. On n'est pas pour traîner ta valise devant tous les voisins.

Francine aurait préféré entrer au couvent au vu et au su de tous les voisins en ce samedi matin ensoleillé du mois de juin. La vocation qu'elle se prêtait n'avait nullement effacé son besoin d'avoir un public.

— Est-ce qu'on peut y aller, nous autres aussi? demanda Claude.

— Ben non! De quoi on va avoir l'air si on arrive au couvent toute une gang? dit Maurice. Inquiétez-vous pas. Votre sœur s'en va pas au bout du monde. Elle va être au couvent, au coin de la rue. Vous allez la voir passer tous les matins pour aller à la messe à Pie XII. En plus, tous les deux dimanches, vous pourrez venir la voir au parloir avec nous autres.

On aurait juré que Maurice disait tout cela pour se convaincre lui-même que sa fille ne lui échappait pas définitivement, qu'elle demeurait à portée de sa vue.

Claude porta la valise de sa sœur jusqu'au coffre de la Plymouth où Francine, sa mère et son père prirent place. Ses frères et sa sœur Martine, debout sur le balcon, lui firent signe de la main quand l'automobile passa devant eux.

Moins d'une heure plus tard, Maurice et Jeanne étaient de retour. Au couvent, les formalités n'avaient pas traîné. La mère supérieure et la responsable des novices avaient accueilli Francine et ses parents au parloir. Les deux religieuses s'étaient empressées de leur expliquer les quelques règles qui allaient régir la vie de la jeune fille durant son noviciat.

— Votre fille ne pourra pas utiliser le téléphone. De votre côté, vous ne pourrez pas l'appeler non plus. Les seules visites permises seront celles du dimanche après-midi, deux fois par mois.

— C'est pas mal sévère, ne put s'empêcher de murmurer Jeanne en regardant sa fille.

— Oui, madame Dionne, acquiesça la responsable des novices. À compter d'aujourd'hui, nous sommes sa nouvelle famille. Durant le noviciat, nous essayons de limiter les contacts avec l'extérieur le plus possible. Dans quelques jours, nous allons avoir la chance d'avoir un aumônier qui viendra célébrer la messe au couvent tous les matins. Pour nous, c'est une chance extraordinaire. Nos jeunes novices et nos religieuses n'auront plus à se déplacer jusqu'à la salle d'école utilisée comme église.

Sur le chemin du retour, Jeanne ne put s'empêcher de dire à son mari d'une voix triste :

— En tout cas, il y a une chose de sûre : je pourrai pas la voir passer chaque matin pour aller à la messe. Je pensais pouvoir le faire.

L'avant-midi n'était pas terminé que Maurice faisait remarquer à Jeanne :

— Ça fait drôle pareil de plus voir Francine dans la maison. Même si on en a neuf, une de moins, ça paraît.

— Elle va nous manquer pas mal, confirma la mère de famille. C'était notre meilleure gardienne et elle était capable de me donner un bon coup de main dans la cuisine.

— Je te l'avais dit qu'elle te manquerait.

— Je le savais, mais on pouvait pas faire autrement que de la laisser essayer d'entrer chez les sœurs.

— Je lui donne pas un mois qu'elle va être revenue, prédit Maurice, autant pour encourager sa femme que pour se remonter le moral.

À l'intérieur, Martine ne cessait de faire des va-et-vient entre le dortoir et la chambre des filles, les bras chargés de ses effets personnels. Elle venait enfin d'hériter de la place laissée libre par le départ de sa sœur aînée. Les sentiments éprouvés par la fillette de neuf ans étaient ambivalents. Elle regrettait le départ de sa sœur tout en l'ayant ardemment espéré pour avoir enfin la chance de quitter le dortoir des garçons situé à l'étage. Elle avait eu tellement hâte de s'installer dans une vraie chambre que sa mère avait dû freiner son empressement la veille. Lorsque sa sœur avait libéré ses trois tiroirs de la commode, Martine était déjà prête à y déposer ses vêtements.

— Tu vas au moins attendre qu'elle soit partie, hein? lui avait reproché sa mère.

— Ben, les tiroirs sont vides.

— C'est ça. Et ils vont le rester jusqu'à demain avant-midi, avait précisé Jeanne. À part ça, attends que Lise te dise où t'installer. Oublie pas que ce sera pas juste ta chambre.

Martine se l'était tenu pour dit et elle avait patiemment attendu. Maintenant, avant même le repas du midi, tous ses effets étaient soigneusement rangés dans sa nouvelle chambre.

— Installe-toi pas trop, lui dit son père en prenant place à table. Ta sœur peut ben changer d'idée et revenir à la maison avant la fin de l'après-midi.

— Aïe! protesta Martine, j'espère qu'elle va me laisser la chance de dormir au moins une nuit dans cette chambre-là.

Chapitre 20

Les vacances

Pour la première fois depuis qu'il était à l'emploi de la Commission scolaire de Montréal, Maurice Dionne pouvait jouir d'un mois complet de vacances. De plus, il avait eu le choix entre juillet et août parce que son employeur lui avait trouvé un remplaçant. Le concierge de St-Andrews avait donc décidé de prendre quatre semaines de congé à compter du 5 juillet.

Lorsque Maurice s'était présenté à son école le dernier vendredi matin, il avait trouvé devant la porte de l'immeuble un homme âgé d'une quarantaine d'années, bedonnant et à la mise peu soignée. Sa figure était profondément marquée par des cicatrices laissées par l'acné.

— Armand Langevin, se présenta-t-il en se penchant pour reprendre le sac de papier Kraft contenant de toute évidence son repas du midi. C'est moi qui te remplace pendant tes vacances à partir de lundi. Le patron m'a dit de venir passer la journée avec toi pour voir ce que tu veux que je fasse pendant ce mois-là.

— Parfait, dit Maurice en le faisant entrer dans l'école. Entre. Je vais te montrer ce que t'auras à faire.

Pendant que Langevin le suivait dans le long couloir menant à son petit bureau, Maurice, tout fier, expliqua à son substitut qu'il n'aurait pratiquement rien à faire les quatre prochaines semaines parce qu'il avait presque terminé tout son ménage.

— Il te reste juste à laver les deux escaliers. T'as un mois pour le faire. Tu te tueras pas à l'ouvrage, comme tu peux voir.

— Ben, ça fait vingt ans que je travaille pour la CECM comme aide-concierge, dit l'homme, l'air ravi, et c'est ben la première fois qu'un concierge me laisse pas à faire au moins la moitié de son grand ménage pendant ses vacances.

— C'est pourtant ça, reprit Maurice. Tout le reste est fait. Tu vas pouvoir respirer un peu. Tout ce que t'auras à faire, si l'inspecteur passe, c'est de faire semblant de travailler.

— Inquiète-toi pas pour ça, le rassura son remplaçant en esquissant un large sourire, il me poignera pas à rien faire.

Au milieu de l'après-midi, Maurice lui laissa son trousseau de clés et son numéro de téléphone au cas où il aurait besoin d'un renseignement et quitta les lieux, heureux d'aller passer le mois le plus chaud de l'été loin de son école.

De retour à la maison, il s'installa confortablement sur le balcon pour siroter une bouteille de Coke et fumer à son aise.

— Content d'être en vacances? lui demanda Jeanne, venue s'asseoir à ses côtés pour terminer l'ourlet de la robe d'une cliente.

— Ça va faire du bien.

— As-tu l'intention de nous amener faire un petit voyage?

— Es-tu malade, toi? s'insurgea son mari. Penses-tu que c'est le temps de gaspiller de l'argent quand je viens juste de changer de char? En plus, un char, ça marche pas à l'eau! Le gaz est rendu à trente-deux cennes le gallon.

— Bon, c'est clair. Ça a tout l'air qu'on va passer un beau mois assis sur le balcon à regarder passer des chars, dit Jeanne, sarcastique.

— Imagine-toi donc que l'argent, je l'imprime pas, protesta Maurice, vexé par la dernière remarque de sa femme.

— Tiens, parlant d'argent, reprit Jeanne en levant la tête de son ouvrage, ma mère a appelé cet après-midi. Elle veut savoir combien on va amener d'enfants aux noces de Ruth dans trois semaines.

— Pourquoi ?

— Pour savoir combien ils doivent réserver de couverts. Elle m'a dit qu'elle aimerait bien qu'on les amène tous.

— Il en est pas question ! trancha Maurice. Lise travaille le samedi et elle est pas pour perdre une journée de salaire pour des noces. L'autre aussi travaille. Pour Francine, c'est sûr que les sœurs la laisseront pas sortir du couvent cette journée-là.

— Il reste les six plus jeunes.

— On peut pas tous les amener parce que ça coûterait ben trop cher les habiller pour les noces.

— On peut pas y aller sans en amener, protesta faiblement Jeanne. Mes frères et mes sœurs viendront pas tout seuls, eux autres. Leurs enfants vont être là. Les nôtres sont pas plus fous.

— Eux autres, ils peuvent faire ce qu'ils veulent. Ça les regarde, dit sèchement Maurice.

Le père de famille se remit à fumer. Il y eut un court silence sur le balcon.

— Ce qu'on peut faire, reprit-il à contrecœur, quelques instants plus tard, c'est d'amener peut-être André et Martine et laisser Claude garder les trois derniers.

— C'est de valeur pour Claude.

— Oui, mais on n'a pas le choix. André est encore trop jeune pour garder.

— Qu'est-ce que tu dirais si on revenait chercher Claude et les plus jeunes après le dîner pour qu'ils puissent au moins passer l'après-midi à la salle avec leurs cousins ?

Maurice finit par accepter la suggestion avec réticence. Lorsque Jeanne expliqua à Claude l'arrangement prévu par son père, l'adolescent commença par s'insurger contre ce qu'il considéra comme une injustice. Puis, il finit par se calmer quand sa mère lui apprit que son père ne cherchait qu'une occasion pour retirer son offre.

Deux jours plus tard, Maurice, Jeanne et leurs enfants allèrent rendre une première visite à Francine au parloir du couvent au début de l'après-midi. Même s'il s'agissait de leur première visite chez les filles de Saint-Paul le dimanche après-midi, les parents de la novice avaient l'impression que cela ferait dorénavant partie de leur vie.

— On a l'air d'une vraie maudite tribu, dit Maurice entre ses dents en constatant qu'il n'y avait qu'une demi-douzaine de visiteurs présents dans le parloir où les Dionne venaient d'entrer.

— On n'est pas tant que ça, se rebiffa Jeanne. Aurais-tu honte de tes enfants ?

Maurice ne se donna pas la peine de lui répondre, trop occupé à faire signe aux jumeaux de se tenir tranquilles. À deux heures, la vieille sœur tourière ouvrit une porte située au fond de la grande pièce et elle laissa entrer trois jeunes novices qui allèrent sans se presser vers leurs visiteurs.

Francine, vêtue d'une petite robe noire étriquée à col blanc, se dirigea vers les siens en leur adressant son plus beau sourire. Elle embrassa chacun avec un calme surprenant. Puis, elle sortit de l'une des larges poches de sa robe des images saintes qu'elle remit avec une gravité qu'on ne lui connaissait pas à chacun de ses frères et à ses deux sœurs en leur disant :

— Prenez-en soin, elles sont bénies.

Après sa distribution, la jeune fille vint s'asseoir près de ses parents.

— T'es bien pâle, dit sa mère en regardant le visage de sa fille. Manges-tu à ta faim, au moins ?

— Ben oui, m'man. J'ai tout ce qu'il faut.

— Prends-tu l'air des fois ? lui demanda son père qui avait, lui aussi, remarqué la pâleur de sa fille.

— Oui, p'pa. Est-ce que vous avez parlé à mère supérieure ?

— Non, pourquoi ? fit Jeanne.

— Je pense qu'elle a quelque chose à vous dire. Je vais aller la chercher si vous lui avez pas parlé.

Avant que ses parents aient pu s'y opposer, l'adolescente sortit de la pièce où elle revint quelques instants plus tard avec mère Élisabeth à qui elle ouvrit la porte du parloir. La grande religieuse maigre adressa un mince sourire aux Dionne avant de venir s'asseoir devant eux.

— Laisse-nous cinq minutes, ma fille, dit-elle à Francine en tournant la tête vers elle.

Francine fit un rapide signe de tête et elle sortit. Dès que la jeune fille eut refermé la porte derrière elle, la supérieure annonça à ses parents :

— J'ai demandé à votre fille de me prévenir de votre visite pour vous mettre au courant de son départ pour Toronto.

— Pour Toronto ! s'exclama Jeanne pour qui cette ville était à l'autre bout du monde. Pourquoi ?

— On l'envoie à Toronto avec deux autres novices parce que c'est là qu'est notre principal couvent au Canada. Nous pensons qu'il est important que toutes nos filles parlent l'anglais et même un peu l'italien. À Toronto, nos novices qui ne sont pas bilingues apprennent la langue tout en participant à notre œuvre de propagation de la foi.

— C'est loin sans bon sens, protesta Jeanne, peinée. On la verra même plus le dimanche.

— Ne vous inquiétez pas, madame Dionne. Votre fille va revenir transformée dans quelques semaines. Elle s'apprête à subir sa première véritable épreuve : celle de la séparation. Malgré tout, elle pourra tout de même vous écrire une fois toutes les deux semaines si elle le désire.

— Est-ce qu'on peut venir la voir partir, au moins ?

— Rien ne vous en empêche, madame.

Durant ce court entretien, Maurice n'ouvrit pas une fois la bouche. À plusieurs reprises, il eut une folle envie de dire à la religieuse qu'il reprenait sa fille et qu'il la ramenait à la maison l'après-midi même.

— Qu'est-ce que Francine dit de tout ça ? finit-il par demander.

— Elle semble d'accord, monsieur, répondit mère Élisabeth. Je vous l'envoie et vous pourrez en parler à votre aise avec elle, ajouta la supérieure en quittant sa chaise.

Francine devait attendre près de la porte du parloir parce qu'elle entra au moment où sœur Élisabeth quitta la pièce. L'adolescente revint s'asseoir près de ses parents.

— Comme ça, tu pars pour Toronto ? lui demanda son père.

— Mère supérieure pense que ça va me faire du bien, dit l'adolescente sans montrer trop d'enthousiasme.

— Est-ce que c'est pour longtemps ?

— Il paraît qu'on va revenir à la fin de l'été.

— Quand est-ce que tu pars ? s'enquit sa mère.

— Demain matin, après le déjeuner.

— Si vite que ça ! As-tu besoin de quelque chose ?

— Non, m'man. J'ai tout ce qu'il faut.

— Je t'ai apporté des carrés aux dattes, dit Jeanne à sa fille en lui tendant une petite boîte. Secoue-les pas trop.

— Vous devriez pas, m'man. Je vais être obligée de les donner à la cuisinière et toutes les sœurs vont les manger.

— En tout cas, reprit son père, quand t'en auras assez des sœurs, appelle-nous. On viendra te chercher.

L'heure de visite passa trop rapidement au goût de Jeanne et de Maurice. Le cœur gros, ils firent signe de la main à leur fille debout sur le pas de la porte du parloir lorsqu'ils la quittèrent. Un instant plus tard, les parents se retournèrent dans l'espoir de l'apercevoir une dernière fois, mais l'adolescente avait déjà disparu.

— Veux-tu ben me dire, calvaire, ce qui nous a pris de la laisser entrer là-dedans ? jura Maurice en retournant à pied à la maison.

— C'est ce qu'elle voulait, répondit Jeanne qui n'était plus du tout certaine que le curé Courchesne lui avait donné un bon conseil.

— Qu'est-ce qu'on va faire avec l'image que Francine nous a donnée ? demanda Denis à sa mère à leur arrivée au bungalow.

— Tu pourrais la coller sur le mur, à la tête de ton lit.

Peu après, Claude monta à l'étage et flanqua son image de saint Paul dans le premier tiroir de sa table de nuit sans aucune précaution.

— Aïe ! protesta André. T'as pas entendu Francine ? Elle est bénie.

— Écœure-moi pas avec ça, dit son frère. Moi, les grands airs de martyre de sainte Francine et ses gnan gnan gnan me fatiguent. Je pense qu'elle rit de nous autres. Elle fait l'actrice.

Fait certain, Maurice et Jeanne ne surent jamais ce que mère Élisabeth avait bien pris soin de leur cacher. La supérieure avait décidé d'envoyer Francine à Toronto parce que sœur Clotilde, la responsable des novices, la surprenait un peu trop souvent en train d'observer la maison de ses parents par la fenêtre. Elle voyait bien que la jeune fille était rongée par l'ennui et elle espérait qu'un changement de cadre pourrait lui être bénéfique.

Le lendemain matin, tous les Dionne allèrent se poster devant le couvent pour assister au départ de Francine. En les apercevant debout sur le trottoir, la vieille sœur tourière prit la peine de sortir pour leur demander ce qu'ils attendaient.

— Notre fille nous a dit qu'elle partait avec d'autres novices pour Toronto ce matin, répondit Jeanne.

— C'est dommage, mais elles sont parties hier soir.

Le visage de Jeanne se figea.

— Comment ça ? demanda Maurice.

— La personne qui conduisait le minibus de nos sœurs est arrivée beaucoup plus tôt que prévu.

— Merci, ma sœur, dit Jeanne en faisant signe aux plus jeunes de se diriger vers la maison.

— Je suis pas sûr que c'était pas arrangé d'avance, cette affaire-là, dit Maurice en lui emboîtant le pas. Ces maudites sœurs-là sont ben capables d'être hypocrites et menteuses.

Quelques jours plus tard, le père de famille était en train de tondre le gazon, suivi par André qui tenait la rallonge électrique, quand le conducteur d'une camionnette rouge, un homme de taille moyenne complètement chauve, s'arrêta devant la maison et descendit sans se presser de son véhicule.

Durant de longues minutes, il demeura debout sur le trottoir à admirer ostensiblement le bungalow des Dionne et la Plymouth fraîchement astiquée.

Maurice n'accorda d'abord qu'un coup d'œil distrait à l'inconnu planté devant chez lui. Puis, son manège finit par l'intriguer suffisamment pour qu'il arrête sa tondeuse et s'avance vers lui.

— Vous cherchez quelque chose? lui demanda-t-il sans aménité.

L'autre, ignorant volontairement le ton agressif, lui adressa un large sourire et lui tendit la main.

— Joseph Pellegrino, se présenta-t-il avec un léger accent. Je cherche rien. Je regardais comment votre maison était propre et bien entretenue.

— On fait notre possible, se rengorgea Maurice.

— On voit que vous prenez autant de soin de votre char que de votre bungalow.

— Presque, confirma Maurice en jetant un coup d'œil plein de fierté à la Plymouth.

— Vous avez jamais pensé que vous pourriez avoir un beau garage à côté de votre maison? Vous avez juste assez de place au bout de votre *drive-way*, entre votre maison et la limite de votre terrain.

— Trop cher, dit Maurice qui venait brusquement de se rendre compte qu'il parlait à un vendeur.

— Pas ceux que Royal Construction construit, affirma l'homme avec aplomb. Bien moins cher que vous pensez, monsieur?

— Dionne.

— On construit des garages et des remises depuis vingt-cinq ans, monsieur Dionne. Depuis deux ans, mes plus gros vendeurs sont les garages en déclin d'aluminium. Je sais pas si vous en avez déjà vu. C'est la grosse mode. C'est beaucoup moins cher qu'un garage en brique ou en bois et c'est plus beau et plus résistant. Vous savez que vous pourriez être le premier propriétaire de Saint-Léonard-de-Port-Maurice à en avoir un. Regardez.

Sur ces mots, le vendeur tira de la poche arrière de son pantalon brun un dépliant sur lequel étaient illustrés les divers types de constructions que sa compagnie pouvait édifier.

— C'est ben beau, mais pourquoi votre garage est moins cher que tous les autres? demanda Maurice après avoir jeté un bref coup d'œil au feuillet publicitaire.

— Parce qu'il y a pas besoin de creuser un solage et de lui faire un plancher en ciment. C'est ça, la beauté de l'affaire.

— J'ai pas les moyens cette année, affirma Maurice avec moins de force.

Le vendeur sembla percevoir l'hésitation de son client potentiel et se jeta dans la brèche perçue.

— Pensez-y, monsieur Dionne, c'est tout de suite qu'il faut en profiter. Je peux vous faire un prix spécial de lancement imbattable parce que vous seriez notre premier client dans cette municipalité.

— Un prix spécial? demanda Maurice, tout de même un peu appâté.

— Oui, monsieur, répondit l'autre avec un large sourire. Pour trois cents piastres, taxes comprises, on vous construit un garage en déclin d'aluminium blanc avec porte en acier blanche, deux fanaux, une fenêtre sur le côté et même des faux volets de la couleur que vous voulez à cette fenêtre. Trois cents piastres, c'est presque donné. Vous trouverez jamais un meilleur prix ailleurs. Ça, je peux vous le garantir.

— C'est encore pas mal cher, fit Maurice, sérieusement tenté.

— Cher ! s'exclama Pellegrino. Allons, monsieur Dionne. Trois cents piastres pour mettre votre voiture à l'abri durant tout l'hiver, protéger sa peinture du soleil pendant l'été. Là, je parle même pas de la protéger du vol parce que votre porte de garage peut être barrée avec une clé.

— Ouais, on sait ben, mais…

— Il y a une garantie de deux ans sur les matériaux, à part ça.

— …

— Sans compter que vous ajoutez pas mal de valeur à votre maison. Une maison avec un garage, c'est autre chose qu'une maison toute nue. Ça, c'est certain, conclut le vendeur avec enthousiasme.

— Et vous pourriez me faire ça quand ?

— N'importe quand. Demain, si vous le voulez.

— Ça prend combien de temps à monter ?

— Une seule journée.

— Bon, peut-être à la fin de l'automne si…

— Malheureusement, monsieur Dionne, reprit Pellegrino, l'air chagrin, je ne pourrai pas vous le faire au même prix durant l'automne. L'automne, c'est notre grosse période, et en plus, j'en aurai peut-être déjà vendu une dizaine dans Saint-Léonard. À ce moment-là, je pourrai pas vous faire le spécial que je vous fais aujourd'hui.

— Entrez me montrer votre papier que je regarde ça de plus près, décida Maurice en abandonnant là sa tondeuse. Surveille la tondeuse pendant que je suis dans la maison, dit-il à André qui avait attendu patiemment la fin de la conversation entre Joseph Pellegrino et son père.

Moins de dix minutes plus tard, le vendeur quittait la maison avec un contrat dûment signé en poche. Lorsque

Jeanne descendit au rez-de-chaussée après avoir fait le ménage à l'étage, Maurice l'informa du marché qu'il venait de conclure. Amère, elle ne put se retenir de lui faire remarquer :

— Encore pour le char, rien que pour le char, mon Maurice. T'avais pas une cenne à me donner pour m'acheter du matériel pour me faire une robe pour les noces de ma sœur ou pour habiller les enfants, mais tu vas trouver trois cents piastres pour un garage, par exemple.

— C'est pas juste pour le char, protesta son mari avec une mauvaise foi évidente. C'est surtout pour ajouter de la valeur à la maison. Il y a pas un voisin qui va avoir un garage comme le nôtre.

— En tout cas, j'espère que tu vas t'arranger pour que ton maudit garage vienne pas me bloquer ma fenêtre de cuisine.

— Inquiète-toi pas pour ça, je vais y voir, dit Maurice en signe de bonne volonté.

— Et les voisins ?

— Quoi, les voisins ? Qu'est-ce qu'ils viennent faire là-dedans ?

— As-tu pensé qu'ils pourraient bien ne pas aimer se faire boucher la vue par ton garage ?

— Ah ben, sacrement ! s'emporta Maurice. Il manquerait plus que ça ! Je suis maître chez nous, et j'ai pas de permission à aller demander aux voisins quand j'achète quelque chose, bout de viarge !

Comme le contrat était déjà signé, Jeanne se refusa à commencer une dispute inutile dont l'issue ne changerait rien.

Tôt le surlendemain matin, quatre ouvriers arrivèrent chez les Dionne à bord de deux camionnettes de Royal Construction et ils se mirent au travail sans tarder sous l'œil critique de Maurice. Au milieu de l'avant-midi, il sembla remarquer soudainement la présence de Claude et d'André à ses côtés.

— Au lieu de niaiser à regarder travailler les autres, leur dit-il, vous feriez ben mieux de vous chercher une *job*. Allez donc voir si vous pouvez pas trouver quelqu'un qui a des commissions à faire ou du gazon à faire tondre. Rendez-vous utiles.

Les deux garçons quittèrent les lieux sans demander leur reste.

— Je te dis que quand il a pas besoin de nous autres, on est mieux de pas être dans ses jambes, fit remarquer André en marchant aux côtés de son frère aîné sur le trottoir du boulevard Lacordaire.

— Ben, là, il se trompe s'il pense que je vais aller faire des gazons ailleurs, déclara Claude, fâché. Il a déjà ben assez de l'argent de ma *run* de journaux. Viens, on va aller jouer. On reviendra pour dîner en disant qu'on n'a rien trouvé.

À la fin de l'après-midi, la construction du garage était terminée et les ouvriers quittèrent les lieux après avoir nettoyé soigneusement l'entrée. Invitée par Maurice à venir admirer le travail, Jeanne dut reconnaître en toute objectivité que le petit bâtiment blanc orné de ses deux fanaux avait belle allure.

— T'as remarqué ? lui dit son mari. Je me suis organisé pour qu'ils laissent un passage de huit pieds de large entre la maison et le garage. Qu'est-ce que t'en penses ?

— C'est pas laid, reconnut Jeanne.

— C'est pas donné, conclut son mari avec fierté, mais c'est installé pour la vie.

Il faillit bien regretter ces paroles dès le lendemain après-midi. Peu après le dîner, il venait à peine de s'asseoir dans sa chaise de jardin installée sur le balcon qu'une Chevrolet verte s'arrêta doucement devant la maison. Les manches de chemise roulées, le crayon sur l'oreille, un petit homme à la figure chafouine descendit du véhicule et s'avança sans aucune gêne dans l'allée gravillonnée des Dionne.

Maurice leva la tête, persuadé que l'inconnu était en admiration devant son nouveau garage. Magnanime, il le laissa à sa contemplation sans lui faire remarquer qu'il foulait un terrain privé.

Quelques instants plus tard, le visiteur, debout au pied de l'escalier qui conduisait au balcon, s'adressa à lui :

— C'est à vous, cette affaire-là ? demanda-t-il sèchement en indiquant du pouce le garage au bout de l'allée.

— Ça en a tout l'air, répondit Maurice un peu étonné du manque de manières de l'inconnu.

— C'est supposé être quoi, ca ?

— On dirait ben que c'est un garage, fit Maurice, sarcastique.

— Ben, j'ai une mauvaise nouvelle pour vous, moi, mon bon monsieur. Vous allez me faire démolir ça au plus sacrant.

Maurice bondit sur ses pieds et s'arrêta sur la première des marches de l'escalier qui conduisait au bas de son balcon.

— Minute, toi ! dit-il sur un ton agressif à l'inconnu. D'abord, qu'est-ce que tu fais dans mon *drive-way* ? C'est un terrain privé. T'as même pas d'affaire là.

— Armand Laurin, inspecteur municipal, dit l'autre, aussi agressif que Maurice, et ne reculant pas d'un pas.

— Puis après ?

— Après, je suis là parce que certains de vos voisins n'aiment pas du tout ce que vous avez fait construire sur votre terrain et ils se sont plaints à l'hôtel de ville.

— Ils se plaignent de quoi ?

— De ce que vous appelez « votre garage ». Moi, je suis payé pour faire respecter les règlements municipaux. Je peux tout de suite vous dire que votre garage, c'est pas un garage. Il a pas de solage et les constructions de cette taille-là sans solage sont pas permises à Saint-Léonard-de-Port-Maurice.

— Ben, voyons donc ! s'exclama Maurice, soudainement beaucoup plus doux. C'est pas possible ! Le vendeur m'aurait jamais vendu ça si c'était pas permis.

— À votre place, je me dépêcherais à lui mettre la main dessus avant qu'il disparaisse, répliqua l'inspecteur d'un ton un peu plus humain. Le mieux que je peux faire pour vous, c'est de vous donner un avis de quarante-huit heures pour jeter ça à terre, ou encore, pour vous faire couler un solage en dessous après être allé chercher un permis à l'hôtel de ville.

— Vous êtes pas sérieux ?

— Malheureusement, oui. Je peux pas faire autrement. Je vous souhaite bonne chance avec votre vendeur.

Sur ces mots, l'inspecteur municipal retourna à son véhicule et partit.

Maurice se précipita à l'intérieur du bungalow et alla fouiller frénétiquement dans le premier tiroir de son bureau où il déposait en vrac la plupart de ses papiers importants. Lorsqu'il eut mis la main sur le contrat, il s'empressa de composer le numéro de téléphone de Royal Construction qui y apparaissait. Une secrétaire prit la communication.

— Est-ce que je peux parler à monsieur Pellegrino ? lui demanda Maurice.

— Il n'est pas encore rentré, monsieur.

— Vous l'attendez à quelle heure ?

— Au début de l'après-midi, monsieur.

— Merci.

Jeanne descendit à ce moment-là de l'étage où elle cousait depuis plus d'une heure. Elle n'avait pas assisté à la visite de l'inspecteur municipal. Aussi, elle ne comprit pas l'énervement évident de son mari qui venait de raccrocher le téléphone.

— Qu'est-ce qui se passe ?

— Il y a, calvaire, que des jaloux se sont plaints de mon garage à l'hôtel de ville. L'inspecteur municipal vient de partir d'ici. Il m'a donné quarante-huit heures pour que je le jette à terre parce qu'il a pas de solage.

— Ça a pas de bon sens, cette affaire-là, protesta Jeanne. Et tes trois cents piastres ?

— Si j'arrive pas à les faire cracher par Pellegrino, on va les avoir perdus.

— Qu'est-ce que tu vas faire ?

— Je m'en vais au bureau de la compagnie. On va ben voir.

Maurice sortit de la maison après avoir empoché son contrat et monta à bord de sa Plymouth. Il se rendit au bureau de la compagnie situé sur le boulevard Gouin.

Royal Construction occupait un petit édifice d'un étage en brique rouge. À l'arrière, il y avait une vaste cour grillagée remplie de matériaux de construction. La vue du bâtiment rassura un peu le concierge de St-Andrews.

Par chance, Joseph Pellegrino arriva presque en même temps que lui devant l'immeuble. Maurice s'empressa de le rejoindre avant qu'il entre dans les locaux de la compagnie.

— Tiens, monsieur Dionne, dit l'autre en reconnaissant son client. J'espère que vous êtes toujours content de votre garage.

— J'ai ben peur que ce garage-là nous cause des troubles, fit Maurice, la mine sombre.

— Entrez donc me raconter ça, l'invita Pellegrino, un peu surpris par la mine déconfite de son client.

En quelques phrases hachées, Maurice mit son vendeur au courant de l'ultimatum que venait de lui servir l'inspecteur municipal.

— Attendez une minute, monsieur Dionne. Mettez-vous pas à l'envers pour ça. Royal Construction est une compagnie responsable. Si on a commis une erreur, on va réparer ça et ça vous coûtera pas une cenne. Venez rencontrer le patron avec moi.

Le vendeur l'entraîna dans une petite pièce du rez-de-chaussée, salua une vieille secrétaire et demanda à voir le patron. L'employée se contenta de lui indiquer la porte ouverte située à sa gauche.

— Raymond, je te présente un de nos clients, monsieur Dionne de Saint-Léonard-de-Port-Maurice, fit Pellegrino en pénétrant dans un vaste bureau encombré de nombreux classeurs. Monsieur Dionne, voici Raymond Bellavance, mon patron.

L'homme, un gros sexagénaire dont la figure lunaire s'ornait d'une épaisse moustache grise, se leva pour tendre la main à Maurice. Il fit ensuite asseoir ses deux visiteurs. Pellegrino lui expliqua le problème. L'autre l'écouta attentivement sans manifester le moindre énervement.

— Bon. Si j'ai bien compris, résuma-t-il à la fin des explications de son vendeur, l'inspecteur dit que le garage doit être enlevé parce qu'il y a pas de solage en dessous.

— En plein ça, confirma Maurice.

— On dirait qu'il y a quelqu'un qui sait pas lire à l'hôtel de ville de Saint-Léonard-de-Port-Maurice, affirma Raymond Bellavance. On va essayer de régler ça tout de suite, monsieur Dionne. OK, Joseph, je m'occupe de monsieur, dit-il à son vendeur.

Pendant que Pellegrino sortait de la pièce, le patron demandait à sa secrétaire de lui composer le numéro de l'hôtel de ville de Saint-Léonard-de-Port-Maurice et de demander à parler au maire, ou mieux, au secrétaire municipal. Moins d'une minute plus tard, la secrétaire le prévint qu'elle avait le maire en ligne. Après quelques formules de politesse, le propriétaire de Royal Construction expliqua le problème au maire et lui rappela qu'aucun article des règlements de sa municipalité ne défendait le type de garage que sa compagnie installait. Avant de lâcher ses deux vendeurs sur le territoire, il avait pris la peine de s'en informer auprès du secrétaire de la Ville.

Durant un long moment, Bellavance écouta ce que lui disait le maire Larouche.

— Je comprends bien ça, monsieur le maire, mais en attendant, vous pouvez pas vous en prendre à mon client.

— …

— D'accord. Merci beaucoup.

Le patron de Royal Construction raccrocha en affichant un air satisfait.

— Bon. C'est réglé, monsieur Dionne. La Ville va vous laisser tranquille et le maire m'a dit qu'il allait avertir son inspecteur de vous lâcher. On peut pas vous obliger à enlever votre garage parce qu'il n'y a pas de règlement qui interdit des bâtiments en aluminium sans solage sur le territoire de votre municipalité. Ça existe pour les constructions en brique ou en bois, mais pas en aluminium. C'est trop nouveau.

— Ouf! Ça me soulage, reconnut Maurice avec un mince sourire.

— Ça vous soulage peut-être, fit Bellavance en se levant et en lui tendant la main, mais pour nous autres, c'est une mauvaise nouvelle. Votre maire vient de me dire que dès lundi prochain, il va faire voter un règlement au conseil interdisant le genre de garage qu'on vous a vendu parce que sa municipalité peut pas taxer ce genre de bâtiment sans solage. Ça veut dire que vous allez vraiment être le seul à avoir un garage pareil dans Saint-Léonard-de-Port-Maurice et nous autres, on pourra plus en vendre un, à moins de faire couler un solage. Mais là, le prix sera plus le même. En tout cas, il y a de grosses chances que vous soyez le premier et le dernier à posséder ce genre de garage-là.

Lorsque Maurice revint à la maison, il raconta à Jeanne comment il était parvenu, en frappant sur le bureau du patron de la compagnie, à l'obliger à appeler l'hôtel de ville et à s'entendre avec le maire. Bref, il avait semé la terreur dans les bureaux de Royal Construction, et par conséquent, plus personne n'allait se risquer à venir l'embêter avec son garage. Évidemment, habituée à ses rodomontades, Jeanne ne crut pas la moitié de ce qu'il lui raconta, mais elle fit semblant. Tout ce qu'elle retint de son récit fut que la municipalité ne leur causerait plus aucune misère à cause de leur nouvelle acquisition.

Ce soir-là, Paul revint de l'Hôtel-Dieu la mine sombre. Le bureau du personnel l'avait prévenu au début de l'après-midi qu'on n'aurait pas de travail pour lui durant les quinze prochains jours parce que l'employé qu'il devait remplacer avait soudainement décidé de ne pas prendre de vacances durant l'été.

Pour l'adolescent, c'était une catastrophe. Il allait lui manquer l'équivalent de deux semaines de salaire pour boucler son budget de l'année. Sans cet argent, il ne voyait vraiment pas comment il allait pouvoir s'en tirer. Que faire le lendemain ? Se mettre à la recherche d'un autre emploi ? Il n'était pas question d'attendre deux semaines à ne rien faire à la maison. Son père, qui ne lui avait toujours pas adressé la parole depuis près d'un mois, ne serait que trop heureux de s'en prendre à lui.

Paul ne dormit pas de la nuit, et le lendemain matin, il enfourcha sa bicyclette et quitta la maison à la même heure que d'habitude. Il préférait traîner en ville toute la journée plutôt que de subir les sarcasmes paternels. La journée lui parut interminable. Il ne savait pas où aller pour trouver un autre emploi.

À son retour ce soir-là, sa mère s'empressa d'entrer dans la maison derrière lui pour lui chuchoter :

— Où est-ce que t'as passé ta journée ? À l'hôpital, on te cherchait. Il y a quelqu'un du service du personnel qui voulait te parler. J'étais inquiète sans bon sens. Tu travaillais pas ?

— Ben non, m'man, et c'est pas de ma faute. Ils m'ont averti hier après-midi qu'ils avaient plus d'ouvrage pour moi pendant les deux prochaines semaines. J'ai passé la journée à me chercher une *job*.

— Pourquoi t'en as pas parlé hier soir ?

— À qui j'aurais pu en parler ? Ça aurait changé quoi ? demanda l'adolescent, agressif.

— J'aurais pas passé ma journée à me tourner les sangs.

— Qu'est-ce qu'ils me voulaient ?

— Là, tu vas être content. Ils te demandent de rentrer demain matin. Ils ont besoin de toi à la cuisine de Le Royer. Il paraît qu'un des employés est tombé malade.

— Parfait ! J'espère qu'il va l'être pendant au moins quinze jours, répliqua Paul avec une cruauté inconsciente.

Ainsi, dès le lendemain matin, l'étudiant retourna travailler. L'inquiétude qui l'avait tiraillé la veille l'avait quitté. Pourtant, il n'arrivait pas à se réjouir de ce retournement de situation, intimement persuadé qu'une autre tuile s'apprêtait à lui tomber sur la tête.

Chapitre 21

Le mariage de Ruth

Depuis ses fiançailles célébrées à Noël, il était entendu que Ruth, la cadette des enfants Sauvé, se marierait le 3 août. Après deux années de fréquentations, Lucien Poirier, un brave menuisier, avait finalement demandé la main de la jeune secrétaire de vingt-sept ans.

À ce moment-là, les noces apparaissaient comme très lointaines et les Sauvé ne s'en inquiétaient pas trop. Mais au fil des semaines, il leur fallut bien commencer à faire les démarches nécessaires et la tension s'installa. On aurait pu croire que Léon et Marie Sauvé allaient organiser l'événement avec le calme né de l'expérience d'avoir planifié durant près de deux décennies les épousailles de leurs quatre autres filles, sans parler du mariage de leurs trois fils. Eh bien, pas du tout! Les parents étaient aussi énervés et inquiets que des néophytes.

— On a toujours fait ça à la maison à Saint-Joachim, expliquait Marie à ceux et à celles qui s'étonnaient de la voir aussi tendue. C'était pas la même chose. Je cuisinais le repas et on vidait le salon et la salle à manger pour recevoir. Ici, en ville, il faut louer une salle et deviner exactement combien de personnes vont venir. C'est tout un aria.

— Il faut retenir un orchestre, louer un char pour transporter les mariés, acheter des fleurs, choisir le buffet et toutes sortes de maudites affaires compliquées comme ça, continuait Léon, qui ne tenait plus en place.

— Une chance que c'est notre dernière à marier, affirmait la mère.

— Ouais, parce qu'on n'aurait jamais eu les moyens de toutes les marier à ce prix-là, poursuivait Léon en grimaçant. Ça coûte les yeux de la tête. Je commence à comprendre pourquoi, à cette heure, il y a des familles qui partagent le prix des noces. Il paraît que le père du marié paie pour son bord et le père de la mariée fait la même chose pour ses invités.

— Nous autres, on n'a pas voulu faire ça pour Ruth parce qu'on l'a pas fait pour nos autres filles, expliquait Marie Sauvé. On est à l'ancienne mode. On a payé pour les noces de nos filles et les parents de nos brus ont payé pour leurs filles.

— Sans parler qu'on a notre fierté, précisait le père de la mariée. On n'est pas des quêteux. On n'est tout de même pas pauvres au point de demander aux Poirier de payer pour leurs invités.

Bref, toute l'affaire n'était qu'une question d'orgueil. Léon et Marie avaient loué la salle de réception du motel Cadillac, rue Sherbrooke, et ils avaient retenu les services d'un traiteur, d'un maître de cérémonie et d'un petit orchestre. On attendait cent vingt invités pour l'occasion.

Par conséquent, il ne fallait pas s'étonner que depuis le début du mois de juillet, il ait fallu dresser deux longues tables dans le petit salon de la rue Louis-Veuillot, tables sur lesquelles s'entassaient pêle-mêle les cadeaux de noces qui ne cessaient d'être livrés.

La veille du mariage, Maurice dut accompagner Jeanne chez ses parents parce qu'elle avait promis à sa mère d'effectuer quelques dernières retouches à sa robe. Il n'y avait que Marie présente dans la maison à leur arrivée.

Maurice, laissé à lui-même, prit plaisir à examiner de près les cadeaux de noces reçus par sa belle-sœur.

Sur le chemin du retour, il ne put s'empêcher de faire remarquer à Jeanne :

— Je te dis que ta sœur a été gâtée. Elle a reçu une soixantaine de cadeaux et là, je compte pas les cadeaux en argent du père de Lucien et le *set* de chambre que ton père lui donne.

— Ça va être une grosse noce.

— As-tu vu que ta sœur Laure lui a donné un *set* de vaisselle ?

— Oui, m'man me l'avait dit. Je te dis que nous autres, on fait pitié avec notre verre soufflé.

— Whow ! protesta Maurice, tout de suite sur la défensive. On l'a payé vingt-cinq piastres, ce verre soufflé-là. C'est pas si miteux que ça. En plus, on l'a mis dans une boîte de chez Birks.

— Ça empêche pas qu'on est ceux qui ont donné le plus petit cadeau, fit remarquer Jeanne. Mes frères se sont mis tous les trois ensemble pour lui donner un *set* de chaudrons. Cécile a acheté une verrerie complète et Germaine, une coutellerie.

— Nous autres, on pouvait pas faire plus. Si ta sœur est pas contente de ce qu'on lui a donné, qu'elle aille au diable ! s'emporta brusquement Maurice. Elle est ben assez vieille pour comprendre qu'on peut pas faire de folie avec neuf enfants à nourrir, conclut-il avec mauvaise humeur.

Jeanne décida de ne rien répliquer et se contenta de regarder le paysage qui défilait par la fenêtre. Elle ne voulait pas attiser la colère de son mari, de peur qu'il ne décide de refuser d'assister au mariage de sa sœur.

Le lendemain, Dieu exauça le vœu des futurs époux et de leur famille en leur offrant une température merveilleuse. L'air était doux et il n'y avait que quelques petits nuages blancs poussés par une légère brise dans le ciel. Une journée idéale pour se marier.

Très tôt ce matin-là, la maison des Sauvé fut prise d'assaut par les sœurs de la mariée. Cécile, Germaine et Laure vinrent aider leur mère et leur sœur à se coiffer et à se maquiller. Pendant ce temps, les hommes, le col de chemise déboutonné et dépouillés de leur veston, buvaient du café sur le balcon en surveillant les enfants.

Chez les Dionne, Maurice avait demandé à André et à Claude d'épousseter la Plymouth lavée et cirée la veille. Avant d'aller faire sa toilette, il sortit le rouleau de papier crépon blanc acheté pour l'occasion et il décora le capot de sa voiture.

Un peu avant dix heures trente, Jeanne s'assura que Martine et André étaient correctement habillés et peignés avant d'ajuster son bouquet de corsage. Pendant qu'elle faisait ses dernières recommandations à Claude, Maurice, déjà assis derrière le volant, s'impatientait.

— À deux heures, on va venir te chercher avec les petits, promit-elle à l'adolescent. Le dîner est prêt dans le frigidaire et je vais demander qu'on vous garde un morceau de gâteau de noces. Tu connais ton père. Arrange-toi pour que tes frères soient propres et habillés avec le linge qui est sur leur lit. Toi, mets ton linge du dimanche.

— Oui, oui, fit Claude, impatient de voir ses parents partir.

— Surveille-les bien.

— Ben oui, m'man. C'est pas la première fois que je garde.

Quelques minutes plus tard, la Plymouth s'arrêta près de l'église de la paroisse Notre-Dame-des-Victoires. Une cinquantaine d'invités endimanchés attendaient déjà sur le parvis en échangeant des salutations et des nouvelles. Le fiancé arriva peu après avec son père et les deux hommes pénétrèrent dans le temple après avoir salué des membres de leur famille et des amis.

Quelques minutes plus tard, une Oldsmobile décapotable blanche vint se ranger lentement devant l'église. Léon Sauvé en descendit en compagnie de sa fille Ruth, vêtue d'une grande robe blanche et coiffée d'un voile de tulle. Sa petite bouquetière, la cadette de son frère Bernard, s'avança vers l'auto à la rencontre de sa tante. L'enfant dut cependant attendre cinq minutes supplémentaires, le temps que le photographe, un jeune homme maniéré à la chevelure blonde clairsemée, ait eu l'occasion de prendre quelques clichés du couple à bord de la voiture de location.

Dès l'arrivée de la mariée, un bon nombre d'invités se dépêchèrent de prendre place à l'intérieur de l'église pour regarder la jeune femme monter l'allée centrale au bras de son père.

Lorsque le curé de la paroisse apparut dans le chœur avec ses deux servants de messe, le couple de fiancés était assis dans les fauteuils placés devant la sainte table. Les membres de la famille Poirier s'étaient assis sur les bancs de droite ; tandis que ceux de la famille Sauvé, beaucoup plus nombreux, s'étaient installés à gauche. Pour leur part, les curieux s'étaient cantonnés au fond et sur les côtés de l'église.

Après l'échange des vœux, la messe et la signature des témoins, l'organiste plaqua les premiers accords de la marche nuptiale. Alors, Ruth et Lucien firent face à la foule et entreprirent de descendre lentement l'allée centrale sous les sourires et les félicitations chuchotées de l'assistance. Peu à peu, les bancs se vidèrent et on emboîta le pas aux nouveaux époux. Tout le monde se retrouva debout sur le parvis, sous un soleil éblouissant. Le photographe, qui avait dû faire preuve d'une certaine retenue dans l'église à cause des regards désapprobateurs du vieux curé, reprit les choses en main. L'homme de l'art plaça soigneusement les nouveaux époux au centre de la première rangée, au pied de l'escalier. Il exigea qu'ils soient flanqués l'un et l'autre de leurs parents. Au-dessus, il répartit, tant bien que mal la masse des invités, non sans avoir eu à supporter quelques quolibets.

Quand les nouveaux mariés prirent enfin place dans l'Oldsmobile décapotable, ce fut la course vers les voitures. Chaque conducteur houspillant autant qu'il le pouvait ses passagers parce qu'il désirait occuper une bonne place dans le cortège en voie de formation.

L'Oldsmobile finit par s'ébranler lentement, suivie par une vingtaine de véhicules étincelants de propreté et décorés de papier crépon blanc. Dans un concert assourdissant d'avertisseurs, le défilé se mit en devoir de parcourir quelques rues avoisinantes pour passer devant la maison des Sauvé et celle des Poirier avant de prendre la direction du motel Cadillac.

À l'arrivée du cortège au motel, une douzaine de voitures occupaient déjà le stationnement. Certains invités s'étaient rendus directement à la salle de réception, peu désireux de participer au bruyant défilé. Les automobiles arrivèrent les unes après les autres et parents et amis s'assemblèrent devant la porte principale de la salle jusqu'au moment où le jeune couple, flanqué de ses parents, eut pris place dans l'entrée. Alors, les invités formèrent une queue pour féliciter les nouveaux mariés. Les retardataires, qui n'avaient pu trouver le temps de livrer leur cadeau de noces avant la cérémonie, remettaient une enveloppe contenant un chèque ou encore tendaient une boîte soigneusement ornée d'un ruban argenté ou blanc.

Pendant ce temps, une demi-douzaine de serveuses empressées présentaient aux invités des plateaux chargés de coupes de punch et le maître de cérémonie, un homme mince à la fine moustache noire, prenait place sur une petite estrade dressée à la droite de ce qui allait être la table d'honneur. Derrière lui, un guitariste et un accordéoniste s'installaient sans se faire remarquer.

Quelques soiffards avaient déjà repéré le bar et le prenaient d'assaut.

— Ce petit punch-là, c'est bon pour les femmes, dit à voix haute Bertrand Sauvé, un oncle de la mariée. J'espère qu'ils servent un petit boire plus corsé que ça.

— C'est bar ouvert, non? demanda un jeunot de la famille des Poirier. On va ben finir par trouver quelque chose de plus buvable.

— Moi, j'ai pas pris de chance, dit Jean Ouimet, le mari de Germaine. J'ai apporté mes provisions.

Sur ces mots, le gros agent d'assurances sortit un petit flacon de sa poche revolver et il en offrit à son beau-frère Luc, le frère de la mariée. Comme ce dernier n'avait jamais détesté l'alcool, il versa une large rasade dans la coupe de punch qu'il venait de boire à moitié.

— Je vais en mettre un peu là-dedans, expliqua-t-il à Jean. Ça va peut-être finir par lui donner du goût.

Maurice avait assisté à la scène avec le sourire. Habituellement, il ne buvait rien d'autre que de la boisson gazeuse. Il avait toujours détesté le goût de l'alcool. Pour ne pas être rejeté par ses beaux-frères ce jour-là, il tenait en main une bouteille de bière dont il n'avait même pas bu une gorgée.

Quand le maître de cérémonie invita les nouveaux mariés ainsi que leurs parents et le curé de la paroisse à venir prendre place à la table d'honneur, les invités se dépêchèrent de s'asseoir autour des tables en tentant, le plus possible, de se retrouver aux côtés des personnes avec qui ils souhaitaient passer un agréable repas. Jeanne et Maurice partagèrent la même table que Laure et Florent Jutras, Germaine et Jean Ouimet ainsi que Micheline et Bernard Sauvé. À aucun moment André et Martine ne firent mine de venir s'installer à la table de leurs parents. Ils préféraient manger avec leurs cousins et cousines, au fond de la salle.

Pendant que les musiciens jouaient en sourdine, on commença à servir le repas. Germaine, qui se déplaçait difficilement avec une canne depuis son accident, avait une tête de martyr.

— As-tu encore bien mal à ta hanche? lui demanda Jeanne.

— Tu peux pas savoir, ma petite fille, lui répondit sa sœur aînée, toujours aussi geignarde. C'est un vrai calvaire. Je souffre le martyre aussitôt que je suis debout.

— Mais ça doit être en train de guérir, avança Maurice.

— Bien non. Je pense que c'est pire que quand c'est arrivé. Je sais pas comment je vais faire avec les enfants. Ils arrêtent pas de demander. Je pense qu'il va falloir que quelqu'un vienne m'aider, sinon je passerai pas à travers, dit-elle au bord des larmes, en s'apitoyant sur son sort.

Micheline adressa un clin d'œil de connivence à sa belle-sœur Laure. Toutes les deux connaissaient bien la grosse Germaine et sa tendance à profiter de la bonté d'autrui.

— Il faut te secouer un peu, Germaine, dit sa sœur Laure, une femme énergique. Si tu t'écoutes tout le temps, t'iras jamais mieux.

— C'est facile pour toi de dire ça, répliqua l'autre, piquée au vif par la remarque. T'as pas huit enfants qui passent leurs saintes journées à quémander, toi.

Cette dernière phrase jeta un froid autour de la table. Il s'agissait là d'un coup bas. Tous les membres de la famille savaient à quel point Laure souffrait d'être incapable de donner un premier enfant à son mari après quinze ans de mariage. C'était là une croix que son mari et elle avaient beaucoup de mal à porter. Même s'il avait déjà commencé à boire bien avant la cérémonie, Jean était encore assez lucide pour se rendre compte de la méchanceté gratuite de la remarque de sa femme et il s'empressa de changer de sujet.

Puis, au moment où les serveuses commençaient à servir les vol-au-vent, des invités se mirent à frapper sur leur table avec un ustensile pour réclamer que les nouveaux mariés se lèvent et s'embrassent. Ce ne fut là que le début d'un tintamarre qui dura pratiquement tout le long du repas.

Un peu avant le dessert, Claude Sauvé et sa femme Céline vinrent s'entasser à la table de Maurice et Jeanne.

— Si ça vous fait rien, on vient jaser avec vous autres, annonça Céline, une petite brunette pétillante. On est assis avec des Poirier et ils sont plates à mort.

— C'est vrai qu'ils ont l'air un peu perdus, dit Bernard en jetant un coup d'œil dans un coin de la salle où la famille de Lucien s'était regroupée.

— Je comprends, conclut Claude, le frère de Jeanne qui venait de s'approcher de la table. Ils sont même pas une quarantaine. Après le dîner, ce sera pas facile de mêler les deux familles.

— Est-ce que ça boit au moins, ce monde-là ? demanda Jean.

— S'ils boivent, c'est pas du vin, en tout cas, répondit Céline. On est huit à la table et on n'a même pas fini les deux bouteilles qui étaient là au commencement du repas.

— Ils sont peut-être juste trop gênés, avança Jeanne.

Le maître de cérémonie, silencieux depuis quelques minutes, s'empara du micro pour annoncer que les mariés allaient procéder au découpage du gâteau de noces, une énorme pâtisserie recouverte de sucre blanc et surmontée d'une arche sous laquelle deux pigeons en sucre candi servaient de décoration.

En fait, Ruth et Lucien ne coupèrent que quelques morceaux du gâteau aux fruits, morceaux destinés aux invités de la table d'honneur. Un cuisinier s'empara par la suite de la pâtisserie et s'installa à l'écart, à une petite table où il se mit à la découper en petits morceaux distribués rapidement aux invités par les serveuses. Pendant ce temps, Ruth et Lucien quittèrent la table d'honneur et commencèrent à effectuer la tournée des invités pour les remercier de leur présence.

— Il serait peut-être temps que t'ailles chercher Claude et les petits, fit remarquer Jeanne en se penchant vers Maurice, après le passage à leur table de Ruth et de Lucien. Ruth m'a dit qu'elle avait pensé à leur garder un morceau de gâteau. Elle a même demandé qu'on en garde pour Lise et Paul. Comme ça, ils auront pas tout manqué.

En ronchonnant un peu d'avoir à quitter la fête ne serait-ce que quelques minutes, Maurice se leva et partit. Lorsqu'il revint une heure plus tard, il retrouva la plupart des invités en train de discuter dans le stationnement du motel. Les employés étaient en train de nettoyer les tables et la salle en vue de la danse qui allait débuter dans quelques minutes.

— Allez voir votre mère dans la salle. Elle vous a gardé du gâteau, dit-il à ses quatre enfants avant de se diriger vers un petit groupe formé de son beau-père et de ses fils.

Les enfants Dionne retrouvèrent leur mère assise au fond de la salle, à une table dont on avait enlevé la nappe. Claude reconnut immédiatement la vieille dame assise à ses côtés: la tante Agathe. L'adolescent se souvenait encore très bien de la sœur de sa grand-mère Sauvé. Elle était venue demeurer à la maison à deux reprises par le passé. Même s'il n'avait pas revu la vieille institutrice à la retraite depuis la naissance des jumeaux, Claude se rappelait de la sévérité et du franc-parler de cette grande femme sèche qui avait pourtant un cœur d'or.

— Tiens, voilà Claude avec Denis et les jumeaux, fit Jeanne en voyant ses fils approcher.

Tante Agathe regarda les quatre garçons par-dessus ses petites lunettes cerclées de métal et esquissa un mince sourire.

— Est-ce que t'es devenu un garçon plus sérieux? demanda la vieille institutrice retraitée à Claude, dont elle se rappelait la paresse.

— Bonjour, ma tante. J'ai toujours été sérieux, répliqua l'adolescent avec aplomb.

— Je suis contente d'apprendre ça, répliqua la vieille dame sans avoir trop l'air d'y croire. Et ce sont les bébés? demanda-t-elle en désignant Marc et Guy. À ce que je vois, ils sont réchappés, pas vrai?

Les deux garçons de quatre ans, intimidés, se rapprochèrent de leur mère.

— Assoyez-vous là, dit cette dernière à ses fils, et mangez votre morceau de gâteau. Votre tante Ruth vous en a laissé chacun un gros morceau. Quand t'auras fini, Claude, t'apporteras cette petite boîte-là dans le char. C'est du gâteau pour Paul et Lise.

Pendant que les enfants mangeaient leur gâteau, les deux femmes reprirent leur conversation interrompue par l'arrivée des enfants. Les va-et-vient incessants des employés autour d'elles ne semblaient pas les déranger.

Les musiciens finirent par reprendre leur place sur l'estrade et le maître de cérémonie annonça que la mariée allait ouvrir la danse en valsant avec son père. Peu à peu, la plupart des invités qui avaient trouvé refuge à l'extérieur réintégrèrent la salle et prirent place autour des tables sur lesquelles on ne retrouvait plus qu'un cendrier.

Jeanne venait à peine de quitter sa tante Agathe pour s'asseoir aux côtés de ses sœurs Laure et Cécile que leur belle-sœur Céline s'approcha d'elle pour lui demander à voix basse :

— Dis donc, Jeanne, est-ce que je rêve ? Lucie, la femme de Luc, a-t-elle encore changé de robe ? Il me semble que ça fait la troisième que je lui vois sur le dos depuis qu'on est arrivés.

Jeanne tourna la tête vers la table voisine où sa belle-sœur Lucie était en grande conversation avec sa mère et sa sœur Germaine.

— C'est pourtant vrai, constata Jeanne avec une pointe d'envie. On dirait bien que notre Lucie veut faire de la concurrence à la mariée.

— Mais elle fait une vraie folle d'elle, trancha Céline en baissant encore plus la voix. Veux-tu bien me dire à quoi ça rime de s'apporter autant de changes ? Est-ce qu'elle tient absolument à nous montrer tout le linge qu'elle a dans son garde-robe ?

— Chut ! Pas si fort, la réprimanda Cécile. Notre belle-sœur est peut-être fraîche, mais elle est pas sourde.

Si des invités avaient remarqué les différentes robes de Lucie, ce n'était probablement pas le cas de son mari qui s'était installé confortablement près du bar et qui vidait les verres de gin avec une belle régularité depuis la fin du repas. Son frère Bernard lui avait conseillé à deux ou trois reprises d'y aller plus doucement avec l'alcool, mais c'était peine perdue. Soudain, le mari de Lucie disparut de la place qu'il occupait depuis plus d'une heure. Personne ne sembla toutefois s'en inquiéter.

À un certain moment, Florent s'approcha de Maurice et lui chuchota à l'oreille :

— Maurice, si t'as une minute, j'aurais besoin de toi.

— Oui. Qu'est-ce qu'il y a? demanda Maurice en déposant sa bouteille de Coke sur la table devant laquelle il était assis.

— Luc est étendu dans la salle de bain, malade comme un chien, expliqua le fermier en indiquant de la tête les toilettes réservées aux hommes, situées au fond de la salle de réception. On peut pas le laisser là. Le problème, c'est qu'on peut pas non plus lui faire traverser la salle. Le beau-père va être enragé noir si son plus jeune lui fait honte devant tout le monde.

— Attends-moi. J'arrive, dit Maurice en se levant.

Les deux hommes entrèrent dans la petite pièce une minute plus tard. Luc était assis par terre, répétant sans cesse d'une voix pâteuse: « C'est le maudit poulet qui était pas bon. Je le savais que j'aurais pas dû en manger. »

— C'est pas ça, dit son beau-frère Florent en riant. Le poulet était bon, mais il est pas capable de nager dans tout ce que t'as bu.

— Je suis pas saoul, pas saoul pantoute, protesta l'autre, la langue embarrassée.

— Ben non, t'es juste un peu étourdi, mon Luc. On est chanceux, fit Maurice en montrant une porte à Florent. On va pouvoir le sortir par là. Ça a l'air de donner en arrière du motel. On va lui faire prendre l'air.

Les deux hommes soulevèrent leur jeune beau-frère et le traînèrent tant bien que mal dehors. Là, ils le laissèrent s'asseoir à l'ombre, au pied du mur.

— On le laisse cuver là, décida Florent. Je vais avertir Lucie de venir s'en occuper. Après tout, c'est sa femme.

Entre-temps, les jeunes mariés avaient eu le temps d'aller changer de vêtements dans une chambre du motel et de revenir saluer une dernière fois les invités avant de partir en voyage de noces. La fête tirait déjà à sa fin. La température élevée qui régnait dans la salle n'incitait qu'une dizaine de danseurs à s'agiter sur la piste de danse aux sons de la musique des deux musiciens.

Jeanne était en grande conversation avec sa mère et la tante Agathe quand Martine s'approcha d'elle.

— M'man, je pense qu'André est malade. Il a le visage tout blanc.

— Où est-ce qu'il est ?

— Au fond de la salle, avec les Ouimet.

— Bon. On peut même pas avoir une heure de paix, soupira la mère en se levant. Je reviens, dit-elle à ses interlocutrices.

Jeanne suivit Martine jusqu'à une table occupée par des jeunes. Elle découvrit alors André, la tête appuyée sur la table, profondément endormi. Elle remarqua immédiatement sa figure pâle et elle le secoua.

— André ! André ! Est-ce que t'es correct ?

Il ne sortit de la bouche de son fils qu'un mélange de sons indistincts. Prise d'un vague soupçon, Jeanne se pencha vers lui pour sentir son haleine.

— Mais il a l'air d'avoir bu ! dit-elle en regardant les deux fils de sa sœur Germaine assis près de lui. Qu'est-ce qu'il a bu, les garçons ?

— On le sait pas, ma tante, répondit le plus âgé. Je l'ai vu boire ce qui restait dans les verres qui sont sur cette table-là, ajouta-t-il en montrant la table voisine.

Jeanne s'empara du premier verre qui lui tomba sous la main et le renifla.

— Mais c'était de la boisson qu'il y avait dedans ! s'exclama-t-elle. Pourquoi vous l'avez pas empêché de faire ça ?

— On le savait pas, nous autres, ma tante.

— Martine, occupe-toi de ton frère une minute, le temps que je trouve Claude.

Jeanne aperçut Maurice près de l'orchestre, en grande conversation avec son frère Bernard, Florent et un invité de la famille de Lucien, mais elle se garda bien de le prévenir de ce qui était arrivé à André.

Elle trouva Claude à l'extérieur, près de la porte d'entrée de la salle, en compagnie de René, l'un des fils de Germaine. Elle l'attira à l'écart.

— Claude, tu vas être fin et tu vas t'occuper d'André pendant quelques minutes, le temps qu'on s'en aille.

— Quoi ! On s'en va pas déjà, protesta l'adolescent. Ça fait même pas deux heures que je suis arrivé.

— C'est presque fini. Ta tante Ruth et son mari s'en vont dans cinq minutes et après ça, tout le monde va partir.

— Pourquoi je dois m'occuper d'André ?

— Il a bu de la boisson et il est malade. Si ton père l'aperçoit comme ça, il est capable de lui sacrer une volée devant tout le monde.

— Qu'est-ce que je suis supposé faire ? demanda Claude, mécontent d'hériter d'une telle mission.

— Amène-le dehors, dans le stationnement. Fais-lui prendre l'air.

— Où est-ce qu'il est, lui ?

— Au fond de la salle. Ton père est proche de l'orchestre. Dépêche-toi de le sortir de la salle avant qu'il l'aperçoive.

De mauvaise grâce, Claude entra dans la salle et se dirigea vers son frère. Il n'eut aucun mal à l'entraîner vers la sortie. Mais malheureusement, les deux garçons tombèrent nez à nez avec leur père et leur oncle Florent au moment où ils allaient franchir la porte. Un simple coup d'œil suffit à Maurice pour se rendre compte que quelque chose n'allait pas avec André.

— Qu'est-ce que t'as, toi ? demanda-t-il à André avec brusquerie.

— Je le sais pas. Je l'ai… commença Claude.

— C'est pas à toi que je parle, le coupa son père. C'est à ton frère.

Le regard vague et l'élocution difficile, André finit par prononcer « mal au cœur ».

— Ah ben, maudit ! s'exclama Florent en éclatant de rire. C'est notre journée, mon Maurice. Je pense que ton gars est comme son oncle Luc. Il a trop bu, lui aussi.

— Voyons donc ! protesta Maurice, n'en croyant pas ses yeux.

— Je te le dis. Il sent la tonne jusqu'ici.

Maurice s'approcha et renifla l'haleine de son fils.

— C'est pourtant vrai, calvaire ! Il a bu ! s'emporta le père, devenu subitement rouge de colère. Je vais…

— Whow ! Maurice. Prends pas le mors aux dents ! Après tout, c'est pas la fin du monde. Si ça se trouve, il savait même pas que c'était de la boisson qu'il buvait. En plus, il m'a l'air assez malade pour être ben puni, pas vrai ?

— Ouais ! reconnut Maurice, à contrecœur.

— Il va peut-être aimer la boisson comme son grand-père Sauvé, après tout, ajouta en riant Florent pour dédramatiser la situation. Tu sais comme moi que le beau-père a jamais haï ça boire un petit coup.

— Peut-être. En tout cas, tu parles d'un petit sacrement ! On peut pas le laisser cinq minutes sans surveillance. Bon. Toi, Claude, tu vas aller proche du char avec l'ivrogne et nous attendre. Je vais chercher les autres et on va s'en aller avant qu'il fasse des dégâts.

À cet instant précis, il y eut un mouvement général des invités vers la porte d'entrée. On accompagnait les nouveaux mariés jusqu'à leur voiture. Ils s'apprêtaient à partir.

Maurice s'empressa de faire un signe impératif à Claude de s'éloigner avec son frère et il retrouva Jeanne qui se dirigeait elle aussi vers la sortie en compagnie de sa tante.

— Je pense qu'il est temps qu'on y aille, dit-il à sa femme.

— Tu pourrais au moins me dire bonjour, déclara tante Agathe d'une voix acide.

Les rapports entre Maurice et la tante de sa femme avaient toujours été assez tendus. Cela datait de l'époque où l'institutrice retraitée était venue s'installer chez eux pour aider Jeanne avant d'accoucher des jumeaux. Il avait toujours eu du mal à supporter les façons directes et la franchise de la grande femme.

— Bonjour, ma tante, fit Maurice du bout des lèvres, sans aucune chaleur.

— Je vais très bien, Maurice, persifla l'autre avec un sourire narquois. Je suis en bonne santé.

— Je suis ben content pour vous, dit Maurice, mal à l'aise.

— Toi, de ton côté, t'as l'air prospère. T'es rendu avec une petite bedaine et on dirait même que t'as plus de cheveux qu'avant.

— C'est en plein ça, ma tante, reconnut Maurice. Bon. Vous m'excuserez. Jeanne, il faut y aller. André a l'air malade. Je vais aller chercher les enfants et t'attendre proche du char. Prends pas trop de temps.

Au moment où il mettait le pied à l'extérieur de la salle, il tomba nez à nez avec son beau-père.

— Tu t'en vas pas déjà? demanda ce dernier.

— Ben oui, monsieur Sauvé. Lise et Paul vont revenir de travailler et on peut pas les laisser dehors, devant la porte.

— Ils ont pas de clé pour entrer dans la maison?

— Ben non. Chaque fois, on se dit que ça serait ben utile, puis ça nous sort de la tête.

Donner une clé de la maison aux enfants, même aux aînés, allait absolument contre les principes de Maurice. Seuls lui et Jeanne en possédaient une. Il n'était pas question que quiconque ait une clé du bungalow du boulevard Lacordaire. Tout laissait croire que le propriétaire craignait de perdre une parcelle de ses droits sur le bâtiment s'il remettait une clé de SA maison à l'un de ses enfants.

— En tout cas, c'est de valeur que vous partiez tout de suite. On va avoir un bon buffet à la maison pour souper. Ça aurait été plaisant que vous veniez vous autres aussi.

— On se reprendra une autre fois, beau-père. En attendant, on vous remercie. C'étaient de vraies belles noces.

— Si vous changez d'idée pour le souper, vous êtes les bienvenus, fit Léon en quittant son gendre après lui avoir assené une tape amicale dans le dos.

Quelques minutes plus tard, Maurice fit monter les enfants à bord de la Plymouth.

— Fais asseoir l'ivrogne proche de la fenêtre, dit-il à Claude et tiens-lui la tête dehors s'il a l'air de vouloir être malade. J'ai pas envie qu'il salisse le dedans du char. Martine, va donc dire à ta mère de se grouiller un peu. Dis-lui qu'on l'attend.

— Elle s'en vient, p'pa. Elle est là, dit Martine en montrant sa mère qui se hâtait vers la voiture.

— Maudit! Ça t'a pris ben du temps à t'en venir, lui cria Maurice au moment où Jeanne ouvrait la portière de la voiture verte. Ça fait une heure qu'on t'attend.

— Arrête donc d'exagérer, rétorqua Jeanne. J'étais pas pour partir en sauvage. Il fallait bien que j'aille remercier mes parents et que je dise bonjour au monde avant de m'en aller.

Quand la voiture démarra, Jeanne se tourna vers l'arrière pour demander:

— Est-ce qu'André va mieux ?

— Christ ! Ça se voit, non ? Il est malade. J'espère juste qu'il va attendre qu'on soit rendus à la maison avant de renvoyer partout.

— Fais-lui respirer de l'air, recommanda la mère à son fils Claude.

— C'est ce que p'pa m'a dit de faire, mais ça me donne mal au cœur, protesta l'adolescent en grimaçant de dégoût.

— Toi, c'est pas le temps, fit sa mère en élevant la voix. Retiens-toi !

— La vieille maudite, elle est toujours aussi folle ! jura Maurice en s'arrêtant à un premier feu rouge.

— De qui tu parles ?

— De ta tante, cette affaire ! Chaque fois que je la vois, j'ai envie de l'assommer. « On dirait que t'as plus de cheveux qu'avant ! » singea-t-il en minaudant. Est-ce que je lui dis, moi, qu'elle est laide à faire peur ?

— Voyons, Maurice, tu la connais.

— Justement ! Je peux pas la sentir ! En tout cas, elle est mieux de jamais mettre les pieds dans la maison. Si jamais elle vient, je la sors cul par-dessus tête, tu m'entends ?

— Bien oui.

André fut malade durant une grande partie du trajet, donnant des haut-le-cœur à ses frères et à sa sœur. Lorsque tous les membres de la famille descendirent enfin dans l'allée gravillonnée près du bungalow, Maurice tendit à Jeanne la clé de la maison.

— Fais-les entrer et occupe-toi de lui avant qu'il salisse partout, lui conseilla-t-il.

Il alla chercher le boyau d'arrosage enroulé à l'arrière du bungalow et nettoya la carrosserie salie par André avant de remiser la Plymouth dans le garage.

Lorsqu'il entra dans la maison, Maurice se contenta de demander d'un air mauvais :

— Où est-ce qu'il est, lui ?

— Il a l'estomac vide. Je viens d'aller le coucher. Il dort déjà.

— Attends demain. Il va en manger une maudite. Il me fera plus jamais honte comme aujourd'hui. Je t'en passe un papier.

— C'est juste un enfant, plaida Jeanne. Il savait même pas ce qu'il buvait. Il a été tellement malade qu'il l'a eue, sa leçon.

— Laisse faire, toi. Quand je vais m'en être occupé, il va s'en souvenir encore ben plus.

Mais il ne s'agissait que d'une promesse en l'air, comme beaucoup de menaces de Maurice. Le lendemain matin, André se leva si amoché de sa cuite de la veille que son père n'eut pas le cœur de lui donner la raclée promise. À la fin de la journée, sa mésaventure était plutôt devenue l'objet des plaisanteries familiales. Les jumeaux ne se gênaient pas pour simuler des haut-le-cœur en le montrant du doigt lorsqu'ils le croisaient.

— T'as fait un vrai fou de toi hier, lui affirma son frère Claude, très sérieux.

— J'ai juste été malade, protesta faiblement André.

— T'as été malade parce que t'as bu de la boisson.

— Je le savais même pas que c'était de la boisson.

— En tout cas, tu nous as fait honte. T'es chanceux en maudit que p'pa te donne pas la volée qu'il t'avait promise. Il y a pas mal de monde de Saint-Léonard qui ont dû se demander hier pourquoi tu voyageais la tête en dehors du char.

Chapitre 22

Quel automne !

Le surlendemain du mariage de Ruth, les vacances annuelles de Maurice prirent fin et le concierge retourna avec un certain plaisir à St-Andrews. Son école lui avait manqué. Il avait hâte d'y retourner pour retrouver ses habitudes et la tranquillité du grand bâtiment que les écolières n'envahiraient qu'un mois plus tard.

Inutile de préciser que le retour au travail du père représenta une bouffée d'air frais pour ses enfants, et même pour sa femme. Jeanne savait bien qu'elle allait avoir plus de difficulté à discipliner les siens durant le jour, mais sans se l'avouer ouvertement, elle trouvait tout de même la vie plus facile quand Maurice s'éloignait de la maison. Ses sautes d'humeur imprévisibles et la discipline de fer qu'il faisait régner chez lui finissaient par user les nerfs les plus solides.

Par conséquent, durant les dernières semaines des vacances estivales de 1961, Martine put aller s'amuser presque chaque jour chez l'une ou l'autre de ses amies, tandis que ses frères prenaient d'assaut les champs voisins où ils campaient et faisaient des pique-nique improvisés. Si la température était maussade, les enfants s'amusaient ferme à toutes sortes de jeux dans le sous-sol. Comme le plancher et les murs étaient en ciment, ils ne risquaient pas de briser quelque chose. En somme, le dernier mois de vacances passa rapidement.

Puis, septembre arriva beaucoup trop tôt au goût des enfants. La température se mit à rafraîchir progressivement et le soleil commença à se coucher de plus en plus tôt. Comme chaque année, au lendemain de la fête du Travail, la maison se vida d'un bon nombre de ses occupants, du moins durant le jour. Claude, André, Martine et Denis reprirent le chemin de l'école.

Cette année-là, chez les Dionne, il n'y avait pas eu de voyage ou de sortie familiale pour marquer la fin des grandes vacances. Depuis l'achat de la Plymouth et du garage, Maurice avait décrété que sa famille se devait d'entrer dans une ère de grande économie et il se cramponnait à cette décision. Pas question de dépenser le moindre cent pour des futilités. Pour Jeanne, il n'y avait là aucune surprise.

Durant les deux premiers jours de classe, l'humeur du père de famille s'assombrit comme à chaque mois de septembre. On aurait juré que la seule perspective d'avoir à débourser quelques dollars pour l'acquisition du matériel scolaire des quatre écoliers de la maison lui donnait des sueurs froides. S'il avait fallu, en outre, que Jeanne mentionne l'achat de vêtements neufs ou de souliers pour le retour à l'école, il aurait probablement eu une attaque. Sa femme ne demanda rien. Il était maintenant de règle que la mère puise dans les maigres économies que lui procuraient ses travaux de couturière pour ces dépenses pourtant indispensables.

Pour sa part, Paul retourna sans bruit au collège après avoir fêté ses dix-sept ans. Il allait entreprendre ses belles-lettres. Pour une cinquième année consécutive, il pouvait profiter de la maigre bourse de deux cent vingt dollars versée par l'Œuvre des vocations afin de payer ses frais de scolarité. Malheureusement, la municipalité n'avait pas jugé bon de renouveler son expérience de l'année précédente et d'accorder des bourses aux étudiants habitant sur son territoire. Par conséquent, l'adolescent ne pourrait compter que sur l'argent économisé sur son salaire de plongeur gagné durant l'été pour boucler son budget. Il croyait tout de même obtenir un petit apport d'argent supplémentaire en lavant parfois des parquets et des voitures le samedi après-midi, en rentrant du collège.

Lorsqu'il entendit son père parler de la nécessité de «se serrer plus la ceinture» en ce début d'automne, l'étudiant, tout comme sa mère, ne vit là rien de nouveau. Il ne pouvait pas économiser plus qu'il le faisait déjà. Il se déplaçait, beau temps mauvais temps, sur sa bicyclette et tous ses livres de classe étaient des manuels usagés achetés pour une fraction de leur prix original.

Le sort de Lise, l'aînée de la famille, n'était pas beaucoup plus enviable cet automne-là. De son aveu même, elle connut des vacances si ennuyeuses que plusieurs fois, elle aurait préféré retourner travailler chez Woolworth. Comme la jeune vendeuse n'avait pu obtenir de son employeur deux semaines de repos durant l'été, elle avait dû se contenter des deux dernières semaines de septembre qui avaient été ponctuées par des averses presque quotidiennes. Elle n'eut donc d'autre choix que de lire des romans-photos, d'écouter le *hit parade* à la radio et de visionner les vieux films présentés parfois au milieu de l'après-midi à la télévision. Son unique plaisir était l'appel téléphonique d'Yvon chaque soir. Elle aurait aimé que son père accepte qu'elle le reçoive quelques soirs durant la semaine, du moins durant ses vacances, mais Maurice avait été inflexible.

— Il en est pas question! avait-il brutalement répondu à Jeanne, encore obligée de servir d'intermédiaire entre l'un de ses enfants et son mari. Il vient déjà ben assez souvent comme ça. Il est en train de passer à travers mon *set* de salon, calvaire!

Et Lise avait dû encore se plier à la décision paternelle.

De son côté, Claude ne s'ennuyait pas. Il continuait à livrer ses journaux chaque matin avant de se rendre à l'école Saint-Léonard. S'il en est un qui changeait peu, c'était bien lui. Au fil des semaines, il était parvenu à élever l'escamotage jusqu'à une forme d'art. Malgré toutes ses recherches, son père était toujours incapable de savoir combien il parvenait à cacher d'argent de ses pourboires et où il le dissimulait... Et il n'avait pas l'air de se douter que l'adolescent continuait à puiser, sans aucune vergogne, dans ses tiroirs pour lui emprunter des vêtements.

Par ailleurs, depuis la fin de l'été, Claude s'était mis en tête d'économiser suffisamment d'argent pour s'acheter une guitare électrique et un amplificateur. Où? Comment? Il était le seul à en avoir une idée. Toujours est-il qu'il y croyait assez pour se priver de certains plaisirs afin d'arriver plus rapidement à ses fins. Évidemment, seul son frère André était dans la confidence.

André aurait aimé imiter son frère, du moins en livrant lui aussi des journaux. Mais cette possibilité lui avait été carrément refusée par sa mère. Le tout avait débuté par une remarque de son père, la veille de la reprise des classes.

— Il serait peut-être temps qu'il fasse quelque chose de ses dix doigts, avait dit Maurice, après le souper, en parlant de son fils de onze ans.

— Tu penses à quoi ? lui avait demandé Jeanne, immédiatement sur la défensive.

— Il est rendu ben assez vieux pour prendre une *run* de journaux, lui aussi, avait déclaré le père. Il a onze ans. Il me semble qu'à cet âge-là, il peut penser à autre chose qu'à s'amuser.

— Ah bien non, par exemple ! s'était fâchée sa femme. Il y a tout de même un bout à ambitionner sur le monde ! Ça prend tout le petit change de Claude pour porter ses journaux et il a trois ans de plus que son frère.

— Il serait capable avec une voiture, voulut plaider Maurice, surpris par la soudaine flambée de colère de sa femme.

— Laisse faire la voiture. T'es pas pour le crever, cet enfant-là, pour empocher une couple de piastres de plus chaque samedi. Tu m'entends ? Quand il sera plus vieux, on en reparlera, ajouta-t-elle d'un ton définitif avant de tourner les talons.

Pour une fois, Maurice avait baissé pavillon sans vraiment combattre et il se l'était tenu pour dit. Le lendemain, André s'en était pris à sa mère qui n'avait voulu que le protéger.

— Pourquoi vous avez pas voulu que j'aille porter des journaux, m'man ? lui avait-il reproché. Moi aussi, j'aimerais ça avoir un peu d'argent dans mes poches.

— André Dionne, mon maudit niaiseux ! s'était écriée sa mère. Tu veux être comme Claude et ta sœur. Tu veux te crever à travailler pour que ton père te prenne presque tout ton argent à la fin de la semaine ? Si tu veux de l'argent, fais les commissions des voisins. Comme ça, tu seras pas obligé de le donner.

— On pourrait faire comme Paul, nous autres aussi, avait suggéré Claude.

— Es-tu malade, toi ? Si votre père prend pas l'argent que votre frère gagne, c'est parce qu'il sait qu'il perdrait de l'argent en le faisant. S'il faisait ça, il serait obligé de lui payer son cours et ça lui coûterait pas mal plus cher que ce que ça lui rapporterait.

Le sujet était clos, du moins pour un temps. Il n'avait plus été question qu'André livre des journaux.

Il restait encore Francine. Il n'y avait pas eu une seule journée où l'adolescente n'avait pas manqué à ses parents et à ses frères et sœurs depuis son entrée au couvent. La séparation avait été encore plus déchirante depuis son départ pour le couvent de Toronto. Si Jeanne avait conscience d'avoir perdu une aide précieuse dans la maison, l'enjouement de la jeune fille faisait aussi défaut aux autres habitants de la maison.

Ses parents reconnaissaient malgré eux avoir sous-estimé son endurance. Ils avaient été tellement persuadés de son retour avant la fin de l'été qu'ils avaient été tout à fait surpris de voir arriver l'automne sans qu'elle ait réintégré sa chambre dans la maison. Elle n'était même pas revenue de Toronto comme l'avait implicitement promis la supérieure du couvent.

L'adolescente envoyait fidèlement une lettre tous les quinze jours, dans laquelle elle dépeignait sa vie quotidienne de novice chez les filles de Saint-Paul. Elle passait rapidement sur les offices religieux auxquels elle était tenue d'assister pour décrire ses journées de travail. Elle suivait des cours jusqu'à midi chaque jour avant d'aller faire du porte-à-porte dans différentes banlieues de la métropole canadienne pour vendre des publications éditées par la communauté. Sans entrer dans les détails, elle mentionnait que les religieuses quêtaient leur nourriture et qu'elles étaient tenues de manger ce qu'on leur donnait, que cela leur plaise ou non.

— Ça doit être beau à voir ! avait fait remarquer Jeanne qui savait à quel point sa fille était dédaigneuse et difficile quand il s'agissait de nourriture.

— En tout cas, je sais pas qui elle paie pour manger son gras de jambon ou ses blancs d'œuf, avait ajouté André que sa sœur avait régulièrement payé pour avaler ce qu'elle ne voulait pas manger.

Dès les premiers jours d'octobre, Maurice se mit à attendre avec fièvre son compte annuel de taxes municipales. Chaque soir, le même scénario se répétait à son retour du travail.

En posant le pied dans la maison, il s'emparait du courrier laissé par le postier à la fin de l'avant-midi, courrier que Jeanne déposait invariablement sur la commode de leur chambre. Debout dans le couloir, il scrutait chaque enveloppe une à une avant de pousser un soupir de soulagement lorsqu'il s'apercevait que le compte n'était pas encore arrivé. Il agissait comme s'il avait vaguement espéré que les autorités municipales l'aient oublié. Évidemment, cela ne se produisit pas.

Un soir, l'inévitable survint. Maurice trouva l'enveloppe tant redoutée entre deux prospectus. Avant de l'ouvrir, il prit la précaution de s'asseoir dans sa chaise berçante, dans la cuisine.

— Ah ben sacrement! jura-t-il assez fort pour alerter Jeanne en train de plier du linge fraîchement lavé dans la salle de bain. T'as vu ça?

Lise, réfugiée dans le garde-manger avec le récepteur du téléphone, referma la porte sur elle pendant que sa mère revenait vers la cuisine.

— Qu'est-ce qu'il y a? demanda-t-elle en voyant son mari tendre vers elle le compte de taxes qu'il venait de découvrir sur sa commode.

— Le compte de taxes! hurla-t-il. Il a encore augmenté cette année. Ça fait trois ans qu'il augmente. C'est rendu que ça a plus de bon sens! ajouta-t-il sur un ton dramatique.

— Combien?

— Deux cent quatre-vingt-cinq piastres!

Puis, comme Jeanne ne semblait pas partager son inquiétude, il en rajouta.

— C'est trop! Je suis plus capable! Je suis pas capable de payer ça!

— Voyons donc! Maurice. C'est presque le même montant que l'année passée, tenta de le raisonner Jeanne.

— C'est pas pantoute le même montant. C'est vingt piastres de plus! On voit ben que c'est pas toi qui es poignée pour payer! Non, j'arrive plus. On vend la maison! C'est clair, je la mets en vente.

En entendant cette dernière phrase, Jeanne se souvint soudainement que son mari lui jouait la même scène chaque année avant de lui reprocher de dépenser futilement de l'eau chaude et de chauffer la maison de façon déraisonnable quand il était absent. Elle choisit cette fois de ne rien répliquer.

— C'est sûr, toi, ça te dérange pas! s'emporta son mari. Ils sont tous pareils comme toi dans cette maison de fous! Je suis tout seul à ménager et à me priver, ajouta-t-il en se levant pour aller chercher un Coke dans le réfrigérateur.

L'idée qu'il était le seul à boire des boissons gazeuses et à fumer dans la maison ne semblait même pas lui effleurer l'esprit.

— Aussitôt que j'ai le dos tourné, tu joues avec le thermostat pour que ça me coûte encore plus cher d'huile à chauffage. Il y a des lumières allumées dans tous les appartements et t'arrêtes pas de gaspiller de l'eau chaude. Christ! Comment tu veux que j'arrive?

Jeanne, le dos appuyé au comptoir de la cuisine, attendait avec une impatience grandissante la fin de ses jérémiades. Évidemment, aucun enfant n'osait se montrer durant la scène. Paul, comme les autres, se tenait à l'écart. Il lui aurait suffi de montrer le bout de son nez pour que son père lui reproche d'être un parasite qui ne rapportait rien.

— On vend cette maudite cabane-là et on retourne dans le bas de la ville! déclara Maurice, au comble de l'énervement. J'en ai assez de me crever juste pour toujours payer!

— OK. Vends-la la maudite maison! s'insurgea pour la première fois sa femme en lui parlant sur le même ton. Qu'on arrête d'en parler! En attendant, quand t'auras fini ta petite crise, on va sortir des chandelles et éteindre le chauffage et les lumières. On va s'éclairer et se chauffer avec ça. Lorsqu'on sera bien gelés, on aura juste à aller s'installer dans le beau char neuf qui est dans ton beau garage neuf.

Sous le coup de la surprise, Maurice faillit en échapper sa bouteille de boisson gazeuse.

— Maudit que t'es niaiseuse, toi! T'es vraiment pas parlable!

Sur ces paroles bien senties, il se leva de sa chaise berçante, resserra sa ceinture de pantalon d'un cran et monta à l'étage s'installer devant le téléviseur. Comme chaque année depuis que les Dionne occupaient le bungalow du boulevard Lacordaire, le compte de taxes fut payé rubis sur l'ongle dès le lendemain avant-midi et il ne fut plus question de vendre la maison.

Deux semaines plus tard, le bungalow du boulevard Lacordaire allait donner à Maurice d'autres soucis autrement plus graves.

Le dernier jeudi soir d'octobre, le gymnase de l'école St-Andrews n'était pas loué par les loisirs de ville Saint-Michel et Maurice profitait de l'une de ses rares soirées de congé durant la semaine.

Ce soir-là, il venait à peine de monter à l'étage pour regarder la télévision que Claude l'interpellait au pied de l'escalier.

— P'pa, je sais pas ce qu'il y a dans la cave, mais ça sent ben mauvais tout d'un coup et il y a pas mal d'eau sur le plancher.

— Il manquait plus que ça, sacrement! s'écria le père en descendant précipitamment à la cave.

Dès qu'il posa le pied sur la première marche de l'escalier qui conduisait à la cave, une odeur pestilentielle le saisit à la gorge.

— Ben, voyons donc! Qu'est-ce que c'est ça? demanda-t-il en continuant à descendre.

Il aperçut alors une large mare d'eau malodorante qui sourdait du canal d'écoulement des eaux usées, au centre de la cave.

— Mais ça a l'air de venir des égouts, observa Jeanne venue le rejoindre en se bouchant le nez.

— Il faut que j'arrête l'eau, dit Maurice.

Il se précipita pour couper l'alimentation en eau. Contre toute attente, ce geste ne régla rien.

— Il faut appeler un plombier, déclara-t-il avec dépit. Une autre affaire qui va nous coûter les yeux de la tête ! Bon. Ça sert à rien de rester en bas à respirer cette odeur de merde. On monte en haut et on ferme la porte. Je vais essayer de rejoindre Tremblay, le plombier de la rue Jarry. Il faut qu'il vienne avant que ça touche la fournaise. Il manquerait plus que ça brûle le moteur de la fournaise, cette cochonnerie-là.

Moins d'une heure plus tard, Ernest Tremblay, un gros homme âgé d'une cinquantaine d'années, sonna à la porte des Dionne. Sans perdre un instant, Maurice l'entraîna à la cave pour lui montrer ce qui se produisait.

— Ouf ! Ça sent pas la rose ! Je pense que vous feriez mieux d'ouvrir une ou deux fenêtres de la cave avant de mourir empoisonnés, conseilla le plombier en déposant son coffre d'outils sur la dernière marche de l'escalier.

Pendant que Maurice s'empressait de suivre son conseil, le plombier se mit à évaluer l'état de la situation avant d'aller chercher un fichoir dans sa camionnette.

— Il y a un tuyau de bouché quelque part. On va le trouver, expliqua-t-il en commençant à introduire la sonde dans le renvoi.

Durant de longues minutes, l'homme travailla sans dire un mot sous le regard attentif du propriétaire. Soudain, la sonde cessa de progresser. Le plombier fit de nombreux efforts pour qu'elle puisse poursuivre son chemin dans la canalisation. Rien à faire.

— Bon. Vous le voyez comme moi, monsieur Dionne. Ça avance plus. Si je me fie à la longueur de sonde qui a passé, on est rendus pas mal loin sous votre terrain. C'est le tuyau d'égout qui est bouché là. D'après moi, il est pas juste bouché. Il peut aussi être brisé et il va falloir en remplacer une section.

— Comment ça, brisé ? s'exclama Maurice. La maison a juste quatre ans.

— Ben, les raccords avec les égouts de la ville ont été faits avec du tuyau de fonte. C'est pas ce qu'il y a de plus solide.

— Qu'est-ce qu'on peut faire ? On peut pas endurer cette senteur-là.

— Il y a pas cinquante-six solutions, reprit Tremblay en enroulant lentement son fichoir. Il va falloir creuser dans votre terrain en avant pour rejoindre le tuyau d'égout.

— Dans mon terrain ? Mais ça a pas d'allure, s'insurgea Maurice. Mon terrassement ! Ma butte ! Mon balcon ! Il y a un autre moyen de réparer ça, c'est sûr.

— S'il y en a un autre, je le connais pas, rétorqua le plombier avec un rien d'impatience en se dirigeant vers l'escalier. Ça fait plus que trente ans que je suis plombier et la seule façon qu'on m'a montrée de réparer un tuyau, c'est d'abord de le trouver et de le changer s'il est brisé.

— Combien vous pensez que ça va me coûter, une affaire comme ça ? demanda Maurice, vraiment inquiet.

— Le tuyau lui-même, c'est pas si cher, dit l'autre pour le rassurer. C'est la pépine pour creuser, le temps des hommes, le terrassement et peut-être le remplacement de votre balcon s'il faut le démolir… Pour moi, vous vous en tirerez pas ben ben en bas de cinq cents piastres.

— Cinq cents piastres ! répéta Maurice, atterré par l'énormité de la dépense.

Devant la perspective d'avoir à payer une telle facture, Maurice sentit ses jambes faiblir.

— Ça a pas un maudit bon sens d'être aussi malchanceux ! s'exclama-t-il pour attendrir le plombier.

— En attendant, reprit ce dernier, je peux vous dire que l'eau montera pas plus haut dans votre cave si vous utilisez pas trop souvent vos toilettes. C'est déjà ça de gagné. Vous pouvez même vous servir de votre fournaise sans risque.

— Bon.

Ernest Tremblay, la main sur la poignée de la porte, finit par suggérer à son client :

— À votre place, monsieur Dionne, j'appellerais l'hôtel de ville demain matin, avant même de faire la moindre dépense.

— Vous pensez que les employés de la Ville peuvent faire quelque chose ? demanda Maurice à la recherche du moindre signe d'espoir.

— C'est pas là le problème, fit Tremblay avec un certain agacement. Vous savez que les huit premiers pieds de votre terrain appartiennent à la Ville ?

— Oui.

— Bon. Si le tuyau d'égout est brisé sur ces huit pieds-là, toutes les réparations vont être faites par les employés de la Ville et ça vous coûtera pas une cenne.

— Si c'est plus loin dans le terrain ?

— À ce moment-là, vous allez tout payer, même la réparation du trottoir s'il faut le briser. Essayez de pas trop vous en faire quand même avant de savoir, dit le gros homme avant de quitter la maison.

La porte venait à peine de se refermer sur le plombier que, prenant Jeanne à témoin, Maurice éclatait.

— Gros maudit sans-dessein ! Pas trop m'en faire ! Il est drôle, lui ! On voit ben que c'est pas lui qui est poigné avec ce trouble-là. Tout va être à refaire. Le balcon, le gazon…

Durant de longues minutes, il se plaignit du mauvais sort qui s'acharnait sur lui et maudit le jour où il avait eu l'idée d'acheter cette maison.

Le lendemain matin, un ciel bas et nuageux accueillit Maurice lorsqu'il ouvrit les yeux. Une pluie fine s'était mise à tomber durant la nuit. Une vague odeur d'égout flottait dans la maison envahie par l'humidité extérieure.

— Allume pas la fournaise. On n'est pas pour chauffer le dehors avec les fenêtres de la cave ouvertes, expliqua-t-il à Jeanne. À huit heures, appelle à l'hôtel de ville et dis-leur ce qui nous arrive. Je vais revenir aussitôt que je pourrai.

Sur ces mots, il quitta la maison pour aller ouvrir les portes de St.Andrews.

Deux heures plus tard, il avait cessé de pleuvoir quand Maurice revint de l'école avec la bénédiction de la directrice à qui il avait eu le temps de raconter ses malheurs. Il arriva à temps pour voir Armand Laurin, l'inspecteur municipal, descendre sans se presser non de sa Chevrolet verte, mais d'une camionnette bleue portant le logo de la municipalité.

Le petit homme avait toujours la même figure chafouine que l'été précédent.

— C'est pas vrai. Pas lui ! s'exclama Maurice se rappelant fort bien la discussion qu'il avait eue avec l'employé municipal lorsqu'il avait fait construire son garage quelques mois plus tôt.

Si l'employé municipal reconnut Maurice Dionne, il n'en montra rien en s'avançant à sa rencontre dans l'allée gravillonnée.

— Il paraît que vous avez un problème ? demanda-t-il sans sourire.

— Les égouts montent dans ma cave. J'ai fait venir le plombier hier soir et il a passé une sonde. Il m'a dit que le tuyau dehors avait l'air bloqué par quelque chose.

— Qui est-ce que vous avez fait venir ?

— Tremblay, de la rue Jarry.

— D'habitude, il connaît ben son affaire, dit Laurin. Qu'est-ce qu'il a fait exactement ?

— Il a passé un fichoir, rien de plus.

— Il y avait pas autre chose à faire non plus. Si ça vous fait rien, je vais essayer moi aussi de passer une sonde. On sait jamais. Peut-être que ça pourrait débloquer à matin.

— Venez. Je vais vous montrer le chemin, fit Maurice un peu soulagé de voir son interlocuteur beaucoup moins agressif que la dernière fois qu'il l'avait rencontré.

Malheureusement, la tentative de l'inspecteur fut un échec.

— Bon. Ça sert à rien d'attendre. S'il se remet à mouiller, l'eau pourrait ben monter dans votre cave. Je vais faire venir la pépine et on va creuser pour voir ce qui se passe là. On va essayer de faire le moins de dégâts possible.

Une heure plus tard, sous la pluie fine et froide qui avait recommencé à tomber, une excavatrice se mit au travail devant la maison, creusant une tranchée de plus de trois pieds de profondeur et de largeur.

Planté devant sa porte, Maurice ne perdait rien du spectacle désolant qui se déroulait sous ses yeux.

— Calvaire ! ne cessait-il de jurer. Tout mon terrassement va être à refaire.

Puis, il eut une raison supplémentaire de s'alarmer réellement quand il vit le conducteur de l'excavatrice approcher la pelle de plus en plus près de la butte qui supportait son balcon.

— C'est pas vrai ! Le balcon va y passer, lui aussi, gémit-il.

Le conducteur de l'excavatrice et l'inspecteur Laurin quittèrent les lieux à l'heure du dîner et Maurice mangea sans appétit et en silence les spaghettis préparés par Jeanne.

— Faites un détour et approchez-vous pas du trou, ordonna-t-il à ses enfants au moment de leur départ pour l'école.

Et il se planta à nouveau devant la porte, à l'intérieur cette fois, pour surveiller les deux employés municipaux de retour au travail. Quelques minutes plus tard, le conducteur de l'excavatrice arrêta sa machine. Armand Laurin descendit dans la tranchée où il ne resta que quelques instants. Il vint ensuite sonner à la porte.

— Voulez-vous venir voir ? demanda-t-il à Maurice. On a trouvé où le tuyau est brisé.

Maurice s'empressa de sortir de la maison et il se pencha au-dessus de la tranchée. Il découvrit sans mal l'endroit où le tuyau était défectueux. Ce dernier baignait dans une mare d'eau nauséabonde. La fissure était très visible.

— Est-ce que c'est sur les huit pieds de la Ville ? demanda-t-il plein d'espoir.

Laurin sortit son ruban à mesurer et il en tendit une extrémité au conducteur en lui disant d'aller près du trottoir. L'inspecteur étira ensuite son ruban jusqu'au-dessus de la fissure du tuyau.

— Neuf pieds et demi, monsieur.

— C'est pas vrai ! gémit Maurice.

— Vous le voyez comme moi.

— Vous parlez d'une maudite malchance !

— Surtout que c'est un tuyau tout d'une longueur en fonte. On peut pas le couper et en mettre un bout neuf. Il va falloir démolir votre butte et votre balcon et le changer au complet.

— Ah ben ! C'est encore pire !

Pendant que Maurice se lamentait, l'inspecteur tint un court conciliabule avec le conducteur qui se contenta de secouer la tête.

— Bon. Monsieur Dionne, on va essayer quelque chose.

— Quoi ?

— On va enchaîner le tuyau et tenter de le sortir d'en dessous de votre balcon et de votre solage en le tirant. Le pire qui peut arriver, c'est qu'il se brise quelque part en dessous. De toute façon, on serait obligés de creuser pour le déterrer.

— Si ça marche, qu'est-ce qui va se passer ? demanda Maurice, ragaillardi par cette vague lueur d'espoir.

— On n'aura pas de misère à glisser un tuyau plus petit à sa place et à le brancher sur l'égout collecteur avec un raccord. Je vous promets rien. On va essayer. Ça pourrait sauver votre balcon.

Pendant que le conducteur débranchait le tuyau, Laurin alla chercher une chaîne dans la benne du camion, l'enroula autour du tuyau et en attacha une extrémité à la pelle de l'excavatrice. Sur un signe de l'inspecteur, le conducteur monta à bord de sa machine et se mit à tirer doucement. La chaîne se tendit. Pendant un moment, rien ne bougea. Puis, centimètre par centimètre, le gros tuyau de fonte sortit de son logement, tiré inexorablement à l'air libre par la puissante machine.

— On va l'avoir ! s'écria Armand Laurin en levant le pouce en direction du conducteur qui se contenta de hocher la tête.

Le tuyau encore couvert de boue fut immédiatement chargé dans la benne du camion.

— On essaie tout de suite d'entrer le nouveau à sa place, cria Laurin au conducteur.

Le nouveau tuyau d'un diamètre plus petit fut placé devant le trou au fond de la tranchée et la pelle le repoussa lentement en direction de la maison.

— Allez dans votre cave, monsieur Dionne, demanda l'inspecteur, et criez par une fenêtre quand vous verrez apparaître le bout du tuyau au fond de votre puisard.

Maurice se dépêcha d'entrer dans la maison et il dévala l'escalier de la cave en priant Dieu que tout se passe bien. Arrivé dans la cave, il entendait nettement le moteur de l'excavatrice et les directives de Laurin par l'une des fenêtres ouvertes. Pendant un moment, le tuyau sembla rencontrer une résistance et tout s'arrêta. Armand Laurin, descendu au fond de la tranchée, bougea le tuyau dans tous les sens avant de crier à l'employé de continuer à exercer une poussée régulière.

Le cœur de Maurice bondit de joie lorsqu'il aperçut le bout du nouveau tuyau. Il était finalement passé ! Il était soulagé au-delà de toute expression. Il n'aurait pas besoin de faire démolir son balcon.

— OK, cria-t-il en se précipitant dans l'escalier à la rencontre des employés municipaux.

Maurice regarda les deux hommes visser le raccord à l'égout collecteur de la ville. Lorsque le travail fut terminé, le conducteur se prépara à remonter à bord de sa machine pour remplir la tranchée d'environ vingt pieds de longueur qu'il avait dû creuser pour mettre à jour le tuyau brisé.

— Laissez donc faire, intervint Maurice. Je peux le faire à la pelle. Je pense que ça va me coûter déjà assez cher comme ça.

— C'est une job pas mal longue, fit remarquer Armand Laurin. Ça irait pas mal plus vite avec la pépine.

— Je le sais ben, reconnut Maurice Dionne, mais j'ai neuf enfants à faire vivre et j'ai pas assez d'argent pour payer ça en plus. Déjà que la facture...

— Venez donc ici, fit l'inspecteur en faisant signe à Maurice de s'approcher de lui.

Intrigué, le concierge de St-Andrews s'approcha.

— Écoutez-moi ben, monsieur Dionne. On va dire que le tuyau s'est brisé à sept pieds du trottoir, correct ?

— Quoi ! Vous pouvez faire ça ? demanda Maurice, en croyant à peine ses oreilles.

— Ça arrive à n'importe qui de se tromper dans ses mesurages, dit l'autre avec un sourire narquois. Mon homme et moi, on vient de remesurer tous les deux et le tuyau était brisé à sept pieds, donc sur le terrain de la Ville.

— Ah ben, là, vous êtes fin en maudit ! s'exclama Maurice Dionne, éperdu de reconnaissance.

— Quand je peux rendre service à quelqu'un, je le fais, dit Armand Laurin, qui semblait enchanté du plaisir qu'il causait. Bon. On va laisser mon homme reboucher le trou. Ça va faire juste une bosse, mais la terre va se tasser durant l'hiver et le printemps prochain, vous aurez juste à semer du gazon là-dessus. Ça paraîtra même pas.

— C'est sûr, acquiesça Maurice avec un large sourire.

— Pendant que mon homme travaille, on va aller connecter votre tuyau dans la cave. Je pense avoir ce qu'il faut comme raccord dans mon *truck*.

Les deux hommes descendirent à la cave. Quinze minutes plus tard, tout était terminé.

— Il vous reste juste à nettoyer le plancher de votre cave à l'eau de javel, fit l'inspecteur qui venait de refuser successivement la bouteille de bière et la tasse de café offertes par Maurice.

Au moment de quitter la maison, Armand Laurin ajouta même :

— Quand Tremblay viendra se faire payer, envoyez-le à l'hôtel de ville. Comme le trouble venait du tuyau sur notre terrain, c'est la ville qui va le payer.

Sur ce, l'inspecteur municipal quitta la maison des Dionne. Un instant plus tard, Maurice se laissa tomber dans sa chaise berçante en poussant un soupir de soulagement.

— On a été chanceux de tomber sur un homme comme lui, fit remarquer Jeanne qui avait suivi de loin toutes les étapes des travaux.

— Il faut quand même pas exagérer, la corrigea Maurice avec humeur. T'as vu le terrain qu'il me laisse en avant. Tout est à refaire.

— Oui, je le sais bien, mais si on avait eu à payer tout ça…

— On n'avait pas à payer. Après tout, c'était leur maudit tuyau qui était brisé, ajouta son mari avec mauvaise foi.

Jeanne ne répondit rien. Elle savait que dans quelques jours, son mari finirait par être persuadé lui-même que la municipalité était responsable. Elle était même certaine que Maurice aurait tenté de lui faire croire qu'il était parvenu à intimider suffisamment l'inspecteur municipal pour lui faire reconnaître la responsabilité de la Ville dans toute l'affaire si elle n'avait pas été présente aux derniers moments de la réparation. Comme elle avait été témoin du geste de bonne volonté d'Armand Laurin, son mari ne pouvait pas se draper dans le manteau du héros qu'il n'avait pas été.

Chapitre 23

Un autre tour de roue

La nature eut pitié de Maurice en ne lui infligeant le spectacle de son terrassement bouleversé qu'une dizaine de jours. En effet, au milieu de la seconde semaine de novembre, une importante chute de neige vint masquer l'hideuse cicatrice laissée par l'excavatrice devant sa maison.

Le soir même, Jeanne laissa les plus jeunes aux bons soins de Claude pour se rendre à pied aux trois écoles fréquentées par ses enfants.

— Tu devrais pas y aller, lui avait conseillé son mari avant de partir pour St-Andrews, le matin même. Les trottoirs sont glissants et tu risques de te casser une jambe.

— Si on n'y va pas, les professeurs pensent qu'on s'occupe pas des enfants, avait répliqué Jeanne. Si c'est trop glissant, j'irai juste à Pie XII parce que le directeur a envoyé un billet aux parents pour leur dire qu'il y aurait une réunion importante à neuf heures. Je veux savoir ce que c'est.

Maurice était parti après avoir haussé les épaules.

Un peu avant sept heures ce soir-là, Jeanne quitta donc la maison en compagnie d'André pour faire ce qu'elle appelait son chemin de croix. Elle était d'abord passée à l'école Bastien prendre le bulletin de Martine.

L'enseignante de cette dernière reprochait à la fillette sa paresse. La mère de famille avait évidemment promis que la situation serait corrigée.

À l'école Saint-Léonard, l'institution voisine, elle laissa André dans la salle du rez-de-chaussée avant d'aller rencontrer André Miller, qui lui enseignait pour une seconde année consécutive. Le timide enseignant à l'élocution un peu hésitante admit que son fils s'améliorait un peu en français et en mathématiques et qu'il avait un comportement irréprochable. C'était une bonne nouvelle, avait pensé Jeanne, tout de même pas tout à fait rassurée.

Dès son entrée dans la classe de Raymond Beaudry, le titulaire de Claude, elle eut droit à un autre refrain. L'instituteur avoua ne pas être content du tout du rendement et de la conduite de l'adolescent.

— Je peux déjà vous prédire un échec, madame, tonna l'homme sec et nerveux, âgé d'une quarantaine d'années. Non seulement il ne travaille pas; mais encore il ne cherche qu'à s'amuser. Il a oublié de vieillir, votre garçon, madame.

— On va y voir, monsieur Beaudry, affirma Jeanne en serrant les dents. Je vous garantis qu'il va changer.

— Je compte sur vous, madame Dionne, fit l'enseignant avant de se lever pour lui indiquer que l'entrevue était terminée.

Jeanne descendit le boulevard Lacordaire, puis tourna rue Lavoisier pour rejoindre l'école Pie XII que fréquentait Denis depuis plus d'un an. Elle arriva sur les lieux quelques minutes avant la réunion décidée par Antoine Gaudette, le directeur. Elle se dépêcha d'aller rencontrer Estelle Labrie, l'institutrice de 2e année. Cette dernière la rassura en lui disant que son Denis était sérieux et travaillait très bien.

Fatiguée, Jeanne Dionne alla rejoindre André qui l'attendait dans le gymnase de l'école où une cinquantaine de parents avaient déjà pris place sur des chaises pliantes.

— Est-ce que ça va encore être long? chuchota-t-il à sa mère. C'est plate de passer toute la soirée à l'école. J'ai assez de venir là toute la journée.

— On restera pas longtemps, lui répondit-elle. Je veux juste savoir ce que le directeur veut.

Jeanne n'eut pas à attendre longtemps. Quelques minutes plus tard, Antoine Gaudette, un grand homme maigre à la chevelure argentée soigneusement coiffée, vint prendre la parole devant le groupe de parents. Le maintien rigide du directeur en imposait.

— Je voulais vous rencontrer ce soir pour vous annoncer que la commission scolaire a décidé de faire installer deux écoles préfabriquées dans la cour de notre école pour permettre à des élèves plus vieux demeurant tout près de fréquenter Pie XII.

— Qui va aller dans ces préfabriquées-là? demanda un gros homme à la mise débraillée, sans demander le droit de parole.

— Les commissaires veulent que les enfants de première et de 2e année emménagent là.

— Ça a pas d'allure, s'écria une femme assise derrière Jeanne. Pourquoi les plus petits iraient geler là-dedans?

— Elles sont supposées être très bien isolées, madame, fit le directeur en réprimant une grimace d'agacement.

— Ouais, on dit ça, reprit un homme installé au centre de la salle. Tout ça, c'est à cause des grosses familles qui arrivent ici avec cinq, six et même plus d'enfants.

— Ces enfants-là, monsieur, ont aussi le droit d'être éduqués dans nos écoles publiques comme les autres, déclara le directeur d'un ton raisonnable.

— Oui, je veux bien le croire, reprit l'autre, têtu. Mais vous savez comme moi que c'est quand même de valeur. Dans toutes ces grosses familles-là, on retrouve toujours plusieurs enfants infirmes ou retardés.

Sous l'insulte, le visage de Jeanne devint blanc et elle se leva brusquement, à la plus grande surprise de ses voisins.

— Je vous demande bien pardon, monsieur, dit-elle en colère. Moi, j'ai neuf enfants. Vous saurez qu'aucun de mes enfants est un infirme ou un retardé. Je peux même ajouter qu'ils sont même assez intelligents pour jamais dire la niaiserie que vous venez de dire !

Une bonne partie de l'auditoire applaudit cette réplique énergique. L'intervenant, rouge de confusion, se tassa sur sa chaise et n'osa pas répondre.

Jeanne quitta immédiatement la salle et rentra à la maison en compagnie d'André qui n'avait pas très bien compris la raison de la colère de sa mère.

Quand elle raconta ce qui s'était passé à son mari, ce dernier se contenta de dire :

— T'as ben fait. Nos enfants valent ben ceux des autres.

À la fin novembre, l'hiver s'était solidement installé. Une épaisse couverture de neige recouvrait déjà le sol et le froid avait tôt fait de rougir les nez et les oreilles. Un mardi matin, le téléphone sonna chez les Dionne. En ronchonnant, Jeanne dut descendre au rez-de-chaussée pour répondre.

— Bonjour, m'man, fit une voix joyeuse au bout du fil.

Durant un moment, Jeanne demeura sans voix avant de reprendre, un peu hésitante :

— Francine ?

— Oui, m'man.

— Mais d'où est-ce que tu m'appelles ?

— Du couvent.

— Du couvent à Saint-Léonard ?

— Oui.

— Ça fait tellement longtemps que j'ai pas entendu ta voix que j'ai de la misère à la reconnaître. Depuis quand t'es revenue au couvent ?

— Hier soir, m'man.

— T'es là pour combien de temps ?

Il y eut comme un moment de silence embarrassé au bout de la ligne.

— Ben, je dirais que ça dépend de vous et de p'pa.

— Comment ça ?

— Je m'ennuie de vous autres, répondit l'adolescente. Ça fait que si je peux revenir à la maison...

— La supérieure le voudrait ? demanda Jeanne, pleine d'espoir de revoir sa fille lui revenir enfin.

— Je lui ai demandé après le déjeuner. Elle m'a dit que j'étais libre de sortir de chez les sœurs quand je le voudrais.

— Quand vas-tu être prête à t'en venir ?

— Quand vous le voudrez.

— Prépare tes affaires. Aussitôt que Claude et André vont être revenus de l'école à midi, on va aller te chercher.

— Vous aimez pas mieux demander à p'pa ce qu'il en pense avant ?

— Laisse faire. Ton père va être ben content de te revoir à la maison.

Lorsque les enfants rentrèrent de l'école, Jeanne leur apprit la bonne nouvelle. Elle laissa les plus jeunes aux soins de Martine. Après s'être chargée du manteau d'hiver et des bottes de Francine, elle s'empressa de se rendre au couvent en compagnie d'André et de Claude.

La sœur tourière les fit entrer au parloir où la mère supérieure vint les rejoindre immédiatement.

— Après cinq mois de formation à notre noviciat, madame Dionne, je dois reconnaître que votre fille ne semble pas faite pour la vie religieuse.

— C'est de valeur, dit Jeanne hypocritement.

— Non, c'est normal, madame, répliqua la grande religieuse sans esquisser le moindre sourire. Toutes les appelées ne sont pas nécessairement élues. La directrice du noviciat de Toronto croit que Francine est plus faite pour la vie laïque. C'est pourquoi elle a décidé de nous la renvoyer après nous avoir consultées.

— Je ne pense pas qu'elle ait été malheureuse chez vous, souligna Jeanne pour faire plaisir à son interlocutrice.

— Non, ce n'est pas l'impression qu'elle nous a donnée, dit la mère supérieure avec enfin un mince sourire. Francine a un caractère enjoué et elle est enthousiaste. C'était le rayon de soleil du noviciat. Je suis certaine que les novices vont s'ennuyer d'elle. Elle avait même commencé à leur montrer à danser, ajouta la religieuse sur un ton un peu réprobateur.

— Ah oui ?

— Oui. En tout cas, j'espère qu'elle aura profité de son passage à notre noviciat et que nous lui laissons un bon souvenir.

— J'en suis certaine.

— Elle s'en vient, reprit la religieuse en se tournant vers le couloir d'où provenaient des bruits de pas pressés.

Une Francine amaigrie au visage très pâle apparut à la porte du parloir. L'adolescente se précipita pour embrasser sa mère qui avait les larmes aux yeux de la revoir après une si longue séparation. Jeanne remercia intérieurement tous les saints du ciel de lui rendre sa fille.

— Mes bagages sont devant la porte, indiqua l'ex-novice à ses deux jeunes frères.

— Je t'ai apporté ton manteau d'hiver, fit Jeanne en lui tendant le manteau bleu qu'elle avait porté l'hiver précédent.

Pendant que Claude et André quittaient la pièce pour s'emparer des maigres bagages de leur sœur, cette dernière faisait ses adieux à la mère supérieure.

— Tu seras toujours la bienvenue parmi nous, ma fille, lui dit la religieuse. Viens nous voir quand tu en auras envie. Ça nous fera plaisir.

La mère et la fille quittèrent le couvent des filles de Saint-Paul sans se retourner. Elles traversèrent la rue Lavoisier et rentrèrent lentement à la maison. Francine regardait avidement autour d'elle et respirait profondément l'air froid de cette journée de novembre.

— Bon. On va se dépêcher de faire dîner tout le monde. Il faudrait pas que tes frères et ta sœur soient en retard à l'école, fit remarquer Jeanne en mettant son tablier alors que Claude et André déposaient les bagages dans la chambre de Lise.

— On pourrait ben prendre congé, non? proposa Claude. C'est pas tous les jours qu'une ancienne sœur vient chez nous.

— Non, dit fermement sa mère. Tu dînes tout de suite et tu t'en vas à l'école. Avec les notes que t'as, tu peux pas te payer un congé.

— C'est ben beau, ça, intervint Martine qui n'avait pas dit un mot depuis que sa sœur aînée était rentrée, mais moi, je viens de perdre ma chambre. Est-ce que ça veut dire que je suis obligée de remonter en haut?

— Bien oui, ma chouette, lui dit sa mère. On peut pas faire autrement.

— Non. Je vais m'installer en haut, dit Francine qui voyait à quel point Martine était déçue de perdre sa place dans la chambre de Lise.

— Ton père voudra jamais ça, intervint sa mère en servant un bol de soupe à André. En bas, c'est la place des plus vieux. Le tour de Martine viendra à son heure.

— Bon. J'apporterai mes affaires en haut à quatre heures, quand je reviendrai de l'école, dit la fillette, partagée entre la déception de devoir céder sa chambre et la joie de voir revenir sa grande sœur à la maison.

Cet après-midi-là, Francine vint s'asseoir au pied d'un lit du dortoir, près de la machine à coudre où sa mère travaillait. Cette dernière eut droit au récit de la vie quotidienne de la novice à Toronto.

— Est-ce que c'était dur ? lui demanda sa mère en quittant son travail de couture des yeux durant un moment.

— Ben, c'était pas facile.

— Comment ça se fait que tu nous reviennes si pâlichonne et si maigre ? Tu mangeais pas à ta faim ?

— Il fallait toujours manger tout ce qui était dans nos assiettes, expliqua Francine. Souvent, c'était du manger passé date donné par des épiceries et les sœurs nous obligeaient à le manger.

Jeanne se retint de lui faire remarquer qu'une fille aussi dédaigneuse qu'elle au sujet de la nourriture avait dû trouver particulièrement difficile de ne pas faire la fine bouche.

— À quoi t'occupais tes journées ?

— On avait la messe tous les matins et après le déjeuner, les novices devaient suivre des cours, comme à l'école. Au moins, avec tout ça, je suis devenue pas mal bonne en anglais et même en italien. C'est ce que disait sœur Antonella en tout cas. À midi, on se dépêchait à dîner.

Puis, on partait avec nos grosses serviettes pleines de livres et on faisait du porte-à-porte ou on quêtait du manger jusqu'à six heures. En rentrant, on soupait et on étudiait une heure avant de réciter le chapelet et d'aller se coucher.

— C'était quoi cette histoire de danse ? lui demanda Jeanne. La supérieure a dit que tu montrais à danser aux novices.

Francine se mit à rire franchement.

— Bon. Un soir, je trouvais ça plate et j'ai commencé à montrer à danser le *rock'n'roll* aux filles. Vous auriez dû voir la face de la vieille sœur responsable des novices, m'man. Je pensais qu'elle était pour avoir une syncope quand elle nous a vues.

— Tu parles d'une affaire à faire, fit remarquer Jeanne en dissimulant tant bien que mal son sourire.

— En tout cas, il a fallu que j'aille réciter deux chapelets à la chapelle ce soir-là.

Francine finit par transporter toutes les affaires de sa sœur Martine à l'étage et elle rangea les siennes dans les tiroirs libérés. Elle aida ensuite sa mère à préparer le souper. Mais au fur et à mesure que la journée passait, elle perdait de sa superbe et Jeanne la sentait devenir de plus en plus fébrile.

Lorsque Paul et Lise revinrent à la maison, elle retrouva momentanément son entrain devant leur plaisir manifeste de la revoir après une aussi longue absence. Mais quelques minutes plus tard, l'adolescente s'inquiéta.

— Vous êtes sûre, m'man, que ça fera rien à p'pa que je sois revenue ? demanda-t-elle en quelques occasions durant la soirée.

— Voyons donc, Francine, finit par répondre sa mère excédée. T'es sa fille. Il va être content que tu sois revenue. Arrête donc de t'énerver avec ça.

Vers neuf heures et demie, Maurice rentra de St-Andrews en jurant contre la neige qui s'était remise à tomber depuis le début de la soirée. Il était occupé à enlever ses bottes quand Francine sortit de la chambre des filles.

— Bonsoir, p'pa, dit-elle avec un léger tremblement dans la voix en s'avançant pour l'embrasser.

En l'entendant, Maurice leva brusquement la tête, trop saisi pour lui répondre immédiatement.

— Ah ben maudit ! finit-il par s'exclamer en retrouvant le sourire. Qu'est-ce que tu fais là, toi ?

— Je suis sortie de chez les sœurs, p'pa. Est-ce que ça vous dérange que je revienne à la maison ?

— Pantoute ! T'as une place ici, dit-il en lui tendant la joue pour qu'elle l'embrasse. Et tes affaires ? Où est-ce qu'elles sont ?

— Claude et André sont venus les chercher. Je suis arrivée avant le dîner.

Jeanne descendit au rez-de-chaussée, Lise sur ses talons.

— On a de la grande visite, pas vrai ? dit Jeanne en s'avançant dans le couloir.

— Ben oui. Je viens de voir ça. Puis, qu'est-ce qui va se passer avec les sœurs ? demanda-t-il.

— Rien, p'pa. C'est fini. J'y retournerai pas.

— C'est correct comme ça. Tu voulais essayer ; tu l'as fait. Tu t'es installée dans ton ancienne chambre ?

— Oui.

— Parfait. Mais t'es ben pâle. Ils te nourrissaient pas chez les sœurs ?

— Ben oui, p'pa.

— En tout cas, la cuisine de ta mère va te raplomber ; ça prendra pas une éternité.

Ce soir-là, Maurice se coucha le cœur content. Sa famille était maintenant au grand complet. Il avait tous ses enfants autour de lui et c'est ce qu'il désirait le plus.

Si Maurice Dionne n'avait pas prévu retrouver aussi rapidement toute sa famille, il n'avait sûrement pas imaginé ce qui allait se produire une semaine plus tard.

Quelques jours après le retour de Francine, Lise revint tout excitée du magasin Woolworth. Cette excitation n'échappa pas à Jeanne. Quand les plus jeunes eurent été mis au lit et les autres installés devant le téléviseur, la mère descendit au rez-de-chaussée, persuadée que son aînée n'attendait qu'une occasion de la retrouver seule pour lui parler. Elle ne s'était pas trompée. À peine avait-elle posé le pied dans la cuisine que la porte de la chambre de Lise s'ouvrit.

— M'man, fit la jeune fille, Yvon est venu dîner avec moi à midi. Il a réussi tous ses examens. Il a fini troisième du groupe.

— Tant mieux. Je suis bien contente pour lui, déclara sa mère sans vraiment manifester un grand intérêt pour la nouvelle.

— Ça veut dire qu'il a de grosses chances d'avoir une *job* de pompier à Montréal avant la fin du mois.

— Il doit être soulagé.

— Oui. Vous savez ce que ça veut dire, m'man ? Yvon va gagner un bon salaire tout de suite en commençant. Ce sera pas comme chez Woolworth.

— Ça, c'est sûr.

— On dirait que vous devinez pas pourquoi je vous dis tout ça, ajouta Lise, dépitée.

— Parce qu'Yvon est ton ami, non ?

— Ben non, m'man, dit la jeune fille avec une certaine impatience. Yvon a l'intention de demander ma main à p'pa samedi soir.

— Quoi? demanda Jeanne, le souffle coupé.

— Il voudrait qu'on se fiance à Noël et qu'on se marie l'été prochain. Comme ça, on va avoir le temps de ramasser assez d'argent pour se meubler et s'installer.

— Es-tu sérieuse, Lise? Ma pauvre petite fille, t'as juste dix-huit ans.

— Je vais en avoir dix-neuf l'été prochain, le même âge que vous aviez quand vous vous êtes mariée, m'man.

— Oui, mais dans mon temps, c'était pas pareil. Qu'est-ce qui presse tant? T'es encore bien jeune.

— On a hâte de se marier, c'est tout.

— T'as hâte d'avoir une trâlée d'enfants?

— Non, m'man, vous pouvez être sûre que moi, j'en aurai pas neuf.

— On dit ça, mais on décide pas toujours, ma petite fille.

— Est-ce que vous pensez que p'pa va vouloir? demanda Lise, désireuse de revenir au principal sujet de la conversation qu'elle avait avec sa mère.

— Ça, je le sais vraiment pas. Je suis à peu près sûre qu'il y pense même pas. Te marier! Il me semble que tu viens juste de sortir de l'école.

— Mais m'man, protesta Lise. Ça fait déjà plus qu'un an qu'on sort ensemble.

— OK, fit Jeanne avec un soupir de lassitude. Je suppose que tu me dis tout ça parce que tu voudrais que je mette ton père au courant avant qu'Yvon lui parle. C'est ça?

— Ben, Yvon est pas mal gêné. C'est sûr qu'il aimerait ben ça que vous parliez à p'pa avant.

— Vous me laissez pas grand temps pour le préparer, constata Jeanne. Il va falloir que je lui parle à soir ou demain soir, qu'il soit de bonne humeur ou pas, quand il va revenir de l'école.

— Si vous voyez qu'il est trop de mauvaise humeur, laissez faire. Yvon attendra une semaine de plus avant de lui faire la grande demande.

À la fin de l'après-midi du lendemain, Maurice vint chercher Jeanne pour aller faire les achats hebdomadaires de nourriture à l'épicerie Steinberg du centre commercial Boulevard.

Le concierge de St-Andrews semblait de bonne humeur, probablement parce que le week-end commençait. Poussée par son intuition, Jeanne décida d'en profiter.

Pendant que la Plymouth roulait dans la rue Jarry en direction du boulevard Pie IX, elle se tourna vers son mari pour entamer une simple conversation. À son avis, il s'agissait là du meilleur moyen de préparer Maurice à la nouvelle.

— Tu sais que l'ami de Lise a fini ses cours de pompier la semaine passée et qu'il a bien réussi ses examens.

— Tant mieux, répondit distraitement le conducteur.

— Lise pense qu'avec ces résultats-là, il est sûr d'avoir une *job* de pompier à Montréal avant le début de janvier.

— En tout cas, ça va sûrement lui rapporter un meilleur salaire que chez Woolworth, laissa tomber Maurice d'une voix indifférente.

Comme son mari ne se décidait pas à réagir, Jeanne se jeta à l'eau.

— Ça fait déjà plus qu'un an qu'il sort avec Lise.

— As-tu fini de tourner autour du pot? demanda Maurice avec agacement au moment où il freinait à un feu rouge. Accouche! Qu'est-ce que t'essayes de me dire depuis tout à l'heure?

— J'essaye de te faire comprendre que le *chum* de ta fille aimerait te parler demain soir parce qu'il veut la marier.

— Puis après?

— Il me semble que c'est pas mal vite et qu'elle est encore jeune, voulut plaider Jeanne.

— Moi, je trouve qu'il était temps qu'il se branche. On dirait que ça te surprend. Quand il a commencé son cours l'hiver passé, Lise te l'a dit qu'il suivait ce cours-là pour devenir pompier parce qu'il voulait avoir un meilleur salaire. Il me semble que c'était clair que c'était pour se marier.

— Je m'en doutais, moi aussi, convint Jeanne, mais je pensais pas que ça se ferait aussi vite et…

— C'est pas ça le problème! la coupa sèchement son mari. Qu'elle se marie cette année ou dans deux ans, le problème, c'est qu'un mariage, ça se fait pas avec des prières. Ça coûte cher.

— Comme ça, tu vas accepter.

Maurice sembla réfléchir un bref instant avant de répondre.

— Pourquoi pas? Lise aurait pu tomber sur pire. C'est un gars sérieux qui a pris les moyens pour être capable de faire vivre une femme comme du monde, dit-il, comme pour se convaincre.

— C'est vrai, reconnut Jeanne, mais peut-être qu'ils pourraient attendre une année de plus et…

— Pourquoi ce niaisage-là? Ça va donner quoi? À ben y penser, c'est aussi ben de régler ça cette année, trancha-t-il. Parles-en pas à Lise. On va attendre que son Yvon fasse sa demande.

Sur ce, Maurice arrêta la voiture dans l'immense stationnement du centre commercial et suivit sa femme dans le supermarché. Le sujet était clos: les Dionne célèbreraient vraisemblablement le mariage de leur aînée quelques mois plus tard.

Ce soir-là, comme tous les vendredis soirs, Lise revint tard de son travail. Comme sa mère était assise avec son père devant le téléviseur, à l'étage, elle n'eut pas l'occasion de l'interroger sur les intentions de son père concernant la demande en mariage que son Yvon voulait faire le lendemain.

Le lendemain matin, la jeune vendeuse de chez Woolworth, qui avait à peine dormi, s'approcha de sa mère, installée près du comptoir en train de préparer le déjeuner des enfants. La jeune fille portait déjà son manteau et elle était prête à partir pour son travail.

— Puis m'man? demanda-t-elle à voix basse. Est-ce qu'Yvon va pouvoir parler à p'pa à soir ou ben il va être obligé d'attendre la semaine prochaine?

— J'en ai parlé à ton père hier, chuchota Jeanne. Je pense qu'il va dire oui à ton Yvon.

Rayonnante, Lise embrassa sa mère et quitta précipitamment la maison. Elle venait d'apercevoir par la fenêtre l'autobus jaune passer en direction nord sur le boulevard Lacordaire. Dans moins de cinq minutes, il reviendrait à l'arrêt situé au coin de Lavoisier avant de retourner vers Montréal.

Ce soir-là, après le souper, Maurice monta s'asseoir devant le téléviseur avec Jeanne et les enfants pendant que

Lise, de retour de son travail depuis moins d'une heure, achevait de se préparer pour recevoir son amoureux.

À sept heures quinze, elle ouvrit la porte à son ami avant même qu'il ait sonné. Yvon retira ses couvre-chaussures et son manteau avant de boutonner soigneusement son veston brun et resserrer son nœud de cravate. Comme lors de chacune de ses visites, il se rendit au pied de l'escalier et souhaita une bonne soirée aux parents de son amie avant que Lise ne l'entraîne au salon.

Les deux jeunes gens s'y entretinrent durant quelques minutes. Puis Lise quitta la pièce et alla se camper à son tour au pied de l'escalier d'où elle demanda :

— P'pa, est-ce que ça vous dérangerait de descendre ? Yvon aimerait vous parler.

— Ouais, répondit sèchement Maurice, tout de même presque aussi mal à l'aise que le jeune homme qui devait l'attendre au salon. Pourquoi il monterait pas en haut, lui ? fit-il remarquer à Jeanne en ne faisant pas signe de quitter son fauteuil.

— Voyons, Maurice, le réprimanda sa femme. T'es pas pour lui faire ça ! Devant les enfants, en plus. Envoye ! Descends ! Ils t'attendent tous les deux.

— Whow, sacrement ! Il y a pas le feu ! protesta le père de famille en remontant son pantalon et en resserrant de plusieurs crans sa ceinture. Je suis pas pour me casser une jambe dans l'escalier pour arriver plus vite en bas, non ?

Francine, Claude et André se levèrent en même temps que leur père et firent mine de vouloir le suivre.

— Vous autres, vous bougez pas d'ici, leur ordonna-t-il. Je veux pas en voir un venir en bas pour fouiner.

Maurice finit par descendre au rez-de-chaussée et retrouva sa fille dans le couloir. Il la suivit au salon. Dès leur entrée dans la pièce, Yvon, rouge comme une pivoine, se leva.

— Il paraît que tu veux me parler? dit le père d'une voix radoucie au jeune homme.

— Oui, monsieur Dionne. Lise a dû vous dire que j'ai fini mon cours de pompier et que j'ai réussi mes examens.

— Non, elle m'a pas dit ça.

— Je pense que je vais avoir une *job* de pompier à Montréal avant la fin du mois de décembre.

— Je suis ben content pour toi.

Maurice ne faisait vraiment rien pour faciliter la tâche de celui qui voulait devenir son gendre. Ce dernier, mal à l'aise et la gorge sèche, reprit pourtant courageusement la parole, sous le regard inquiet de Lise.

— Quand j'ai lâché Woolworth, monsieur Dionne, c'était parce que je gagnais pas un assez bon salaire pour penser à me marier un jour.

Le jeune homme reprenait un peu d'assurance en récitant un discours qu'il avait longuement préparé à l'avance.

— C'est pour ça que j'ai suivi des cours. Ça fait déjà plus qu'un an que je sors avec votre fille et on pense qu'on s'aime assez pour se marier. Ça fait que j'aimerais vous demander sa main, conclut-il d'une voix légèrement chevrotante.

Maurice garda le silence un long moment avant de déclarer:

— C'est pas une mauvaise idée. Lise, dit-il en se tournant vers sa fille, demande donc à ta mère de descendre nous rejoindre. Assis-toi, Yvon.

La jeune fille, folle de joie, sortit de la pièce et se rendit encore une fois au pied de l'escalier. En chemin, Paul, intrigué par tout ces va-et-vient devant sa porte de chambre, l'ouvrit et intercepta sa sœur un instant.

— Qu'est-ce qui se passe? chuchota-t-il.

— Je me marie. Yvon vient de me demander à p'pa, dit Lise avant d'appeler sa mère.

Jeanne descendit à son tour et vint retrouver Lise, Yvon et Maurice au salon. Ce dernier fit comme si sa femme n'avait été au courant de rien.

— Yvon vient de demander Lise en mariage. J'ai accepté.

— Bon. Comment ça se fait qu'on demande jamais l'avis de la mère ? dit-elle, espiègle.

— Oh ! Je vous la demande aussi à vous, madame Dionne, protesta timidement le futur fiancé.

— Si mon mari a dit oui, je suis d'accord moi aussi, le rassura Jeanne.

— Quand voulez-vous vous marier ? demanda Maurice, redevenu sérieux.

— On avait pensé au mois d'août prochain, répondit Lise.

— Ça a du bon sens, reprit Jeanne. Ça va nous donner le temps de nous préparer comme il faut, de te faire une belle robe de mariée et de nous occuper du buffet et de tout le reste.

— J'en ai un peu parlé à mon père, fit timidement Yvon. Mes parents sont pas ben riches, mais ils trouveraient juste de payer au moins pour leurs invités.

— Il en est pas question, trancha sèchement Maurice. Je suis pas riche moi non plus, mais je suis capable de payer les noces de ma fille quand elle se marie.

Depuis la veille, le père de famille avait eu le temps de se pencher sur tous les problèmes qu'allait engendrer ce mariage et il avait déjà mis au point certaines solutions qui ne manquaient pas de logique. Cependant, comme il était censé ne connaître les intentions d'Yvon Larivière que depuis quelques minutes, il fit comme si ces idées venaient subitement de s'imposer à son esprit.

— Je pense que la réception pourrait se faire dans le gymnase de mon école. J'y ai droit parce que je suis concierge. Je vais trouver un buffet qui va venir nous servir là et j'irai chercher un permis de boisson à l'hôtel de ville. Une fois que tout ça sera arrangé, le reste va être facile à organiser. Qu'est-ce que vous en pensez, tous les deux ? demanda-t-il aux amoureux.

— Ce serait fameux, monsieur Dionne, répondit Yvon après avoir jeté un coup d'œil à Lise.

— Quand voulez-vous vous fiancer ? demanda Jeanne.

— Qu'est-ce que vous diriez de Noël ? dit Lise. Est-ce que ça vous dérangerait ?

Jeanne regarda Maurice un instant avant de répondre :

— Non. Vos fiançailles pourraient se faire au réveillon. Est-ce que ça fait votre affaire ?

Les deux jeunes remercièrent chaleureusement Jeanne et Maurice. Après avoir discuté durant quelques minutes avec eux de leurs projets d'avenir, les parents les laissèrent seuls.

Cette nuit-là, Jeanne se réveilla en sursaut en constatant que son mari n'était pas étendu auprès d'elle. Elle attendit un long moment dans le noir, croyant qu'il était à la salle de bain. Quand elle se rendit compte qu'il ne revenait pas, elle fit l'effort méritoire de sortir de sous les couvertures chaudes où elle était si bien pour aller voir ce qu'il faisait.

Elle grelotta instantanément en posant ses pieds nus sur le parquet glacial et elle sortit de la chambre après avoir endossé son épaisse robe de chambre rose. Elle trouva Maurice dans la cuisine, debout devant la fenêtre, dans le noir.

— Ma foi du bon Dieu ! dit-elle tout bas, as-tu éteint la fournaise ? On gèle tout rond dans la maison.

Son mari, qui l'avait entendue venir, ne se tourna même pas vers elle. Il se contenta de répondre :

— Ben non, j'ai juste baissé le thermostat à 60, comme tous les soirs. T'as juste à rester couchée si tu gèles tant que ça, lui fit-il remarquer avec humeur. On n'est pas pour chauffer pour rien au prix de l'huile à chauffage.

— Qu'est-ce que tu fais debout à deux heures du matin ? Es-tu malade ?

— Non, j'ai juste de la misère à dormir.

— Pourquoi ?

— Je jongle à toutes les dépenses qui s'en viennent avec les noces. Je me demande comment on va faire pour arriver.

— C'est pas la fin du monde, dit Jeanne, désireuse de l'apaiser.

— C'est pas la fin du monde ! Sacrement ! On voit ben que c'est pas toi qui vas être obligée de te casser la tête pour payer tout ça. As-tu juste une petite idée de combien ça va nous coûter ? Le buffet, l'orchestre, le cadeau de noces, les fleurs, la robe de mariée, la boisson…

— Oui. En plus, il va falloir habiller les enfants et s'habiller.

— Whow ! Pars pas en peur ! l'arrêta Maurice en ayant du mal à continuer à parler tout bas. Juste ce que je viens de te dire, c'est déjà pas mal plus que ce que je peux payer.

— Arrête donc de te mettre à l'envers avec ça, lui conseilla Jeanne. C'est pas la première fois qu'une grosse dépense nous tombe dessus et on a toujours été capables de s'en sortir. Pas vrai ?

— Ouais, mais…

— L'important, c'est qu'on est tous les deux en santé, qu'on a une belle famille et qu'on finit toujours par manger nos trois repas par jour.

— Ça va être nos premières noces…

— On est juste au commencement de la quarantaine et notre plus vieille part déjà. Mais avec ces noces-là, on va apprendre comment faire. Je suis pas inquiète. Je suis certaine que notre fille aura pas honte de nous autres le jour de son mariage.

— On va essayer, reconnut Maurice, apaisé par le calme de sa femme.

— Bon. Viens donc te coucher avant d'attraper ton coup de mort à geler dans la cuisine.

Maurice suivit Jeanne dans la chambre à coucher. Il s'empressa de se réfugier sous les couvertures sous lesquelles sa femme s'était déjà pelotonnée.

— Bonne nuit, lui souhaita-t-il dans un souffle avant de se tourner vers le mur, les couvertures remontées jusqu'à la hauteur des oreilles.

La dernière pensée de Maurice avant de sombrer définitivement dans le sommeil fut qu'il était vraiment bizarre de marier sa fille alors qu'il avait encore des enfants qui n'avaient même pas commencé à fréquenter l'école. La vie lui réservait vraiment bien des surprises auxquelles il ne s'était pas attendu.

FIN DE LA TROISIÈME PARTIE

SAINTE-BRIGITTE-DES-SAULTS
FÉVRIER 2006

Table des matières

Achevé d'imprimer
sur les presses de l'imprimerie
Transcontinental Gagné,
Louiseville, Québec